福州大学哲学社会科学学术著作出版资助计划项目

新生代小说叙事修辞研究

赵映环 著

人民出版社

序

　　映环告知好消息，她的博士论文将在人民出版社出版，嘱我作序。多年的心血结晶终于要在高规格出版社面世，我真心为她高兴，也倍感欣慰。

　　我和映环相识于二十多年前，她刚大学毕业，就以进修生的身份选修了我的课，当时我并不知道将来我们还有这么深的师生缘。回想起和她的相识、相交，许多情景依然历历在目。2011年她成为我的博士研究生。入学后，我们相处得非常融洽，既是相互尊重的师生，又是无话不谈的朋友，还是情同亲人的母女。她品学兼优，尊敬师长，博得教师们的一致好评。鉴于修辞学多边缘学科性质，读博期间，她攻读了语言学、文艺学、美学、叙事学等交叉学科的大量书籍，使自己具有了扎实的专业基础、较高的学术水平和科研能力。在阅读大量文学作品的基础上，她将研究目标锁定于新生代小说，在前人已有的研究成果的基础上另辟蹊径，写出了高质量的博士论文。在论文答辩时，她应答如流，对问题的见解敏锐深入，博得了答辩组专家的一致好评，以优异的成绩顺利毕业。经过博士期间的学习和科研积累，其理论研究水平和教学实践能力都有了突飞猛进的进展。

　　作为导师，我目睹了她专心刻苦的学习历程，也目睹了她论文写作过程中所经历的艰辛。尤其是在论文进入尾声的那半年，她的父亲突然中风两次，女儿也因疏于照顾得了肺炎住院。学校、医院、电脑桌构成了她的三点一线，学生、老师、女儿、母亲、妻子，频繁的角色转换使她身心疲惫。所幸在家人的鼎力支持下，她以坚忍不拔的毅力坚持了下来。虽然用了五年的时间，但她以最好的成绩兑现了她博士入学时对我的承诺，也给自己的女儿树立了一个榜样。女儿在妈妈的言传身教下，努力刻苦学习，考取了福州一中，这使她的一切辛劳都得到了最好的回报。

书稿《新生代小说叙事修辞研究》是在映环博士论文的基础上进一步修改、完善而成的。这是映环精心研学多学科理论知识的积淀，也是对作品悉心研读的结晶。这部书稿的创新之处，首先在于视角的选择。小说是叙事艺术，作为艺术，它与修辞密不可分。新生代小说丰富多彩的叙事修辞策略和技巧不仅是一种引导读者切入文本意蕴内核的形式，而且表达了新生代作家们的生命感悟，这一切构成了新生代小说的多重叙事关系，也构成了其丰富多彩的修辞效果。从叙事视角切入修辞，从修辞角度考察叙事，既把握了文体特点，也突出体现了新生代小说的修辞特点。就这一意义而言，书稿视角的选择使全书体现出鲜明的多学科交融特色。修辞强烈的艺术感染力使叙事空间充满了审美张力。书稿以布斯和费伦等学者有关叙事修辞的理论为基点，结合当代叙事学、修辞学、文艺学、美学等相关理论，以叙事修辞为基点，对新生代小说做了深入的解读探析。

映环对文学文本有着很强的悟性，这得益于她对作品大量深入的阅读，也得益于对多学科交融理论知识的研读和把握。该书有着作者对新生代小说叙事修辞的独到见解和领悟，通过与先锋小说及新写实小说等的对比，概括总结了新生代小说在叙事视角、叙事声音、叙事时空以及叙事技巧等方面鲜明的叙事修辞特色。比如，对叙事视角的选择有一定的倾向性，并以日趋成熟的视角转换达到了有效的叙事修辞效果；表现"生活流"和"意识流"的小说青睐缺席叙事声音；大面积地采用"时间倒错"；擅长以"个体言说"的方式来展示小说的空间；文本中露迹、荒诞、拼贴以及反讽使用的频率较高等等。同时还指出新生代小说一向注重读者的感受，因此非常注重叙事修辞策略与文本内容相结合，避免了先锋小说中"形式大于内容"的弊端，达到了文学性与艺术性的双重叙事修辞效果。

在肯定新生代小说叙事修辞效果的同时，作者也指出新生代小说的不足，认为新生代小说的叙事修辞策略并非十全十美，其文本借鉴模仿的痕迹难以避免，在各方面都存在着一些较为明显的弊端。例如，在使用第三称外视角叙事描写日常"生活流"的小说中，由于叙事者不带任何感情色彩的、如同流水账似的纯客观叙事，使文本失去了一定的深刻性，拉大了叙事者与读者、人物与读者之间的心理距离。部分文本中大段的人物对话和大段的独白导致了叙事声音的严重缺席，因此所产生的"意义空白"使得文本的意义隐晦，令读者无所适从。在使用"时间倒错"手法时，过多的预叙、追叙反复交叉，也会使得读者迷失在杂乱无序的时间怪圈之中。某些作品中的语言和结构的无序性，在导致文本成为文字的游戏而失去了本意的同时，还给读者的阅读带来一定的阻碍；还有对西方"荒诞"手法较为明显的借鉴和模仿以及较高的主题内容的重复率等等。这就使得对新生代小说的评价处于一种理性的、辩证的观念中。这部书稿无疑能成为新生代小说研究中重要的组成部分。

该书内容翔实，语料典型丰富，分析中肯到位，文笔流畅。很多具有创新性的观点都是通过对新生代小说的大量阅读，并将之与先锋小说及新写实小说等进行对比的基础上得出的。大量的阅读、对语料的筛选与深入研究使该书得出的结论真实可靠。作者试图通过具体翔实的分析把握新生代小说的叙事修辞策略，解读叙事修辞意图，建构新生代小说叙事修辞理论体系。书稿印证了她的探索历程。

在映环著作即将出版之际，写上几句话，表达我真诚的祝贺与祝福。博士毕业不是终点，专著出版更意味着新征程的起点，希望映环能以她的勤勉与执着继续她的学术之旅，播下希望，收获梦想。

祝敏青

庚子年初于御园

（祝敏青系福建师范大学文学院教授，博士生导师，中国修辞学会副会长。）

目　录

绪　论

第一节　"新生代"的界定

到目前为止，大多数的文学批评家和读者们都已认同将那些出生于 20 世纪 60 年代，活跃于 90 年代文坛的小说家们界定为"新生代"，代表作家包括韩东、朱文、毕飞宇、邱华栋、张旻、徐坤、李冯、东西、何顿、刁斗、李洱、陈染、林白、海男、艾伟、鲁羊等。他们无疑是 20 世纪 90 年代多元并存的文学景观中最值得关注的一元，在 90 年代的文学版图上，占据着不可或缺的一席之地。然而，关于他们的命名曾存在着一些分歧，主要有"新生代作家""晚生代作家""六十年代出生作家群"等等。

陈晓明在《最后的仪式》中首先提出"晚生代"这一概念。这个概念最先指称的是苏童、格非、余华等所谓"八五"新潮后的"后新潮"作家。命名的根据是他们是"生活的'迟到者'，永远摆脱不了艺术史和生活史的'晚生感'"[1]。后来，这一命名被他人借用来指称更年轻一代的作家。陈晓明也不断地修正和补充这一概念的内涵，并于 1995 年主编出版了"晚生代丛书"，推出了何顿、述平、毕飞宇、朱文等十多位作家。然而，陈晓明是在 1991 年提出"晚生代"这一命名，而那时他所谓的"晚生代"在群体创作特征上只是显示出一些端倪，其中的大部分作家是在

---

[1]　陈晓明：《最后的仪式》，《文学评论》1991 年第 5 期。

1994 年后才显示其创作实力和较为明显的特征。因此，"晚生代"这一命名侧重揭示出这一创作群体在写作资源上较为匮乏的一面，而对他们可能提供艺术经验的新质却缺少必要的提示。

1994 年第 3 期《青年文学》开辟了"六十年代出生作家作品联展"专栏，"六十年代出生作家"这一名称即起源于此，被纳入这一命名群体的作家包括苏童、格非、朱文、邱华栋、李冯等人。这一命名强调了年龄在作家代际特征中的作用，这其中还提示了教育背景、生活经历在形成作家群体创作特征中的特殊意义。然而，这一命名的严密性相对更差一些。同一年代出生并不代表拥有相同的创作性质。例如，同样出生于 20 世纪 60 年代的"先锋派"作家格非、苏童，他们和朱文、韩东之间就有着艺术上的代沟或差异，而且这种以出生年代来命名的方法给后来为更年轻作家群的命名带来困难。因此，这一概念也缺乏普遍的适用性。

关于"新生代"这一称谓是谁最早使用的现在已经无从确定。按张清华的说法，"这一名词实际上是对 80 年代超越朦胧诗的'新生代诗'的借用。"①1994 年，《钟山》《大家》等报刊联合创办了"联网四重奏"，刊发新生代作家的作品；中国华侨出版社也于 1996 年 1 月推出"新生代小说系列"；陈思和发表在《花城》1996 年第 6 期的《碎片中的世界——新生代作家的小说创作散论》一文以及李洁非发表在《当代作家评论》1997 年第 10 期的《新生代小说（1994— ）》等，都对新生代进行了称谓确认和理论概括。这些文学行动具有很大的影响力，它们不但进一步确认了新生代在文坛上的稳固地位，而且也使得"新生代"这一指称获得了某种命名的意义。虽然"新生代"这一称谓还不是非常严密的学术概念，但其突出了"新"字，隐含着"新的文学范式"或"有活力"等等被期许的意义，表现在文学观念、艺术形式、创作手法等各个方面，因此也就有着更为积极的色彩。在论述这一代作家对 20 世纪小说传统的继承与革新时，

---

① 张清华：《精神接力与叙事蜕变——论"新生代"写作的意义》，《小说评论》1998 年第 4 期。

"新生代"这样一个称谓更容易凸显其特质，因此本书采纳了"新生代"这一命名。

　　作为一个写作群体，新生代作家们虽然有着复杂而且多样的差异，但他们却有着大致相同的历史、社会和文化背景，他们是同一代人，有着共性。"什么是代？代就是某一共同的命运，就是每一个人都逃脱不开的共同的经历。因为这共同的经历，每个人都有一份大致相同的情感。"① 新生代作家出生于"文化大革命"爆发期间，成长于20世纪80年代的政治文化环境中，在90年代市场经济体制迅猛发展的社会转型期登上文坛。"六十年代出生"的他们对"文革"的记忆是模糊的，也缺少上辈作家所特有的强烈的政治和历史意识，因此，"六十年代出生的人似乎位于一切正统之外，位于一切理论之外。他们不必'代圣贤立言'，没有对任何神圣事物的崇拜。"② 到90年代登上文坛时，因为缺乏对历史的记忆，所以他们只能直面当下生活。正如邱华栋所言："我们受教育于八十年代，这时候中国改革开放程度日趋广大，社会处于相对快速的整体转型，进入到一个商业化的社会，经济已成为社会发展的目标和动力，一切围绕着以经济建设为中心进行着，而我和我的同代人就生活在这样一个经济化的生活中，没有多少'文革'记忆的我们，当然也就迅速沉入到当下的生活状态中。"③ 相似的经历使得新生代作家在整体的文化心态和情感上趋同，他们进行着相似的书写活动，因此在艺术叙事上也表现出很多共同的特质。他们在继承20世纪小说传统的同时，以异于前人的"个人化"视角来审视和表达自己对当下的感受，打破了传统文学的禁锢，以自己的文学观念和创作手法营造出一种独特的美学风格。然而，由于对于历史和现实无法深入，加上缺乏深刻的人生经验和深厚的中西学养，也导致了他们写作的

---

① 李皖：《一代人的肖像》，载许晖主编《六十年代气质》，中央编译出版社2001年版，第170页。

② 旷新年：《从界外思想》，载许晖主编《六十年代气质》，中央编译出版社2001年版，第257页。

③ 邱华栋：《城市的面具：新人类的部族与肖像》自序，敦煌文艺出版社1997年版，第1—2页。

"平面化"。新生代作家的这些共性不仅体现在他们的文学观念上，更具体体现在了他们的小说叙事方面。这也是他们被众多文艺评论家和读者们认可为一个写作群体的最主要的原因。

综上所述，本书的"新生代作家"指的就是那一批 20 世纪 60 年代出生，于 90 年代进入文坛成为热点的小说家群体，包括韩东、朱文、毕飞宇、邱华栋、张旻、徐坤、李冯、东西、何顿、刁斗、李洱、陈染、林白、海男、艾伟、鲁羊等。他们有着大致相同的社会时代背景，擅长以"个人化"视角进行创作，在文学观念和小说叙事上都表现出了很多共性。

当然，不可否认的是，群体中作家个体的差异毫无疑问是存在的。例如，就小说的叙事主题来说是各异的。韩东、鲁羊、朱文比较倾向关注日常生活现象，以描述大量的生活细节来展示普通人真实的生存状态；毕飞宇、邱华栋、何顿擅长展现欲望化的都市生活图景以及身处其间的现代人的精神脉动；林白、陈染的写作具有鲜明的女性私语化特征，以自信、自恋的"个人化"叙事讲述了女性真实的生命体验；徐坤以先锋精神探究了当下知识分子和女性的精神困境；李冯对历史采取了颠覆性拆解；东西、鬼子则展示了"小人物"的生存困境；还有红柯大气磅礴的边地书写等等。从语言修辞来看，新生代作家们也是各具特色的。毕飞宇的语言飘逸灵动；李洱、东西、徐坤的语言风趣幽默；鬼子、艾伟则淳朴平实；陈染、林白充满了自我的表达倾泻；韩东、朱文、何顿在平淡之中夹杂着粗言陋语……这些看似各不相同的作家们的叙事共存于"新生代"这一写作群体中，实际上也生动地展现着当下这个多元共生的文学时代的风貌。

第二节　新生代小说研究现状综述

一、新生代小说的创作情况

其实早在 20 世纪 80 年代末 90 年代初，陈染、毕飞宇、韩东等很多新生代作家就发表了一些作品。例如，陈染在 80 年代末创作了《世纪病》

《纸片儿》《角色累赘》等中短篇小说；韩东在 1991 年发表了《同窗共读》；同年毕飞宇发表了《孤岛》等等。但那时这些作家并不形成群体，因此也没有以群体的形式引起广泛的注意。1994 年之后，新生代作家的小说创作呈现出井喷的趋势。《钟山》《大家》等报刊于 1994 年联合创办了"联网四重奏"，发表了一些新生代作家的作品，随后又有很多杂志以"六十年代出生作家作品联展""跨世纪星群"等专栏的形式刊发了新生代作家们的作品。这些都使得新生代作家得到了极大的关注。因此，大多数的研究者认为，新生代小说是在 1994 年左右作为一个创作群体登上中国文学的舞台。

初期的新生代小说以中短篇小说创作为主，出现了一批优秀的作品，例如东西的《没有语言的生活》、毕飞宇的《哺乳期的女人》《玉米》、鬼子的《被雨淋湿的河》、红柯的《吹牛》、徐坤的《厨房》《白话》、邱华栋的《手上的星光》、韩东的《反标》《团圆》、朱文的《我爱美元》、陈染的《与往事干杯》《私人生活》、林白的《一个人的战争》、李洱的《导师死了》等等，其中很多作品还获得了全国的大奖和读者的肯定。《没有语言的生活》《被雨淋湿的河》及《玉米》分别获得了第一届、第二届和第三届鲁迅文学奖全国优秀中篇小说奖；《哺乳期的女人》《吹牛》和《厨房》都获得了全国优秀短篇小说奖；红柯、徐坤和毕飞宇分别是第一届、第二届冯牧文学奖文学新人奖得主；陈染曾获首届中国当代女性文学创作奖。

从 20 世纪末开始，新生代作家们都先后转向长篇小说创作，同样出现了一大批高水准的作品。如，艾伟的《越野赛跑》、东西的《耳光响亮》、邱华栋的《正午的供词》、朱文的《什么是垃圾，什么是爱》、韩东的《扎根》、毕飞宇的《上海往事》《推拿》、荆歌的《民间故事》、徐坤的《春天的二十二个夜晚》、何顿的《我们像葵花》、李洱的《花腔》《石榴树上结樱桃》、林白的《万物花开》等等。其中，《推拿》于 2011 年获得了第八届茅盾文学奖；《花腔》和《石榴树上结樱桃》曾获第三、第四届"大家文学奖"（荣誉奖）、首届"21 世纪鼎钧文学奖"、第十届"庄重文学奖";《万物花开》进入 2003 年中国小说排行榜（中国小说学会），入围第二届华语文学传媒大奖年度小说家奖等等。当然，除了长篇之外，这个时期也有很多优秀的短篇作品。如，徐坤的《早安，北京》《午夜广场最后的探戈》、红柯的《太阳发芽》《美丽奴羊》、毕飞宇的《白夜》《男人还剩下什么》、韩东的《我的柏拉图》等等。其中，《早安，北京》获 2004 年《小说月报》"百花奖"；《午夜广场最后的探戈》获 2007 年《北京文学》优秀小说奖。

新生代作家的小说创作远远不止上述列举的这些作品，本书限于篇幅无法一一列出。施战军曾盛赞这些作品"不仅标志着目前青年写作的最高水准，也是当代中国文学发展曲线逶迤延伸到今天的波峰。"①

新生代小说在吸收和消化先锋小说和传统小说艺术经验的基础上创立了属于自己的、独特的艺术风格。他们有着丰富的题材。有的小说直面现实的欲望进行书写，如朱文的《我爱美元》、邱华栋的《生活之恶》、刁斗的《作为一种艺术的谋杀》、韩东的《障碍》、林白的《一个人的战争》、海男的《我的情人们》等；有的是对历史进行"游戏性"的书写，如李冯的《孔子》、荆歌的《民间故事》、李洱的《花腔》、毕飞宇的《上海往事》、何顿的《抵抗者》、红柯的《阿斗》等；有的是对成长记忆的书写，如何顿的《我们像葵花》、东西的《耳光响亮》、荆歌的《枪毙》、韩东的《扎根》、陈染的《私人生活》等等。在这些小说中，先锋小说因追求外在的"技术"而导致小说与现实分裂的状况得到了很大的改善。相形之下，新生代小说显然更为本色和生活化。它以当代中国社会问题为小说主题的基石，因此，阅读新生代小说总能给人一种触手可及的现实感。但是，新生代作家对现实生活中的种种症候并没有采取启蒙主义的方式进行义正词严的批判，而是直面社会，并对之进行忠实地刻绘和摹写，而且这种刻绘和摹写多采用"个人化"独语的方式进行。与先锋小说和新写实小说所采

---

① 施战军：《新活力：今日青年文学高地（代总序）》，载红柯著《太阳发芽》，山东文艺出版社 2004 年版，第 7 页。

取"无我叙事"或"零度情感叙事"不同的是，新生代小说呈现出的是绝对"有我"的叙事姿态。新生代作家们毫无保留地袒露着自己的欲望、私人经验，甚至以自传的方式来直接呈现，小说也因此更具有逼真的生活现场感和强烈的切肤之痛。在这种"个人化"叙事的影响下，新生代小说的语言和结构也呈现出了一种更为自然化的状态。正如吴义勤所说的那样："语言的日常化、生活化以及结构、故事的生活化成为新生代作家基本的艺术策略。"① 然而，即便如此，由于新生代作家们对生活的理解以及他们的艺术理念都不可能如出一辙，因此，在新生代小说整体性的"个人化"叙事风格背后，"多元化"的叙事风格是显而易见的。有的小说以传统写实的方式传递着荒诞的意味，如东西的《我们的父亲》《不要问我》、鬼子《谁开的门》等；有的则展现了精湛前卫的叙事技巧，如李洱的《花腔》、邱华栋的《正午的供词》、荆歌的《鸟巢》等；有的将叙事寓言化，充满了"形而上"的色彩，如艾伟的《越野赛跑》、东西的《把嘴角挂在耳边》、刁斗的《回家》等；还有的则带有理性的智力游戏色彩，如麦家的《解密》《暗算》《风声》等。显然，新生代作家们力图创造出一种有别于前辈作家的、全新的叙事风格，从而能够在中国文学版图上占据一定位置。他们确实也以他们的创作为 20 世纪 90 年代中国文学的发展贡献出了一分力量，使自己成为中国文学的生力军。

二、新生代小说的研究现状

新生代小说是 20 世纪 90 年代中国文学版图上的热点景观，对其的评述、研究和思考多集中在国内评论界，而且一直是评论家们的持续关注点。近 20 年来，他们从多角度对其进行了研究和探讨，内容大致可以分为以下几个方面：

① 吴义勤：《论新生代长篇小说的叙事风格》，《天津师范大学学报》（社会科学版）2005年第 1 期。

（一）关于新生代小说的整体研究

在新生代小说刚诞生之时，研究主要是以对单个作家评说的方式进行的。随着越来越多新生代小说的发表，也有了更多的文章对其进行个案研究。以新生代一些著名的代表作家为例。在知网数据库搜索"陈染"一词，截至 2020 年 3 月，以之为主题的硕博学位论文有 376 篇，以其为关键词的期刊论文有 584 篇；搜索"林白"，以之为主题的硕博学位论文有 321 篇，以其为关键词的期刊论文有 557 篇；搜索"毕飞宇"，以之为主题的硕博学位论文有 200 篇，以其为关键词的期刊论文有 718 篇；搜索"韩东"，以之为主题的硕博学位论文有 174 篇，以其为关键词的期刊论文有 237 篇。这些文章从不同的角度对新生代小说的个案进行了研究。但 20 世纪 90 年代中期以后，学界开始越来越关注新生代小说创作，并将之视为一个创作整体进行研究，因此出现了很多从宏观上把握与阐释其创作的论著，这些论著从整体上分析了这个创作集群的文本特征及其优劣性。

吴义勤和李洁非都是较早关注新生代小说的著名的文学评论家，他们的很多文章都从整体上对新生代小说进行了批评研究。例如，吴义勤在《在边缘处叙事——九十年代新生代作家论》一文中将新生代作家分为哲学/技术型、私语型和写实型三种，并分析了新生代小说家共同的写作背景——边缘化的文学语境和当代文学新潮。在文中他对"在边缘处叙述"做了规定，并指出"'在边缘处叙述'可以说是新生代小说区别于以往的任何小说也区别于同时代的其他形式的小说的一个最为显著的特征。"[1] 他的《新生代长篇小说论》分析了新生代作家在长篇小说中表现出的艺术倾向和精神局限。[2] 李洁非的《新生代小说（1994— ）》[3] 和《新生代小说（1994— ）（续）》[4] 则集中论述了新生代小说创作各个方面的特征，如都市文学的特征和写作的平面化特征等等。

[1] 吴义勤：《在边缘处叙事——九十年代新生代作家论》，《钟山》1998 年第 1 期。
[2] 吴义勤：《新生代长篇小说论》，《文学评论》2004 年第 5 期。
[3] 李洁非：《新生代小说（1994— ）》，《当代作家评论》1997 年第 1 期。
[4] 李洁非：《新生代小说（1994— ）（续）》，《当代作家评论》1997 年第 2 期。

洪治纲的晚生代作家论系列，包括《丧失否定的代价——晚生代作家论之一》①、《乌托邦的背离与写实的困顿——晚生代作家论之二》②、《欲望的舞蹈——晚生代作家论之三》③ 和《叙事的挣扎——晚生代作家论之四》④ 等，这些文章从各个方面分析了新生代小说创作存在的问题与困境。

陈晓明的《超越与逃逸——对"60 年代出生作家群"的重新反省》总结了新生代小说的文本特征，即"远离意识形态的中心""创建一种回到文本、回到个人体验的文学趋势""创造了汉语言文学在叙事方法、语言表现以及个人的内心体验方面的崭新经验"。⑤

葛红兵的《世纪末中国的审美处境——晚生代写作论纲》（上、中、下)⑥ 和《非激情时代的暧昧意象——晚生代的小说的主题》⑦ 考察了新生代作家创作和生活的社会语境，并借助叙事学理论，通过文本细读，从整体上归纳了新生代小说的文本特征，呈现了新生代小说的创作风貌。

除了期刊论文外，还有很多博士论文对新生代小说进行整体性的观照。例如，山东大学刘永春的《在后现代性的地平线上——新生代小说论》（2008 年），从后现代性的角度分析了新生代小说的历史写作、成长主题书写中的新特征以及新生代小说所体现出的后现代特征等。华东师大刘华的《踯躅于边缘的先锋——90 年代新生代小说研究》（2008 年）主要考察以下几个方面的内容：新生代小说中存在的"颓废"这一精神症候、新生代小说中作为精神征象的欲望叙事、新生代小说中的历史维度以及新

① 洪治纲：《丧失否定的代价——晚生代作家论之一》，《文艺评论》1996 年第 2 期。
② 洪治纲：《乌托邦的背离与写实的困顿——晚生代作家论之二》，《文艺评论》1996 年第 3 期。
③ 洪治纲：《欲望的舞蹈——晚生代作家论之三》，《文艺评论》1996 年第 4 期。
④ 洪治纲：《叙事的挣扎——晚生代作家论之四》，《文艺评论》1996 年第 6 期。
⑤ 陈晓明：《超越与逃逸——对"60 年代出生作家群"的重新反省》，《河北学刊》2003 年第 5 期。
⑥ 葛红兵：《世纪末中国的审美处境——晚生代写作论纲》（上、中、下），《小说评论》1999 年第 4、5、6 期。
⑦ 葛红兵：《非激情时代的暧昧意象——晚生代的小说的主题》，《文艺争鸣》1998 年第 4 期。

生代小说中的乡土意识和都市意识。哈尔滨师范大学宁琳的《新生代小说创作与批评研究》（2011 年）则对与新生代小说创作与批评相关的学术成果进行了清理与总结。

还有一些学者将新生代小说与其他创作进行了比较研究。例如，陈晓明的《先锋派之后：九十年代的文学流向及其危机》将新生代小说与先锋小说进行比较之后，指出二者之间的区别就在于，新生代小说敢于直接表现他们置身于其中的现实。[1] 王杰在《融入世俗：大众文化生态中的新生代小说》中，将新生代小说与王朔小说以及新写实小说进行对比，认为新生代小说呈现出了比王朔小说和新写实小说更强烈的对世俗生活的认同倾向。[2] 樊星的《"新生代"与传统文化》则将新生代小说与中国古典文学进行比照研究，通过分析中国古典诗词对部分新生代作家小说创作的影响，表现出了新生代小说对传统文化的继承与延续。[3] 张琴凤的《华人新生代作家边缘意识和身份建构比较论——以中国大陆、中国台湾、马来西亚为例》则是从地域和文化语境的角度对华人区新生代小说进行了比较研究。[4] 这些比较研究对于进一步挖掘新生代小说文本特征的渊源及独特性等方面意义重大。

应该说，近 20 年来文学评论界对新生代小说确实进行了较为全面的解读，出版了数量众多的论著，而且相当一部分有着很高的学术价值。

（二）某一向度上的新生代小说研究

评论界关于新生代小说某一方面特征的论述也比较多，其中涉及了叙事、修辞等等。

1. 从叙事角度进行的研究

据目前笔者所收集的论文来看，从叙事角度研究新生代小说的文章

---

① 陈晓明：《先锋派之后：九十年代的文学流向及其危机》，《当代作家评论》1997 第 3 期。

② 王杰：《融入世俗：大众文化生态中的新生代小说》，《当代文坛》2007 年第 4 期。

③ 樊星：《"新生代"与传统文化》，《当代作家评论》2004 年第 3 期。

④ 张琴凤：《华人新生代作家边缘意识和身份建构比较论——以中国大陆、中国台湾、马来西亚为例》，《山东师范大学学报》（人文社会科学版）2009 年第 2 期。

有一定的数量。这些论文有些是从整体上分析新生代小说的叙事风格和策略的。例如，吴义勤的《论新生代长篇小说的叙事风格》一文论述了新生代长篇小说叙事中表现出来的共同特征和技术局限。作者认为，"其'个人化'叙事风格的内涵及艺术特征，及其呈现的荒诞写实、技术化、寓言化和浪漫诗性四种风格形态，有必要从理论上加以概括与分析。"① 管宁的《错位与弥合：新生代小说的叙事策略》则认为"新生代小说正是在与传统小说和先锋小说的或错位或弥合的交叉、互融、借鉴和超越中，确立其叙事策略并形成自身的美学特征。"② 董文桃的《作为反抗工具的性话语和欲望消费观念——二十世纪九十年代新生代小说的叙事策略》阐述了新生代小说"压抑与反抗""性爱分离"和"建构"的叙事策略及其缺陷。③ 张琴凤的《体验与彰显——论"新生代"小说的叙事策略》从坚守经验自我、穿越生活表象和个体化故事文本等角度阐释了新生代小说叙事策略的独特性。④

　　也有一部分论文是以某个作家的叙事特点作为分析对象的。如，李赣的《一种后现代的叙事模式——东西小说叙事策略探微》论述了东西的叙事理念、叙事策略以及叙事语言，他认为东西小说的叙事策略主要表现为荒诞式、隐喻式和漫画式三种。⑤ 林舟的《论韩东小说的叙事策略》谈到了韩东冷静本色的叙事方式以及小说内在的叙事张力。⑥ 程文超的《鬼子的"鬼"——说说鬼子三部中篇的叙事》论述了鬼子富有个人色彩的

① 吴义勤：《论新生代长篇小说的叙事风格》，《天津师范大学学报》（社会科学版）2005年第1期。
② 管宁：《错位与弥合：新生代小说的叙事策略》，《厦门大学学报》（哲学社会科学版）2003年第1期。
③ 董文桃：《作为反抗工具的性话语和欲望消费观念——二十世纪九十年代新生代小说的叙事策略》，《山东社会科学》2009年第7期。
④ 张琴凤：《体验与彰显——论"新生代"小说的叙事策略》，《重庆社会科学》2005年第8期。
⑤ 李赣：《一种后现代的叙事模式——东西小说叙事策略探微》，《湛江海洋大学学报》2006年第2期。
⑥ 林舟：《论韩东小说的叙事策略》，《小说评论》1996年第4期。

叙事动力、看似平淡却又极具张力的叙述语气以及双重叙述者。① 区燕芳的《论麦家小说的博尔赫斯叙事特色——以〈解密〉、〈暗算〉、〈风声〉为例》分析了麦家受博尔赫斯的影响在小说中所采用的叙述迷宫、元小说、叠套叙述等手法。② 吴朝晖的《毕飞宇小说的叙事视角论》、黄秋平的《陈染小说与女性视角》都关注到了小说的叙事视角。③ 吴培显的《邱华栋小说的叙事结构分析》则借鉴结构主义叙事学理论分析了邱华栋小说整体的结构形态及其内在运作规律。④ 除此之外，还有不少硕士论文对新生代作家个体的叙事艺术进行较为全面的研究。例如，西北大学陈晓辉的《红柯小说的叙事艺术》（2006 年）从叙事模式、叙事时空、叙事情境、叙事声音等方面对红柯小说的叙事风格进行了较为全面的研究。浙江大学章露红的《论艾伟小说的叙事张力》（2009 年）则从叙事内涵和叙事策略两个层面阐述艾伟小说叙事张力的实现。东北师范大学刘春玉的《东西小说的叙事伦理研究》（2010 年）从叙事伦理的角度出发，分析了东西小说叙事伦理形成的背景、具体体现以及对当代小说的启示。安徽大学姚蕾的《毕飞宇短篇小说叙事艺术》（2012 年）分析了毕飞宇短篇小说的叙事对象、叙事技巧及其叙事意义。

　　当然，还有一些论文是从小说的题材、主题等角度切入研究新生代小说的。如，孟繁华的《物欲都市的迷乱与反抗——评邱华栋的都市小说创作》⑤ 以及蓝爱国的《飞扬的欲望——90 年代文学的市场品格》⑥ 是以邱华栋、何顿、刁斗等人为代表分析了都市题材和欲望化的时代特征；

①　程文超：《鬼子的"鬼"——说说鬼子三部中篇的叙事》，《当代作家评论》2004 年第 1 期。

②　区燕芳：《论麦家小说的博尔赫斯叙事特色——以〈解密〉、〈暗算〉、〈风声〉为例》，《作家》2012 年第 2 期。

③　吴朝晖：《毕飞宇小说的叙事视角论》，《理论与创作》2007 年第 2 期；黄秋平：《陈染小说与女性视角》，《理论与创作》1997 年第 2 期。

④　吴培显：《邱华栋小说的叙事结构分析》，《中国文学研究》2007 年第 3 期。

⑤　孟繁华：《物欲都市的迷乱与反抗——评邱华栋的都市小说创作》，《山花》1997 年第 8 期。

⑥　蓝爱国：《飞扬的欲望——90 年代文学的市场品格》，《文艺评论》1997 年第 6 期。

戴锦华的《陈染：个人和女性的书写》①、吴义勤的《生存之痛的体验与书写——陈染小说论》②、荒林的《林白小说：女性欲望的叙事》③、王春林的《自我指涉的欲望世界——评长篇小说〈一个人的战争〉》④ 等则分析了以陈染、林白为代表的新生代女性小说中女性欲望主题及其表现出的女性意识。王干的《叙述之外的叙述——评鬼子的小说》分析了鬼子小说的死亡主题及其一些叙事技法。⑤

　　上述的这些论文都是利用叙事学原理解读了新生代小说的叙事艺术，进而探讨了新生代小说的创作特点。

　　2. 传统修辞层面上的研究

　　相对于叙事角度，从修辞角度切入研究新生代小说的论文较少。这些论文主要从语言特色及其修辞手法等传统修辞层面对新生代小说进行了研究。

　　有一些硕士学位论文做了这方面的工作。如，福建师范大学黎治娥的《论何顿小说的两套话语》（2004 年）探讨了何顿小说的话语特色。河北师范大学刘金先的《毕飞宇小说语言论》（2007 年）认为毕飞宇小说语言的个性主要表现为独特的比喻修辞及其语言的反讽性。华中科技大学房芳的《杜拉斯与陈染叙事言语之比较——从〈情人〉和〈与往事干杯〉谈起》（2008 年）论述了杜拉斯的语言风格对陈染作品的影响。新疆师范大学张岩的《徐坤小说的语言研究》（2012 年）从词语、句式和辞格三个方面考察徐坤小说的语言特点。还有河北师范大学谭东梅的《用极端女性经验诠释爱欲的语言舞者——海男小说论》（2004 年）第三章第二节"话语乌托邦：迷狂的语言之舞"分析了海男小说充满了想象力和虚构性的语言特征。

　　专门对新生代小说的语言进行解读的期刊论文也比较少。就这些期

①　戴锦华：《陈染：个人和女性的书写》，《当代作家评论》1996 年第 3 期。
②　吴义勤：《生存之痛的体验与书写——陈染小说论》，《小说评论》1996 年第 3 期。
③　荒林：《林白小说：女性欲望的叙事》，《小说评论》1997 年第 4 期。
④　王春林：《自我指涉的欲望世界——评长篇小说〈一个人的战争〉》，《当代文坛》1994 年第 6 期。
⑤　王干：《叙述之外的叙述——评鬼子的小说》，《南方文坛》1997 年第 6 期。

刊论文而言，它们多数是将焦点集中于一些著名的新生代作家身上，比如毕飞宇、林白、东西等，对这些作家个体的语言特色进行研究。例如，姜珍婷的《毕飞宇作品的语言艺术》论述了毕飞宇小说语言雅俗交融、擅用各种修辞手法以及哲理和情思兼具的特点。① 金文野的《林白：诗性写作的修辞效应》通过对林白小说的语言分析，展现了林白诗性写作的具体话语运作方式及其审美效果。② 李义茹、肖谋良的《南方写作、感官盛宴、绘画美：东西小说的语言特色》则论述了东西小说语言中的南方方言元素、各种形象的词语、修辞手法以及所体现出的意境美等等。③

多数论文甚至只是在论述其他主题时附带性地提到新生代作家的语言特色。例如，刘仲国《论何顿的都市题材小说》一文仅在论述何顿都市题材小说的叙事立场时提到"何顿的语言是一种真正的民间语言……鲜活、生动、粗鄙而充满日常生活气息"。④ 张宁的《"让一个我变成那无数个我"——关于李洱长篇小说〈花腔〉》一文将"基于游戏逻辑的自由嬉戏的小说精神"所导致的"倒置时序的自由嬉戏的语言风格"视为《花腔》突出的特征之一。⑤ 还有一些文章涉及了新生代小说整体在语言方面的得失，但多为宏观性的概述。例如，刘永春在《论新生代小说的狂欢化叙事》中认为，新生代小说的语言是诗性的先锋语言与口语化的新写实语言相结合的狂欢化语言。⑥

（三）关于新生代作家的访谈录

作家访谈不仅为作家与批评家的互动和交流提供了一个平台，也给

---

① 姜珍婷：《毕飞宇作品的语言艺术》，《湖南人文科技学院学报》2008 年第 1 期。

② 金文野：《林白：诗性写作的修辞效应》，《修辞学习》2000 年第 4 期。

③ 李义茹、肖谋良：《南方写作、感官盛宴、绘画美：东西小说的语言特色》，《神州》2013 年第 21 期。

④ 刘仲国：《论何顿的都市题材小说》，《当代文坛》1998 年第 1 期。

⑤ 张宁："让一个我变成那无数个我"——关于李洱长篇小说〈花腔〉，《郑州大学学报》（哲学社会科学版）2003 年第 6 期。

⑥ 刘永春、于相风：《论新生代小说的狂欢化叙事》，《沈阳师范大学学报》（社会科学版）2008 年第 3 期。

读者和评论家了解作家的人生经历和创作动机提供了一个角度。

出版于1998年的《生命的摆渡——中国当代作家访谈录》① 是国内较早的一部作家访谈录。在这部著作中，林舟访谈了21位作家，其中近一半是新生代小说家，具有颇高的学术价值。

出版于2000年《我的自由选择》(男作家卷)② 和《我愿意这样生活》(女作家卷)③ 以自传、问答、创作谈等形式介绍了何顿、刁斗、韩东、朱文、林白等新生代作家作为自由撰稿人的经历和内心感受，阐述他们关于自由写作与自由精神的个人观点以及一系列与自由撰稿有关的写作问题等等。

2002年，张钧出版了《小说的立场——新生代作家访谈录》。④ 在书中，张钧以对话的形式展现了新生代作家的人生经历和创作动机。访谈录昭示出经历与语境对新生代作家创作的影响，并将新生代作家之间以及他们的作品内部所具有的差异性呈现了出来，为新生代作家及其作品的研究提供了重要的资料。

除此之外，还有一些文章涉及作家访谈。如张东及邱华栋的《一种严肃守望着理想——邱华栋访谈录》⑤、郭素平及邱华栋的《不能卸妆——邱华栋访谈录》⑥、张赟及刁斗的《"边缘是小说最合适的位置"——刁斗访谈录》⑦、易文翔及徐坤的《坚持自我的写作——徐坤访谈录》⑧、李徽昭及韩东的《从乡土小说与高晓声谈起——访谈韩东》⑨、李勇及韩东的《我反对的是写作的霸权——韩东访谈录》⑩、胡群慧及鬼子的《鬼子访

①　林舟：《生命的摆渡——中国当代作家访谈录》，海天出版社1998年版。

②　韩东等：《我的自由选择》(男作家卷)，上海文艺出版社2000年版。

③　林白等：《我愿意这样生活》(女作家卷)，上海文艺出版社2000年版。

④　张钧：《小说的立场——新生代作家访谈录》，广西师范大学出版社2002年版。

⑤　张东、邱华栋：《一种严肃守望着理想——邱华栋访谈录》，《南方文坛》1997年第4期。

⑥　郭素平、邱华栋：《不能卸妆——邱华栋访谈录》，《小说评论》2003年第4期。

⑦　张赟、刁斗：《"边缘是小说最合适的位置"——刁斗访谈录》，《小说评论》2005年第6期。

⑧　易文翔、徐坤：《坚持自我的写作——徐坤访谈录》，《小说评论》2005年第1期。

⑨　李徽昭、韩东：《从乡土小说与高晓声谈起——访谈韩东》，《当代文坛》2008年第1期。

⑩　李勇、韩东：《我反对的是写作的霸权——韩东访谈录》，《小说评论》2008年第1期。

谈》①等等。这些著作和文章都为文学批评提供了崭新的路径，对于新生代文学研究有很大意义。

纵观上文新生代小说的研究概况，我们可以看出，关于新生代小说的研究可谓硕果累累。然而，这些研究成果也暴露出了一些明显的不足。比如，在叙事和修辞层面上的研究量偏少而且较为粗略，而且我们发现，就叙事或修辞角度而言的研究，学者们大多是选择单一向度进行的，要么是叙事角度，要么是修辞角度。目前为止几乎没有学者从叙事修辞的角度对新生代的小说进行研究，这为本书的研究提供了一个新的思路。

第三节　叙事是一种修辞

西方传统观念上的修辞学"是指训练说话者说服别人和传达事情给别人的各种原则"，②它注重研究写、说者使用语言的技巧。汉语中修辞的原义则为修饰言辞。正如陈望道所说的"修辞原是达意传情的手段。主要为着意和情，修辞不过是调整语辞使达意传情能够适切的一种努力。"③很明显，中西传统修辞学的研究虽然有一定的差异，但是它们都致力于对语言进行修饰，增强语言的感染力，以便达到最佳的交流目的。

叙事，按照热奈特的说法，有三层含义：（1）指的是承担叙述一个或一系列事件的叙述陈述，口头或书面的话语；（2）指的是真实的或虚构的、作为话语对象的连接发生的事件，以及事件之间连贯、反衬、重复等等不同的关系；（3）指的仍然是一个事件，但不是人们讲述的事件，而是某人讲述某事（从叙述行为本身考虑）的事件。④也就是说，"叙事"是

---

① 胡群慧、鬼子：《鬼子访谈》，《小说评论》2006 年第 3 期。

② 《简明不列颠百科全书》第八卷，中国大百科全书出版社、美国不列颠百科全书公司合作编译，中国大百科全书出版社 1986 年版，第 699 页。

③ 陈望道：《修辞学发凡》，上海教育出版社 1982 年版，第 3 页。

④ ［法］热拉尔·热奈特：《叙事话语　新叙事话语》，王文融译，中国社会科学出版社 1990 年版，第 6 页。

由叙述能指、叙述事件和叙述行为所构成的。讲述故事的过程就是"叙事"，其目的是通过这个过程更好地完成叙述，促进人们的交流，在这方面"叙事"与"修辞"其实是殊途同归的。

随着学科的发展，本来有着各自独立丰富内涵的"叙事"与"修辞"之间的关系也变得越来越密切。W.C.布斯第一个将"修辞"引进了叙事研究之中。他所谓的"修辞"特指"作者通过作为技巧手段的修辞选择，构成了与叙述者、人物和读者的某种特殊关系，由此达到某种特殊的效果。"它"不是去探讨我们通常理解的措辞用语或句法关系，而是研究作者叙述技巧的选择与文学阅读效果之间的联系，这便回到了古希腊修辞学本义上去了。"① 他在《小说修辞学》一书中所讨论的经典小说的人称、观察者距离、叙述者话语、场面与概述等修辞手法和技巧，"把修辞从语言层面扩展到叙述技巧和策略的层面"，② 引导了小说叙事研究修辞化的方向。

之后，越来越多的学者开始关注叙事修辞的研究，詹姆斯·费伦更是其中的佼佼者。他深受布斯的影响，不仅同样关注人称、声音、距离、时间等问题，而且更加明确化地提出了"叙事是一种修辞"这一观点。在《作为修辞的叙事》一书中他说："'作为修辞的叙事'这个说法不仅仅意味着叙事使用修辞，或具有一个修辞维度。相反，它意味着叙事不仅仅是故事，而且也是行动，某人在某个场合出于某种目的对某人讲一个故事。"③ 显然，在詹姆斯·费伦看来，"修辞"不仅是一种手段，更是一种目的，是为了一系列的意识形态的传达并意图由此"说服"他人。"叙事的目的是传达知识、情感、价值和信仰，就是把叙事看作修辞"，④ 他将叙

① ［美］W.C.布斯：《小说修辞学》，华明、胡晓苏、周宪译，北京大学出版社1987年版，译序第3页。
② 陈传才：《文学理论新编》（修订本），中国人民大学出版社1999年版，第5页。
③ ［美］詹姆斯·费伦：《作为修辞的叙事》，陈永国译，北京大学出版社2002年版，前言第14页。
④ ［美］詹姆斯·费伦：《作为修辞的叙事》，陈永国译，北京大学出版社2002年版，前言第23页。

事看作是"作者代理、文本现象和读者反应协同作用"① 的修辞交流。

当代著名学者浦安迪也认为修辞是叙事的核心功能。他在《中国叙事学》一书中将"修辞"运用于明清之际的奇书文体研究，并指出："这里所谓的'修辞'，广义地说，指的是作者如何运用一整套技巧，来调整和限定他与读者、与小说内容之间的三角关系。狭义地说，则是特指艺术语言的节制性的运用。"②

李建军认为，修辞可以分为两个方面——微观修辞和宏观修辞。他将传统的有关语言修饰的技巧归入微观修辞的范畴，而将叙事技巧归入了宏观修辞的范畴。③ 这也是对"叙事是一种修辞"的诠释。

上述的理论家们关于叙事与修辞之间关系的观点都在说明，叙事与修辞是密不可分的。小说采用怎样的语言，以何种方式叙述故事，并达到作者的叙事目的，往往比故事本身的内容更为重要。而作家采用各种叙事策略和技巧来叙述故事，这本身就是一种修辞行为。这个修辞行为所要达到的目的，就是通过这样的讲述，作者能够尽力将自己的知识、情感、价值观等传输给读者。在这个意义上，叙事就是一种修辞。因此，所谓"叙事修辞"是指作者将修辞策略与技巧融入叙事，从而形成叙事者、人物、读者之间的修辞关系，更好地传递自身的叙事意图，以此达到独特的文本阅读效果。

叙事修辞理论家华尔特·费希尔曾经指出，研究叙事修辞的目的是为了"提供一种解读和评估人类文化交流的方法，使人们能够评判、断定某种具体的话语是否给人们在现实世界中提供了一种可靠的、值得信赖的、适用的思想和行动的指南。"④ 在创作中传达自己的情感和价值观，借此影响读者，这或许是作家创作的真正意义所在。新生代小说可以说是

---

① ［美］詹姆斯·费伦：《作为修辞的叙事》，陈永国译，北京大学出版社 2002 年版，序第 5 页。

② ［美］浦安迪：《中国叙事学》，北京大学出版社 1996 年版，第 102 页。

③ 李建军：《小说修辞研究》，中国人民大学出版社 2003 年版，第 21 页。

④ ［美］大卫·宁：《当代西方修辞学：批评模式与方法》，顾宝桐译，中国社会科学出版社 1998 年版，第 9 页。

"站在巨人的肩膀上"，在他们之前的各个小说流派已经将各种现代／后现代的、中国／西方的、传统／现代的文学技巧都演练了一遍，因此单纯地模仿或继续操练这些是没有意义的。在这种情况下，叙事修辞成了新生代小说的一个突出特点，其包括语言在内的丰富多彩的叙事修辞策略不仅是一种引导读者顺利切入文本意蕴内核的工具，而且表达了新生代作家们自己的生命感受，给读者提供了一种人生观和价值观的参考。这种叙事与修辞的水乳相交，具有强烈的艺术感染力，能够使作品的审美空间充满了弹性和张力。

第四节　选题依据、研究思路、方法及其价值

从上述的分析可以看出，作为 20 世纪 90 年代中国文学版图上的热点，新生代小说有着不小的研究价值，因此其研究成果可谓洋洋大观。但同时我们也看到，目前学界对新生代小说的研究并非尽善尽美。比如，运用叙事学理论研究新生代小说多集中在文体特征、主题、题材、形式技巧等方面，而对于新生代小说的叙事时空、叙事视角、叙事声音等方面的研究则显得较为稀少而粗略。对新生代小说修辞方面的研究更是匮乏，基本上没有专门的论著对新生代小说的修辞进行论述，多数关于新生代小说修辞的研究要么是附带性，要么就是从宏观角度进行的概述，而且多为针对单个作家的语言修辞研究。由于学者们大都是单纯从叙事或修辞的角度出发来研究新生代小说，而在"叙事是一种修辞"的理论框架下进行的研究则微乎其微，故而为本书留下了从叙事修辞的角度对新生代小说作品进行解读和分析的空间。

本书以布斯和费伦等人的有关叙事修辞的理论为基点，结合当代叙事学、修辞学的相关理论，选择新生代代表作家，包括韩东、朱文、毕飞宇、邱华栋、张旻、徐坤、李冯、东西、何顿、刁斗、李洱、陈染、林白、海男、艾伟、鲁羊等人的代表作，通过文本细读的方式，从叙事修辞角度，对新生代小说的叙事视角、叙事声音、叙事时间、叙事空间和叙事

技巧等方面进行分析，把握作者的叙事修辞策略，解读作者的叙事修辞意图，帮助读者更好地理解文本叙事背后所隐藏的深意。同时也希望能通过本书的写作抛砖引玉，为新生代小说的研究提供一个新的角度，并以此引发更多的关注和思考。

第一章 新生代小说叙事视角的设置

叙事视角的设置对一部小说来说是非常重要的。小说文本中不同的叙事视角会带来不同的叙事修辞效果，从而给读者带来不同的阅读感受。因此，任何一个成熟的作家都会尽力选择一个合适的视角进行叙述，以达到最佳的叙事修辞目的。新生代作家们当然也不例外，故而叙事视角的设置充分地体现了新生代小说的叙事修辞特色。

第一节 叙事视角概说

叙事视角指"叙述者或人物与叙事文中的事件相对应的位置或状态，或者说，叙述者或人物从什么角度观察故事"，[①]它是"一部作品，或一个文本，看世界的特殊眼光和角度"。[②]对叙事视角的选择体现着作家的创作意图甚至他的人生价值观。不同的叙事视角会产生不同的叙事修辞效果。"叙事视点不是作为一种传送情节给读者的附属物后加上去的，相反，在绝大多数现代叙事作品中，正是叙事视点创造了兴趣、冲突、悬念乃至情节本身。"[③]因此，作家在进行创作时往往把叙事视角作为建构文本最重

① 胡亚敏：《叙事学》，华中师范大学出版社第 2004 年版，第 19 页。
② 杨义：《中国叙事学》，人民出版社 1997 年版，第 191 页。
③ ［美］华莱士·马丁：《当代叙事学》，伍晓明译，北京大学出版社 1990 年版，第 158 页。

要的因素之一。

在叙事学中，视角有多种名称。叙事学家们对这一概念的表述不尽相同。① 其中为大众所接受的主要是热拉尔·热奈特的"聚焦"以及卢伯克、杨义、胡亚敏、申丹等的"视点或视角"。关于它的分类也各异。热奈特的三分法（零聚焦、内聚焦和外聚焦）区分了"谁看"和"谁说"，是学界较为权威的一种分类。但是热奈特对"谁看"这一术语的界定存在着一定的缺陷。后来他又提出用"谁感知这个面更广的问题来替代谁看"。② 热奈特"零聚焦"的特点是叙事者说出的内容多于小说中的任何一个人物所知，它就是传统小说中最常见的那种没有固定视角的全知叙事。"内聚焦"的特点是"叙述者只说某个人物知道的情况"。③ 其中，叙事的焦点始终固定在一个人物身上是固定式的内聚焦，焦点在不同的人物之间转换的是不定式内聚焦，多个不同的视角聚焦于同一件事为多重式的内聚焦。外聚焦的特点是"叙述者说的比人物知道的少"。④

热奈特的三分法也得到了我国很多学者的认同，如陈平原、胡亚敏等。但申丹则对热奈特的三分法提出了质疑，她认为热奈特的分类并不严格。其中"在'转换式'或'多重型'内聚焦中，叙述者所说的肯定比任何一个人物所知的要多……在这一意义上，这两种内聚焦与全知叙述之间差异不大。"⑤ 而且申丹还认为"传统批评家将人称视为区分叙述方式的唯一标准，而很多当代批评家在区分视角时又完全不考虑人称，这实际上矫枉过正了。"⑥ 基于此，申丹在《叙述学与小说文体学研究》一书中，提出

---

① 罗钢：《叙事学导论》，云南人民出版社 1994 年版，第 159—161 页。

② ［法］热奈特：《叙事话语　新叙事话语》，王文融译，中国社会科学出版社 1990 年版，第 228—229 页。

③ ［法］热奈特：《叙事话语　新叙事话语》，王文融译，中国社会科学出版社 1990 年版，第 129—130 页。

④ ［法］热奈特：《叙事话语　新叙事话语》，王文融译，中国社会科学出版社 1990 年版，第 129—130 页。

⑤ 申丹：《叙述学与小说文体学研究》，北京大学出版社 1998 年版，第 198 页。

⑥ 申丹：《叙述学与小说文体学研究》，北京大学出版社 1998 年版，第 203 页。

了四分法，即相当于全知叙述的零视角、内视角（包含热奈特的第三人称的人物有限视角和第一人称的经历型叙事视角）、第一人称的外视角（包括第一人称叙述者追忆往事的回顾型视角和处于故事边缘的第一人称见证人视角）和第三人称的外视角（即热奈特的"外聚焦"）。申丹的"四分法"不仅对视角中的复杂现象给予了更为细致明确的分类，而且将人称纳入了叙事视角的研究范畴。这为我们认识叙事视角提供了一个新的角度。热奈特也说过，人称即"叙述者与他所讲述的故事之间的关系"。[①] 从修辞的角度看，对人称的选择也同样体现了小说家的叙事意图，是小说叙事格局得以确立的不可或缺的因素之一。"视角的特征通常是由叙述人称决定的"，[②] 因此，叙事视角中叙事者的人称问题是首当其冲的，而将人称和视角结合对叙事视角进行分类正是申丹"四分法"的独到之处。

纵观 20 世纪 90 年代以来的新生代小说，作家在注重故事题材和内容的同时，也非常注重叙事视角的使用，他们灵活地调度着第一人称"我"、第二人称"你"、第三人称"他／她"，使叙事视角的使用呈现出多样化的趋势。在新生代小说中，各种不同类型视角的叙事基本上都存在，共同承担着小说的修辞功能。特别值得注意的是，新生代小说还以越来越成熟的视角转换使小说的叙事形式更为丰富多彩，故事的表达更加有效，借此达到强化叙事的修辞表现力、提高读者阅读兴趣的目的。视角的多样化和复合化也是新生代小说多元化风格的具体表现之一。下文将结合新生代小说的实际情况对其叙事视角的设置进行探讨。

第二节　"我"的言说——第一人称视角

传统的小说里都有着个"上帝"般的叙事者，他／她以无所不知、居高临下的姿态为读者讲故事，但现代小说则更倾向于借助小说中的人物来

---

① ［法］热奈特：《叙事话语　新叙事话语》，王文融译，中国社会科学出版社 1990 年版，第 249 页。

② 童庆炳：《文学理论教程》，高等教育出版社 2004 年版，第 256 页。

讲述故事。如果这个叙事者亲历故事并以故事人物的视角来讲述故事，那么小说在人称的选择上通常会使用第一人称"我"。这个"我"要么是故事的主角，要么是故事的配角，但都是视角的承担者、事件的经历者或者目击者，这就使得故事的叙述显得更加真实可信。同时，故事以"我"的眼光来观察感受世界，就可以自然而然地发表议论或抒发感情，而且会比其他叙事者叙述得更加深入、更加详尽却不失真实感，读者也会觉得合情合理。第一人称叙事在经历了五四新文学的激情呼唤，到新中国成立后一段时间内的销声匿迹，再到20世纪80年代的破土重现，前辈们的经验总结和反复操练，使得90年代的新生代作家对此早已驾轻就熟并有了自己的特点。集中表现如下：第一，使用第一人称内视角叙事。主要表现为陈染、林白等人的女性小说冲破了中国传统女性小说中多采用的第三人称全知视角的方式，代之以叙事者和女主人公"我"合二为一的第一人称内视角来描写女性的真实生命体验，以此来言说女性命运和生存处境；毕飞宇、韩东等借助儿童叙事者，以第一人称内视角进行"文革"叙事。第二，打破了传统的第一人称与限制性视角搭配的固定模式，在小说的叙事中采用第一人称全知视角。

一、第一人称内视角

第一人称内视角即第一人称的经历型叙事视角，它的显著特点就是叙事者只能讲述自己视野范围之内的事情，故而读者就只能局限于叙事者的讲述。新生代小说中极具代表性的第一人称内视角的使用集中体现在陈染、林白等人的女性小说和毕飞宇、韩东等借助儿童叙事者进行的"文革"叙事中。这些作品均借助第一人称内视角达到了尽可能向读者展现人物真实生命体验的叙事修辞目的。

在以陈染和林白为代表的新生代女性作家的小说中，第一人称内视角的使用表现得非常突出，并成为新生代小说的一道独特亮丽的风景线。陈染和林白们在以女性为主题的小说中，多采用叙事者和女主人公"我"合二为一的视角，以第一人称"我"为主体的叙事修辞策略来倾诉着女性的私人经验和欲望。因此整个叙事过程都渗透了作为叙事者的"我"的心理感觉。

早在 20 世纪 40 年代，女作家们就开始从女性的视角关注女性自身的心理体验与生理追求，出现了一些大胆言说爱情与性爱的作品，表现出女性意识的觉醒。例如，苏青曾以大胆的笔触描写女性的隐秘体验，她笔下像"性欲""月经""生理需要"等词，在当时都是被视为禁区的用词。丁玲更被誉为中国近代文学史上"敢于如此大胆地从女主人公的立场寻求爱与性的意义"① 的第一人。80 年代中期以后，女作家们开始更加勇敢地进行女性自身情欲的书写。例如，王安忆的"三恋"、铁凝的"三垛"等。这些直面女性个人隐秘的性书写突破了五四以来女性文学中关于"性爱"描写的圣洁模式。前期作品中那种柏拉图式的爱情描写被细腻的性心理描绘所替代，女作家们用这种对传统反叛的手段书写着女性原始欲望以及生命的本真意义。但她们多采用的第三人称全知视角或第一人称外视角使得她们的女性书写也未能完全突破传统的窠臼，对性的描写也被限制在一定的尺度之内，其间关于女性性本能和独立意识的表达则更多地隐含了某种道德文化和社会的评判。

进入 20 世纪 90 年代以来，西方女权主义理论大量进入中国内地，这些理论为女性写作提供了新视野。女性身体成了她们用来反抗男权压迫的第一个武器。新生代女性作家比以往任何一代的女作家们都更加关注女性身体。因为她们知道只有自己最了解作为女性的自己，只有写自己，才能真正改变传统的男性笔下被扭曲的、虚假的女性形象，恢复女性在历史当中应有的地位。正如西苏所说的"几乎一切关于女性的东西还有待于妇女来写"。② 因此，在新生代女作家陈染和林白等人的"私人化写作"中，女性躯体的秘密一览无余。她们以女性的自身经验和私人意识，尤其是那

---

① ［日］中岛碧：《丁玲论》，转引自孙瑞珍、王中忱编《丁玲研究在国外》，湖南人民出版社 1985 年版，第 170 页。

② ［法］埃莱娜·西苏：《美杜莎的笑声》，转引自张京媛主编《当代女性主义文学批评》，北京大学出版社 1992 年版，第 200 页。

些被传统社会道德伦理视为禁忌而遮蔽了的私人经验，甚至是性经验，来书写女性的生存状态，用自己充满欲望的女性躯体来体验这个世界乃至颠覆男性中心主义。将女性躯体带入文本，让女性更深切地把握自己，是新生代女作家们创作的目的之一。故而相对于第三人称全知视角和女性主人公外视角，女叙事者与主人公合一的第一人称内视角，更适合作家自我发现和理解女性自身的生理和心理状况，也更利于这一时期旗帜鲜明的女性意识的自我表达。这一双重合一的视角从人物内在的精神世界来透视外部的社会现实，不仅将女作家自己的心理、生理感受以及微妙的情感变化都不加虚饰地写进文本中，避免成为男性话语中的"她者"，而且通过身体的写作建构了一种能够摧毁以男性为中心的语言模式，从而达到女性话语的解放。此类文本用第一人称"我"叙事，往往"我"就是小说的女主人公，这样的"自己写自己"使小说具有了很强的主观修辞色彩，非常符合自传性质的"个人化"写作的叙事模式。

新生代女作家陈染和林白的很多作品都鲜明地体现了这一特征。她们的很多小说，都是直接以第一人称为叙事主体，女主人公"我"和故事叙述者多是同一个人，结果形成"我"讲述"我自己的故事"的所谓的真实化叙事方式，给读者带来一种叙事者即主人公的"错觉"。陈染的《私人生活》《与往事干杯》，林白的《一个人的战争》等作品，都是以"我"也就是女主人公的成长经历为线索，小说的叙事者"我"与作品中女主人公是重叠的。这些小说都有着略显陈旧的故事情节，处理不当就会有煽情和庸俗之嫌，但是，陈染、林白采用的叙事者第一人称自述的方式却在一定程度上打破了这一局限。小说叙事充分发挥了女性内化视角的特长，以接近于自言自语或内心独白的方式，细心地描摹了女主人公成长过程中的心灵感触以及包括性体验和性意识在内的生命感受，语言充满了女性化的奇幻灵动。同时，小说也以其"真实感"在一定程度上更直接地触及到了人性和心灵的深处。

在《私人生活》中，陈染通过第一人称内视角对那些过去不可知也不可能知的女性特有的生理和心理现象进行了言说，写出了一些男性根本无法、也无从体验到的东西。比如，少女的初潮以及由此带来的心理动荡。倪拗拗在 14 岁时，"忽然就看到了我的褥单上有一小片红红的血迹，像一大朵火红的梅花，真实地开放在绽满花花绿绿假花的褥单上边。"① 在传统的男性文化中，初潮、月经都是女性特有的被禁止言说的生理现象，但陈染以第一人称，通过"我"的叙述，将这些潜在女性躯体里的、不为男性所知的生理秘密通过语言自信地呈露出来。这些生理方面的感受虽然并不那么浪漫美好，但却是那么的真实。它是女性隐秘领域里一直不为人所知的感受和经验。再比如对于女性身体的自我认识。《与往事干杯》中的少女肖濛对照着妇科书用镜子来认识自己身体的隐秘部分。林白的《一个人的战争》中的林多米在童年时期，就通过生殖器模型，在幼儿园的蚊帐中发现和探索自己的身体："蚊帐落下……放心地把自己变成水，把手变成鱼，鱼在滑动，鸟在飞……"② 这些女性记忆中的隐秘体验被如此直观地展现，第一人称的叙事角度使它又显得那么真实可靠。

陈染和林白等新生代女作家的很多女性文本淋漓尽致地展现着女性身体所经历的一切，其中很多都从来没有在以往任何一部女性作品中以女性第一人称的视角出现过，包括自恋、自慰、性感觉、同性恋甚至人兽恋等等。在这类文本中，陈染和林白等人采用的第一人称的言说方式更有利于细致入微地刻画女性的性意识和她的心理状态。她们以"我"的眼睛看到了女性容貌与躯体之美。肖濛在镜子中看到的自己"那皮肤白皙细嫩得可以挤出奶液，眼睛黑黑大大，黑得忧郁，大得空茫"；③ 倪拗拗眼中的禾寡妇是"长长的眼睛黑陶罐一般闪闪发亮，安静的额头平滑而宽阔，母鹿一般的长腿像一匹光滑的丝绸，在腰窝处纤纤地一束"；④ 林多米眼中的姚琼"身材修长，披着一头黑色柔软的长发，她的腰特别细，乳房的形状十

---

① 陈染：《私人生活》，作家出版社 2010 年版，第 66 页。
② 林白：《一个人的战争》，作家出版社 2009 年版，第 3 页。
③ 陈染：《与往事干杯》，载陈染著《无处告别》，作家出版社 2009 年版，第 13 页。
④ 陈染：《私人生活》，作家出版社 2010 年版，第 37 页。

分好看"。① 文本中女性之躯的美丽不仅是小说中的女主人公看到的,更是作者自身作为女性独特的感受和自我的审视。小说中的这些女性形象是作者们理想化了的女性,她们的美都不带任何欲望的成分在内。作者看她们的眼光是欣赏的,对她们的容貌和躯体的描写是礼赞式的,而不是男性作家那种带有审视色彩或道德评判视角下的描写,因此这些描写充满了浓浓的自恋情结。

叙事者与主人公合一的第一人称内视角使得文本中很多女性独有的性经验、性心理得以以第一人称"我"的感受直接书写,摆脱了以往女性小说在这些方面"欲说还休"的状态,具有很强的真实性和感染性。比如,陈染《私人生活》中大胆地展示女性自慰的行为及其感受:"当我的手指在那圆润的胸乳上摩挲的时候,我的手指在意识中已经变成了禾的手指,是她那修长而细腻的手指抚在我的肌肤上,在那两只天鹅绒圆球上触摸……洁白的羽毛在飘舞旋转……玫瑰花瓣芬芳怡人……艳红的樱桃饱满地胀裂……秋天浓郁温馨的枫叶缠绕在嘴唇和脖颈上……我的呼吸快起来,血管里的血液被点燃了。接着,那手如同一列火车,鸣笛声以及呼啸的震荡声渐渐来临,它沿着某种既定的轨道,向着芳草茵茵的那个'站台'缓缓驶来。当它行驶到叶片下覆盖的深渊边缘时,尹楠忽然挺立在那里,他充满着探索精神,准确而深入地刺进我的呼吸中……"② 除了自我抚摸,还有同性之间的抚摸:"禾掀开我的被子……她那双凉凉的手便伸到我的衣服里边去……那一种特殊的滚烫的凉一触到我的肌肤上,我就仿佛从一个高处跌落了下来,空间差使我产生了极为美妙的眩晕。"③ 这是一种完全私人化的、自我的状态,在她们之前几乎没有哪个中国女作家能以如此的方式言说女性的自我欲望。她们笔下两性之间的性关系的描写也与以往的女性文本不同。女性叙事者与主人公合一的第一人称内视角的选择,使得文本中出现的两性性行为的描写

---

① 林白:《一个人的战争》,作家出版社 2009 年版,第 24 页。

② 陈染:《私人生活》,作家出版社 2010 年版,第 208 页。

③ 陈染:《私人生活》,作家出版社 2010 年版,第 84 页。

集中表现为女性的主体感受。作品中的女主人公对两性性爱既渴望又厌恶。她们有欲望，有快乐："我闭着眼睛，我听到空气在我的体内发出撞击声，听到细胞在慢慢游离，床在旋转，房顶在旋转，我自己在旋转，我轻轻地压抑地呻吟起来。"①"我"用身体也用语言细致地记录下了性爱的美好感受，这种感受是出于女性自身的意愿，而非男权文化中的被迫接受。但是"我"却又是如此地清醒："我发现我其实并不是真的喜爱 T 这个男人，我对他的向往只是因为他传递给我一种莫名的欲望，这欲望如同一片树叶，不小心被丢进起伏跌宕的河水里，水波的涌动挤压使这片叶子从懵懵中苏醒过来。它一边疼痛，一边涌满湿淋淋的幻想和欲望。"②"我"对于男性性行为也有拒斥和反感："他一运动身体就出汗，贴着我的皮肤湿腻腻的，我从心理到生理都反感极了，我本来就毫无快感，根本进入不了那种忘乎所以的境界。"③同时"我"还是男女关系里占据主导地位的一方，甚至是引导者："我俯下身，轻轻地解开他的衣扣和裤带，他像个心甘情愿的俘虏，任我摆布。"④"我轻轻地握住它，把那个想吃'草'而不识路的'羔羊'放到它想去的地方……"⑤新生代女作家陈染与林白们的第一人称内视角直白地展现了女性私人领域的经验，这样赤裸裸的描写在她们之前的小说创作中是非常少见的。这些对女性自我欲望和生理、心理隐蔽面的大胆的、真实坦荡的展现，对女性的一切感觉细腻深入的描写，没有神秘，没有避讳，反而让人感觉其中浸润着的诚挚。女作家们以一种宣泄的姿态、个人化的女性语言，颠覆了传统男权文化下男性对女性话语的叙事策略，形成了一个个独特的文本世界。

　　还值得一提的是，充满诗意的语言和独特的女性审美关怀使得这些

---

① 陈染：《与往事干杯》，载陈染《无处告别》，作家出版社 2009 年版，第 28 页。

② 陈染：《私人生活》，作家出版社 2010 年版，第 119 页。

③ 林白：《说吧，房间》，中国青年出版社 2011 年版，第 53 页。

④ 陈染：《私人生活》，作家出版社 2010 年版，第 174 页。

⑤ 陈染：《私人生活》，作家出版社 2010 年版，第 175 页。

以女叙事者与女主人公合一的第一人称内视角创作的文本——读者眼中的"女性自传体小说",逃脱色情的嫌疑,避免了"被看"的尴尬境地。正如林白在《选择的过程与追忆》中说的那样,她让性"拥有一种语言上的优雅,它经由真实到达我的笔端,变得美丽动人,生出繁花与枝条。"① 这与所谓的"美女作家"的"身体写作"有着本质的区别。试看卫慧的《上海宝贝》中对自慰的描写:

> 我……左手悄悄地伸到了下面,那儿已经湿了,能感觉到那儿像水母一样黏滑而膨胀。放一个手指探进去,再放一指进去,如果手指上长着眼睛或其他别的什么科学精妙仪器,我的手指肯定能发现一片粉红的美丽而肉欲的世界。肿胀的血管紧贴着阴道内壁细柔地跳动,千百年来,女人的神秘园地就是这样等待着异性的入侵,等待着最原始的快乐,等待着一场战争送进来的无数精子,然后在粉红的肥厚的宫殿里就有了延续下去的小生命,是这样的吗?

对比上文引用的陈染的《私人生活》中对自慰的描写,两段同样是以第一人称内视角对女性自慰行为的描写,卫慧的描写露骨粗俗,没有任何美感可言,她将私人行为变成了供人观赏把玩的文本。如此大胆充满细节化但又缺乏美感和深度的性描写,使自己主动陷入了"被看"的处境,不仅扭曲了本属于身体的美好,也掩盖了文本所要传达的思想,使得最后几句对性快乐与生命的思考显得如此苍白无力,仿佛是生硬地黏贴上去的。反观陈染的描写,人物自身的感受明显是重于细节刻画的,并且她将感性的自慰行为进行了诗性的呈现,排比句、比喻句的交替使用使行文充满了诗意与美感,冲淡了由于感性的直观描写所带来的客观的负面效应。陈染、林白等人的身体描写具有特殊的叙事修辞意义,它是为了更好地展现女性的心理,表达女性个体对自身和生命的关怀。但在卫慧等人那里,

---

① 林白:《选择的过程与追忆——关于〈致命的飞翔〉》,《作家》1995 年第 7 期。

身体是可以消费的，所以值得展示。她们可能并不了解身体的真实含义，因而轻视了身体的尊严。从某种程度上来讲，身体描写成了她们在消费文化语境下试图抓住读者眼球的一种方法。正是不同的审美理念导致了如此迥异的文字风格。

新生代小说中借助于儿童的眼光或口吻来叙事的文本也颇钟情于第一人称内视角的使用。成年人作家借助儿童叙事者，以第一人称内视角进行叙事，以儿童的眼光去观察、打量和审视成人世界，并以此解构权力话语的控制，使文本呈现原生态的生命情境和生存世界不易为人所知的别种面貌，更深层次体现了作者的价值观和审美观。

新生代小说中以第一人称儿童视角来叙事的作品很多是关于"文革"的。新生代作家多出生在20世纪60年代，他们的童年时期正处于"文革"阶段，他们虽然没有真正参与"文革"，没有前代作家那种建立在个人经历和经验上的切身之痛，但他们也是目击者，"文革"同样在他们的生命中留下了难以磨灭的记忆。因此，他们不约而同地把"文革"记忆作为叙事资源。成人叙事者的"文革"叙事多像"韩少功所说的'文革'被'圣化或妖化'。不管是圣化还是妖化都是对'文革'历史的偏离，都是反思'文革'、叙述'文革'上的歧途。"① 运用儿童视角，尤其是通过第一人称内视角来书写"文革"，以作为儿童的"我"的个人记忆作为历史的见证，不仅增加了叙事的真实性和客观性，而且深刻地揭示了一个疯狂时代的荒诞和对人性的扭曲。

毕飞宇以"文革"为背景的小说很多都是以儿童为叙事者，并用第一人称内视角来创作的。如《枸杞子》《怀念妹妹小青》《白夜》《那个男孩是我》《写字》《地球上的王家庄》等。以《白夜》为例，小说中的叙事者"我"是来自外乡的孩子，"去年暑假才随父亲来到这座村庄。父亲是大学里的一位讲师，但是出了问题，很复杂。要弄清他的问题显然不那

---

① 沈杏培、姜瑜：《叙述之轻与生存之重：新时期"文革"小说的另类叙事——儿童视角下的"文革"叙事》，《艺术广角》2005年第6期。

么容易。好在结果很简单，他被一条乌篷船送到乡下来了。"① 作为儿童的第一人称"我"的叙述使得复杂的政治问题的结果变得如此简单。到了乡下，父亲想为孩子们办学，在疯狂地努力下，终于可以实现了。可是孩子们却纷纷逃学，因为在教室里肚子饿，老师说的没有一句话比麻雀的肉香，并怂恿"我"最终打破了象征着"文明"与"科学"的教室玻璃。小说以第一人称内视角，叙述了年幼的"我"荒唐的所作所为，反映了那个狂野的年代对文明与知识的漠视以及教育理念的缺失，这一切最终导致了孩子们的无知和对教育的仇视。作者以此深刻地揭示了那个失去理性的时代的愚昧。在《那个男孩是我》中，作者则是通过一个犯了肾病来城里婶婶家休养的病孩"我"的内视角，描述了一个孩子对代表着美好事物的"白毛女"的爱慕之情。但是飘拂在"我"心中的栀子花香和悠扬哀怨的琴声，最后都在表姐的"那个老太婆"成了"反革命"的笑声中终止了。第一人称内视角让我们看到的是：病孩有病的是身体，他们的心灵仍然是纯净的，他们没有受到政治的浸染，他们仍能看到美好的存在，而"文革"却拒绝美好、伤害美好，二者的对比更能让人觉察到那个年代的病态与荒谬。

新生代小说采用第一人称儿童视角，许多事件通过作为儿童的"我"的讲述，都被重新修辞，并以一种童稚的口吻传达给读者，使得小说没有进入直接的伦理批判，而是做了真实客观的呈现，然而其中的审视和批判的意味却是不言而喻的。

总之，新生代小说采用的第一人称内视角使得人物的内心世界得到了更为详尽的展现，故事也显得更加真实可靠，因此也就更容易获得读者的信任与认可。

---

① 毕飞宇：《白夜》，载毕飞宇小说集《哺乳期的女人》，上海文艺出版总社、上海锦绣文章出版社 2009 年版，第 220 页。

二、第一人称全知视角叙事

在传统叙事理论中，第三人称往往搭配全知视角，而第一人称则是一个限制性视角。第一人称叙事者无法知道故事中所有人物的想法和事件之间的联系，不能叙述自己眼光之外的事情。但是20世纪以来，这种固化的传统观念随着小说理论的深入和小说创作的多样化被打破了。在新生代小说中，第一人称视角常常与全知视角相联系，突破了局外人和旁观者的身份限制，超越了第一人称叙事者的所见所闻，在某种意义上达到了"全知全能"，即所谓的第一人称全知视角。

新生代小说中最典型的第一人称全知视角表现在叙事者"我"追忆往事的文本中，是一种回顾型视角。在以此类视角创作的小说中，叙事者"我"或是主人公或是事件的边缘旁观者，但不管怎样，他们都在以第一人称回忆并讲述着故事。因为是回忆往事，所以，叙事者对事件的来龙去脉及其感受体验都知道得一清二楚，因此呈现出"全知全能"的态势。第一人称回顾型全知视角既可以直接全面地叙述一个故事，也可以在叙事的过程中进行议论和评判。这种视角"无疑会给小说营造出一种客观的真实效果，因为它建立在对现实生活的直接模仿之上。"①

以毕飞宇的《怀念妹妹小青》为例。小说的开始是已经成年的"我"，在妹妹40岁生日的前一天晚上"坐在南京的书房里"开始追忆往事："妹妹小青离开这个世界已经整整三十一年了。"② 接下来，小说是以当年还是小男孩的"我"的视角来见证并讲述了妹妹短暂、悲剧性的一生。但由于是对往事的回忆，这个第一人称叙事者远远超越了第一人称叙事的限制，他对于已经发生的事件无所不知：我的妹妹小青是一个颇具艺术气质的女孩，她本该有着美好的童年，但是由于父母下放农村，身份暧昧低微，妹妹多次被村民围观；下放父母的精力主要集中在农业生产和政治批斗两个方面，根本无暇顾及她，内向害羞的妹妹爱上了铁匠铺的一

---

① 黄希云：《小说人称的叙述功能》，《外国文学评论》1996年第4期。

② 毕飞宇：《怀念妹妹小青》，载毕飞宇小说集《相爱的日子》，重庆大学出版社2011年版，第79页。

切，最后由于好奇导致双手被铁水烫残；好心的她救了"反革命"却害得自己精神失常；最后在"文革"时期两个村庄无中生有的斗争中，同十几个老人、孩子一起死于那个无人问津、无处问责的年代。文中常常出现类似"妹妹很快就出事了"①、"后来的事态证明了这一点"②、"然而从后来的事情上来看"③、"而事实上，这件事是一个灾难"④ 这样的句子，无时无刻不提醒着一个全知全能的"我"的存在。虽然"我"早已看清了妹妹的命运，但是当年的"我"却又无能为力，并且这个"我"还不时地从一个客观的位置上对已经发生的妹妹的悲剧和造成妹妹悲剧的时代进行重新观察和冷静的审视，发表着自己的感想："我愿意看到……妹妹小青等同于生活，家常而又幸福……生活就是不肯这样"⑤、"妹妹的模样我无法虚拟，这种无能为力让我明白了死的残酷与生的忧伤。死永远是生的沉重的扯拽。今生今世你都不能释怀"⑥ 等等。文本正是通过第一人称回顾型全知视角客观真实而且全面地再现了处于"文革"那个疯狂年代妹妹短暂的一生，批判了"文革"年代对生命的漠视和伤害，同时也引导读者对那个年代的历史暴力进行深刻反思。

新生代小说中，很多处于故事边缘的第一人称见证人视角同样体现着第一人称的"全知全能"。如鬼子《被雨淋湿的河》中的第一人称叙事人"我"在文本中只是一个故事的旁观者，除了认识陈村和他的儿女以

---

① 毕飞宇：《怀念妹妹小青》，载毕飞宇小说集《相爱的日子》，重庆大学出版社 2011 年版，第 80 页。

② 毕飞宇：《怀念妹妹小青》，载毕飞宇小说集《相爱的日子》，重庆大学出版社 2011 年版，第 81 页。

③ 毕飞宇：《怀念妹妹小青》，载毕飞宇小说集《相爱的日子》，重庆大学出版社 2011 年版，第 83 页。

④ 毕飞宇：《怀念妹妹小青》，载毕飞宇小说集《相爱的日子》，重庆大学出版社 2011 年版，第 85 页。

⑤ 毕飞宇：《怀念妹妹小青》，载毕飞宇小说集《相爱的日子》，重庆大学出版社 2011 年版，第 84 页。

⑥ 毕飞宇：《怀念妹妹小青》，载毕飞宇小说集《相爱的日子》，重庆大学出版社 2011 年版，第 87 页。

外，"我"与故事所讲述的事件几乎没有多少联系，"我"所起的作用按理只是时不时地推动并见证事件的发展，"我"的视角本该是有限的，但是，就是这个局外人"我"却时不时地超越时空、超越第一人称的限制看到本来看不到、听到本来听不到的事件，成为"全知全能"的叙事者。比如，"我"详细地叙述了陈村送晓雷上师范学校的这一段过程。其实"我"根本没有亲眼看到，也没有谁告诉过我，但是"我"却知道得一清二楚。而且这个第一人称"我"是一个离异的、从城里刚回家的中年女性，"我"这样一种身份下的全知视角也使叙事语调与整篇小说的情境非常吻合，它即"可以把许多社会的问题推到故事的背后"，又可以"保持一种叙述过程要下雨的感觉，很沉闷的很潮湿的感觉"。[①] 而他在《瓦城上空的麦田》同样选取了一个参与到故事进程中的"我"来讲述。文中众多的"后来我才知道""这是艳艳告诉我的"以及不确定叙事的补充——"我猜想"，使得第一人称叙事者明显打破了第一人称视角的叙事限制，在文中处于了一个可以纵观事件始末的位置。小说选取的第一人称全知视角使得"我"能够洞悉小说人物的一举一动和他们的内心世界，因此"我"的讲述也就具有了更加通俗明了的效果。同时第一人称视角在无形中缩短了人物与读者之间的距离，也使得读者可以从相对直接的位置观看这一人间悲剧，并由此产生强烈的悲悯情绪，达到了理想的叙事修辞效果。

邱华栋的长篇小说《教授》也是简单地使用了第一人称"我"的视角。这个"我"是主人公赵亮的好友，是赵亮生活的旁观者。但就是这个旁观者却时不时地超越了第一人称的限制性视角，进行"全知全能"的叙述。比如，小说从"我"和赵亮一起去参加一个研讨会说起，路上的叙述一切正常，然而到目的地后，"我"却没有马上进行关于会议的叙述，而是说了这样一段话："几个月后，当赵亮身陷可怕的丑闻旋涡无法自救，而且谁也救不了他的时候，他一定不会忘记，那天晚上和我一起……进行

---

① 张钧：《小说的立场——新生代作家访谈录》，广西师范大学出版社 2002 年版，第 408 页。

玫瑰花香熏浴的美好而轻松的时光。"① 在这段话中"我"就是以"全知全能"的视角预告了赵亮的将来。类似的情况在文中不时出现，例如"我"去赵亮家，作者在介绍他那有名的律师太太时笔锋一转："我们谁都想不到，他结婚时是悄无声息的，可是离婚却离得惊天动地，惨烈异常……他们是怎么拼得你死我活的？到底鹿死谁手？等我接下来慢慢告诉你，因为，好戏还在后头呢。"② 上述的两段话，虽然都是以第一人称"我""我们"来讲述，但是它的内容和语气却都已完全超越了第一人称视角的限制，进入了"全知全能"的状态。这种第一人称全知视角的叙事不仅以作者的评论凸显了人物形象以及他们惨淡结局的必然性，而且预示着小说故事情节的发展趋势，调动了读者探究人物及其故事全貌的兴趣。

总之，新生代小说第一人称全知视角打破了传统的第一人称视角的限制，为新生代小说的叙事修辞增添了丰富的色彩。

第三节　"他"的故事——第三人称视角

在一部小说中，如果叙事者不在故事之内而在故事之外，他以一个旁观者的视角来进行叙事，那么小说通常会采用第三人称进行创作。第三人称可以算是最为常见的一种叙事视角了。在中国传统的叙事理论中，第三人称往往是和全知视角搭配，可以达到全方位、多角度的叙事目的。但进入 20 世纪以来，尤其是新时期的小说创作中，这种全知全能的第三人称视角因其叙事的真实性而受到了极大的质疑，而且多数论者认为它业已无法满足作者对新的小说创作手法的追求和读者对小说审美趣味的进一步需求，因此，在新生代小说中，第三人称的有限视角和第三人称外视角的使用受到越来越多的关注。新生代小说第三人称视角叙事的主要特点体现在：一是没有表现出对第三人称全知视角的绝对排斥；二是在采用第

---

① 邱华栋：《教授》，中国工人出版社 2010 年版，第 2 页。
② 邱华栋：《教授》，中国工人出版社 2010 年版，第 18 页。

三人称人物有限视角进行叙事的文本中，以儿童"他／她"的有限视角进行叙事的文本最具特色；三是关于日常叙事的文本多采用第三人称外视角叙事。

一、第三人称全知视角

作为传统小说中最普遍采用的一种视角，第三人称全知视角当然有着不可抹煞的优点。比如，由于它的叙事者置身于故事之外，所以他的视角可以在场景之间、人物之间甚至人物的内心世界自由移动，他可以在任何时候对故事进行干预，发表自己的评论。正如布斯所说的那样，第三人称全知视角"提供事实、画面或概述，形成信念，把细节同确立的观念联系起来，突出事件的意义，概括整部作品的意义，控制情绪以及评论作品本身。"[①] 第三人称全知视角的这些优点特别适合于长篇小说构建庞大的叙事框架、理清繁杂的叙事线索，塑造众多的人物形象。因此，新生代的很多长篇小说仍然在主体上使用第三人称的全知视角，如艾伟的《爱人同志》、红柯的《西去的旗手》、海男的《女逃犯》、邱华栋的《花儿花》、东西的《没有语言的生活》等等。

以艾伟《爱人同志》为例。小说以第三人称全知的视角讲述了一个残疾的战斗英雄刘亚军与健康美丽的年轻女子张小影之间的爱情婚姻故事。小说的时间跨度 20 年左右，叙事者以全知视角支撑起了一个完整的叙事结构：刘亚军在做侦察兵时由于轻敌而负伤致残；张小影不顾父母的反对爱上了刘亚军并与之结婚；婚后两人从陌生到相互适应，生儿育女，由于性格与观念的差异导致二人之间摩擦不断；随着时代的变换，残疾军人在社会和人们心中地位发生了改变，刘亚军在融入社会失败后长年躲入黑屋，最后在绝望中趁张小影出门时自焚身亡。叙事者如"上帝"般的眼光不仅洞悉着人物的过去、现在，将刘亚军和张小影之间的种种生活细节

---

① ［美］W.C. 布斯：《小说修辞学》，华明、胡晓苏、周宪译，北京大学出版社 1987 年版，第 192 页。

娓娓道来，而且还能直接探到人物的内心世界，将人物的所思所想一清二楚地呈现给读者。尤其当描述主人公的内心时，作者有时还特意用小一号的字体，以示区别。例如，"我没有什么可抱怨的，这一切都是我自己选择的结果。……我现在相信在这天地之间，在那些山川河流、生生不息的草木之中一定有一些我们无法破译的指令，这个指令作用到了我的头上，我于是选择了这样的命运。一切自有安排。"① 这一段二百多字的心理描写是以比正文小一号的字体出现的，在文中相当显眼。张小影和刘亚军的生活天平开始从以刘亚军为中心向张小影倾斜时，刘亚军开始不满甚至怀疑，进而跟踪张小影，因此夫妻之间发生了激烈的矛盾。这段描写就是张小影在与刘亚军沟通之后的心理状况。第三人称全知视角让叙事者非常自然地进入张小影的内心，并以她的口吻反思了自己对于生活的态度：无怨无悔却也有几许的无奈。类似这样以小字特意注出的内心描写多达 46 处（文中也还有很多心理描写作者并没有特意注明）。当然，通过第三人称全知视角全方位地展示人物的内心世界对于人物形象的刻画也起着积极的作用。

同时，全知视角下叙事者可以自由地发表自己的评论和感想。因此，叙事者不时从故事的叙述中跳出来，打断故事的进程，发表自己的看法。例如，当刘亚军在焦急地等待工作机会时，叙事者说道："时间总是在安静之中呈现出它坚韧的面目，它有着永恒之心来折磨你的神经……"② 在刘亚军决定自杀时，叙事者再一次评论道："人世间的偶然中其实隐藏着人们最热切的盼望，上天总是会安排一些事让你得到一个解脱的机会。"③ 这样的评论，虽然暂缓了故事的进度，但却留给了读者思考的空间，让读者理解故事背后的深意。

总之，艾伟通过《爱人同志》这部小说来反映了一个道德英雄时代的爱情童话在市场意识形态下的破灭。采用自由度最大的第三人称全知视

---

① 艾伟：《爱人同志》，浙江文艺出版社 2011 年版，第 156 页。

② 艾伟：《爱人同志》，浙江文艺出版社 2011 年版，第 74 页。

③ 艾伟：《爱人同志》，浙江文艺出版社 2011 年版，第 252 页。

角的叙述使他可以根据需要描述故事的来龙去脉、人物的一言一行，还可以随时进出人物的内心，知晓不同人物童话破灭时面临的痛苦感受，并在觉得合适的时候及时地发表自己的评论。这样，小说得以在各个角度展现故事，达到叙事容量的最大化。

当然，短篇小说一样可以采用第三人称的全知视角达到很好的叙事效果。由于这种第三人称的叙事策略能让作者享受话语优先权，使作者的叙事权威得到更好的确立，因此它就成了很多表达女性意识的女性文本的一种常用的叙事方法。例如，新生代女作家徐坤的很多文本都使用了第三人称全知视角。文本中有一位潜在的女性叙事者，她配合作品中的人物视角来表现女性的生存境遇或揭露男权社会的丑陋及对女性的不公。女叙事者可以深入男女主人公的内心深处，把握他们的心理动态，可以时不时地以主人公的口吻替作者发一些议论或感慨，有时甚至直接发表自己的看法，使文本的颠覆与解构意味更加强烈。如《厨房》一文，作者以第三人称叙事，讲述了事业有成的女性在追求爱情方面的失败。作者这位女性叙事人的视线在男女主人公身上转换着，她清楚男女主人公的每一个心理变化。她看到了女人"枝子"为"重返厨房"而做的种种努力，以及她内心最初对爱情的渴望和幻想，直至当幸福追求化为泡影时的"哀莫大于心死"。她也看到了当男人"松泽"发现"枝子"是认真时那种先是沮丧，接着得意，最后逃脱，然而却因为枝子是"经营"他的女老板而"留有余地"的行为和心态。文中的女主人公是迷茫的，甚至为男人的漫不经心和逃离找借口："她愿意尽量往好的方面想。毕竟他还是有责任感的。哪怕这责任感只是在他最后护送她回家的这短短的一程。"① 而女叙事人却是明察秋毫的："谁说女人只是情感动物，比男人缺乏理性呢？女人一旦目的起来，比男人一点也不傻，也不逊色。关键是她选错了人，挑错了对象。艺术家松泽他一点都不想有什么负担，一点都不想去对别人负责。白玩可以，动真格的不行。……男人跟女人的想法不一样，从根本上就不一

---

① 徐坤：《厨房》，载徐坤著《午夜广场最后的探戈》，作家出版社 2010 年版，第 30 页。

样。"① 二者之间的巨大反差明显增加作品的震撼力。作者正是通过女性叙事人这一明察秋毫的全知视角深刻地揭示了男权社会下，即使是所谓的成功女性，也无处寻觅幸福归程的悲哀。

但是，第三人称全知视角的缺点也是非常明显的。在第三人称全知视角下，叙事者无所不知、无处不在，通过他，读者事无巨细皆了解，这种毫无悬念的被动阅读容易使读者感到乏味，而且叙事者的全知全能也会让读者质疑其叙事的真实性，而使小说失去读者的信任。为了弥补这些缺憾，在采取第三人称全知视角叙事的新生代小说中，并不排斥局部其他类型视角的参与。就如《爱人同志》中，总体上叙事是在第三人称全知视角下进行的，但描写到人物的心理时有时就转换成了第一人称内视角，涉及叙事者的评论时则用第二人称视角。这种短暂的视角转换使得文本更有张力，避免了平铺直叙和叙事者"喋喋不休"的感觉。关于视角的转换我们将在下文做具体的说明。

二、第三人称人物有限视角

传统小说中的第三人称多与全知视角搭配，然而，随着对小说第三人称视角叙事真实性的质疑和人物展示自我的需要的增强，20 世纪以来，越来越多的小说在采用第三人称叙事时，放弃了第三人称视角全知全能的叙事，转而用故事中的某一主要人物的有限视角来观察和进行叙事。此种叙事只能将这个人物的所见所闻、所思所想表现出来，而无法涉及其他人物的内心。对于这种"人物有限视角"，申丹还指出，它"是特指在第三人称叙述中采用的人物视角"，并将之定义为"第三人称人物有限视角"。② 由于在第三人称人物有限视角中的主要人物是位于故事之中的，因此它属于内视角。有很多新生代小说文本采用了这一种视角来增加叙事的真实性，同时，由于这一视角限制了故事人物所能知道的信息，而阅读者也无从得知，

---

① 徐坤：《厨房》，载徐坤著《午夜广场最后的探戈》，作家出版社 2010 年版，第 27 页。
② 申丹：《叙述学与小说文体学研究》，北京大学出版社 1998 年版，第 244 页。

故而有利于制造故事的"空白",让读者跟着这个人物一起感受故事、经历故事,从而进一步激发读者阅读的兴趣。正如胡亚敏所说:"在创作上它可以扬长避短,多叙述人物所熟悉的境况,而对不熟悉的东西保持沉默。在阅读中它缩短了人物与读者的距离,使读者获得一种亲切感。"①

新生代小说以第三人称有限视角进行叙事的不在少数,其中以儿童"他/她"的有限视角进行叙事的文本最具特色。这类文本不仅延续了现代小说中的儿童视角形态,而且也打下了属于"新生代"自己的时代烙印。如邱华栋的《母狼布兰基》就是用第三人称进行叙事,以14岁儿童安德烈充满了童真童趣的语言,让人感受到了人与自然动物的真情实感。"在安德烈看来,所有的树木和花草都是有生命的……他知道它们白天都在保持着沉默,而在夜晚,它们就要开口讲话了。……夜晚里,那些花草树木的阴影,在他看来总带着些敌视态度。……它们并不欢迎每一个自认为是山林的主人的人,来屠杀它们的兄弟,来砍断它们的姐妹们那有着美丽舞姿的年轻腰肢。"②在成人看来,自然界的花草树木是无声的,它们不可能与人有什么语言上的交流,但在"安德烈"们眼中,花草树木是有感情的,它们会说话、会不满,而他能够理解这些情感。作家利用儿童物我不分的心理特点,用拟人的修辞手法叙述了"安德烈"眼中的自然界,充满了人情味,将读者带入了孩子所熟悉的那种"万物与我为一"的境界,同时拉近了人物与读者的距离,使读者对故事和人物自然而然地产生了一种亲切感。类似的还有红柯的《太阳发芽》《四棵树》等等。但这类充满诗意的儿童视角小说在新生代以第三人称儿童有限视角叙事的小说中相对比较少见。

新生代的小说家在使用第三人称儿童视角进行创作时,有着自己"60年代生"的时代烙印。20世纪60年代出生的人的儿童时代正处于我国的"文革"时期,他们对"文革"有着与众不同的记忆。虽然对于"文革"的记忆很多前代作家作品中都有所展示,但他们的这些记忆,却并没

① 胡亚敏:《叙事学》,华中师范大学出版社2004年版,第27页。
② 邱华栋:《母狼布兰基》,载《邱华栋短篇小说自选集》,新世界出版社2013年版,第142页。

有在当代文学中得到充分的表现。因此，使用儿童视角来讲述"文革"就具有了与前辈的叙述不同的意味。以第三人称儿童视角进行叙事，儿童就成为故事的观察者，展现在读者眼前的只有儿童看到的东西和他的心理活动，而对于儿童视野之外所有的一切都是无从知晓的。因此，当采用第三人称儿童视角进行"文革"叙事时，读者就只能看到儿童眼里的"文革"。例如，韩东的《扎根》是关于"下放干部"老陶一家在三余扎根的故事。由于采用了儿童小陶的视角，所以我们并没有看到以往"文革"小说中那种带有悲剧性的苦难场景和强烈反思，代之的是以松弛、絮叨的语言对琐碎平淡的世俗化日常生活场景进行的描写：老陶一家下放三余后，他们建屋、开发菜园子、饲养家畜、小陶上学、成长等等。《扎根》借助于一个八九岁孩子的眼光让那段不堪回首的岁月反而充满田园牧歌情调，使得所谓的历史真实与作为旁观者的儿童眼中的真实发生了严重的错位。大人紧张恐惧、小心翼翼，而孩子眼中的生活依然是平平常常、无忧无虑。例如第九节中，小陶的妈妈苏群被突然"隔离审查"，大人们惶惶不可终日，老陶甚至开始想着自己若也被隔离，希望小陶能在家里危难之时担起责任，而在小陶心里，家里的狗"小花"的丢失比妈妈被审查要重要得多。大人对政治的敏感和孩子的无知与天真形成了鲜明的对比。"文革"的悲剧性就在孩子对成人世界的灾难表现得心不在焉中被消解掉了。当然，儿童视线外的那个疯狂的世界并不是不存在的。新生代作家们以第三人称儿童视角来见证历史，使得那段历史得到了更为自然、真实的呈现。儿童眼中的"文革"与真实的历史形成了巨大的反差，作者正是要借助这种巨大的反差，通过"儿童理解的偏差来表达对时代的讽刺"，"越是以单纯、透明的质地来构筑一个理想、美好的孩童世界，严峻动荡的社会就越是显得突兀和不和谐，越是形成作品内部的一种紧张和张力，也就越是容易促成读者的情感倾向判断和心理冲击效应。"①

---

① 常文昌、高亚斌：《〈地球上的王家庄〉里的多重艺术世界》，《文学界·人文》2009年第2期。

通过儿童的眼睛重新看"文革"那段历史，以儿童的理解和语言叙事还使新生代文本产生了一种陌生化的效果。例如，韩东的《描红练习》中，小波对着爸爸喊："打倒李建宁！"① "妈妈还没下班，她的单位就来人了，妈妈单位来的人在爸爸妈妈房间的门上贴标语。我认识妈妈的名字'陆红英'和'打倒'两个字，我知道妈妈也被打倒了。"② 最后全家被下放到农村去，小波也依然很快乐。下放对他来说就是光荣地戴着大红花坐在主席台上。"反革命""打倒""下放"这些词、这些大事，儿童根本无法理解，因此就如同儿戏一般。"历史所关心的那些政治风云与人物的政治命运，在此却替换成为一些令人啼笑皆非的儿童趣味。"③ 这样的写法不仅给读者带来陌生化的效果，同时也消解了"文革"的紧张和严肃性。

新生代小说中第三人称人物有限视角叙事，还选择了一些特殊的儿童视角，如留守儿童、残疾儿童等等。其中留守儿童视角非常具有时代特色。社会现代化的发展以及工业文明的到来，导致中国近年出现了一个严重社会现象——留守儿童。留守儿童多处于成长发育期，与父母的分离，使得他们敏感内向，易受伤害。新生代作家以留守儿童的视角，描绘了在他们眼中世界的冷漠和内心的孤独。从他们眼光里我们看到的是现代社会人性的荒凉。毕飞宇的《哺乳期的女人》就从留守儿童旺旺视角，描写了在商品经济迅猛发展的社会转型期，母爱缺失的现象。在渴望母爱的留守儿童旺旺眼里，"奶水就是天蓝色的，温暖却清凉。惠嫂儿子吃奶时总要有一只手扶住妈妈的乳房，那只手又干净又娇嫩，抚在乳房的外侧，在阳光下面不像是被照耀，而是乳房和手自己就会放射出阳光来，有一种半透明的晶莹效果，近乎圣洁，近乎妖娆。"④ 由现代化的"不锈钢"碗筷和米糊喂养大的旺旺对惠嫂的"出格"举动（咬了惠嫂的乳房）是出于对母爱

---

① 韩东：《描红练习》，载韩东著《西天上》，上海人民出版社 2007 年版，第 9 页。
② 韩东：《描红练习》，载韩东著《西天上》，上海人民出版社 2007 年版，第 10 页。
③ 许志英、丁帆：《中国新时期小说主潮》，人民文学出版社 2002 年版，第 658 页。
④ 毕飞宇：《哺乳期的女人》，载毕飞宇小说集《哺乳期的女人》，上海文艺出版总社、上海锦绣文章出版社 2009 年版，第 206 页。

的向往，而在成人的眼里却成了下流的行为。成人世界对儿童的误解反衬出了人情的淡漠与疏离。作者如诗如画的描写给人带来的却是隐隐的心痛。作者通过第三人称有限视角——儿童"旺旺"的视角叙事，表达了对重塑朴质单纯的人性的向往。

新生代作家笔下还有一类身体某一部分残缺的儿童，他们往往具有异于常人的感受力和想象力，作家通过他们的视角展现了成人世界未知的神秘性和魔幻性。如《环形树》中眼睛有问题的"花眼乌斯曼"。在他眼里世界有两种底色，"有一只眼睛里的东西全是绿的树呀、红色的人的脸和漫坡漫坡的翠草坪；而另一只眼睛看到的是灰色的树、更白的羊和黄色的人的脸。"① 他发现的蓝鸟"蓝得发亮，蓝得璀璨，蓝得耀眼，蓝得辉煌；那鸟通体透明异常，就连五脏六腑和流动着的闪亮的血液都清晰可见"，② 连叫声都是蓝色的。蓝鸟带他找到的"环形树""叶子全是蓝色的"，"所有的枝枝节节全部都呈环形。一个环上套一个环环环相扣扣扣相连。"③ 作家通过残疾儿童视角，以他们对外部世界的特殊感受，给了读者奇特的美感和更为广阔的想象空间。

总之，新生代作家以第三人称儿童视角进行叙事所到达的叙事修辞效果是明显的。他们借助儿童的眼光去观察、打量和审视成人世界，并以此解构权力话语的控制，使文本呈现原生态的生命情境和生存世界不易为人所知的别种面貌，更深层次体现了作者的价值观和审美观。同时，基于儿童身心的特殊性，在以儿童视角进行叙事的小说作品中，作家们所使用的叙事语言就不可避免地带有了儿童语言的特点，这一切都使作品呈现出童意盎然且"陌生化"的美学效果。

三、日常叙事中的第三人称外视角

第三人称外视角是从故事"外部"来观察叙事，也是一种限制性视

---

① 邱华栋：《环形树》，载《邱华栋短篇小说自选集》，新世界出版社2013年版，第44页。
② 邱华栋：《环形树》，载《邱华栋短篇小说自选集》，新世界出版社2013年版，第43页。
③ 邱华栋：《环形树》，载《邱华栋短篇小说自选集》，新世界出版社2013年版，第45页。

角。它的叙事者所知道的信息要比小说中人物少，也无法进入人物的内心。它强调的是客观地叙事，叙事者只是不加修饰地记录和展现着事件的本来面目，而且不做主观的评论，他基本上是故事的旁观者和局外人。因其客观性使得叙事者叙述的内容比零视角和内视角更能令读者信服，而且读者也必须在阅读的过程中，用自己的生活经验和艺术接受能力去分析理解叙事者像摄影机一样记录下来、不加任何引导的故事内容，因此，第三人称外视角叙事在很大程度上增加了读者参与的可能性和积极性。

在我国，整篇以第三人称外视角叙事的小说大约始于 20 世纪 80 年代的"先锋小说"和"新写实小说"。先锋小说以第三人称外视角不动声色地叙述着血腥暴力以及凶杀场面等等，而新写实小说则以"零度状态"的情感展现着生活的"原生态"，这些都为新生代作家的第三人称外视角叙事提供了绝好的经验和样例，使得他们可以在前辈的基础上进一步发挥第三人称外视角叙事的旁观性。

新生代小说中，像先锋作家余华等人那样以第三人称外视角的方式冷漠超然地叙述血腥、暴力与杀戮的作品并不多见，但是仍然可以找到类似的文本，由此也可以看出先锋小说的影响。例如，在东西的《送我到仇人身边》中，张洪将赵构埋在河岸，但河岸塌方了，半边尸体露了出来，于是张洪用一个铁皮油桶将赵构装进去，此处有一段这样的描写：

> 但是他忘记拿铁锹了，又不想再回工地，于是抓住赵构露出来的手臂就往外拔。他把那只手臂拔断了，也没有把赵构拔出来。他开始用手指抠泥巴，抠了一会，他的指甲盖全都抠脱了，鲜血从十根指头浸出来。这时他才记起裤兜里有一把刀。他用刀挖了一阵，赵构的那一半边露了出来。他把赵构塞进油桶里，但是无论他怎么塞，赵构不是头塞不进去，就是脚塞不进去。张洪想总得把一头给割了。
>
> 张洪举刀想割露在油桶外面的赵构的头，但是他看见了赵构嘴角的那块伤疤。他的手软了一下，突然改变主意，把赵构从油桶里

调过来，这样赵构的双脚就露在外面。张洪割掉他的双脚，把它塞到油桶里，用水泥封住桶口。

东西通过第三人称外视角，用平静冷漠的语言讲述着一个杀人后肢解尸体的惨烈场面。第三人称外视角叙事使得文本在没有叙事主体情感介入的状态下，死亡的暴力场景表现得更为触目惊心，而叙事语言本身的若无其事与叙事内容的血腥形成了强烈的反差。当然，这类描写不仅在东西的小说中不多见，而且在整个新生代小说中都非常少见。

第三人称外视角叙事的特点和优势在新生代关于日常叙事的小说中体现得更为明显，也表现出了新生代小说叙事贴近生活的一面。例如，韩东的《三人行》叙述了三个年轻人在除夕前后百无聊赖的生活。小说采用的第三人称外视角使得叙者事可以用最客观的方式，流水账似的将小说人物东平、刘松和小夏毫无目的性的行为举动呈现给读者。小说没有波澜起伏的情节，没有深入透彻的心理描写，有的只是琐屑、平凡的日常生活的展示——玩仿真枪、放鞭炮、吹牛、闲逛，最后因撬门被逮。故事与故事之间几乎没有什么逻辑性，而且叙事者对这些事件的讲述不分主次，不重详略，在叙述时，亦不投入自己的情感，因此，读者在阅读时看不出叙事者的价值立场。以小说中的一段为例：

　　沿街的餐馆都开着，有人携家带口去那里过三十……小店也都还在营业，顾客依然满堂。刘松掏钱买了烟花、葡萄酒以及大量的瓜子、核桃等零食。……东平妈还在厨房里忙着。……然后，他们就吃喝上了。途中东平起身去接了几个亲友打来的电话，都是祝贺新年的。东平姐姐的国际长途随着一阵异样的铃声直冲进来……电视里的春节联欢晚会也已开始。……那身为母亲的抱了一床毯子坐到里面的长沙发上，倏忽间变成了忠实的电视观众。东平和他的两个朋友仍在吃喝……然后又有几个电话打进来，提前拜年。后来他们就把电话打出去，拜年……小夏给他父母打了。东平给他的姨妈和舅舅。刘松一直在给那些久疏问候的朋友打电话……

这是一段除夕之夜的描写。叙事者用直截了当的语言，非常客观地呈现了刘松等人的买东西、吃年夜饭、打电话拜年等等一系列在除夕夜的举动。第三人称外视角对这些几乎所有中国人在除夕夜都在做的，没有什么特别值得记录的事情的展示，突出了刘松等人琐碎而又无聊的生活状态，同时叙事者不带感情色彩的讲述更使得叙事"以一种'似真'性的修辞对中国人的生存状念进行一种静观式的描述"。[①]

朱文的《傍晚光线下的一百二十个人物》也是一篇极能体现第三人称外视角叙事特征与效果的短篇小说。小说人物小丁有着双重身份，他既是写《傍晚光线下的一百二十个人物》这么一篇小说的作家，也是这篇小说中的一个人物。作为作家的小丁是这些场景的旁观者，作为场景人物的小丁又是这个日常生活流水账的参与者。小说设置了七个场景，包括小丁给烟酒店起名"傍晚"、邻居之间的各式闲聊、小店做着各种生意、小狗引发了一场不大不小的纠纷、小丁打电话等等。这些场景并没有统一的主角，也没有聚焦事件。整个叙事以时间为线自然地展开，叙事者好比摄像机记录下了生活本身的每一个毫无修饰的镜头，并做了不附加任何感情色彩的呈现，小说以最为直观的方式还原了日常生活原本的面貌。

类似的作品还有韩东的《在码头》、朱文的《去赵国的邯郸》《到大厂到底有多远》、邱华栋的《蝇眼·天使的洁白》等等。

韩东们的第三人称外视角叙事由于明确地限制了叙事者的活动范围与叙事权限，使得他无法像零视角叙事者那样全知全能，他所能讲述的只能是自己的所见所闻，因此对读者而言，更具真实感。同时这种限制性视角下所展示出质朴的、琐细的世俗生活，也是读者倍感熟悉的，因为这就是生活的原生态。因此，新生代小说中第三人称外视角叙事在一定程度上取消了文本世界与现实世界之间的距离和差异。同时，小说使用了

---

① 张颐武：《新时期小说与"现代性"》，《文学评论》1995 年第 5 期。

最为贴近生活的语言，没有过多的修饰，没有隐藏的潜台词，语言深度的消失也使得文本更为通俗易懂，无异于为读者的阅读减负。当然，这并不意味着小说就成了真正的流水账。更重要的是，第三人称外视角下叙事的客观呈现以及叙事者不带价值评判的叙述，不仅最大限度地取消了全知视角小说中叙事者与叙事接受者的不平等关系，而且给读者留下了很多"空白"，读者再也不必被迫接受作者给出的结论，而是可以根据自己的理解去对小说的展示进行思考、作出评判，由此也增强了读者的参与意识和审美的再创造力。总之，韩东们以第三人称外视角叙事"避免了深层次的象征的努力，直接紧贴着生活的本身，来展示眼下这个表面上歌舞升平的社会的日常生活真相"[1]，并以此解构了传统小说的宏大叙事。

当然，新生代小说第三人称外视角叙事也有着无法避免的缺点。如，叙事者不带感情色彩的纯客观叙事也会造成叙事者与读者、人物与读者之间的心理距离拉大。同时，限制性视角使它不可以对故事进行自由摹写，特别是无法进入人物的内心世界，因此也失去了一定的深刻性。

第四节　"你"的存在——第二人称视角

第二人称叙事相对而言比较少见，也"是三种人称叙述中使用频率最低的"，[2]尤其是在中国古典小说中几乎见不到。到了五四以后出现了书信体小说，如鲁迅的《伤逝》、郭沫若的《落叶》等，才实现了"我"向"你"对话式的叙述的转化。随着新时期小说的兴起，第二人称的叙事视角才慢慢地为广大读者所熟悉。

对于第二人称视角，热奈特曾经认为由于第二人称可以用任何一个"我"或"他"来代替，故而它的存在没有任何意义。但是，第二人称叙

---

[1]　陈思和、王光东、宋明炜：《朱文　低姿态的精神飞翔》，《文艺争鸣》2000年第2期。
[2]　祖国颂：《叙事的诗学》，安徽大学出版社2003年版，第176页。

事也有着自己的独特性。第一人称叙事者多以故事亲历者或目击者的视角进行讲述，借此增加故事的亲切性和真实感，第三人称叙事者则以他无所不知的方式将宏观场景和微观心理统统展现给读者，成为情节、人物与读者之间的媒介，而第二人称叙事的独特性正如徐岱在《小说叙事学》中所说的那样："第二人称具有'全能'性，既可以是故事的叙述者，也可以是故事中的被叙述者，还可以扮演这个故事的叙述接受者的角色。"① 第二人称叙事将"你"引入小说，使得小说呈现出一种对话性，表现出叙事者、人物与读者之间面对面的交流，特别是读者在阅读此类小说时，常常会不自觉地将自己与这个或是故事的接受者或是故事叙述主体的"你"联系起来，对故事、人物及其故事叙述者都会产生一种较之其他人称叙事更亲近的感觉，读者介入故事的程度也就更深。因此，第二人称叙事视角毫无疑问是客观存在的，而且意义不凡。对于一直在尝试突破前辈同时注重读者群的新生代作家来说，第二人称叙事视角是个不错的选择，这种异于常态的视角带给了读者新鲜的阅读感受。当然，从另一个角度来看，这种直到 20 世纪初才有所发展的第二人称视角叙事在某种程度上也是对读者传统的阅读和接受习惯的一种挑战，因此在新生代小说中并没有大面积的出现。尽管如此，第二人称叙事视角的使用却仍然体现出了新生代小说对多元化叙事的追求。

单纯仅以第二人称视角进行叙事的文本在文学史上都是极少的，代表作有米歇尔·布托的《变》、高行健的《灵山》等。而新生代小说中的第二人称叙事多是伴随着第一人称或第三人称叙事出现的。以第二人称视角叙事的新生代小说文本中"你"主要表现为以下两种情况：一是小说故事中的人物"你"；二是故事之外的人物"你"。

一、小说故事中的人物"你"

小说故事中的人物"你"一般都表现出相对较为丰满的人物性格特

---

① 徐岱：《小说叙事学》，商务印书馆 2010 年版，第 322 页。

征，在某种程度上仍然扮演着"他"的角色或者成为叙事者直接交流的对象。它包括两种情况：一是全篇小说以第二人称"你"的视角叙事，此时的"你"相当于全知全能的第三人称"他"，如卡尔维诺《寒冬夜行人》中的"你"。新生代小说中鲜有这种形式的第二人称视角叙事。二是"你"是小说中叙事者面对的对象或叙事接受者。这类"你"在新生代小说中还是比较常见的。比如，红柯的《奔流的生命》中就不时地出现第二人称"你"的叙事，而这个"你"其实就是小说的主人公"他"的另一个化身。小说写的是一个男人在塔里木河划着橡皮艇漂流，经历沙暴，感受生命如同大河般的奔流。作者在文中交替使用第三人称"他"和第二人称"你"的视角叙事。作者在描述男人"他"在塔里木河上划着橡皮艇漂流的同时，借助第二人称"你"的视角，以回忆的形式更为生动细致地展现了人物的一切，包括"你"（也就是"他"）的经历和心理活动："你"六年前从喀什考上了北京的一所著名的大学，毕业后留在了京城，找到了一份好工作，并娶了一个漂亮且善于应酬的妻子，过上了让家乡人羡慕的城里人的生活。但是"一年以后你突然厌倦了，你感觉你厌倦这一切了，你活得很累。……你想起了那条河。你终于想起来了，好几年你失落的原来是一条河。这条河的名字就叫塔里木河。"① 于是，他毅然回到了塔里木河感受故乡的气息。漂流在河上让他的内心深处充满了欢乐，开始了对在故乡度过的青春的回忆："你从小就是个不安分的家伙，你喜欢骑着马在绿的醉人的草原上疾驰。……你爱国爱得要命……"② 还有"你"如何爱上班上的维吾尔族姑娘阿依古丽："有好几个晚上你睡不着觉，因为你眼前老是出现她那雕塑般的身影，你的心激动得突突直跳。……你既害怕又害羞……"③ 但是，阿依古丽因为白血病死了，"这巨大的打击使得你好长时

---

① 邱华栋：《奔流的生命》，载《邱华栋短篇小说自选集》，新世界出版社 2013 年版，第 253 页。

② 邱华栋：《奔流的生命》，载《邱华栋短篇小说自选集》，新世界出版社 2013 年版，第 255 页。

③ 邱华栋：《奔流的生命》，载《邱华栋短篇小说自选集》，新世界出版社 2013 年版，第 255 页。

间都没有缓过气来。"① 在这样的叙事中，人物的世界在"你"和"他"的对话中得以自然地展现。"你"是回忆中的"他"，"他"则是现实中漂流在塔里木河上的"你"，第二人称的叙事视角使得人物的回忆与现实交替出现，更好地展现出了一个通过塔里木河的净化、沙暴的洗礼，找到了生命真谛的男人的形象。

邱华栋的《意象：芬芳的墓地》则借用第二人称视角叙述了一个凄惨的爱情故事，使得这么一个老套的爱情故事呈现出了新颖的面貌。小说一开篇，叙事者几乎没有对"你"这个人物做什么铺垫，而是以第二人称的视角直接进入了故事场景，"你"既是文中的主要人物，也是受述者。"我"对人物"你"描述是："你还是一个人站在那儿，形单影只，一袭淡黄色衣裙在阴风吹拂下漫漫飞卷。"② 虽然"你"没有说一句话，但叙事者"我"与受述者和人物合一的"你"却呈现出一种对话的形式，故事的一切都是在叙事者"我"对"你"的倾诉中展开的。随着叙事者的倾诉，我们看到了一个美丽的姑娘因为恋人在为她采花时失足落下深渠之中身亡而发疯，最后在拯救恋人的幻觉中跳下了阳台。最令人心碎的是，其实她的恋人并没有死，而她却在疯癫的状态下根本认不出来自己心爱的人，最终导致了悲剧的发生。这本是一个并不出彩的爱情故事，但是作者以第二人称视角进入故事，受述者与人物合一，诱使读者自然而然地融入了文本。这种手法在一定程度上颠覆了读者传统的阅读习惯，故事也因此尽可能地避免了落入俗套、为人诟病之险。

而他的橘子瓣式的长篇小说《闯入者》第二章"环境戏剧人"第七小节中，第二人称"你们"则以极高的频率出现着。故事的叙事者是一个"环境戏剧人"，他在第一人称"我们"的独白中不断地穿插着与第二人称"你们"进行的交流，此处的"你们"是"我们"表演环境戏剧时

① 邱华栋：《奔流的生命》，载《邱华栋短篇小说自选集》，新世界出版社 2013 年版，第256 页。

② 邱华栋：《意象：芬芳的墓地》，载《邱华栋短篇小说自选集》，新世界出版社 2013 年版，第 220 页。

的观众。通过这个特别的视角，他讲述着环境戏剧《谩骂观众》的表演内容、自己的内心感受以及观众的反应。这个小节表现为"环境戏剧人"（"我们"）与观众（"你们"）之间的"对话"。这些"观众"在文中并没有出现，也没有姓名，但是却是叙事者交流着的对象："我们就是你们……你们挑选我们来谩骂你们，于是今天我们就谩骂你们。"①邱华栋以第二人称的叙事视角将叙事者和观众"你们"放在了面对面的位置。借此邱华栋叙述了"环境戏剧"的特别演出方式——是由演员和观众共同参与的："你们看不到你们想看到的东西……你们看到的只是我们……只有我们站在你们面前……你们看不到后台，再也没有新的角色加入，就是我们这些人……"②"你们这时候如同戏剧里的人一样，这时候你们才是真实的，这才是我们要的戏剧效果。……因为你们就是我们。我们不表演一点儿情节。……这同样不是骗局，因为你们买了票，你们看到了你们自己的展览……"③同时，叙事者还在这个小节体现了他作为《谩骂观众》的主演真实的内心感受以及他对自己的交流对象"观众"的失望和不满："我们从来没想到过要感动你们，因为我连自己都已经感动不了。……我们对你们很失望……因为你们太愚蠢，以为来看一场戏剧表演就能够从中获知一些什么……你们和我们一样一无所获……"④当然，这些不仅是叙事者在情境中与潜在的"观众"的对话，而且实际上也是说给读者听的，此时的阅读者就像是被拉进谈话圈里的旁听者，我们甚至可以从第二人称的叙事中看到"观众"们对这出戏剧的反应："你们可以愤怒！""你们不要沉默！""为什么不站起来拍着椅子向我们怒吼？""你们好像很吃惊……你们不能无动于衷，你们似乎越来越生气……但你们仍沉默着，在黑暗之中一动不动地用心听我们在谩骂你们。"⑤

---

① 邱华栋：《闯入者》，湖南文艺出版社 2011 年版，第 48 页。
② 邱华栋：《闯入者》，湖南文艺出版社 2011 年版，第 48 页。
③ 邱华栋：《闯入者》，湖南文艺出版社 2011 年版，第 49 页。
④ 邱华栋：《闯入者》，湖南文艺出版社 2011 年版，第 48 页。
⑤ 邱华栋：《闯入者》，湖南文艺出版社 2011 年版，第 49 页。

同样，李修文的《西门王朝》、毕飞宇的《雨天的棉花糖》等，也都是采用了插入第二人称视角的手法进行叙事的，文中频繁出现的"你"同样让人印象深刻。

新生代小说创作中的这种视角的选取，不仅使得小说的受述环境真实化，而且产生了特殊的叙事修辞效果——拉近了叙事者与受述人物的距离，同时也能使读者更容易进一步融入文本。

二、小说故事之外的人物"你"

小说故事之外的人物"你"并不具备鲜明、丰满的性格形象，也不对故事进程产生影响，是个不在场或者被边缘化的人物。它也有两种情况，一是"你"并非小说故事中的人物，而是作者为之写作的读者；二是"你"是小说故事中的道具式的旁观者，是小说潜在的"叙述接受者"。

新生代小说的第二人称视角叙事最常见的应该是前者。此时的"你"不是小说故事中的人物而是读者。作者通过第二人称叙事与读者进行对话，使得读者在不知不觉中进入了"你"的角色，成为一个文本叙事者的理想的"受述者"。这种情形出现在了很多新生代作家的小说中。如：

(1) 我说到这里，你也许会撅起嘴巴，死都死了，还制造个意义有意义吗？

——刁斗《谁肯与我击掌》

(2) 首先我告诉你们，举着水果刀冲进来的这个人是个女人。我想你们也许猜到她是谁了……

——东西《痛苦比赛》

(3) 这样的个例在碧色寨很多，你很难研究他们为什么在这样一个战乱的时代驻留于碧色寨。

——海男《碧色遗梦》

在上述的这些例子中，第二人称"你"很显然不是故事中的人物，叙事者在讲述故事的同时突然停了下来，将目光转向了读者，与读者进行直接的交流，不仅在提醒读者注意故事的进展，而且很自然地将读者拉入了文本之中，成为小说叙事者面对面的受述者。

有时候，新生代作家们还会在故事进展中将自己的感想直接与第二人称"你"推心置腹地进行交流：

（1）生活总是为你预备起你的身体在疲惫或停顿之后继续前行的种种意外的东西，其中，你得接受对过去记忆的种种褪色之后的场景。

——海男《被遗忘的尴尬》

（2）这世界就是这么简单，你以为了不起的事情，对于你个人来说比天还大的事，你的一切委屈，或者不幸，当你死后，就结束了，甚至不会有人记得，但地球照样在转，不会因为你的消失而停止。

——艾伟《爱人有罪》

这些例子中的"你"并没有特指谁，也与故事情节毫无关系，"你"的身份单纯，只是小说的作者在发表自己的感想和评论时，找到的那个理想的接受者。作者的这些说给"你"听的议论和感想甚至几乎游离于整个故事的叙述之外，但是作者在直面第二人称"你"进行交流时，语气亲切而诚恳，"改变了读者在第三人称中的'旁观'者身份，仿佛与叙事主体正面相对。"① 在与"你"的对话过程中，作者不仅将自己的感想以及立场观点展现给读者，而且大大缩小了与读者之间的隔膜，同时也在召唤着读者以最大限度的热情投入到小说的叙事中去。

至于后者"你"则相当于故事的道具，对故事也没有任何影响。在作品中，这个"你"根本不现身，唯一做的就是默默地聆听叙事者的讲

---

① 徐岱：《小说叙事学》，商务印书馆2010年版，第325页。

述，因此被称为"潜在的叙事接受者"。他与读者不同的是，他是存在与文本之内的、作者虚构出来的读者形象，他是小说叙事的全面的接受者，是不能离场的听众，他与叙事者相依相存。例如麦家的《充满了爱情和凄楚的故事》。小说讲述了一个战争中人与人之间的情感故事。牧羊小姑娘"裙"被迫充当了敌方的间谍，单纯可爱的她赢得了排长的喜爱，她的情感在杀手哥哥和排长之间徘徊着，最后排长为了救她死在了她哥哥的枪下。小说用第二人称开始了故事的叙述："你们总是说要不开那个玩笑排长是不会死的……随着排长的死去，你们可以听到小狼狗悲痛的鸣咽……"① 作者从一开始便虚构出了"你们"这个叙事接受者，这个"你们"显然身处故事之中，并且知道故事的结局，但是他却没有参与故事的发展，甚至一言不发。全文是在叙事者对"你们"的讲述中展开了故事："你们要记住裙的哥哥是一个阴险狡猾的杀手……这个故事自开始到现在，他一直隐藏在田畈里的茅草丛里……毫无疑问，你们应该把杀手想成一个满脸横肉、用心险恶的冷面杀手……"②"可是你们不要忘了这是个战争故事……"③"告诉你们，故事正在往痛的、凄楚的方向发展，你们等待的排长开玩笑的事情就在这天下午来临。"④"你们可以猜想一下裙是怎么把排长骗下山去的，你们可能猜对，也可能猜不准。但问题不在这里，问题是裙无论如何是可以把排长骗下山，骗到河边来的……这真是没有办法的事情，你们说是不？"⑤ 这个第二人称叙事接受者还与叙事者一起走完了故事的全部历程："正如你们想的一样……排长方为胜，杀手方为负"⑥"杀手在仓皇逃窜时，急不择路，不慎踩响地雷，于是命归西天"⑦ 等等。

　　作者使用第二人称叙事视角避免了故事的平铺直叙，同时也避开了

① 麦家：《充满了爱情和凄楚的故事》，群众出版社 2005 年版，第 1 页。
② 麦家：《充满了爱情和凄楚的故事》，群众出版社 2005 年版，第 5 页。
③ 麦家：《充满了爱情和凄楚的故事》，群众出版社 2005 年版，第 10 页。
④ 麦家：《充满了爱情和凄楚的故事》，群众出版社 2005 年版，第 13 页。
⑤ 麦家：《充满了爱情和凄楚的故事》，群众出版社 2005 年版，第 16 页。
⑥ 麦家：《充满了爱情和凄楚的故事》，群众出版社 2005 年版，第 16 页。
⑦ 麦家：《充满了爱情和凄楚的故事》，群众出版社 2005 年版，第 16 页。

对导致排长死亡的"裙"做直接的评判。叙事者其实希望将故事的评判权交给读者，让读者更好地理解和接受。然而，在故事和读者之间，作者选取了一个默默的聆听者——"你们"。这个作为叙事接受者的"你们"其实充当叙事者与读者之间的中介，叙事者把故事讲给叙事接受者听，其实就是讲给读者听的。叙事接受者对故事的判断往往就代表着读者的态度，所以，如果叙事者在与读者直接接触之前先与叙事接受者达到某种一致，则能使读者更容易、更深入地接受与理解小说的故事，也使小说更新颖，故事更具感染力，让文本外的受述者——读者非常自然并且心甘情愿地融入文本。邱华栋的《保险推销员》中"你见过保险推销员吗？……你眼前就有一个，她刚刚从百盛购物中心出来……"[1] 红柯的《白天鹅》中"老头的两个结实高大的儿子，老大性子暴烈，你千万不要以为暴烈的小伙子只会打架斗狠……"[2] 等等，都是此种情况。

　　总之，这种第二人称的叙事视角呈现出一种对话性，具有一定的亲和力，能够拉近叙事者与受述者之间的距离，提高了读者参与的积极性与阅读的兴趣。正如前文说过，新生代作家们大多比较注重读者群的感受，因此，在第一人称或第三人称的叙事中插入此类的第二人称视角叙事，可达到读者进一步介入小说故事文本的目的，使得读者与故事的叙事者及其故事中的人物更加亲近，这就是第二人称视角的叙事修辞功能。

第五节　多重叙事视角的转换

　　随着叙事视角之于小说文本创作的重要性的提高，新时期以来小说家们发现单一的叙事视角已经无法满足创作的需要，它们的局限很难从其自身突破。正如前文已经论述的那样，全知视角（零视角）叙事虽然能够展现宏观的场景，也能自由出入各个人物的内心世界，但是叙事者过于

---

① 邱华栋：《保险推销员》，载邱华栋著《新美人》，重庆大学出版社 2012 年版，第 183 页。

② 红柯：《白天鹅》，载红柯著《莫合烟》，春风文艺出版社 2004 年版，第 93 页。

"全知全能"的讲述不仅让读者感到索然乏味，而且易使读者怀疑其真实性，导致不信任感的产生。传统意义上的内视角和外视角叙事虽然有很多优点，但也都具有一定的限制性。内视角的叙事易于深入视角人物内心，能使读者产生亲切感，提高故事的可信度，但是其限知性使得它只能讲述视角承担者的见闻和思想，对于其他人物就无能为力。外视角叙事最大的特点是客观性，能提高读者的参与兴趣，但纯客观地叙事及限制性的视角也造成它的狭隘和拘谨，尤其是它无法描摹人物内心。为了弥补单一视角叙事造成的缺陷，越来越多的当代小说家已经认识到有意识地转换、调节甚至交叉使用不同的叙事视角可以更好地实现叙事修辞目的。因此，在新生代的小说中，已经较少看到单一视角的作品了（上文的论述中所举的例子，基本上都是整体采用某种叙事视角，局部采用其他的叙事视角来配合）。

当然，叙事视角的转换也有一个度的问题，适度的转换能增加小说的魅力，但过分复杂的视角转换则会让读者如陷迷宫找不到出口而无所适从，从而失去了阅读的兴趣，比如部分先锋小说。典型的如余华的《此文献给少女杨柳》，其叙事视角就尤其复杂，多重视角频繁转换加上对于形式的过分追求，使一般的读者很难理清头绪。这可以算是先锋小说在视角转换上的一个缺陷，也是他们最终丧失读者群的原因之一。新生代作家吸取了其中的经验，在小说创作中调整了先锋小说中视角转换过分复杂的现象，以恰当的视角转换重新获得了与读者间的顺畅沟通。有了前辈小说家们20多年的叙事视角转换的操练经验，进入20世纪90年代以来，叙事视角转换的方式越来越成熟，并成为新生代小说最为重要的叙事修辞策略之一，新生代作家们借此更好地向读者传达了自己的创作意图，达到了更为理想的叙事修辞效果。新生代小说中叙事视角转换大致可以分成两类：一是非形式意义上叙事视角的转换；二是形式意义上叙事视角的转换。

一、非形式意义上叙事视角的转换

非形式意义上叙事视角的转换是指叙事视角的形式并未转换，而是视角的承担者发生了转换，例如李洱的《花腔》。这部小说的正文由三个部分组成，也就是标注 @ 的部分。每一个部分都是采用第一人称限制性视角进行的叙事，但是每一部分叙事视角的承担者却都不同，分别是医生白圣韬、人犯赵耀庆和法学家范继槐。他们从自己的角度，用自己的腔调和述说方式对葛任的历史进行讲述。作为同一人和事的见证者，他们的记忆却如此的不同，历史在每个人不同的讲述中显现出了不同的面目。正文的每一部分都使用第一人称叙事视角，能够让亲历或目击事件的叙事者的讲述显得真实可靠，叙事者内心活动的自然展示也会让读者觉得合情合理。但是，整部小说却呈现出三个不同的叙事者，三种不同的叙述内容，体现出了小说题目"花腔"的意义之所在。这种以不同的视角承担者来讲述相同的事件与人物的叙事方式，可以给读者提供更多的信息量，让读者看到同一事件和人物的不同方面，以便作出最为客观的判断。在这里，作者其实是通过视角承担者的转换完成了叙事视角的转换。这种非形式意义上叙事视角的转换方式，使得小说不再局限于一个人物的叙事视角，而是呈现出"众语喧哗"的多维的叙事视角。整部小说的叙事既保留了第一人称有限视角的优势，又通过视角的转换，展现了更多人物和事件的方方面面，给读者留下了思考的空间。

东西的《肚子的记忆》可以说是将非形式意义上叙事视角的转换进行到了极致的状态。小说的主人公王小肯是一名邮递员，他莫名其妙地患上了"暴食症"，医生姚三才在治疗过程中发现他还患有失忆症，并进入了因失忆而暴食、因暴食而失忆的恶性循环。在调查之下，最后找到了王小肯"暴食症"的根源——从母胎中遗留的关于饥荒年代的创伤记忆。这是一篇奇特的故事，但是它最抓人眼球的奇特之处还在于文本的叙事视角。小说是以第一人称有限视角进行叙事，但是叙事的承担者却是小说中出现的各个不同人物。也就是说，其实小说是让所有的人物都以第一人称的视角参与了叙事。视角就在这些叙事承担者之间转换，而且以极其频繁的速度转换着。每个人物都既是叙述人也是被叙述人，前句可能是 A 还在叙述，后句也许马上就转换成了 B 在叙述了，但故事却始终在继续着。

例如："我从门口跑到那个人的桌前，向他递上一张证明。……我看过他的证明，然后向他伸出了一只热情的手。我叫梁文广，是这里的负责人，但是能不能让你看档案我得请示上级。姚三才说帮帮忙，这个对我和病人都很重要。我拿着那张证明走出去，叫打字员小旷为姚三才倒了一杯水。梁处长走出去了，我停下手中的打字，端着一杯水来到姚三才身边，问王小肯得的是什么病？"① 这段话第一句的叙事者"我"是医生姚三才，第二句的"我"变成了邮政局人事处处长梁文广，接下来，"我"又马上变成了邮政局的打字员小旷。叙事都在第一人称有限视角下进行，也就是叙事的人称没有发生转换，但是视角的承担者却快速地从"姚三才"转换到了"梁文广"再到"小旷"，他们都以第一人称讲述着，故事也就在这种非形式意义上叙事视角的转换中进行着。小说中类似这种情况的视角转换无处不在："我提着一把菜刀从名流购物中心走出来，外面的抢购者纷纷为我让路。……我刚走过的地方，人群马上合拢。这个人简直是疯了，他手里拿着一把菜刀，在人群里故意拐来拐去，要我们为他让路。"② 第一句的"我"是王小肯，第二句的"我"则是在商店里的顾客们。"我提高了嗓门，听见了吗？蛋糕，我要 10 个蛋糕。你自己拿吧，我想说你自己拿吧，但是我的声音小得连我自己都听不到。"③ 前一句"我"是王小肯，后一句"我"转换成了蛋糕店的售货员。小说中的所有人物，即使一闪而过的售货员、顾客和保姆甚至死去多年的杨金萍都以第一人称的方式介入着故事。故事就在这众多的叙事者的视角的频频转换中进行着。这种众多视角频繁的转换就好比架起多部摄像机，从不同的角度进行拍摄，并以蒙太奇的方式进行组装，共同完成了一个故事的叙述。小说不仅通过叙事视角的频换展示了荒唐的事件和事件背后饥荒年代的苦难历史，而且揭示了物欲横流的现代社会人们所面对的种种危机。东西以叙事视角承担者的转换来达到叙事视角转换的目的，使得叙事者同时处于了叙述和被叙述的位

① 东西：《肚子的记忆》，载东西《救命》，江苏文艺出版社 2011 年版，第 237 页。
② 东西：《肚子的记忆》，载东西《救命》，江苏文艺出版社 2011 年版，第 217 页。
③ 东西：《肚子的记忆》，载东西《救命》，江苏文艺出版社 2011 年版，第 219 页。

置，因此人物的叙事行为就像现场直播一样具有很强的逼真感，同时，极其频繁的视角转换也使得小说叙事灵活多变而不失紧凑感。

非形式意义上叙事视角的转换，虽然在新生代小说中所占的比例并不大，但是其叙事视角的转换同样给小说的叙事带来了独特奇妙的修辞效果。

二、形式意义上叙事视角的转换

形式意义上叙事视角的转换则是指小说采用不同类型的叙事视角进行间杂叙事，新生代小说中叙事视角的转换主要体现在这一类。由于人称与叙事视角有着密切的关系，叙事人称发生了变化，就会带动叙事者和叙事视角的变化。新生代小说以各种叙事人称在文本中的交替使用来体现着形式意义上叙事视角的转变。其中第一人称、第二人称视角以及第二人称、第三人称视角交叉叙事的文本都比较少见。例如，上文所论及的邱华栋的《意象：芬芳的墓地》的视角就是在第一人称和第二人称之间转换，他的《奔流的生命》则是在第二人称和第三人称间转换。而最为常见的是第一人称视角和第三人称视角的交叉叙事，例如麦家的《解密》。小说第一篇《起》的第1、2节采用的是全知全能的第三人称叙事，为的是能全面地将容氏家族的传奇历史展现出来，并且交代了小说人物之间的关系，使读者能够尽可能地了解故事的信息。但很快，作者就让叙事者"我"介入故事，叙事视角变成了第一人称限制性视角。而接下来，作者再次采用第三人称叙事，并在叙事过程中将几个重要人物的访谈插了进去，这些访谈却又是从第一人称的角度来叙述的。就这样，叙事视角在第一人称和第三人称之间不断变化，不仅增强了故事的真实性，而且也使得主人公的形象越来越趋向饱满丰富。

第一人称视角和第三人称视角的转换在新生代女作家们的叙事者与主人公合一的作品中体现得更具有代表性。陈染和林白的很多作品中就出现了第一人称视角与第三人称视角之间的转换。例如，陈染的长篇小说《私人生活》有两处明显的转换：一个是在第十二章当T老师向"我"求爱，"我"最终放弃了抵抗之后，男老师和他的女学生之间发生了身体的接触，叙事视角从第一人称转换到了第三人称"她"："他的双手急迫地搂紧了她的腰部……她感到了他的腰下似乎长出来一只手……"① 另一个是在十三章中，T 老师将"我"带到"阴阳洞"里，当那里只剩下"我们"两个人时，叙事视角再次从第一人称"我"的内视角转换到了第三人称"她"："他已经坐到了她的这一侧来，她温柔而信任地倾听着……她再也坚持不住内心的某种抵抗……她被人紧紧揽在怀里……她忽然感到一阵撕裂般的疼痛……"② 当小说以第一人称叙事时，是从"我"，即女主人公"倪拗拗"的视角进行讲述的，因此可以自然而然地展示出"倪拗拗"各种心理感受，文本也因此具有了很强的真实性和主观性，也易使读者的情感更倾向于"我"，由此拉近了读者与小说人物之间的距离。同时，女作家们可以以第一人称内视角的方式记录女性身体的真实经历与体验，展现身处男权社会中女性的现实处境以及她们内心的焦虑和渴望，并以此反抗男性社会的压抑。但第一人称内视角叙事的最大缺憾就是，由于它限定了叙事者的感知范围，设置了叙事主体的行动领域，因此叙事视角就限制在女主人公"倪拗拗"所见所闻所感的范围之内，故而有时无法满足"我"的叙述所必需的全方位的心理分析，更不能详细到位地描写自己的形象。为了弥补这样的不足，陈染在第一人称的叙事过程中，插入第三人称视角，随着第一人称与第三人称之间的视角转换，叙事就可以从容地游走于文本中的各个角色与场景之间。而且，由于采用第三人称叙事，叙事者就可以比较全面直观地展现小说中各个人物的言行举止和所思所想，因此也就可以很客观地对 T 老师和倪拗拗的情感因素进行透视。同时，第三人称视角为读者提供了更多的信息量，能引导读者对 T 老师和倪拗拗之间发生的一切进行更全面的判断，避免读者为小说过于主观的叙事所限制。

陈染的《与往事干杯》在描述了"我"少女时期与老男人（即老巴的父亲）相处的场面时也出现了视角在第一人称与第三人称之间转换的

① 陈染：《私人生活》，作家出版社 2010 年版，第 102 页。

② 陈染：《私人生活》，作家出版社 2010 年版，第 112—114 页。

情况："那样靠着他，我心里想到了许多词：温情、依赖、大海、沙滩、沉睡、死亡、融化、伴侣、秘密……但唯独没有想到情欲这个词，在我那个年龄的词汇里，这个词还不存在。"① "她先是与羞耻的感觉坚定地抗衡，抗衡了一小会儿，她就崩溃了，一只小鸟在她的体内鸣叫，叫来了许多许多阳光……她不要他离开，要他永不停歇。"② "我已不记得那是哪一个月的哪一天，只记得离开时电视的晚间新闻正在说……"③ 叙述在"我"和"她"之间转换，全方位地展示肖濛与老男人之间的感情。处于其中的"她"是沉迷的，而讲述者"我"是冷静的，这种转化暗示了那种灵与肉分离的激情。

林白的《一个人的战争》则频繁地使用第一人称与第三人称之间的视角转换，在叙述林多米被矢村诱骗的过程时给人的印象尤为深刻。故事的前半部分一个人的旅行是由第一人称"我"来叙述的，而被诱骗的过程就采用"多米""她""女大学生"这样的第三人称称谓。多米被诱骗的过程是一个没有快乐、充满疼痛和耻辱感的过程，此处转换成第三人称，变成全知视角的叙事，对当时的真实场景进行了更加全面而又具体的细节描写，表明"我"所受到的创伤是如此严重，以至于"我"根本不愿以第一人称的话语进入回忆。第三人称视角的叙事更冷静地展现了男人矢村的卑鄙与多米的纯真，让小说充满了对男性的失望和对爱情的质疑。

总之，与单纯采用第一人称内视角的叙事模式相比，陈染、林白们在小说中进行的第一人称内视角与第三人称视角的转换，综合了两种视角的优点，既保持对人物内心世界的精细洞察又体现出了叙事的客观性和全面性。同时，由于新生代女作家的这类叙事者与主人公合一的第一人称内视角的作品具有很强的自传体的色彩，有一部分女主人公所经历的事情确实是来自于作者的真实经历和体验，因此读者在阅读小说时，会产生一种错觉：叙事者"我"、女主人公、作者是同一的，视角的转换则可以将作

① 陈染：《与往事干杯》，载陈染著《无处告别》，作家出版社 2009 年版，第 28 页。

② 陈染：《与往事干杯》，载陈染著《无处告别》，作家出版社 2009 年版，第 29 页。

③ 陈染：《与往事干杯》，载陈染著《无处告别》，作家出版社 2009 年版，第 29—30 页。

者与书中的叙事者和主人公拉开一定的距离，避免了将作者与人物对号入座的恶俗阅读。

除此之外，新生代女性小说中第一人称内视角和第一人称外视角之间的转换也非常具有特色。"在第一人称回顾往事的叙述中，可以有两种不同的叙事眼光。一为叙事者'我'目前追忆往事的眼光，另一为被追忆的'我'过去正在经历事件时的眼光。"① 前者是第一人称外视角，可称为"叙述自我"叙事视角，后者是第一人称内视角，可称为"经验自我"叙事视角。小说就是在"经验自我"与"叙述自我"交替中展开叙事的。仍以陈染的小说《私人生活》为例。小说的大部分采用的是"被追忆的'我'过去正在经历事件时的眼光"，也就是主人公倪拗拗的第一人称内视角。这种视角非常真实地展现了儿童倪拗拗纯真的感受以及少女倪拗拗恋爱和生活中复杂的心理世界。但是，在第一人称内视角的叙事中，叙事者常常插入大量的独白、自我反省、时空交替的遐想对小说的故事进行评论，此时"经验自我"的叙事视角就转换成了"叙述自我"的叙事视角，也就是说第一人称内视角转向了第一人称外视角。例如，倪拗拗用剪刀剪坏父亲裤子，在"经验自我"视角中，那"有一种危险的快乐。……游戏的快感使我既紧张又惬意。"② 处于"经验自我"视角中"我"由于年幼根本说不清剪裤子的理由，只是觉得紧张又快乐，随着"经验自我"的叙事视角向"叙述自我"视角转换，下文"叙述自我"视角中的"我"就很理性地分析出了当时的原因："一个尚未完全长大成人的缺乏理性的女孩儿，对一切禁忌事物的天然的向往之情，强烈叛逆的个性，以及血液中那种把一般的对抗性膨胀到极端的特征，决定了这件事情的必然性。"③ 但是当时的"我"是"逃出家门"，去了禾寡妇家，禾寡妇告诉我："肯定是那只剪刀拼命拉住你的手，它自己剪的……"④ 我很自然地认同了这个观点。

① 申丹：《叙述学与小说文体学研究》，北京大学出版社 1998 年版，第 187 页。
② 陈染：《私人生活》，作家出版社 2010 年版，第 33 页。
③ 陈染：《私人生活》，作家出版社 2010 年版，第 35 页。
④ 陈染：《私人生活》，作家出版社 2010 年版，第 38 页。

类似这样的"经验自我"与"叙述自我"相互交叉叙事在这部小说中频繁出现。有时小说还用"后来""长大之后""后来的岁月里""许多年之后"等时间词来表现"经验自我"视角与"叙述自我"视角之间的转换。例如，在"我"躺在禾寡妇床上环顾四周，以"我"的眼光打量了她的房间并对她进行了一系列描写之后，"经验自我"又用标志性的时间词转换成了"叙述自我"："在过了许多许多年之后，我才知道，她一直就等待着我长大。……我们之间相隔的时间，如同隔着丘峦、荒野、城围、迷雾和禁忌，这些残酷的东西遮挡着她的视线，阻碍着她的欲望。这些，当然是我在许多年之后才知道的。"①此处，"经验自我"由于受到种种的局限无法言说的内容经由"叙述自我"进行了弥补。二者之间的相互渗透和补充，在一定程度上也提升了小说文本的思想内涵。

从严格意义上说，新生代小说中仅采用单一的视角模式叙事的作品几乎不存在，同一部作品中多种视角的转换是新生代小说的基本叙事修辞策略。他们纯熟的视角转换不仅满足了小说的整体性要求，而且达到了对小说的背景、情节和人物进行最佳叙述的目的，完成了他们对小说最大叙事修辞效果的追求，在带给读者新的审美体验的同时也大大提高了他们的阅读兴趣。

小　结

叙事视角是新生代小说创作中最为重要的环节之一，不同叙事视角的选择会产生不同的叙事修辞效果，因此，新生代小说并不排斥任何一种视角的存在，真实的第一人称"我"、亲切的第二人称"你"和平静的第三人称"他／她"都可以在他们的文本中得到最佳发挥。他们接受了前辈作家使用各种叙事视角进行创作的经验并在此基础上突出了自己的特点。在使用第一人称视角时，他们不仅打破了传统小说的第一人称与限制性视

---

① 陈染：《私人生活》，作家出版社 2010 年版，第 42 页。

角搭配的固定模式，采用第一人称全知视角，而且在陈染、林白等人的女性小说中，采用第一人称内视角言说了女性真实的生命体验，改变了之前的女性小说中多采用的第三人称全知视角的方式；同时，也以儿童第一人称内视角的叙事方式颠覆了传统的"文革"叙事。在使用第三人称视角时，他们并没有完全抛弃传统的第三人称全知视角，但更多的文本改变了传统小说第三人称与全知视角搭配的格式，采用了第三人称人物有限视角进行叙事，并用第三人称外视角客观地展现了纷繁扰攘的日常生活。第二人称叙事视角虽然在新生代小说中比重很小，但是仍然体现出了新生代小说对叙事视角多样化的追求。虽然上述这些叙事视角在新生代小说中都体现出了各自的优点，但是在新生代小说中单一视角的作品几乎不存在，视角的转换成为新生代小说的基本叙事策略，日趋成熟的叙事视角转换也使得新生代小说达到了更为有效的叙事修辞效果。但类似于东西的《肚子的记忆》那样，将叙事视角的转换进行到了极致的文本，不管在哪个时代都是不多见的。叙事视角的多重化也体现出了新生代小说多元化的风格，小说家们不仅借此强化了叙事修辞效果，避免了先锋小说在叙事视角选择时形式至上和新写实小说淡化形式、单纯追求写实的弊端，而且调动了读者的阅读兴趣，使得新生代小说更加走进读者。

第二章　新生代小说叙事声音的介入

任何小说都离不开叙事者，而叙事者在叙述时都不可能绝对中立、保持百分百客观的态度，因此，在作品中总能"听"到他发出的声音。这种声音不管强弱显隐，都会给作品带来一定的影响。故而，研究新生代小说的叙事声音及其在作品中所体现的修辞意义，更有助于读者准确地把握文本的深层含义，进而走进作者的精神世界。

第一节　叙事声音界说

早在古希腊时期，柏拉图在他的"模仿说"中清晰地区分"叙述"与"模仿"这两个概念之时，就体现出了对"声音"的早期认识。在他的理论中，叙述即"诗人都以自己的身份在说话，不叫我们以为说话的是旁人而不是他"；[①] 模仿即"诗人站在当事人的地位说话"。[②] 他不仅关注"谁在说话"，而且他还将荷马史诗中一段属于"模仿"的文字改写为"叙述"，以说明由于讲述方式的不同所产生的不同效果。显然，他已经意识到叙事声音不是只传达内容，它还体现着叙事主体的价值倾向，进而达到一定的叙事效果。

---

① ［古希腊］柏拉图：《文艺对话集》，朱光潜译，人民文学出版社 1980 年版，第 48 页。
② ［古希腊］柏拉图：《文艺对话集》，朱光潜译，人民文学出版社 1980 年版，第 48 页。

亚里士多德虽然没有就"叙事声音"给出一个明确固定的概念，但他的《诗学》和《修辞学》中所包含的思想同样显示了对叙事声音的认识。在《修辞学》中讨论风格时，他提出，"只知道应该讲什么是不够的，还须知道怎么讲"，① 即可以利用声音来表达情感。同时，他还强调叙述时的情感和说话的口吻可以表达自身的情感倾向。"在谈到暴行的时候使用愤怒的口吻；在谈到大不敬和丑恶的行为的时候采用厌恶和慎重的口吻；在谈到可称赞事情的时候使用欣赏的口吻；在谈到可怜悯事情的时候使用忧郁的口吻。"② 这样可以使得叙述更加逼真，缩小与接受者之间的距离。

布斯深受亚里士多德诗学传统的影响，在他的著作《小说修辞学》里将"声音"作为文学修辞学的重要因素之一进行了阐释。但布斯也没有明确地界定"声音"这个概念。他在涉及这个概念时是从叙事者评论这个角度来分析的，包括提供事实、"画面"或概述、塑造信念、把个别事物与既定规范相联系、升华时间的意义、概括整部作品的意义、控制情绪、直接品论作品本身等。③

詹姆斯·费伦在《作为修辞的叙事》一书中对"声音"作出了比较系统的界定，将声音看成是叙事为达到特殊效果而采取的修辞手段，他认为对声音的理解是由有关语言应用的四条内在相关的原则构成的。即：1.声音既是一种社会现象，也是一种个体现象。2.声音是文体、语气和价值观的融合。3.作者声音的存在不必由他或她的直接陈述来标识，而可以在叙述者的语言中通过某种手法——或通过行为结构等非语言线索——表示出来，以传达作者与叙述者之间价值观或判断上的差异。4.声音存在于

---

① ［古希腊］亚里士多德：《修辞学》，罗念生译，生活·读书·新知三联书店 1991 年版，第 164 页。

② ［古希腊］亚里士多德：《修辞学》，罗念生译，生活·读书·新知三联书店 1991 年版，第 164—165 页。

③ ［美］W.C.布斯：《小说修辞学》，华明、胡晓苏、周宪译，北京大学出版社 1987 年版，第 191—228 页。

文体和人物之间的空间中。① 从费伦的观点来看，声音是叙事者表达方式的综合体，由声音体现出的意识形态意义和价值判断，在作品中有着重要的作用，它在某种程度上确定着作品的价值意义，影响着读者对文本的阐释和理解。作者亦可以通过这些因素将自己的声音通过叙事者的语言表达出来，将其价值观传达或灌输给读者。

苏珊·S.兰瑟在其著作《虚构的权威——女性作家与叙述声音》中，用一种女性独特的声音来解构传统小说中的男性叙述。她将声音作为意识形态的表达形式，探讨叙事声音和女性作家写作的关系，并将叙事声音分为个人型叙述声音、作者型叙述声音和集体型叙述声音三种模式。② 她对"声音"的探讨具有宏观思辨、模仿再现和政治化的特点。

从上述一些经典的论述中，我们可以得知，叙事声音就是由叙事主体直接发出，区别于叙事中的作者和非叙述性人物的声音。它与语气、文体、价值、人物等诸多因素存在着关联，蕴含着社会的某种话语属性。

作为文本叙事的主体，叙事者可以采用公开或者隐蔽的方式表示自己的存在，但他不可能完全沉默。③ 叙事者体现自己的方式就是叙事声音。叙事声音的强弱与叙事者的介入程度成正比，叙事者的介入程度越深，叙事声音越响，作品就呈现出越明显的主观性；叙事者的介入程度越浅，叙事声音越弱，作品的主观性就越弱，客观性越强。美国叙事学家查特曼（S.Chatman）将叙事者介入的程度划为三种类型：公开的叙述者、隐蔽的叙述者和缺席的叙述者。如果故事讲述人能够让读者在文本中听到清晰的叙述声音，那么他就是公开的叙述者；如果读者在文本中听见其在叙事时间、人物、环境方面的声音，但不知道它来自何处，那么这个故事讲述人就是隐蔽的叙述者；而缺席的叙述者则是读者在作品中几乎难以觉察其声

---

① [美] 詹姆斯·费伦：《作为修辞的叙事》，陈永嗣译，北京大学出版社 2002 年版，第19—21 页。

② [美] 苏珊·S.兰瑟：《虚构的权威——女性作家与叙述声音》，黄必康译，北京大学出版社 2002 年版，第 7—23 页。

③ 胡亚敏：《叙事学》，华中师范大学出版社 2004 年版，第 104 页。

音。据此，我们可以把叙事声音分为公开叙事声音、隐蔽叙事声音与缺席叙事声音。在某种程度上说，公开叙事声音就是叙事者在文本中直接流露出来的立场、态度；隐蔽叙事声音就是叙事者在文本中含蓄表现自己的立场、态度；缺席叙事声音就是零立场、零态度。

叙事声音传达着叙事者对事物的特定认识、立场观念或情感态度，浦安迪认为"叙述人的'口吻'有时比事件本身更为重要"①，而他所谓的"叙述人的口吻"其实就是叙事声音。叙事声音参与着叙事的进程，它在小说情节不同阶段的变化是小说主题和文本意义生成的重要手段；同时，它所表现出的价值取向也在帮助读者更好地理解小说叙事的内在思想意蕴，拉近了文本与读者间的距离，因此具有独特的修辞效果。上述三种类型的叙事声音在新生代小说中都可以听到。有时候，新生代小说的故事并不精彩，甚至没有故事，精彩的恰恰是叙事者传达出的叙事声音。

下面我们将结合具体文本，对新生代小说的叙事声音做一个分析解读，希望能借此进一步了解叙事声音在新生代小说文本中所体现出的叙事修辞意义。

第二节　公开叙事声音的干预

叙事者在叙述故事的同时，直接介入他所叙述的世界，对事件发表自己的见解或直接展示场景和人物的内心，这种见解或展示往往带有主观性，在这种情况下，读者时时刻刻都能感觉到叙事者的在场，并能在文本中听到清晰的叙事声音，这种叙事声音就是公开的叙事声音，它显示了作者对文本的整体性把握与建构。

同所有的小说一样，在很多新生代小说文本中，都能听到公开的叙事声音。而在文本中能最清楚最公开地传达出叙事声音的就是评论。评论在传统小说中是极为常见的，比如对人物或是对事件的评论，而且评论的

---

① ［美］浦安迪：《中国叙事学》，北京大学出版社 1996 年版，第 14 页。

篇幅往往不小。随着小说技巧的丰富和发展，这种大篇幅评论的叙事方式遭到评论家的诟病。然而，布斯显然是并不赞成对文本中出现的评论进行一味的批判："批评家们都被吸引来探讨议论——通常是谴责它——好像它是个仅按我们对小说的普遍看法就能加以判断的简单事物。"[①] 他认为应根据实际情况来判断其价值。正如他所说："我们放弃这样一种预先作出的判断并考察某些优秀小说，来找到运用议论实际上获得的效果，这样做是值得的。"[②] 的确，小说文本中出现的评论并非一无是处，那些精彩的评论往往能为作品增色不少，因此，我们不能简单地否定所有出现在小说文本中的阐释和评论。那些与作品相适应的评论还是必要的。在新生代小说中，大篇幅的评论几乎销声匿迹了，但很多作品仍然保留了对人物和事件的解释、评论，这些解释评论所传达出公开的叙事声音并不会使人感到突兀和累赘，相反，那些巧妙精彩的评论闪烁着作者智慧的光芒，往往给作品带来许多意想不到的修辞效果。根据新生代小说文本中评论的目的，我们将其分为三类：阐释性评论、判断性评论和自我意识评论，它们都清楚、公开地传达出了叙事者的声音。

一、阐释性评论

阐释性评论是指叙事者对小说故事某一环节的内容或者意义进行阐释。它依据的仅仅是故事本身，其主要功用是用来解释作品中的人物从他们的立场不便或不可能解释，而读者又需要了解的叙事因素和环节。新生代的很多小说在叙事中常会夹杂着阐释性评论，尤其是在长篇小说中，这种借阐释性评论公开亮出叙事声音的情况更是比较多见的。以何顿的《我们像葵花》为例，这篇小说叙述了从 20 世纪 60 年代，经历"文革"，一直到改革开放，整整一代人的成长经历。小说中多处出现了阐释性评论，

---

① [美] W.C. 布斯：《小说修辞学》，华明、胡晓苏、周宪译，北京大学出版社 1987 年版，第 191 页。

② [美] W.C. 布斯：《小说修辞学》，华明、胡晓苏、周宪译，北京大学出版社 1987 年版，第 191 页。

传达出清晰的叙事声音。例如，在描写年轻的冯建军和彭嫦娥的第一次偷尝禁果时，有这样一段评论："这种结合是一种本能的需要，我们的祖先就是这样生下人类并一代一代繁衍下来的。这是一种动物的本能，就像狗交配或猪交配一样。我们不讨厌猪交配，相反农民希望猪多交配，好多多生下猪仔，养育人民。"① 这里以对动物本性的理解来阐释小说故事中青春期男女关系，所用的例子和语言都非常贴近那个年代的生活实际。虽然婚前偷尝禁果与那个年代的保守思想是相抵触的，但叙事者却在评论中表达了自己对这一行为的理解。再如，在描写冯建军对彭嫦娥复杂的感情时，作者写道："过去，有人总是把爱情摆在内容空洞的位置上，似乎爱情与肉体无关……其实正好相反，如果没有肉体的爱又哪里来精神的爱呢？……我们都知道，冯建军对彭嫦娥是先有肉体的爱——这种本能的爱是可以升华出爱情的，后来知道她是彭股长的女儿后又派生出了一种扭曲的爱，这种爱里面有恨的内容。"② 这段关于爱情与肉体关系的评论关涉到小说中冯建军和彭嫦娥之间的爱情。然而作为小说人物的冯建军，以他的立场和学识，不便也不可能解释清楚，所以叙事者采用了阐释性评论来进一步解释了冯建军对彭嫦娥的感情，为下文他们的情变埋下了伏笔。当小说推进到 80 年代，作者写道："这些人起步时是多么令人不屑一顾……但几年后，他们的腰杆被人民币撑硬了，开始令人妒忌地扬眉吐气了。这些人扬眉吐气，是一种从骨子里爆发出来的宣泄，一种报复！社会从前看他们不起，把他们视为不务正业的垃圾，现在他们就是要让你们看看，他们是多么人模人样，多么潇洒！"③ 此处的阐释性评论更为真实地传达出了曾经生活在社会最底层的个体户的心声。类似这样的阐释性评论在这部长篇小说中时不时地出现着，读者可以听到明显的叙事声音，而且这个叙事声音多是带着一种轻松诙谐语气。当然，何顿不是单纯为了评论而评论，而是通过阐释性评论这种公开的叙事声音向读者解释了故事中某些复杂的环

---

① 何顿：《我们像葵花》，湖南文艺出版社 2010 年版，第 57 页。

② 何顿：《我们像葵花》，湖南文艺出版社 2010 年版，第 96 页。

③ 何顿：《我们像葵花》，湖南文艺出版社 2010 年版，第 119 页。

节以及人物的情感思想，帮助读者更好地了解故事的内容和人物形象。

新生代小说中还有一种明显的阐释性评论就是使用表达叙事者意见的小括号。这种类型的阐释性评论在新生代小说中还是比较常见的。例如，韩东的中篇小说《我的柏拉图》中就出现了 71 处，朱文的《看女人》中出现了 25 处，刁斗的《伪币制造者》中出现了 14 处，多数非常简短。如，"王舒想像他犯下了不可饶恕的道德错误（欺骗和利用群众），然而这都是为了费嘉。"[1] "在我和他交往的过程中，主要是听他说（现在他谈起土院来，就好像那是整个世界）……"[2] "在大学生中，节俭就是小抠和穷（从笑贫不笑娼的角度讲，穷很可耻）的代名词。"[3] 小括号中的内容就是对叙事者前文提到的事物进行进一步的阐释，以利于读者对文本的理解。叙事者利用小括号的方式自己出面阐释必要的内容，可想而知，叙事声音是如何的强烈。

二、判断性评论

判断性评论是叙事者依据某些外在的价值、信仰或道德准则对故事中人物或事件作出的评价。它是更加贴近于精神和道德层面的解释和说明。它在文中以公开的叙事声音传达着叙事者的价值观。在新生代小说文本中最明显的判断性评论表现为各式各样的议论。新生代小说中的叙事者常在叙事的过程中，发表对事件的看法，这些公开的叙事声音也体现着作家们对某种价值的追求和对生命的思考。

以红柯的《玫瑰绿洲》为例。这是篇短篇小说，但是在短短的篇幅中却出现了 18 处评论，其中不少是判断性评论。例如，文中的老板在托托跟港商合建蔬菜脱水工厂时，叙事者评论道："世界就这么文明，不吃鲜肉，把肉加工成肉松肉干罐头午餐肉；不吃鲜果，把果子搞成果脯果

---

[1] 　韩东：《我的柏拉图》，载韩东著《美元硬过人民币》，上海人民出版社 2006 年版，第 106 页。

[2] 　朱文：《看女人》，重庆大学出版社 2011 年版，第 86 页。

[3] 　刁斗：《伪币制造者》，载刁斗《实际上是呼救》，文艺出版社 2006 年版，第 148 页。

干果子罐头……一句话，要把地球上所有的鲜货揉皱了才高兴。"① 毫无疑问，这段评论带有明显的叙事者的价值判断，红柯一向崇尚原始生命的狂野与奔放，然而这一切却被现代文明悄然改变着，这段评论显然是叙事者不满物质文明和机器文明对鲜活生命的压榨而提出的抗议。

毕飞宇很多小说中的叙事者都会在叙事过程中不时跳出故事之外，发表一些充满哲理性的评论。例如，在《叙事》中不时出现对于历史的评论，这些评论以公开的叙事声音道出了叙事者的历史观。小说叙事者"我"以回忆家族历史的方式展开叙述，在叙述中，叙事者不断穿插判断性评论，一步步揭示家族历史虚伪的面纱：一个远房亲戚在酒后道出了家中的秘密，"我"本以为是酒话，然而第二天，他却携全家来道歉，这时"我发现酒话恰恰是历史的真面目。……一部真实史书的诞生过程往往又是一部史书。这成了我们历史的特色。我们在接受每一部历史之前都要做好心理准备，会有下一个面目全非让我们去面对。"② 历史的猝不及防让"我"体会到了"历史是即兴的，不是计划的。'历史的规律'是人们在历史面前想像力平庸的借口。历史当然有它的逻辑，但逻辑学只是次序，却不是规律。"③ 在叙述了"我奶奶"的遭遇后，叙事者得出了这样的结论："逻辑越严密的史书往往离历史本质越远，因为它们是历史解释者根据需要用智慧演绎而就的。"④ 小说用不断穿插在叙事中的评论，道出了叙事者对历史的判断，以公开而又明显的叙事声音颠覆了史书的权威性，揭示了史书的虚假性，同时也表现了叙事者对人类复原历史可能性的质疑，甚至对历史的质疑。

---

① 红柯：《玫瑰绿洲》，载红柯著《额尔齐斯河波浪》，上海文艺出版社 2011 年版，第 243 页。
② 毕飞宇：《叙事》，载毕飞宇著《雨天的棉花糖》，上海文艺出版总社、上海锦绣文章出版社 2009 年版，第 10 页。
③ 毕飞宇：《叙事》，载毕飞宇著《雨天的棉花糖》，上海文艺出版总社、上海锦绣文章出版社 2009 年版，第 16 页。
④ 毕飞宇：《叙事》，载毕飞宇著《雨天的棉花糖》，上海文艺出版总社、上海锦绣文章出版社 2009 年版，第 55 页。

　　类似这样在叙事的过程中加入判断性评论的现象在新生代小说中是常见的。这些判断性评论充满了哲理性，它们准确地表达了作者的意图，能够引导读者更好地理解文本。同时，小说中的这些公开叙事声音也传达出对社会、对人生的思考，牵动着读者的心灵，能给读者以生活的启迪与指引。当然，像韩东小说《我和你》中那种近万字评论的现象在新生代小说中是非常少见的。从某种程度上来说，它确实破坏了叙事的纯度，然而那些关于爱情本质的议论却颇具哲理，读起来也很迷人，能带给读者一定的启迪。

三、自我意识评论

　　自我意识评论指叙事者在文本中对故事话语本身的评论，这是元小说叙事手法的自觉运用（关于元小说叙事手法在后文有详细分析）。小说中使用自我意识评论，其评论对象是叙事行为本身。新生代小说的自我意识评论传达出的公开的叙事声音，是对叙事人为性的故意暴露。然而，叙事者把自己的想法直接传达出来，也可以在一定程度上帮助读者理解文本意义，使读者更接近小说家的创作初衷，降低对作品误读的概率，同时也协调了作者和读者之间的审美情趣。这种公开的叙事声音给读者带来了新鲜的阅读感受，吸引了一批有着一定的阅读积累和鉴赏能力的读者。

　　在红柯的《石头与时间》中，叙事者在叙事的过程中时不时地将自己暴露出来："趁天没亮，我得好好想想。到后边我绝不这么啰嗦，我不再胡思乱想发议论，这些终要消失，留给你们的是简洁的形象。"[1] "我写这篇狗屁小说时，惶惶不安，我总感到我在剽窃。"[2] "他是我从小说里跑出来，小说的主人公就是石头。我写的是臭小说不是新小说。"[3] 从这几处不难看出，叙事者使用了自我意识评论。他一再强调自己是事件的参与者，由于这篇小说具有自传的性质，因此，叙事者通过公开的叙事声音想

---

① 红柯：《石头与时间》，载红柯著《莫合烟》，春风文艺出版社 2004 年版，第 272 页。

② 红柯：《石头与时间》，载红柯著《莫合烟》，春风文艺出版社 2004 年版，第 310 页。

③ 红柯：《石头与时间》，载红柯著《莫合烟》，春风文艺出版社 2004 年版，第 328 页。

要告诉读者的是小说的真实性而不是虚构性。文中的"焕焕"其实就是"我"的影子。红柯用真实自我和虚构自我时而分化时而合一的方式进行自己的人生叙事。

而有些小说则在开篇或结尾运用自我意识评论。例如，朱文的《我现在就飞》开篇不久作者就写道："我正在写的这篇小说是另一次简单得多的飞行。我仍然以第一人称来叙述……这是我打破常规以一种非正式的方式开始这篇小说的原因之一。……我想借此把将要呈现的故事预先消解掉，以避免现实生活中可能出现的麻烦。"①接下来，叙事者才开始讲述故事。而刁斗的《草原》则在叙事进入尾声时，叙事者突然插入这样一段话："上一节交代的结局，其实是我希望的样子。我以为，如果结局真如上所述，或许我倒能更安心些。让其其格和读者一同骂我吧，反正我对不起的绝不只是一个其其格姑娘，我对不起的，还有许多人。"②这些出现在小说进行过程中或出现在小说开头和结尾的自我意识评论，将叙事者的声音明明白白、清清楚楚地呈现了出来。

这种自我意识评论运用，在新生代小说和先锋小说的很多文本中都大量存在。它们以公开叙事声音的姿态表达了作者的创作态度，同时也以一种打破传统的"陌生化"的方式，联系着上下文，促进着情节的发展。特别值得注意的是，新生代小说在进行自我意识评论时并不像之前的部分先锋小说那样，在文本中充斥着大量的评论性话语甚至不着边际的批评，破坏小说叙事的流畅性和完整性。新生代小说在叙事过程中出现的这种公开的声音，是在保证了小说叙事完整性的前提下，使得文本在达到陌生化的同时也缩小了作者与读者之间的距离，不仅符合了一般读者的审美情趣和阅读期待，而且使得读者在阅读的同时也关注到了文本的叙事行为。

总之，虽然小说的主要任务在于"叙述"而非"议论"，但是作为公开叙事声音最明显的标志——评论，有时却是十分必要的。虽然有人认为

---

① 朱文：《我现在就飞》，载朱文著《达马的语气》，重庆大学出版社 2011 年版，第 166 页。

② 刁斗：《草原》，载刁斗著《实际上是呼救》，文化艺术出版社 2006 年版，第 140 页。

这种公开的叙事声音有可能在一定程度上破坏小说的美学效果，减少了必要的叙事张力，但是评论在新生代小说中所具有的明显叙事修辞效果是有目共睹的。它表现了作者对故事人物和情节看法，传达了小说的价值观，对于深化小说的主题思想和营造小说的氛围都有一定的作用。诚如布斯所说："甚至在建立于被普遍接受的思想规范基础上的作品中，我们也能发现这种灌输的修辞，但是只要与读者意见的不一致有可能增加，它的必要性就自然增加了。当然，老练的作者将使他的修辞本身成为一种阅读的乐趣……"[1] 同时，我们也注意到，新生代小说中虽然无法避免评论的存在，但是几乎所有的小说文本，不管评论使用的频率高低，都有一个共同点，那就是评论是比较简短的。这也说明，新生代作家们非常注意避免过多使用公开的叙事声音，以防读者产生厌烦的心理从而导致作品吸引力的丧失。

第三节　缺席叙事声音的表现

如果在小说作品中叙事者隐退，那读者也就几乎难以觉察出叙事声音了。这类叙事者被定义为缺席的叙述者。罗钢在《叙事学导论》中给出了较为明确的解释："所谓的缺席的叙述者，指在叙事作品中几乎难以发现叙述者的身影，也难以觉察出叙述声音，在这种类型中，最极端的情形是将人物语言和语言化思想直接记录下来，甚至连'他说''他想'这样最简短的陈述也一概省略，几乎不带一点叙述的痕迹。"[2] 叙事者的缺席也就导致了叙事声音的缺席。叙事声音缺席的文本基本上保留了体现人物话语特征的语言形式。叙事者跳出事情之外而将人物的语言思想原封不动地展现出来，他和读者一样都成为无言的倾听者，因此就保证了描写的直接性与客观性。由于叙事声音的缺席，文本中人物各种各样的活动就直接

---

① [美] W.C. 布斯：《小说修辞学》，华明、胡晓苏、周宪译，北京大学出版社 1987 年版，第 201 页。

② 罗钢：《叙事学导论》，云南人民出版社 1994 年版，第 218 页。

呈现在了读者面前，读者可以自己看人物的行为举止、自己来体验人物的真情实感，最大限度地缩短了艺术形象和审美者之间的距离，从而增强文学作品的可信度，实现文学所追求的"真实"的修辞效果。这种叙述颇受新生代作家的青睐。在新生代小说作品中叙事声音缺席最明显的作品有两类，一是所谓"被发现的手稿"，二是所谓"速记式"的作品。

一、"被发现的手稿"

所谓"被发现的手稿"，通常是由一个叙事者发现并整理的，它们有可能是一束书信，也有可能是一本日记或者是一份手稿。这类作品由于叙事者的身份多为材料的收集整理人，并不介入故事，故而他同读者一样，都是无言的旁观者。他对于故事的进展几乎没有什么影响，读者也听不到他的声音，整个文本因此也就呈现出叙事声音缺席的状态。以荆歌的《鼠药》为例。全文一开始就有个"荆歌按"，也就是说小说的叙事者其实是"荆歌"，即"我"。在这部分，"我"讲到有个收废品的老头为了感激"我"免费送给他废品，应我的要求给"我"带来一大包牛皮纸包着的"手稿"，但这些其实是写于 20 世纪七八十年代的普通人之间的书信。写信人是邹峰邹善兄弟、他们的母亲以及邹善的嫂子（邹峰的妻子）苏惠。全书就是以这些书信构成的。正文开始后，叙事者按时间的顺序将这些信件的全文一一罗列出来。在小说的上部，叙事者在一封或者并列几封信后还会夹杂一些说明或者评价书信的语言，以"荆歌按""荆歌评注""荆歌注"等形式展现，而在小说的下部，除了开头部分的"荆歌按"，就剩下一封封信的罗列，叙事者基本上隐去，成为缺席的叙事者。因为这些写信者其实都不是小说的叙事者，真正的叙事者是"我"——"荆歌"，信件和写信者则是"我"审视的对象，叙事者隐退，于是读者当然也就听不见叙事声音了。一封封的书信组合展现了一个关于爱恨、背叛、谋杀和忏悔的故事。缺席的叙事者所转述的一封封书信让读者觉得小说中所叙述的似乎都是真实的。缺席的叙事声音让故事得以原汁原味地呈现。它以客观的状态展现着故事，让读者可以带着自己的审视目光通过故事去感受主人公的爱恨情仇以及时代变迁中人们的命运。文本中缺席的叙事者"我"虽然看起来是可有可无的，但正是由于故事过程中"我"的隐退所导致的缺席的叙事声音，为读者把握作品的深层意蕴提供了更为有力的保证。

新生代小说中这类"被发现的手稿"并不是很多，李洱的《花腔》也是其中比较典型的一本。作者在卷首语里就说明这本书"是由众多引文组成的"，[①] 三位当年亲历葛任事件的人的讲述"构成了本书的正文部分"。[②] 很明显，书中那位竭力寻找历史真相的葛任的后人——"我"才是全书的叙事者。而在正文部分，医生白圣韬、法学家范继槐和人犯赵耀庆三人讲述的故事中，"我"是完全隐退的，在这些故事中的叙事声音当然也是"缺席"的。三个故事的讲述者都是从自己的角度去讲述葛任的历史。因此，相同的事件却有三段不同讲述。少了叙事声音的介入，这些讲述就以原本的面目呈现在读者面前，孰真孰假，需要读者自己去判断。作者在作品中故意让叙事声音缺席，而让人物的声音如"花腔"般呈现，"缺席的叙事声音"使小说的故事处于一种特殊的含混状态之中，也使得读者更加急于探求事情的真相。而且少了叙事声音的诱导，读者对于故事也就不会陷入"无原则"的认同，而是可以根据自己的阅读进行判断，从而感受历史本来虚幻的面目。

二、"速记式"的作品

所谓"速记式"的作品，即叙事者似乎是不加修饰和加工地把人物的语言和语言化的思想原原本本记下来呈现给读者，在文本中读者几乎感觉不到叙述中介的存在。主要表现为人物间的对话和人物的独白，这两种类型都可以是人物直接展示自己的所思所言，所以不需要经由叙事者讲述。因此，在这类作品中几乎看不到叙事者的身影，也就自然呈现出叙事声音的缺席。这种"缺席的叙事声音"在新生代小说中是非常常见的。

---

① 李洱：《花腔》，人民文学出版社 2002 年版，第 1 页。
② 李洱：《花腔》，人民文学出版社 2002 年版，第 1 页。

新生代小说中有很多作品都有大段大段的人物对话，尤其是在那些描写日常"生活流"的中短篇小说中。这些文本讲究对日常生活的客观呈现，对话往往会占全文的三分之一以上，在这些部分明显呈现出叙事声音的缺席。以张旻的《不要太感动》为例。全文基本上以对话为主，对话大概占了三分之二的篇幅。其中包括主人公钟鸣与领导（周副校长）、与学生、与妻儿之间的对话。文中对话场景都是非常普通的日常生活对话，通过这些平淡无奇的对话展现了普通教师钟鸣平淡的生活，在这样的生活中他找不到感动，甚至感受不到生活的意义。例如：

> 她对钟鸣说：
> "钟老师，三（7）班的黄坚老师到日本去了你知道吗？"
> 钟鸣说："知道的。"
> 秦志萍说："钟老师，你为什么不出去？其实你也应该出去的。"
> 钟鸣问："我为什么应该出去？"
> 秦志萍说："反正是这样的。听我妈说，外面是很好的。现在出去的人很多。"
> 钟鸣说："我出去做什么？"
> 秦志萍说："什么都可以做的呀，读书、打工，都是这样的。"
> 钟鸣说："我可不想到饭馆去端盘子。"
> 秦志萍笑了，说："噢，你是有身份的。"
> 钟鸣说："你不要讽刺我。"
> 秦志萍说："那你至少可以出去开开眼界呀。"
> ……

上述对话显然只是师生间普通的一次闲聊。在呈现这些对话时，叙事者完全隐退，对话以最本真的姿态展现在读者的面前，此时读者根本听不到叙事的声音，听到的只是人物响亮而清晰的声音。没有了叙事声音的影响，人物与读者间的距离也被拉近了，读者仿佛身临其境看到师生之间的这一幕对话，感受到钟鸣面对当下多数人的价值观无奈的心境。

　　有时这样的对话是穿插在故事当中的，虽然并不多，但同样由于叙事声音的缺席而显得更加形象直白，充满情趣。例如，在红柯的《莫合烟》中，当父亲忍不住炫耀自己发明的自制卷烟时，就挨骂了："挨球的老王！""嫖客日下的老王！""狗日的老王！""毛驴子老王！"[①] 这几句对话充满了野趣，它们不仅略去说话人的引述语，也省去了作为对话对象的父亲老王的言语。这些带有西北方言色彩的骂人话虽然显得十分粗鄙，但却将当时的场景表现得惟妙惟肖。由于缺少了叙事者声音的介入，整个场景更加逼真，乡亲们那种既艳羡又妒忌的复杂感情被表现得淋漓尽致。

　　还有些对话省略了对话的标志，包括省略了标点和引导修饰语。例如，邱华栋的《生命，你像草还是像风》有三段这样的对话。这三段对话都是发生在方子和他瘸腿的哥哥之间的。软弱的妈妈在脾气暴躁的爸爸的压力下选择了自杀，留下了可怜的孩子们，爸爸又娶了个更专制的后妈，使得方子和他的兄弟姐妹们的处境更加悲惨，他们的心中充满了对早逝母亲的怀念和对后妈的仇恨。作者将方子和他瘸腿的哥哥之间的对话直接呈现在读者面前：

　　　　——哥哥，你说，自从后妈跨进咱家，咱家的日子是不是像监牢里一样？哥哥，你说，咱家这几年，吃过一顿好饭吗？哥哥，就连血液都要说话了，你告诉我，这一切是不是那个该死的女人、我们的后妈带来的？

　　　　——……弟弟，你谁也别恨。这是命，后妈也并不好过。爸爸从根子上讲也不是一个坏人，弟弟，你为什么不去学开车，这是你可以学到的手艺了，然后把车开到很远的地方，永远离开这里？

　　　　——哥哥，我是一棵草，我不离开我的土地。哥哥呀，再说，我走了，你和妹妹该怎么办？

---

① 红柯：《莫合烟》，春风文艺出版社 2004 年版，第 11 页。

　　——人的生命就是一阵风。或者，我们都是野草，因为人人都
是过客，人总是要死的。受这点苦又算得了什么？人就是一束草，
该烧成灰烬的时候，就自然会烧成灰烬了。

　　——你是说我们就只有忍耐？

　　——可是生活本身就是一场忍耐啊。

　　在这段对话中，冒号和引号双双缺失，话语单独成段。这样的一问
一答原封不动地保持了人物间对话的原生语言形态，没有叙事者的介入，
完全听不见叙事的声音，人物言谈的直接呈现更为客观地表现了方子兄妹
们艰难的生活以及方子心中那苦涩的感受。兄弟俩之间深厚的情谊、哥哥
的悲观和弟弟的冲动也都表现得淋漓尽致，同时也暗示了后文方子持刀杀
了后妈的结局。

　　对话导致叙事声音的缺席在新生代小说中是随处可见的。比如，朱
文的《傍晚光线下的一百二十个人物》《磅、盎司和肉》、刁斗的《暴力模
仿》、毕飞宇的《大热天》、邱华栋的《闯入者》等文本中对话所占的比例
都比较大，叙事声音缺席的现象非常明显。

　　人物的独白同样是将人物的言行和意识原封不动地祖露在读者面前，
叙事者不介入，文中自然难觅叙事声音的踪迹。其中，比较常见的是不发
出声音的人物内心独白。这些完全摒弃了叙事声音的内心独白将人物意识
的流动原生态地呈现在读者眼前，有利于读者更好地理解人物形象和故事
的发展。这在大多数小说中都能看到，新生代小说也不例外。如，在东西
的《不要问我》中就有很多这种类型的心理叙事。当卫国失去皮箱，失去
身份证明时，遇到了无穷无尽的麻烦，他去派出所为皮箱报失，但是没
有身份证没有办法证明自己是卫国，此处出现了他的内心独白："我不是
卫国又是谁？没有证件，我就不是卫国了吗？"[①] 因为失去身份证明而找不
到工作的他在去北海师范学校试讲之前，早早地起了床，坐在床上胡思乱

---

① 东西：《救命》，载东西著《不要问我》，江苏文艺出版社 2011 年版，第 79 页。

想："如果我试讲成功，学校还要不要我出示有关证明？还要不要原单位的鉴定？"① 完全没有叙事声音介入的内心独白真实地显示出了卫国对失去身份证就失去身份这种状况愤怒的心情以及屡遭打击后由激愤转变为忐忑不安的心理。

　　还有部分新生代小说在叙事过程中插入了大段大段的人物独白，极具特色。这些独白往往在文本中所占的篇幅不小，是文本最重要的组成部分。在这些部分中，叙事声音明显缺席。例如，邱华栋的《闯入者》第七章"乐队"中有五大段完全是主人公莫力的独白，大约占了第七章一半的篇幅。小说基本上是以 YES 乐队的主唱手兼吉他手莫力的口吻讲述的。通过这些讲述，我们看到了一个为了自己的音乐梦想拼搏的音乐人形象。从小叛逆的莫力在大学时期建立了乐队，希望通过音乐寻找爱，然而却因各种原因，他的同伴一一离去，他的爱人也死去，经历种种打击的他最终因心中的音乐梦而重新鼓起勇气开始流浪。在故事中，我们丝毫听不到小说叙事者的声音，有的只是莫力一个人的独白，他的独白将他那叛逆的性格以及对音乐的痴迷完完整整、真真切切地展现了出来。叙事声音在此处的缺席却更逼真地重现了莫力的意识和言行，读者也就可以摆脱叙事者的干扰，根据自己的阅读感受去对人物及其事件作出判断。陈染的《另一只耳朵的敲击声》中，人物独白的篇幅也很大。第四节"向日葵惊叫"中有大段的"黛二独白"和"伊堕人独白"，第五节"残垣自语"则是黛二母亲的独白。这些独白对于表现小说的主题有着重要的作用，然而它们都没有经过叙事者的中介，而是将人物的行为和心理赤裸裸地展现在读者的面前，叙事声音在这里是完全缺失的。通过黛二的独白，读者可以看到她对刻板生活的失望以及找不到心灵归宿的绝望。伊堕人与黛二彼此心灵相通的独白表现出她实际上就是黛二镜像化的自我。当黛二找到这样一个女性世界，她便进入了一个理想自我状态，自我得以充分展现，获得心灵自由，这实际上是自恋情结的虚拟化满足。而黛二母亲的独白则逼真地表现

---

① 东西：《救命》，载东西著《不要问我》，江苏文艺出版社 2011 年版，第 112 页。

了母亲由于晚年的孤独而不断膨胀的占有欲与保护欲，正是这种森严的母爱使得黛二无力负担，她因此陷入爱的困境无法突围，心中的孤独日益疯长。作者使用独白的形式将叙事者隐去，同时也就遮蔽了叙事声音。小说就在这种叙事声音缺席的状况下，更为真实地再现了女性的心灵世界。

总之，新生代小说中，叙事声音的缺席造成了明显的客观直接的展示效果，具有很强的叙事修辞性。在这种情况下，小说不是靠叙事者"讲述"出来的，而是按照故事发展的自然流程"显示"出来的。这样，呈现在读者面前的就不再是一部受作者的道德意识和价值取向所规范的作品，而是一个需要读者积极参与并努力建构的文本。当然，叙事声音缺席的文本也存在着一些较为明显的短板。尤其是由于叙事者的隐退导致了叙事声音的缺席，在这种情况下所有展示出的片段都会缺少叙事者在其间的串联，于是，它们之间会留出一些"意义空白"，需要依靠读者自己去填补，这就带来了文本的不确定性，甚至有时候会使得文本意义变得含混，读者在理解和把握文本的价值观时就有可能觉得迷茫和无所适从。新生代作家们已经明显意识到了这一点，因此，在他们的文本中，叙事声音缺席的内容往往只是文本的一部分，而不会是全部。他们让叙事者隐退只是为了展现真实与客观，同时拉近读者与文本的距离，而不是为了创作那些标榜"冷漠化""非人格化"的小说。

第四节　隐蔽叙事声音的介入

正如前文所说，虽然公开的叙事声音在小说文本中是很难避免的，然而它确实有可能在一定程度上减弱叙事的张力，因而，如果文本中不断出现公开的叙事声音就会让读者颇感厌烦。而缺席的叙事声音在表现客观叙事修辞效果的同时也有可能让读者陷入无所适从，故而，过分冷漠的缺席的叙事者也让读者无法接受，甚至有人断言这种叙事模式再往前跨进一步，"小说"将不复存在。然而，除了公开的叙事者和缺席的叙事者外，小说作品中还有些叙事者属于隐蔽的叙事者。这种叙事者在文本中没有公开露面，而是隐藏在某一角落中，以间接的方式来表现人物的言行或自己的立场、态度，读者们能听到叙事的声音却无法确知是谁在讲述，这就是隐蔽的叙事声音。它是介于公开的叙事声音与缺席的叙事声音之间的一种叙事声音。它既不像公开的叙述那样无所顾忌地发表意见，又不像缺席的叙述那样对一切无动于衷。正是由于隐蔽的叙事声音在一定程度上避免了公开的叙事声音和缺席的叙事声音的一些明显的缺点，在使叙事主体隐蔽化的同时达到叙事逼真化的目的，因此它颇受新生代作家的青睐。

新生代小说中隐蔽的叙事声音的最大特点就是使用自由间接引语。由于间接引语使用了叙述者的表达方式，"采用了叙述者为基准的人称（时态）"，① 通过自由间接引语，叙事者将人物的意识活动间接地传达给读者，使得叙事声音和人物的声音交织在一起，造成隐蔽的叙事效果。而且，由于自由间接引语在表达时省略了引述语，直接以第三人称来模仿人物意识活动，因此可以保留许多表现人物主体意识与个人特征的语言成分，具有生动逼真、表现力强的特点。同时，引导词的省略使自由间接引语能够更好地与叙述语相融合，读者也就更容易领悟和接受叙事者的观点与态度。下文试举两例加以说明。

在红柯《四棵树》中有这么一段话："孩子沉默下来……看着车窗外边飞驰而过的大地。……太阳追赶着汽车，太阳跟大型轰炸机一样投放一枚一枚炸弹……上坡的时候，太阳就把炸弹投到坡顶，在汽车前边'轰'的一下，天空大地全都消失了，汽车冲进了一团强烈的光焰，下沉，大幅度下沉。"② 文本使用"孩子"这个第三人称，说明这段话主要是叙事者讲述的。但"太阳追赶着汽车"之后的句子显然是孩子在看到车窗外的景色后内心的感觉，这是自由间接引语。"太阳跟大型轰炸机一样……"是孩子的感觉，如果按照传统的写法应该是："他想：'太阳跟大型轰炸机一样……'"没有使用引述语，不仅保留孩子充满想象力的语言特征，而且

---

① 罗钢：《叙事学导论》，云南人民出版社1994年版，第221页。
② 红柯：《四棵树》，载红柯著《太阳发芽》，山东文艺出版社2004年版，第177页。

使得自由间接引语与叙事者的叙述语自然融合在了一起，叙事声音和人物的声音浑然一体，隐晦地表现出了孩子的感觉，造成隐蔽的叙事效果。

　　徐坤的《厨房》更是充分利用自由间接引语来展现女主人公枝子的意识活动，让叙事声音与人物的声音交织在一起，达到出色的隐蔽效果。枝子曾经为了事业毅然逃离家庭，然而在事业成功后却由于商业社会的虚伪和人情的炎凉而心生厌倦，一心想回到温暖的"家"中。她爱上了松泽，一个由她赞助的画家。为了他，枝子亲自下厨给他过生日，希望能和他"组成一个家，共同拥有一个厨房"。① 然而，松泽对枝子的一片真心却报以功利和游戏的态度。小说利用自由间接引语对枝子从充满回归温暖家庭的渴望到得不到真爱深深的失望和在无奈中退却的心理进行了细腻而全面的展现。试看下面的例子："此时她只是很想回到厨房，回到一个与人共享的厨房。"② "这样巴巴地主动送上门来，可真是有些不好对自己的心解释了呢！管它呢。随它去吧！反正来也是来了，还费力解释它干什么？"③ "回去？什么回去？为什么要回去？他这是什么意思？是在下逐客令吗？……他这个态度表明的是什么？可是她能说不走吗？她能说主动要求留下来过夜吗？那样她成什么了？"④ 这些引文是枝子在松泽家的厨房里为他准备生日晚餐时和当松泽说要送她回家时的心理活动。它们都是较为典型的自由间接引语，采用的是以叙事者为基准的人称"她"，同时在多处省略了引述语"她想"。"她只是很想"和"枝子不愿意想"的部分是人物的声音，而其他部分虽然仍可以看成枝子的心理活动，但它明显带有叙事者叙述的痕迹。也就是说，它们可以看成是叙事者发出的声音，也可以是省略了引述语"她想"的人物自己的声音。女强人枝子向往回归家庭，然而回归的代价首先是要放弃自己的自尊，然而即便是她放下了自尊，却

---

①　徐坤：《厨房》，载徐坤著《午夜广场最后的探戈》，作家出版社2010年版，第18页。
②　徐坤：《厨房》，载徐坤著《午夜广场最后的探戈》，作家出版社2010年版，第18页。
③　徐坤：《厨房》，载徐坤著《午夜广场最后的探戈》，作家出版社2010年版，第19页。
④　徐坤：《厨房》，载徐坤著《午夜广场最后的探戈》，作家出版社2010年版，第28—29页。

仍然得不到她所向往的美好生活和诗意的爱情。上述的引文既是人物真实的心理描写，也是叙事者的感慨。在这里，叙事者没有公开发表自己的意见，而是把叙事声音糅合到枝子的声音中。表面上看起来是叙事者在说话，其实是枝子在表达自己的想法；表面上看起来是枝子在说话，实际上却又是叙事者在暗中表达自己的观点。叙事的声音和人物的声音融为一体，不仅真实地反映了作为商界女星的枝子渴望"回家"的心态和疲弱的灵魂以及叙事者对枝子的同情，而且造成了叙事的隐蔽性。

隐蔽的叙事声音既避免了对读者喋喋不休的说教，也避免了由于叙事声音缺席而导致的故事不确定性而影响读者对文本的把握的弊端。它在满足了新生代小说对隐蔽叙事要求的同时，也较好地引导了读者的阅读。因此，隐蔽的叙事声音是新生代小说中非常重要的一种叙事声音，在几乎所有的小说文本中或多或少都能体现出来。

小　结

不管什么样的小说，实际上都在向读者传递着作者的知识、经验或者价值观等等内容。小说中的叙事者正承担着这一任务，他所发出的叙事声音不管是有形的还是无形的，都对小说作品有着一定的修饰作用。新生代小说中，三种不同类型的叙事声音传达着不同的叙事修辞意义。

以评论为代表的公开的叙事声音虽然有破坏小说叙事张力的嫌疑，但其巧妙精彩的评论闪烁着作者智慧的光芒，能升华小说的意义，给读者以启迪，常常会给作品带来意想不到的修辞效果。而其中自我意识评论更是大大突破了传统小说的创作方法，特别是新生代小说在进行自我意识评论时，非常注意避免出现部分先锋小说中那种充斥着大量的评论性话语而破坏叙事流畅性和完整性的情况，在给读者带来新鲜的阅读感受的同时，缩小了读者与文本之间的距离。可以说，在大部分的新生代小说文本中，都有公开的叙事声音存在。然而，新生代作家也注意到了公开叙事声音的缺陷，如果文本中不断出现公开的叙事声音就很有可能会破坏读者的阅读兴趣，因此在新生代小说中极少出现大段大段的评论，多数的评论是零星点缀在文本的各处，这与传统的小说有着很大的区别。

文本叙事声音的缺席能造成明显的客观直接的展示效果，而且它还可以鼓励读者参与文本的构建，因此具有很强的叙事修辞性。叙事声音缺席的文本主要有"被发现的手稿"和"速记式"的作品两类。前者在新生代小说中很少见，而后者则因其符合新生代部分小说客观表现"生活流"和人物"意识流"的要求，因此颇受这类小说的青睐。作品中大段大段的人物对话和大段大段的独白使得叙事声音完全不见踪迹，作品因此呈现出真实客观的面目。但是，由于叙事声音的缺席所导致的"意义空白"有时会使得文本的意义隐晦而令读者无所适从。故而新生代作家在创作时，往往只是让文本的一个或若干个部分的叙事声音缺席，而绝不会是整篇小说，以加强客观的叙事效果，拉近读者与文本的距离。

鉴于公开的叙事声音和缺席的叙事声音的缺陷，新生代小说多采用了隐蔽的叙事声音。它既不像公开的叙事声音那样强势介入文本，也不像缺席的叙事声音那样"冷漠无情"。使用自由间接引语是新生代小说中隐蔽的叙事声音的最大特点。它可以让叙事声音与人物的声音交织在一起，在使叙事主体隐蔽化的同时达到叙事逼真化的目的。

当然，上述三种类型的叙事声音在文本中几乎都不会单独存在。在新生代小说的多数文本中，我们都可以听到这三种叙事声音从不同的角度出发去表现一个共同的主题思想。以陈染的《离异的人》为例。小说讲述了一对离婚夫妇之间的感情纠葛，读者可以在文中发现三种不同类型的叙事声音的存在。在他们刚离婚后，作者写道："也许，潜意识中，他们都还想再挣扎着抓住过去记忆中美好的一点什么，哪怕是一丝丝留恋的回味呢，也会成为他们此刻脆弱内心的一点依偎。"① 这是公开的叙事声音，叙事者对二人情感的评论表现出了二人虽然离婚，但内心深处其实仍然有着不舍，然而二人却又不知该如何去面对这种不舍，因此，"他们每次聚

---

① 陈染：《离异的人》，作家出版社 2009 年版，第 91 页。

会都像扑了一场空，除了阴阳怪气，就是冷冰冰的沉默。"① 随着时间的流逝，他们开始变得生疏。当林芷发现自己居然想不起布里的手机号码时，文中出现了这样一句话："一段记忆，一段历史，也可以像磁带一样抹去吗?"② 这句话既可以看作是林芷的内心活动，又可以看作是叙事者言论，因此它既是林芷的感叹，也是叙事者的感叹。叙事声音和人物的声音掺杂在一起，形成了隐蔽的叙事声音。最后，当他们陪同母亲逛公园时，林芷走上了亭台，布里坐在石阶上，文中出现了一大段布里的意识活动，想象着林芷在亭台上招手，最后跳入湖中。在此处，叙事声音是完全缺席的。文中三种类型的叙事声音交叉出现着，共同表现着这对离婚夫妇之间的感情世界。只有一种叙事声音的文本是非常单薄的，而有多种叙事声音的交织才能更好地混合成同一旋律将小说的主题思想表达得全面而且到位，这显然是新生代作家们的共识。

综上所述，新生代作家并非只是把叙事声音当作一种表现工具，而是将它们与小说所要表达的内涵融合在一起。各种不同的叙事声音以不同的形式从不同的角度参与着叙事的进程，叙述着同一个主题，加深着故事的内涵，达到了声音的叙事修辞目的，这也就是新生代小说叙事声音的独特魅力。

---

① 陈染：《离异的人》，作家出版社 2009 年版，第 91 页。
② 陈染：《离异的人》，作家出版社 2009 年版，第 94 页。

第三章　新生代小说叙事时间的调控

18世纪，德国著名剧作家、美学家、文艺批评家莱辛在《拉奥孔》一书中称以诗为代表的文学为时间的艺术。小说作为叙事文学，更是无法置身于时间之外。因为小说的叙事不仅要遵循一定的时间规律展开，而且要通过语言来完成，而"书写语言本文是线性的（Linear）。一个词接着另一个词，一个句子接着另一个句子……"① 也就是说是书面语言通过词语的排列，也实现了时间上的连续性。再者，读者对小说的阅读接受也需要一个时间性的过程。更为重要的是，小说由于时间因素的参与而使得故事呈现出多姿多彩的面目，此处的时间就成为一种修辞手段。不同的叙事时间所产生的修辞效果也不同，甚至在一些作品中时间本身就是叙事表达的重点，它往往寄寓着小说家自身的美学思想和人生价值观。因此，时间也就成为叙事中最重要的因素之一。正如英国女作家伊丽莎白·鲍温所说："时间是小说的一个主要组成部分。我认为时间同故事和人物具有同等重要的价值。凡是我能想到的真正懂得、或者本能地懂得小说技巧的作家，很少有人不对时间因素加以戏剧性地利用的。"② 新生代作家们当然也不例外。他们在叙事中将时间作为一种修辞策略，通过对叙事时间的调控，不

---

① ［荷］米克·巴尔：《叙述学：叙事理论导论》，谭君强译，中国社会科学出版社1995年版，第58页。

② ［英］伊丽莎白·鲍温：《小说家的技巧》，载吕同六主编《20世纪世界小说理论经典》上卷，华夏出版社1995年版，第602页。

仅使得小说艺术的表现张力得到进一步扩展，而且也传达了作家的创作意图、美学思想以及价值观。

第一节　叙事时间概述

时间是叙事理论最重要的范畴之一。早在古希腊亚里士多德的《诗学》和18世纪莱辛的《拉奥孔》中就对叙事和时间的关系进行了总体性概括，但是这个概括是比较宽泛的。后代的小说理论家们在他们研究的基础上迈出了一大步。例如，福斯特在《小说面面观》中从对"事件"理解的角度讨论了叙事与时间的关系。当代文学理论家瓦特则在《小说的兴起》中对小说叙事时间的性质进行了阐述："我们已经考虑到了小说分配给时间尺度的重要性的一个方面：它打破了运用无时间的故事反映不变的道德真理的较早的文学传统。小说的情节也因其把过去的经验用作现时行动的原因，使其与绝大多数先前的虚构故事区别开来。通过用时间取代过去的叙事文学对乔妆和巧合的依赖，一种因果关系发生了作用，这种倾向使小说具有了一个更为严谨的结构。而更为重要的也许是对小说坚持在时间进程中塑造人物的影响。……最后，小说对日常生活中利害关系的描绘也有赖于它在时间尺度上所显示出来的力量。"[1] 同样，巴赫金也把时间性叙事作为现代小说形式的基础。他认为，小说叙事的时间形式是一种与人的生存空间结合为一体的"时空体"形式，并提出了"文学形象的时空体原则"，他说："文学形象的时空体原则，最早是莱辛在其所著《拉奥孔》中十分明确揭示出来的。他确立了文学形象所具有的时间性质。一切静止的空间的东西，不应该作同样静止的描写，而应该纳入所写事件和描述本身的时间序列之中。"[2] 很明显，在他那里，时空体成为一种文学修辞。在

---

[1]　[美] 伊恩·P. 瓦特：《小说的兴起》，高原、董红钧译，生活·读书·新知三联书店1992年版，第16—17页。

[2]　[苏] 巴赫金：《巴赫金全集》第3卷，白春仁、晓河译，河北教育出版社1998年版，第453页。

20世纪五六十年代，叙事理论成为文学研究焦点，作为小说重要成分之一的叙事时间也就成了叙事学的一个重要论题。叙事学的大家，比如热奈尔·热奈特、米克·巴尔、里蒙·凯南、西摩·查特曼和华莱士·马丁等，都对此进行了深入细致的研究，出现了许多经典的结构主义叙事时间理论，《叙事话语》就是其中之一。在这本书中，热奈特建立起一整套"叙事时间"的理论，这种理论对叙事作品的时间性进行了细致、精巧的技术化分类，并因其具有的实际可操作性而成为基本研究的范式。

中国古典文学对叙事时间其实也是早有涉及的。例如，散见于金圣叹评《水浒传》、张竹坡评《金瓶梅》、毛宗岗评《三国演义》等作品中的"横云断山法""夹叙他事法""横桥锁溪法"等等说法，其实都是关于叙事时间的探讨。而对西方"叙事时间"理论的接受和应用则要推迟至20世纪80年代以后。20世纪80年代，随着大量西方叙事学经典的引入，中国学者对叙事学的了解和研究达到了一定的水平，出现了一批优秀的关于叙事学的理论专著，例如《小说叙事学》（徐岱）、《叙事学导论》（罗钢）、《叙述学与小说文体学研究》（申丹）和《叙事学》（胡亚敏）等等。这些著作都为"叙事时间"开辟了专门的章节进行论述，这一切都对当代小说创作产生了深远的影响。

小说中含两种时间：一是故事时间，一是叙事时间，二者是不同的概念。"所谓叙事时间，指的是在叙事文本中所出现的时间状况，这种时间状况可以不以故事中实际的事件发生、发展、变化的先后顺序以及所需的时间长短而表现出来。所谓故事时间，则是指故事中的事件或者说一系列事件按其发生、发展、变化的先后顺序所排列出来的自然顺序时间。"[①] 托多罗夫在《叙事作为话语》中说："在某种意义上说，叙事的时间是一种线性时间，而故事发生的时间则是立体的。在故事中，几个事件可以同时发生，但话语则必须把它们一件一件地叙述出来，一个复杂的形象就被投

---

① 谭君强：《叙事学导论——从经典叙事学到后经典叙事学》，高等教育出版社2008年版，第120页。

射到一条直线上。"① 也就是说，作者如何安排时间就决定了文本不同的效果，对叙事时间和故事时间的关系的把控和调整，可以达到扩展小说艺术张力的目的。

热奈特将叙事时间称为"伪时间"，因为它是叙事者将故事时间进行加工处理后呈现给读者的时间顺序。读者可以根据日常生活逻辑还原故事时间，但是叙事时间呈现的不是故事的自然状态，它体现的只是一种叙事手法。热奈特在《叙事话语》一书中，以普鲁斯特的《追忆逝水年华》为例，从"时序""时距""时频"三个方面讨论了叙事时间。其中，时序关涉"在故事中事件接续的时间顺序和这些事件在叙事中排列的伪时间顺序的关系"；时距关涉"这些事件或故事段变化不定的时距和在叙事中叙述这些事件的伪时距（其实就是作品的长度）的关系，即速度关系"；而时频关涉"故事重复能力和叙事重复能力的关系"。②

就时序、时距、时频而言，故事时间是客观不变的，但是叙事时间却可以根据叙事者的需求进行调整和重组，故而一个故事就可能有多种不同的叙述，这就为作者提供了丰富多样的叙事方式。当然，叙事时间的这种特点要以故事时间为参照才能呈现出来。热奈特的结论具有文本分析的可信性，已经成为叙事分析的范例。本文将借助热奈特的叙事时间理论从"时序""时距""时频"三个方面对新生代的叙事时间设置进行分析。

第二节　新生代小说中的时序调控

"在对叙事文本时间的研究中，最容易察觉到的关系是时序（order）关系。"③ 热奈特在《叙事话语　新叙事话语》中指出："研究叙事的时间

① ［法］托多罗夫：《叙事作为话语》，朱毅译，载张寅德编《叙述学研究》，中国社会科学出版社 1989 年版，第 294 页。

② ［法］热拉尔·热奈特：《叙事话语　新叙事话语》，王文融译，中国社会科学出版社 1990 年版，第 13 页。

③ 谭君强：《叙事学导论——从经典叙事学到后经典叙事学》，高等教育出版社 2008 年版，第 121 页。

顺序，就是对照事件或时间段在叙述话语中的排列顺序和这些事件或时间段在故事中的接续顺序。"① 也就是说，时序也有两种，一是叙事时序，一是故事时序。叙事时序是文本中叙事者讲述故事的先后顺序，故事时序则是指故事自然发生的时间顺序。如果叙事时序与故事时序一致或基本一致，就为顺序；如果叙事时序和故事时序不一致，则为保罗·利科所谓的"时间倒错"。比较极端的"时间倒错"会使得叙事的时间模糊不清，让读者几乎无法分辨，导致"无时序"。作家通过灵活处理故事时序与叙事时序之间的关系，实现自己的创作意图，并使文本产生不同的修辞意蕴。

中国传统小说受到"史传"的影响，基本上都以线性叙事来展开故事，但 20 世纪 80 年代后期的先锋小说，深刻地意识到了故事时间与叙事时间的不同，并对小说的时间性进行了前所未有的探索，他们改变了传统小说中线性的时间关系，用叙事时间拆解了故事时间，小说中出现了非线性、断裂甚至无序的时间。他们对小说时间形式所作出的建构性努力的确改变了传统叙事单一的时间表达方式，极大地丰富了小说的表现手段，对新生代小说的时间观产生了非凡的启示意义。但是，部分先锋小说在叙事中过分频繁地调动时间因素参与，文本出现了叙事时间与故事时间的严重错位，这些有意扭曲的、变换不定的时间在"用歪曲时间来达到某些美学的目的"② 的同时也使得小说呈现出纷繁复杂的局面，不仅破坏了读者的阅读节奏，而且还让读者被迫陷入了一个混乱的迷宫之中。例如孙甘露的《请女人猜谜》、余华的《在细雨中呼喊》等都是如此。20 世纪 90 年代的新生代作家们清楚地看到了先锋小说对叙事时间设置的优缺点。在此基础上，他们扬长避短，在具体的叙事实践中，将西方现代叙事时间观念和中国传统的时间方式结合起来，充分利用时序的变化，达到不同的叙事修辞

---

① ［法］热拉尔·热奈特：《叙事话语　新叙事话语》，王文融译，中国社会科学出版社 1990 年版，第 14 页。

② ［法］托多罗夫：《叙事作为话语》，转引自张寅德编《叙述学研究》，中国社会科学出版社 1989 年版，第 294 页。

目的，创作出了既有艺术性又不乏可读性的作品，体现出对于时间艺术主观自觉的追求。

　　大面积地使用"时间倒错"的叙事修辞策略是新生代小说时序调控的一个主要特点。保罗·利科在《虚构叙事中时间的塑形》一书中给"时间倒错"下的定义是："故事中事件的时间特点与叙事中的相应的特点并不协调，在时序方面，这些不协调可以笼统地称作时间倒错。"① "时间倒错"的类型可以分为追叙和预叙两种。所谓追叙，是指"对故事发展到现阶段之前的事件的一切事后叙述"。② 所谓预叙，则指"事先讲述或提及以后事件的一切叙述活动"。③ 在小说的叙事过程中，为了避免平铺直叙带来的枯燥感，作者总是会"以种种时间运行方式，干扰、打断或倒装时间存在的持续性，使之出现矢向上的变异。"④ 一般来说，越复杂的故事，叙事时序对故事时序变动的可能性就越大。在这种情况下，作者就不得不采用重现往事的"追叙"和预期未来的"预叙"来把纷繁复杂的故事线索交代清楚。因此，"时间倒错"不仅仅是西方传统叙事文学中非常普遍的一种叙事修辞策略，也是现代小说的基本特征之一。早在 20 世纪 80 年代，王蒙、刘索拉、徐星、马原等作家的小说都在这方面下足了功夫，在此基础上，90 年代的新生代小说不仅大面积使用"时间倒错"的叙事修辞策略，而且手法纯熟，特征鲜明，呈现出新生代作家独特的艺术理性。

一、不拘于传统的预叙

　　西方叙事学理论认为，"预叙，至少在西方叙述传统中显然要比相反

① [法] 保罗·利科：《虚构叙事中时间的塑形》，王文融译，生活·读书·新知三联书店 2003 年版，第 145 页。

② [法] 热拉尔·热奈特：《叙事话语新叙事话语》，王文融译，中国社会科学出版社 1990 年版，第 17 页。

③ [法] 热拉尔·热奈特：《叙事话语新叙事话语》，王文融译，中国社会科学出版社 1990 年版，第 17 页。

④ 杨义：《中国叙事学》，人民出版社 1997 年版，第 148 页。

的方法（笔者注：指追叙）少见得多；……小说（广义而言，其重心不如说在 19 世纪）'古典'构思特有的对叙述悬念的关心很难适应这种作法，同样也难以适应叙述者传统的虚构，他应当看上去好像在讲述故事的同时发现故事。因此在巴尔扎克、狄更斯或托尔斯泰的作品中预叙极为少见。"① 但传统的中国小说更擅长于预叙，正如杨义所说，"中国的叙事因为是从大时空里开始的，所以对整个事件、人物的发展和命运都心中有数，就是说对故事进展带有预言性，长于预叙。"② 预叙是中国传统叙事文学"时间倒错"的最主要形式。早在《左传》的《秦晋肴之战》中对蹇叔预言秦军失败的描写就是一种预叙手法的使用。毛宗岗在《读三国志法》中说"《三国》一书，有隔年下种，先时伏着之妙"，这也是一种预叙。当然还有《水浒传》中"洪太尉误走妖魔"、《红楼梦》中"贾宝玉梦游太虚幻境"等等都是典型的预叙。虽然预叙提前告知了读者未来的信息，破坏了小说的悬念，在某种程度上打击了读者的阅读兴趣，但是，它也使得读者产生了另一种心理期待，更加迫切地想搞清楚预叙事件之间的来龙去脉。同时，已知故事结局的读者也可以较为清醒、理性地对待小说，而不会沉溺于情节。

　　由于传统叙事文学的影响，加之其本身所具有的美学效果，使得预叙仍然成为很多新生代小说采用的"时间倒错"形式。尤其在新时期大量西方文学的引入后，《百年孤独》中开头那个非常明显的预叙——"多年以后，面对行刑队，奥雷里亚诺·布恩迪亚上校将会回想起父亲带他去见识冰块的那个遥远的下午"③ 更成为包括新生代作家在内的当代小说家模仿借鉴的对象。许多新生代小说在使用预叙时，时常会伴随着类似的标志性预叙话语。例如，陈染的《与往事干杯》在描述"我"和母亲

---

① ［法］热拉尔·热奈特：《叙事话语新叙事话语》，王文融译，中国社会科学出版社 1990 年版，第 38 页。

② 杨义：《中国古典小说的叙事原则》，《河南大学学报》（社会科学版）2004 年第 5 期。

③ ［哥伦比亚］加西亚·马尔克斯：《百年孤独》，范晔译，南海出版公司 2011 年版，第 1 页。

在废弃的尼姑庵居住时的困窘之后，预叙母亲被落实政策，房子越搬越好的未来时，就使用了"这些是后来的事了"①这样的预叙话语；小说也还以基本相同的句子"这些，当然是后来的事"②预叙了母亲告诉"我"在她的恋人死后，想要写信给他却又没有写的感受；《私人生活》中有着更多类似的预叙，例如："许多年之后，当我长大成人……"③"很多年之后，当我回忆起我和伊秋当时所面临的某种共同的处境时……"④"十五年之后，当我从那些早已褪色模糊往事中，忆起……"⑤"从一开始，便有一种凉飕飕的不祥的预感从母亲的门缝里钻出来……果然，这预感在不久的几年之后灵验。"⑥"这个一闪即逝的颇具镜头感的幻象，在许多年之后的一个夏天与我重逢，这使我十分惊奇。"⑦ 林白的《一个人的战争》中，"只有多年以后，当我怀抱自己的婴儿……"⑧"至于我三十岁那年发生的一场傻瓜爱情，那是很晚以后的事了。"⑨"很多年以后，我上了大学……"⑩何顿的《我们像葵花》中，"很多年以后，冯建军回忆着养母的恩情说……"⑪等等。这些标志性的话语使得预叙在文本中清晰可见。而插入的这些类似"许多年之后"的时间短语，使得正在行进的故事突然被打断，"故事"变成了"叙事"，"现在"与"未来"联系了起来，而"现在"也因此迅速转化成了"过去"，完整的故事就此分崩离析。

　　新生代小说中的不少预叙同传统小说一样，多是提前预示了情节走

---

① 陈染：《与往事干杯》，载陈染著《无处告别》，作家出版社 2009 年版，第 15 页。
② 陈染：《与往事干杯》，载陈染著《无处告别》，作家出版社 2009 年版，第 37 页。
③ 陈染：《私人生活》，作家出版社 2010 年版，第 49 页。
④ 陈染：《私人生活》，作家出版社 2010 年版，第 61 页。
⑤ 陈染：《私人生活》，作家出版社 2010 年版，第 71 页。
⑥ 陈染：《私人生活》，作家出版社 2010 年版，第 97 页。
⑦ 陈染：《私人生活》，作家出版社 2010 年版，第 177 页。
⑧ 林白：《一个人的战争》，作家出版社 2009 年版，第 15 页。
⑨ 林白：《一个人的战争》，作家出版社 2009 年版，第 23 页。
⑩ 林白：《一个人的战争》，作家出版社 2009 年版，第 26 页。
⑪ 何顿：《我们像葵花》，湖南文艺出版社 2010 年版，第 6 页。

向或人物的命运。例如，在毕飞宇《生活边缘》中写到哑女小铃铛看她父母惯弟弟的目光使夏末和小苏"看见了危险，看到了一种巨大灾难，这种灾难一定会在未来的某个日常时候骤然降临。"①最后，年幼的小铃铛由于嫉妒父母对弟弟的出生所表现出的异常惊喜和害怕失宠，用小剪刀减掉了弟弟的生殖器。海男的《女逃犯》中女主人公李水珠由于一桩人命案而变成了逃犯，文章的开头以"她的妹妹李水苗的身体从22层楼上落在了石板路上。自此以后，李水珠的命运发生了翻天覆地的变化。……在之后，她的命运和身体将被众多的事物和世界所挟裹住"②，预示了李水珠在未来逃犯式的奔跑过程中，由于恐惧而身心都变成了他人的傀儡的命运。张旻的《生存的意味》也以"现在看来，这件事仿佛命中注定，从一开始就无法避免"③"很多年以后，在芬生命的最后时刻……"④"后来芬回忆整整六年宁静平淡的婚姻生活，真恍若一场梦"⑤"以后，芬没来得及再问大军，她的人生之路就戛然而止"⑥等预叙在文中处处理下伏笔，预示了芬与大军悲剧性的爱情经历和芬因情被杀的结局。

　　然而，新生代小说中还有一种以另一面貌出现的预叙，即在所讲述的事件后面插入一些预叙，这些预叙不仅仅是为了让读者预知未来的事情，更重要的是为了与后文的叙述进行对比和呼应，以突出叙事者的某种心境和情感。同时，也能够更为自然地表达作者对小说事件的看法和评论。例如，陈染的《私人生活》中"许多年之后，当我长大成人，读了卡尔瓦伦丁的《陌生人》的时候，才明白一个人并不一定是在一个陌生的地方才成为一个陌生人。因为一个陌生人感到自己陌生，才成为一个陌生人。……另外……一个人直到他明白懂得了他身边的一切事事物物时，对

---

① 毕飞宇：《生活边缘》，载毕飞宇著《雨天的棉花糖》，上海文艺出版总社、上海锦绣文章出版社2009年版，第169页。

② 海男：《女逃犯》，中国广播电视出版社2006年版，第4页。

③ 张旻：《生存的意味》，载张旻著《求爱者》，重庆大学出版社2011年版，第55页。

④ 张旻：《生存的意味》，载张旻著《求爱者》，重庆大学出版社2011年版，第67页。

⑤ 张旻：《生存的意味》，载张旻著《求爱者》，重庆大学出版社2011年版，第79页。

⑥ 张旻：《生存的意味》，载张旻著《求爱者》，重庆大学出版社2011年版，第80页。

他来讲，没有什么是陌生的了，他就不再是一个陌生人。"① 这一段预叙是在叙述"我"小学、中学时期一直觉得自己是"外来人"，无法融入群体当中的状况后的一段预叙，这些预述提前告知了"我"成人之后对"陌生人"这一概念的成熟看法。作者如此处理有着很明显的修辞意味。它与"我"幼时身处在同伴之间却无法融入的困境和迷惑的心理形成了鲜明的对比，以此也揭示了"我"的身心成长过程，也是对后文中所说的"实际上，'陌生的熟人'这一形象，在后来的许多年之后，一直伴随着我"② 这一句更为深刻的注解。再如，"很多年之后，当我回忆起我和伊秋当时所面临的某种共同的处境时，才有能力意识到，我们在本质上其实仍然存在着根本的不同。……伊秋与集体的隔绝，是被动的、消极的隔绝。而我与大家的隔绝，是一种主动的、积极的隔绝。"③ 这段预叙是写在"我"和伊秋关于自己不被大家接受的谈话之后。女主人公倪拗拗在年幼时无法理性地分析自己被排斥在群体之外的原因，只能以"我不喜欢他们"来解释，但作者却又很想表达自己的看法：倪拗拗是主动与人隔绝的，这种对外界的恐惧是一种心理方面的残缺。为了使作者的评论和解释在文本中不显得突兀和不自然，于是采用了预述的手法，尽量做到了不露痕迹地表述。同时，这段预叙也与后文"我"被送入精神病院，最终将自己封闭在浴室之中，在浴缸中找到了安全感，形成了呼应。正是有了前文的这段预叙，读者更能体味到倪拗拗那种对外部世界的恐惧，最终正是由于这样的恐惧，她主动关闭了自己与外部世界的联系，也就等于关上了自己生存的方便之门。

预叙在新生代小说中虽然不像在中国古典小说那样比比皆是，但是新生代小说中的预述并未拘泥于传统的形式和内容，它们不规则地穿插于作品中，体现了新生代小说自身的审美追求。

---

① 陈染：《私人生活》，作家出版社 2010 年版，第 49—50 页。
② 陈染：《私人生活》，作家出版社 2010 年版，第 50 页。
③ 陈染：《私人生活》，作家出版社 2010 年版，第 61 页。

二、分量各异的追叙

追叙是西方叙事文学最常见的"时间倒错"形式。西方文学多从中间开始讲述故事，故而在溯源时，最好的选择就是追叙了。清末学者周桂笙形容西方小说是"凭空落墨，恍如奇峰突兀，从天外飞来；有如燃放花炮，火星乱起。"[①] 中国古典文学当然也有种被古人称为"倒卷帘法"的追叙。早在《左传》中的《郑伯克段于鄢》的开篇"初，郑武公娶于申，曰武姜"就是使用追叙。再有，《红楼梦》开头部分也追叙了那块补天之石的离奇经历。但这毕竟是少数。直到五四之后，追叙才开始为小说家广泛接受，经过几代作家们的操练，新生代作家们使用起追叙这一手法早已是游刃有余。新生代小说中有大量的文本是以追叙的形式进行叙事的，例如，东西的《后悔录》是对不堪回首的往事的回忆，韩东的《我和你》是对逝去的爱情的回忆，陈染的《私人生活》和林白的《一个人的战争》都是对成长的回忆等等。而且很多文本一开篇就非常直白地告知读者叙事采用的是追叙的形式。典型的如东西的《耳光响亮》，一开头就说："从现在开始，我倒退着行走……我看见时间的枝头，最先挂满冰雪，然后是秋天的红色叶片，然后是夏天的几堆绿色和春天的几簇鲜花……我沉醉在倒走的姿态里，走过 20 年漫长的路程。一顶发黄的蚊帐挡住我的退路……我钻进了蚊帐……我睡在 20 年前某个秋天的早晨……"[②] 接着开始了对长达 20 年"苦难记忆的现时回访"。[③] 何顿的《我们像葵花》第一章开头："我现在要抛弃布告，扔掉讨论，丢下 1994 年，带着亲爱的读者走进 60 年代里去，故事还是从 60 年代开始好。"[④] 张旻的《爱情与堕落》的开篇："这个故事按理可以追溯到我参加工作的那个星期，但为了避免故事过于冗长，我考虑从我二十八岁那年的春天讲起。"[⑤] 等等。这些文本都是以追叙

---

① 杨绪容：《周桂笙与清末侦探小说的本土化》，《文学评论》2009 年第 5 期。

② 东西：《耳光响亮》，江苏文艺出版社 2011 年版，第 2 页。

③ 洪治纲：《苦难记忆的现时回访——评东西的长篇新作〈耳光响亮〉》，《当代作家评论》1998 年第 3 期。

④ 何顿：《我们像葵花》，湖南文艺出版社 2010 年版，第 2 页。

⑤ 张旻：《爱情与堕落》，载张旻著《求爱者》，重庆大学出版社 2011 年版，第 131 页。

的方式带领读者走进往事之中。追叙手法的使用不仅制造了悬念的修辞效果，唤起了读者的好奇心，激发了读者的阅读兴趣，而且对于小说所讲述的故事的完整性非常重要，也可以达到情节的顺利转换与衔接的目的，从而更好地揭示小说各个事件之间的因果关联。

相比预叙，追叙在新生代小说更为普遍。它应该是新生代小说中最为常见的"时间倒错"手法，甚至可以说，几乎所有文本都或多或少地使用过追叙。但是，在不同小说中，基于作者不同的修辞意图，追叙所占的分量是不同的，而且不同追叙所起到的作用和修辞效果也是不同的。有些小说整部就是叙事者对往事的追叙，当下发生的故事只是点缀于对往事的追述之中。例如，毕飞宇的《叙事》，故事从"我"还是个胎儿开始，对"我"的出生、童年，父母"文革"时期的生活、我和林康的婚姻生活进行了大量的追叙。作为历史硕士的"我"对自我的"种姓归属"充满了疑问，由此还追叙了奶奶婉怡和日本人板本六郎之间的故事等等。小说中，"我"的生活、父母的生活、奶奶的生活，一系列的追叙交织在一起，形成了对历史的追问，这些追叙不仅构成了小说的主体部分，而且也表达了作者"历史只不过是人们刻意为之的叙事结果"这一观点。而现在的"我"为了寻找自我的"种姓归属"去上海寻找奶奶的海上漂行，以及在海轮上的种种思考则成了在各种各样的对往事的追叙中的点缀。这部分的叙述虽然非常少，但是起到将读者带入情景的作用——由于"我"对"家族史"的探究，而将故事带入了对父辈和祖辈的故事的追叙中去，从而达到了情节的顺利转换。

而有些小说的追叙虽然也占了一定的篇幅，但却不是作为小说的主体而出现。例如，海男的《妖娆罪》中讲述了女主人公乌珍从一个纯洁的女子中学的高才生、贵族小姐变成了一个可以熟练地运用媚术来取悦男人，依靠阴谋暗算报复仇人的女人的生命过程。在讲述乌珍如何被骗成为驿妓，如何一步步成为"第一枝花"的过程中，作者不断插入追叙"驿馆"主人姚妈如何被男人抛弃而落入妓院的皮肉生涯，这些追叙明显不是小说的主体部分，但是作为小说主体的乌珍的故事与追叙的姚妈的故事却有着密切的联系，乌珍的故事其实就是姚妈的故事的延续。在故事之间所插入的追述，在时间上构成了一种纵向关系，它们能产生强烈的对比效果，也暗示了小说各个事件之间的因果关系。追叙中姚妈的反抗是通过仇恨男人，索取更多的银子，最后带着银子到滇西开"驿馆"继续榨取男人的银子来实现。乌珍也不断地逃离，不断地反抗，但最终的结局也只能成为一个土匪婆，加入吴爷的马帮。作者正是通过这些对比强化了作品的主题：尽管时代不同，但女性的命运并没有发生改变，她们都逃脱不了被男人压迫的宿命。

三、顺叙中的追叙或预叙

顺叙是指小说中的叙事是按照故事发展的自然时间顺序展开的，表现为叙事时序和故事时序的一致性。对读者来说，以"顺叙"叙事，清晰而完整的时间脉络，给人们提供了一个符合自身理解习惯的途径，因此也更便于文本的接受，故而"顺叙"就成为情节性较强的传统叙事作品中最为重要的"时序"模式。新生代小说对于这种传统的叙事时序并没有完全抛弃，他们的很多长篇作品在大框架上，仍然使用了顺叙的手法，使得长篇小说的叙事时间流向较为单纯自然、脉络清晰，情节也因此连贯完整，可读性强，满足了部分传统读者的需求。例如，艾伟的《爱人同志》、何顿的《我们像葵花》、鬼子的《一根水做的绳子》、红柯的《西去的骑手》等等。此外，新生代小说在描写日常"生活流"的中短篇的文本中也经常采用顺叙的手法。例如，何顿的《生活无罪》、韩东的《三人行》、朱文的《食指》等等。这些文本改变了先锋小说随意切割调换叙事时间的状况，代之以对日常生活的一个瞬间或一个时间段平铺直叙的叙述。在这些小说中日常时间成为作品的主导性时间，作品回归线性叙事。这类小说的故事时间与叙事时间之间的差异缩小，按照日常时间推进的叙事使得读者们可以感受到时间的缓慢流动，就是在这样的叙述中，真实地呈现出了普通人原汁原味的生活形式和他们最为具体的感性存在状态，从而也是给了读者一种认同感。但是，新生代小说这种对日常生活按部就班的记录，导致了另一种结果，就是成了巴赫金所谓的"是浓重粘滞的在空间里爬行的时间"，① 因此，有些文本在某种程度上的确会给读者造成一种拖沓冗长，琐碎无味的感觉，缺乏一定的艺术美感。

当然，不管是长篇还是中短篇，在这些以顺叙为主基调的新生代小说中，并非没有时间倒错，只是就小说的整体框架而言，追叙或预叙等时序变形仅在局部穿插运用，它们一般会被作为避免叙事陷入单调困境的某种应对方法，对小说叙事的整体线性向前发展的特征不会造成多大的影响。例如，鬼子的《一根水做的绳子》讲述了女主人公阿香和老师李貌之间令人心碎的爱情故事，全文按时间顺序从阿香 16 岁就把身子给了李貌开始，一直写到李貌在阿香病死后自杀殉情。鬼子以最传统的顺序手法来表现了一段乡村纯真的痴情故事，让人在阅读过程中忘却了小说的技法、结构等等，而陶醉在小人物简单而又本质的爱情之中。但即便是这样充满生活气息的朴实的小说，为了避免文本过于单调，鬼子也还是在叙事过程中穿插了追叙和预叙。小说的一开头就以"阿香的命从小就苦"② 追叙了阿香可怜的童年。在故事的进行中，关于阿香弟弟的死使用的也是追叙的手法。阿香先告诉李貌，弟弟死了，然后后文才用"弟弟的死与阿香有关，起因却是因为李貌"③ 追叙了阿香弟弟的死亡过程。同样，小说在叙事过程中也穿插了一些预叙。例如，"那棵树蔸后来却没有活下来"④、"没多久，小香出事了"⑤ 等等。这些"时间倒错"形式的使用都很简单明了，是点缀在这个完整明晰的顺叙故事中的小插曲。

值得注意的是，新生代小说中还有一类文本，它们在结构上以清晰的时间顺序来排列，有的甚至在每个章节前面都标示了具体时间。这类文本粗看是采用了顺叙的手法，但实际上却并非完全如此。以韩东的《障

---

① [苏] 巴赫金：《巴赫金全集》第三卷，白春仁、晓河译，河北教育出版社 1998 年版，第 449 页。

② 鬼子：《一根水做的绳子》，人民文学出版社 2007 年版，第 1 页。

③ 鬼子：《一根水做的绳子》，人民文学出版社 2007 年版，第 66 页。

④ 鬼子：《一根水做的绳子》，人民文学出版社 2007 年版，第 72 页。

⑤ 鬼子：《一根水做的绳子》，人民文学出版社 2007 年版，第 140 页。

碍》为例，它讲述了两男一女之间的情爱故事。小说一开始就以黑体字
"一九八五年"明确标注了时间，并在后文中从"一九八五年"一直标注
到"一九九三年"。从表面上看，作者采用了顺叙的手法，但其实小说是
由两条线索构成的。在"一九八五年"到"一九九三年"为标题的小节
中，作者以时间为参考顺序，写了"我"（石林）与朱浩的交情以及朱浩
与王玉的交往，而在这些叙述当中作者插入了以"黑裙女""第一夜""东
风新街"等等为标题的故事。这些故事则详尽描述了"我"与朱浩女友王
玉的性交往以及"我"的内心感受。两条线索在作品中交叉行进。在对朱
浩与王玉的交往的追叙以及未来事件的预叙中不时地呈现出过去与现在的
交错，打破了小说表面上所呈现出的顺叙手法。毕飞宇的《大热天》也是
这类文本，小说以"正午""午后""黄昏""夜晚""黎明"作为各小节的
标题，故事表面上是按时间的顺序描写了"光头"和"绿背心"的一天，
但其间同样以追叙或预叙的方式并行着"光头"和"绿背心"各自的家庭
故事。而海男的《从亲密到诱惑》同样是以事件的时间顺序进行文本结构
的编排，每个小节都注明了时间，从"1968年"到"2005年"。但是，细
读文本，读者就会发现这些貌似按顺叙进行的故事之间并没有明显的因果
关系，各个小节之间基本上是独立的，小节标题的时间只是给人一种顺叙
的错觉。当然，这类文本严格地说都不完全算是顺叙。

四、叙事时间的无序性

新生代小说中的"时间倒错"不仅表现在预叙和追叙的使用上，而
且还突出地表现在一系列追叙叙事中时间的杂乱无序，在叙事过程中完全
将预叙、追叙自然地融合在一起。小说中的叙事者一般站在"此时"的
立场上追叙"过去"，而叙事的开端却往往预叙了故事的结局，在一系列
追叙或预叙中又不断地回到"现在"。甚至，在这种追叙中还会对发生在
正在追叙的故事之前的故事的追叙或预叙，于是故事就在"过去""现
在""将来"三个时间体之间交叉往复。

例如，张旻的短篇小说《生存的意味》追叙了一个已有了结局的过

去的故事。在叙述中，叙事者不时地在追叙的过程中预叙故事的未来，或者对这个正在追叙的故事的过去的事进行追叙，甚至还从叙事的追叙中走出来回到"现在"，这样的叙述明显破坏了故事的完整性，造成时间上的严重倒错。小说从"现在看来，这件事仿佛命中注定，从一开始就无法避免。她被杀时年仅三十，风华正茂，是一个非常好看的少妇"① 开始，在小说的开头就预叙了故事的结局。接着倒叙了叙事者"我"曾经在无意中见过美丽的"她"擦身。"现在算来，这仅是灾难发生前两年的一幕"② 说明了叙事者"我"是站在"此时"的立场上讲述"过去"已发生的事。小说接下去则以追叙的方式讲述了女主人公"芬"和"大军"之间的爱情悲剧，时间跨度从芬 7 岁成为大军的同桌开始直到 30 岁被大军杀害。在追叙的过程中，不时插入对以后故事的预叙，以及发生在这段追叙故事之前的故事。芬 7 岁认识大军，大军十分凶蛮。为了解释芬为何会喜欢上大军，叙事又进一步追叙回了芬 5 岁时，看见母亲偷情，而窝囊的父亲表现得无能为力，给芬的心灵造成了很大的伤害。正是由于这样，"在芬的天性里，要命的却是她总有一种对大军这样的男人的不由自主的崇拜与依赖。"③ 小说在此处又预叙了父亲的结局——"当芬终于听到父亲将一把锋利的刀子捅进那个男人的肚子……这件事发生在芬小学生涯的最后那个礼拜。"④ 接着故事又回到了芬 7 岁的当时，叙述大军怎样教训欺负她的阿木保护她。接下来讲述芬与丈夫荣华相恋的过程，中间又插入预叙："很多年以后，在芬生命的最后时刻，她如能重温这一幕，一定会发现自己当年的那种感觉是多么富有寓意。"⑤ 然而，在预叙"当整整十年以后芬二十二岁那年终于嫁给荣华时……"⑥ 后，叙事回到了当下，插入了叙事者的一段评论："芬现在是真的死了。由于芬的早逝，芬给自己短暂

---

① 张旻：《生存的意味》，载张旻著《求爱者》，重庆大学出版社 2011 年版，第 55 页。
② 张旻：《生存的意味》，载张旻著《求爱者》，重庆大学出版社 2011 年版，第 56 页。
③ 张旻：《生存的意味》，载张旻著《求爱者》，重庆大学出版社 2011 年版，第 58 页。
④ 张旻：《生存的意味》，载张旻著《求爱者》，重庆大学出版社 2011 年版，第 60—61 页。
⑤ 张旻：《生存的意味》，载张旻著《求爱者》，重庆大学出版社 2011 年版，第 67 页。
⑥ 张旻：《生存的意味》，载张旻著《求爱者》，重庆大学出版社 2011 年版，第 73 页。

的一生留下了无法解答的迷。既然芬有那样的家庭和童年，既然芬从小就对父母怀有那样的态度和看法，她长大后怎么会嫁给荣华，重复母亲的模式？……"①评论过后，小说又回到了芬28岁时与大军的重逢。其间插入了芬对小学毕业时最后一次见大军的景象的回忆："芬看见了那年自己与大军的最后见面"，②接下来又预叙了"后来芬回忆整整六年宁静平淡的婚姻生活，真恍若一场梦"。③这些为芬在婚后与大军重逢偷情，以及被荣华发现后勒索，最后由于不愿重蹈母亲的覆辙被杀埋下了伏笔。短短的一个故事却在"将来""现在""过去""过去的过去"之间交叉往复、随意转换。叙事也因此摆脱了线性运动，进入了更为自由的叙事空间。作者利用这种"时间倒错"的叙事方式使一个老套的情杀故事呈现出新颖的面貌，复杂化的叙述和多样化的叙事话语重新唤醒了读者的阅读期待。

　　新生代长篇小说中同样存在叙事时间的无序性。例如，林白的《一个人的战争》全文在叙事过程中追叙、预叙频繁交叉变化。以第二章"东风吹"为例，一开始就是对林多米19岁上大学的日子的追叙，回忆了大学的同学和大学的生活。在这段追叙中，叙事者还将时间继续倒退回林多米上大学之前，讲述了她上大学之前的经历：18岁时在距B镇20多里的地方插队，被叫去N城改稿，写的小诗歌被《N城文艺》的刘主编看好，却由于急功近利抄袭而失去了进入电影厂的机会，后来以全县第二名的成绩考上了大学。其间甚至还回忆了高中普通话朗诵比赛。在这大段的追叙中不时出现着预叙，提示着故事情节的发展："后来多米在大学里每到周末就独自一人提着小板凳到露天放映场看电影……"④、"许多年后我由省城回B镇……"⑤、"多年以后，多米从外省来到北京当记者……"⑥ "十

①　张旻：《生存的意味》，载张旻著《求爱者》，重庆大学出版社2011年版，第75页。
②　张旻：《生存的意味》，载张旻著《求爱者》，重庆大学出版社2011年版，第76页。
③　张旻：《生存的意味》，载张旻著《求爱者》，重庆大学出版社2011年版，第79页。
④　林白：《一个人的战争》，作家出版社2009年版，第53页。
⑤　林白：《一个人的战争》，作家出版社2009年版，第62页。
⑥　林白：《一个人的战争》，作家出版社2009年版，第87页。

年之后，我正式办理了到电影厂文学部的手续"① 等等。同时，还有不少片段是叙事者从叙事的预叙、追叙中走出来回到"现在"。当回忆到多米18 岁时到公社看电影萌发了写电影的念头，叙事者进行了预叙："一道大幕拉开了，多米日后的经历就是以此为开端，半年后多米奇迹般地差半步就到了电影厂当编剧……"② 之后还回忆了让多米蒙羞的处女作，接着叙事进入"现在"："我忌讳别人提到我的处女作……也许正是想要摆脱它们我才选择了这个长篇。"③ 类似的还有"连我都忘记这回事了。如果不是我要自己写一个序，这个序使我回顾了过去，我也就不会想到要写这样一部长篇。"④ "从我写作这部小说开始，我似乎提前进入了老年期……"⑤ 小说第三章《漫游》也同样表现出了复杂的时间倒错。它以从"那一年我从 N 城出发"⑥ 追叙了多米独自漫游大西南的壮举，并以此情节为主线，将多米幼年失学、之前的北京和北海之行、之后的北京和上海之行等等自然地插入进去，整个叙事过程追叙、预叙频繁交错，在过去、现在与将来的比照之中，展现了女性自我成长之路，也使得整个故事具有一个内在凝聚力，成为一个无法分割的整体。

应该说，这类小说是故意阻断和错开了故事的正常时序，使得小说的顺延性及悬念性变得没有那么重要，而叙事自身负载的审美信息功能则进一步凸显出来。这种预叙、追叙、追叙中再追叙、追叙中再预叙的循环往复的叙事方式在新生代小说中普遍存在，成为新生代小说"时间倒错"手法的重要特征。比如陈染的《私人生活》、林白的《说吧，房间》、毕飞宇的《哥俩好》、李洱的《花腔》等等都体现得非常明显。但值得注意的是，相比较部分先锋小说利用过于繁杂的时间倒错造成叙事迷宫，完全拆解了小说故事内部事件因果链的叙事策略而言，新生代小说对"时间倒

---

① 林白：《一个人的战争》，作家出版社 2009 年版，第 99 页。
② 林白：《一个人的战争》，作家出版社 2009 年版，第 56 页。
③ 林白：《一个人的战争》，作家出版社 2009 年版，第 56 页。
④ 林白：《一个人的战争》，作家出版社 2009 年版，第 71 页。
⑤ 林白：《一个人的战争》，作家出版社 2009 年版，第 72 页。
⑥ 林白：《一个人的战争》，作家出版社 2009 年版，第 105 页。

错"手法的应用则呈现出一种更为冷静、更为本色的态度。他们虽然利用"时间倒错"手法创造了交叉往复的立体时间效果，但从整体上来说还是保持了小说故事的完整性，并没有给读者的阅读造成障碍性的困难，"时间倒错"所创造的叙事效果更多的是为了提升读者阅读中的兴奋点。就像上文列举的两部小说，它们的故事情节都是完整的。同时，小说中不管是追叙还是预叙的事件之间都有着明晰的因果关系，读者完全可以凭借自己的逻辑判断来还原故事本属的时间层。当然，如果文本中有时间标识，那么读者也可以根据这些出现的时间标识来把握故事的发展脉络，因此小说也就尽可能达到了可读性和艺术性的平衡。

　　总之，新生代小说在时序的设置上，吸取了前代小说家们的经验教训，综合了西方现代叙事时间观念和中国传统的时间方式，形成了属于自己的特点。他们根据文本表达的需要灵活地调用顺序、追叙与预叙，或将三者自然地糅合在一起，使得小说的故事可以在过去、现在、未来中交织行进，不仅加强了小说叙事的修辞效果，而且使小说表现出巨大的张力。

第三节　新生代小说中的时距调控

　　时距是参照故事时间比较而出的叙事时间的长短。[①] 申丹在《西方叙事学：经典与后经典》一书中将它定义为"故事时长（用秒、分钟、小时、天、月和年来确定）与文本长度（用行、页来测量）之间的关系"，[②] "它的意义在于可以帮助我们确认作品的节奏，每个事件占据的文本篇幅说明了作者希望唤起注意的程度……"[③] 时距的交替可以形成疏密有致的叙事节奏，使得故事情节跌宕生姿。因此时距问题不仅具有丰富的修辞效果，能使文本产生不同的意蕴，而且也是形成叙事风格的一个重要因素，它在小说中的普遍价值甚至超过了前文所论及的"时间倒错"现

[①] 　罗钢：《叙事学导论》，云南人民出版社 1994 年版，第 145 页。

[②] 　申丹、王亚丽：《西方叙事学：经典与后经典》，北京大学出版社 2010 年版，第 119 页。

[③] 　罗钢：《叙事学导论》，云南人民出版社 1994 年版，第 146 页。

象。正如热奈特所说:"叙事可以没有时间倒错,却不能没有非等时,或毋宁说(因为这十分可能)没有节奏效果。"①

时距分为省略、概要、场景、减缓、停顿五种情形。省略是指与故事时间相比较,叙事时间为零。也就是说在叙事过程中将故事某些不必要讲述或难于诉诸文字的事件略去,以此来加快叙事节奏,而省略在叙事中产生的"空白"往往能激发读者的想象力和创造力。概要是指在文本中把一段故事时间压缩为较短的篇幅,叙事时间短于故事时间。概要多用于粗略叙述或交代故事的某些部分,如故事背景或人物简介。概要也加快了叙事的节奏,以便于突出更为重要的叙述。场景的故事时间与叙事时间大致相等(此处的相等当然是相对而言的),即叙事的时距等于或近似于等时叙述,典型的如人物对话和对某个场面逼真的描写。减缓的叙事时间长于故事时间,它是对某种情境进行详尽的描述。"叙述者缓缓地描述事件发展的过程和人物的动作、心理,犹如电影中的慢镜头",② 它多用于表现重要的时刻或人物的意识活动。停顿是指与叙事时间相比较,故事时间为零,这与省略刚好完全相反。停顿表现为故事的进行暂时停止,而叙事则得以充分展开,多表现为描写环境、介绍背景或者抒情议论等等。停顿并非停滞,它在文中往往能起到渲染烘托的作用。

时距对叙事文学的重要性是不言而喻的,因此在叙事文学的发展过程中,作家们都极为重视文本中时间节奏,新生代作家们当然也不例外。在吸取前辈作家的创作经验的基础上,新生代作家们对于五种时距形式的把握都达到了一种较高的水平。他们擅长交替变换不同的时距形式来控制文本的叙事节奏,以达到情节疏密有间的叙事修辞效果。同时,我们还发现,在新生代小说文本中,场景、减缓或停顿这三种时距的使用频率相当高,而传统小说的叙事节奏主要表现为场景和概述的交替运用,减缓或停顿等节奏类型则是偶尔出现,这个较为明显的区别体现出了新生代作家对

---

① ［法］热拉尔·热奈特:《叙事话语　新叙事话语》,中国社会科学出版社 1990 年版,第 54 页。

② 胡亚敏:《叙事学》,华中师范大学出版社 2004 年版,第 80 页。

时距形式的选择偏好及其特有的叙事风格，具有重要的修辞意义。下文将对新生代小说的时距特点进行详细说明。

一、不同时距形式的交替

时距是小说家创作时首要考虑的技巧之一。运用不同时距形式产生的叙事节奏是不同的，如果将省略、概要、场景、减缓、停顿交替使用就会形成文本起伏不定的叙事节奏，造成情节的疏密详略。合理的叙事节奏在文本中具有很强的修辞效果，它可以编织出波澜起伏的故事情节，创造出别具匠心的叙事结构，渲染变幻多端的艺术氛围，传达作者丰富多彩的思想情感，由此就产生了不同的文本意蕴。这一点在新生代小说中同样表现得非常明显。

以韩东的代表作《扎根》为例。这部小说一共有十三章，讲述了作家老陶带着家人从南京到苏北农村三余下放扎根的故事。这是个情节非常简单的故事，但是作者充分利用了各种时距形式的特点，将之交替使用，以恰到好处的叙事节奏表现了一个个人记忆中的"文革"生活，还原了那个年代大部分人的真实生存状态。小说的第一章开篇《下放》，故事开始，作者就使用"场景"形式叙述了老陶一家搬家具、住招待所、起床洗刷、被锣鼓欢送、过南京长江大桥、出南京城、在去三余的路上、到达三余的一系列事件。叙事一直到此，故事时间与叙事时间都是大致相等的。作者采用这样的叙事节奏，是为了客观地还原当时的真实场景，给读者一种身临其境的感觉。然而，在老陶一家到达三余后，叙事节奏改变了，作者开始详细描述老陶一家人住的牛屋的外形、三余当地村民围观他们吃饭、搬运家具的情景，还有村民们对大衣橱的镜子和煤球充满了好奇等等。接下来的老陶一家人如何拿稻草塞墙缝、用报纸裱糊牛屋，作者也同样大动笔墨。此处叙事时间明显长于故事时间，叙事者详尽的描述就像影视作品中的慢镜头推进。为了烘托效果，作者使用了"减缓"的节奏，使得整个情节颇具喜剧色彩，既十分真实地再现了苏北农村那个物资匮乏的年代，又暗示了"文革"对那个地方的冲击是很小的，为之后老陶一家能在三余过上相对平静的日子埋下了伏笔。而描写耐心地安顿牛屋也是为了表现老陶一家努力地在三余寻求归宿感，真心地想在三余扎根。在第二章《园子》中，以同样的叙事节奏表现了一幅田家乐风景。作者用尽笔墨描述了老陶筑房、植树、耕种、养鸡鸭、学医、散财、为生产出谋划策等等一系列生活。平缓的节奏自然地展现了"文革"时期民间生活的局部场景。作者通过这样的叙事节奏叙写了存在于集体记忆之外的"文革"年代部分人真实的生存状态，它是日常生活的本身，没有什么高深的寓言意义和文化意义。这就是韩东在使用"场景"和"减缓"叙事背后暗藏的独特寓意。

毕飞宇也是一个非常善于利用时距控制文本节奏的叙事者。他说："小说里的'速度'问题则尤为重要。小说是一个流程，有它的节奏，选择什么样的速度对一部作品来说一点也马虎不得。"[①] 因此，采用不同的时距形式有效地控制文本的叙事节奏就形成了他的小说"举重若轻、灵性曼舞的艺术效果"。[②] 他的代表作《青衣》将时距的五种形式很好地糅合在一起，交替出现，使得叙事节奏快慢得当，情节疏密有致，不仅激发了读者阅读的兴趣，而且也使得隐含在文本中的作者对人性、人情的体察与思考溢于言表。小说讲述了优秀的青衣演员筱燕秋在历经 20 年的漫长岁月变故后重返舞台，却发现"韶光已逝，青春难觅"，而且新人辈出的时代使她再塑辉煌的愿望成为泡影，最后导致精神崩溃的故事。小说的故事时间跨度在 20 年以上，给读者展现了一个对时代与命运无力改变也无可奈何的不幸的女性形象。作者用收放自如的叙事节奏将这个故事叙述得精彩纷呈。小说的开始部分是场景和概要的反复交替。文本一开头以"场景"的形式还原了剧团团长乔炳章参加的一个宴会，作者以乔炳章与财大气粗的烟厂厂长之间的对话和对宴会场面逼真的描写道出了筱燕秋的代表作《奔月》能够重新上演的背景——金钱与权力。接着作者以"概要"的

①　毕飞宇：《玉米·后记》，上海文艺出版总社、上海锦绣文章出版社 2008 年版，第 240 页。

②　洪治纲：《谈毕飞宇的小说》，《南方文坛》2004 年第 4 期。

形式粗略地叙述了筱燕秋 19 岁时表演《奔月》大红大紫的情景，加快了叙事的节奏。但是在表现筱燕秋与老师李雪芬之间的冲突时，作者又用回了"场景"的形式，这个对筱燕秋与李雪芬之间冲突的逼真还原，不仅解释了筱燕秋失去《奔月》主演资格的原因，也表现了梨园界师生不易相容的境况，其实也为后来筱燕秋和自己的学生春来之间的矛盾埋下了伏笔，同时也勾勒出了筱燕秋耿直的、不甘流俗的个性。接着小说用"二十年了""都二十年了"这样的话语干脆利落地带过筱燕秋重返舞台前的生活。这 20 年生活的具体情形，作者除了概述筱燕秋和丈夫恋爱结婚等情节之外，其他的几乎都"省略"了。此处"省略"的作用一是让读者感受到了筱燕秋 20 年以来平淡如水的生活，这种生活在她的心里根本不值一提。正由于如此，后来《奔月》的重演才对她那么重要，她的内心始终充满了对舞台的渴望。二是加快了文本的叙事节奏，使笔墨能更好地集中在 20 年后的筱燕秋身上。筱燕秋为了重返舞台吃尽了千辛万苦，终于到了《奔月》上演的时候，筱燕秋"突然觉得自己今天是一个古典的新娘。她要精心地梳妆，精心地打扮，好把自己闪闪亮亮地嫁出去。"[1] 接着，作者就以"减缓"的方式对筱燕秋上台之前穿衣、化妆乃至台上的表演做了详尽铺陈的描述，体现出了演出之于筱燕秋无法言喻的重要，进入演出的状态，筱燕秋就"只是自己，是另一个世界里的另一个女人。是嫦娥。"[2] 然而，现实是残酷的，当由于身体不适而迟到的筱燕秋看着舞台上的春来时，她终于明白"她的嫦娥这一回真的死了。"[3] 文章的结尾作者写道："筱燕秋穿着一身薄薄的戏装走进了风雪……筱燕秋看了大雪中的马路一眼，自己给自己数起了板眼，同时舞动起手中的竹笛。她开始了唱，她唱的依旧是二黄慢板转原板转流水转高腔。……人越来越多，车越来越挤……筱燕秋旁若无人。……筱燕秋边舞边唱，这时候有人发现了一些异样，他们从筱燕秋的裤管上看到了液滴在往下淌，液滴在灯光下面是黑色的，它们

---

① 毕飞宇：《青衣》，上海文艺出版总社、上海锦绣文章出版社 2008 年版，第 236 页。

② 毕飞宇：《青衣》，上海文艺出版总社、上海锦绣文章出版社 2008 年版，第 238 页。

③ 毕飞宇：《青衣》，上海文艺出版总社、上海锦绣文章出版社 2008 年版，第 241 页。

落在了雪地上，变成一个又一个黑色窟窿。"①此处毕飞宇凭借"减缓"的手法，以冷静的笔墨，详尽地刻画了筱燕秋在自己的艺术生命突然遭到毁灭时，心理崩溃，精神异常的状态。"减缓"手法的应用使得人物心灵深处那无以言说的悲痛被展示得淋漓尽致，极易引起读者的共鸣。当然，小说在叙事的过程中也不忘使用"停顿"来对故事进行渲染和升华。例如，文本中筱燕秋排练时唱了《广寒宫》之后引发的一段关于"人"的论述就是非常典型的"停顿"："人是自己的敌人，人一心不想做人，人一心就想成仙。人是人的原因，人却不是人的结果。人啊，人哪，你在哪里？……人总是吃错了药，吃错了药的一生经不起回头一看，低头一看。吃错药是嫦娥的命运，女人的命运，人的命运。人只能如此，命中八尺，你难求一丈。"②此处的"停顿"充满了哲理性，虽然暂停了故事的进展，但是作者此处的"停顿"是为了更好地提升小说的内涵，说明人的悲剧往往是由人性造成的，就像他自己说的那样："人身上最迷人的东西有两样，一、性格，二、命运。它们构成了现实的与虚拟的双重世界。筱燕秋的身上最让我着迷的东西其实正是这两样。老话经常说：性格决定命运。写完了这部小说，我想说，命运才是性格。"③类似于这样闪烁着思想与智慧的哲理感极强的"停顿"在小说中不少。再比如，"出色的青衣最大的本钱是你是一个什么样的女人。……戏台上的青衣不是一个又一个女性角色，甚至不是性别，而是一种抽象的意味，一种有意味的形式，一种立意，一种方法，一种生命里的上上根器。女人说到底不是长成的，不是岁月的结果，不是婚姻、生育、哺乳的生理阶段。女人就是女人。她学不来也赶不走。青衣是接近于虚无的女人。或者说，青衣是女人中的女人，是女人的极致境界。青衣还是女人的试金石。……"④等等。这些"停顿"使得故事的

---

① 毕飞宇：《青衣》，上海文艺出版总社、上海锦绣文章出版社2008年版，第241—242页。
② 毕飞宇：《青衣》，上海文艺出版总社、上海锦绣文章出版社2008年版，第235页。
③ 毕飞宇：《〈青衣〉问答》，《小说月报》2000年第7期。
④ 毕飞宇：《青衣》，上海文艺出版总社、上海锦绣文章出版社2008年版，第211—212页。

进行暂时停止，而叙事则得以充分地展开。但是这段"停顿"并没有使得整个叙事产生一种停滞的效果，相反，它的出现让文本的意蕴得到了一定程度的升华。

通过上述的分析，我们可以看到新生代作家们充分利用了时距的各种形式，使得小说的叙事节奏起伏不定，这种起伏不定所产生的美感不仅令读者心中充满惊奇和新颖的感觉，而且也使得文本背后的意蕴得以充分展示。

二、通过场景展现"生活流"

小说中的"场景"形式被看作是对戏剧的模仿，它基本上复原了故事发生时的具体场面，包括所有在场人物的一系列言行举止。它在时间上的连续性和场面上的逼真性往往能使读者在阅读时感同身受，就如同亲历事件本身似的。新生代小说中有很多文本，尤其是那些表现"生活流"的小说就是借助这个手法，形象、生动、逼真地呈现了日常的生活现象，反映了芸芸众生原汁原味的日常生活，写出了他们最为具体的感性存在状态。朱文、韩东、何顿等人的很多作品都有意采用了"场景"的手法来还原发生在人们身边的形形色色的生活事件。朱文的《磅、盎司和肉》就是以"场景"形式展现了一次买菜的经历。小说讲述了"我"和女友一起去菜场买菜，发现买的一块精肉里混杂着一大块骨头，于是去找肉铺老板理论，没想到肉骨头是老板送的，但是女友还是坚决要复秤，由于不相信复秤处，就恳请市场里一位头发花白、买了菜出来的老太太用手"称一称"；结果由于搞不清磅、盎司和两之间的关系遭到老太太的一顿教训；接着一位中年汉子的自行车不小心压碎了老太太掉在地上的一个西红柿，于是两人之间又发生了关于赔偿的小纠纷；然后中年汉子又因为小摊主对他已经付了钱的塑料案板拒不认账大吵了起来；最后是"我"和女友回家之后做爱、争吵。整篇小说就是围绕着这些生活中的琐碎小事以"场景"形式一一展开的。在这些场景中，叙事时间与故事时间几乎是相等的。叙事者置身事外，只是将人物的动作和对话细腻逼真地展现在读者面前。以老太太与中年汉子争执的场景为例：

> 老太太和中年无须男子争执上了，后者不承认是他干的。老太太说，今天你想赖是不可能了，我告诉你，就是你这只前轮半分钟以前轧的，不信你可以自己看，你的前轮肯定还有一处是湿的。……中年无须男子停好自行车，来到龙头前一手把龙头提离地面，另一手拨着钢圈，让轮子转起来。你指给我看！你指给我看！老太太凑近看了半天也没能从轮胎上发现一点湿的痕迹。她又凑近了一些。中年无须男子故意使了把力气，轮子"嗖"地转了起来，差点擦着了她的鼻尖。老太太非常灵活地向后一闪。
>
> 找不到也还是你干的！
>
> 我没时间跟你缠。唉，请你拿远一点，不要弄到我身上。

此处，朱文以一种近乎实录的笔法叙述了生活中的一个庸常的小镜头。其实文中每一个场景的展现都跟这个小镜头一样，叙事时间与故事时间基本吻合使得事件仿佛就发生在读者眼前，也反映了生活本来的自然面目。"场景"形式就是以一种与事件发生的时间长度几乎重合的叙事速度将生活的本身直观地展示出来，这种戏剧体的处理方式使得日常生活里的幽默、轻松、无聊就像流水账一样清晰。朱文采用"场景"的叙事节奏就是为了更好地还原普通人充满烟火的日常生活的本原状态和小人物无聊的生存困境。虽然朱文、韩东等新生代作家的日常生活叙事与新写实小说有着一定程度的不同，他们不仅追求对生活真实面貌的还原，而且更倾向于对个体及其日常经验和境遇的转喻性表达，然而他们偏好采用"场景"进行叙事的方式与新写实小说的影响还是分不开的，而且他们对"生活流"的"场景"式还原很好地继承了新写实的美学理念。当然，这也与他们自身以及身处的社会大环境有着密切的关系。出生与成长的经历使得他们对于严肃的政治性题材比较漠视，而20世纪90年代天翻地覆的社会变化则使得他们或主动或被动地退回到日常生活当中，在平凡琐碎里寻找写作空间。日常生活的写作既是他们抵抗集体话语的武器，也是他们借以表达当下生存体验的最好方式。而对日常生活最好的表现形式就是"场景"的还原，通过叙事时间和故事时间近似同步的叙述，呈现生活吃喝拉撒的本真状态以及个人欲望和日常困境，消解了生活的诗意。同时，采用"场景"化的叙事也使得故事的画面感大大增强，既适应了读图时代受众的审美需求，又无损于小说文本的文学性。类似的文本还有朱文的《什么是垃圾什么是爱》《傍晚光线下的一百二十个人物》《到大厂到底有多远》《三生修得同船渡》、韩东的《新版黄山游》《三人行》《在码头》《我的柏拉图》、何顿的《生活无罪》《太阳很好》、李洱的《儿女情长》等等。

三、通过减缓描摹"意识流"

"减缓"可以主观地延长叙事时间，让叙事时间冲破故事时间的限制，对某些重要的情景或人物内心意识的流动进行更好的展示。新生代小说比较关注对个人内心真实体验的传达，他们试图通过描摹人物的心理状态，来展现人物的个性特征以及他们的精神追求，因此尤其适合描述人物意识活动的"减缓"就成了新生代小说中最为常见的时距形式之一。这在以陈染为代表的一些女性作家的小说文本中体现得特别明显。在她们的小说中"减缓"就像电影的慢镜头，细致入微地展现人物的各种各样的"意识流"，使得人物的内心世界了然可见。以陈染的《麦穗女和守寡人》为例。小说中的守寡人"我"时刻处于幻想之中，读者可以深切感受到作者对她的每一时刻的内心世界的竭力捕捉。试看下面这段：

> 我在她家坐上一小时之后，有一秒钟奇怪的时间，我忽然走神怀念起旧时代妻妾成群的景观，我忽然觉得那种生活格外美妙，我想我和英子将会是全人类女性史上最和睦体贴，关怀爱慕的"同情者"。这堕落的一秒钟完全是由于我那破罐破摔的独身女人生活的情感空虚，以及我那浮想联翩的梦游般的思维方式。但只是一秒钟的堕落，转瞬即逝。一秒钟之后，英子的温和智慧的先生便在我眼里

陌生遥远起来。这种陌生遥远之感来自于我内心对英子的深挚友情的忠贞不渝，和我的情感方式的不合时尚的单向感、古典感。

照作者的说法，这次走神只有"一秒钟"，然而作者却以大大超出"一秒钟"的节奏，对"我"的心理活动做了细致入微的叙述，寄托了对美好的同性情谊的向往，也表现出对女友英子的情感。然而后文中英子却在法庭上指证"我"有罪，通过"减缓"方式渲染出来的内心情感在英子的背叛中显得如此的脆弱且不堪一击。那么，人与人之间真正的"对话"就成为一种自欺欺人的乌托邦想象。

在小说中，深夜从英子家走出来时是凌晨两点二十七分，小说里写道："大约凌晨两点二十九分到两点三十分这段时间里发生了一件事。"① 这一分钟内"我"看到了钉子和男人，并用钉子刺死了男人，而其实这一切只是存在于"守寡人"的想象之中，这一分钟的想象作者用了17个自然段，一千多字来描述。接下来"我"经过工地发现工地的隐患："我想象这风烛残年的旷地肯定已经走过了历史上无数次血腥恐怖的格斗与厮杀，那些男人们的尸体正在我们身边潜身四伏，历历在目。他们身上的利器比如巨大的钉子，已经在岁月的延宕中朽烂成一堆废铁，然而那巨大僵死的骷髅上的眼睛却死不瞑目，大大地洞张着盯着每一个从他们身边款款走过的女人和长发，埋伏着随时准备来一场看不见的出击。"② 看到楼梯口的门就"觉得那是一种隐患，一种潜在的危险，是通往生命出路的一条死胡同或者诱人走进开阔地的一堵黑色围墙。好像是有人总把砒霜放在你的面粉旁边。"③ 坐上出租车，看到司机谦卑殷勤的神态怀疑"这是一个蓄谋已久、恭候多时的阴谋。"④ 而此时的故事时间是"凌晨两点三十一分"，⑤

① 陈染：《麦穗女和守寡人》，载陈染著《离异的人》，作家出版社2009年版，第159。
② 陈染：《麦穗女和守寡人》，载陈染著《离异的人》，作家出版社2009年版，第163。
③ 陈染：《麦穗女和守寡人》，载陈染著《离异的人》，作家出版社2009年版，第163。
④ 陈染：《麦穗女和守寡人》，载陈染著《离异的人》，作家出版社2009年版，第164。
⑤ 陈染：《麦穗女和守寡人》，载陈染著《离异的人》，作家出版社2009年版，第164。

距离用"钉子刺死了男人"的想象也只有一分钟。这一分钟之内纷至沓来的幻觉和心理感受作者同样是以"减缓"的形式来展现的。叙事中的时间流速缓慢至极，将"守寡人"因婚姻不断失败留下的阴影造成的压抑的心理和由此产生的迫害性狂想淋漓尽致地表现了出来。而"减缓"以明显长于故事时间的叙事时间对人物的"意识流"进行细致的叙述，也充分渲染了男性话语世界对于女性的压迫、威胁和扭曲以及女性所承受的巨大精神压力。

同样，陈染的《另一只耳朵的敲击声》描述了女主人公黛二大段大段的内心独白和分不清虚实的想象，还有一系列的梦境。作者也是用了"减缓"的手法极尽铺排地将黛二纷乱而又丰富的内心世界呈现在读者面前，以此曲折地表现了女性的欲望和冲动是如何的被压抑和遮蔽。类似的还有陈染的《一只棺材在寻找另一个人》《梦回》《碎音》《巫女与她的梦中之门》《私人生活》《时光与牢笼》、林白的《子弹穿过苹果》《一个人的战争》《同心爱者不能分手》《致命的飞翔》等一系列文本。这些文本无不频繁地穿插着记忆的片段、心灵的感受、梦幻和想象等"意识流"现象，具有较为典型的隐秘化女性话语特征。"减缓"的手法放慢了叙事的速度，竭尽所能而且精细地表现出了女性真实复杂的内心世界，无形中使女性话语特征得到了进一步放大，达到了个人化、女性化的成功书写。

四、以停顿介入文本

使用"停顿"时，故事的进程处于停滞状态，故事时间暂停，而作者则在这种表面的时间静止中将叙事的时间大大延长。"停顿"的延缓效果，可以让作者将笔触最大程度地放置在某些事物之上，揭开事物的真实存在。同时，"停顿"还能放大作者想要表达的情绪、价值，增强艺术的美感。因此它是时距中一种非常重要、几乎无处不在的形式。"停顿"可以表现为环境的静态描写、人物的肖像勾勒、故事的背景介绍，还有作者的抒情议论等等。传统的小说中，"停顿"经常用于对环境、人物、背景的描述和对事件的评论。新生代小说当然也无法舍弃这种从古至今运用最为广泛的时距形式。例如，红柯的《大河》中对景物的描写就是一种"停顿"："额尔齐斯河很滋润很富态地展示着春天的美好。河水绿绿的，群山密林和草原全都绿起来，阿尔泰的一草一木从吐芽的那一刻就带着一层金光，直到枯落金光是不消失的。"① 红柯进行这样的描写，实际上是在讲述着超越于故事时间之外的话题，因此故事的时间凝滞了，而这一刻，情节的进展也停止了。但这样的"停顿"对文本主体故事却起到了很重要的烘托渲染作用。作者在故事的进展中对故事人物和事件所进行的评论也是一种"停顿"，它同样使得故事的时间停滞，叙事的时间延长。例如，何顿的《我们像葵花》在讲述彭嫦娥读初中时放弃体育参加工作时，作者评论道："人一生下来，就被一种神秘的力量驱使着，你干什么你将干什么，都在命中早注定了的。只是你我自己都无法知道。你以为你改变了自己，其实没有，你不过是在往命运安排好了的另一条路上努力罢了，而这种努力却被神秘的力量操纵着，推动你朝那方面努力……"② 这类的评论所产生的"停顿"使得作者可以借这无限拓展了的叙事时间表达自己对某些事件的看法，有利于读者对文本进一步理解。这些"停顿"都有效控制着文本的叙事节奏，正如罗钢在《叙事学导论》中所说的："它的意义在于可以帮助我们确认作品的节奏，每个时间占据的文本篇幅说明了作者希望唤起注意的程度，而对于某一因素的注意以及这种注意的程度则需要与其他因素相比较才能确定。"③

最能代表新生代小说"停顿"手法使用特点的当然不是上述的环境描写、事件评论等等，而是作者在讲述故事的同时停下来，或者自我暴露并承认小说的虚构性，或者直接以作者的身份面对读者表明自己的创作构思。不管哪种情况都造成了"停顿"，中断了进行中的故事，故事时间变为零，叙事时间无限延伸，叙事得以充分展开。人为地拉长叙事时间会产生一种间离的艺术效果，叙事因此得以与故事分离而成为独立的声部，使

① 红柯：《大河》，云南人民出版社 2004 版，第 4 页。

② 何顿：《我们像葵花》，湖南文艺出版社 2010 年版，第 50 页。

③ 罗钢：《叙事学导论》，云南人民出版社 1994 年版，第 146 页。

得小说的所指更为丰富，也可以使读者从阅读中分神出来关注作者的叙事行为，增大了阅读的思考性，达到一举两得的目的。当然，作者也正是凭借这些充分展开的叙事说明了自己的创作策略，为读者更好地理解小说的创作意图提供了便利。主要表现为以下两种情况：

第一，通过作者的自我暴露并承认小说的虚构性来实现"停顿"。这种"停顿"就好比一个正在通过摄影机向观众展示故事的电影导演，在观众沉浸于故事之中时，突然从摄影机后面走了出来，在镜头前直接向观众暴露自己和故事的虚构性。作者的这种自我暴露和承认小说的虚构性很自然就在读者与故事之间产生了一种"间离"的叙事效果，拉开了故事与读者的距离，使得读者从紧张的阅读中暂时解脱出来。故事时间的停顿，把读者的注意力从故事转移到了叙事，让他们可以看到作者通过这种"停顿"传达出的"故事是虚构的，叙述是不可靠的"这一信息并进行思考，改变了传统小说尽量隐藏作者身影并力图使小说显得真实可靠的情形。例如何顿的《我们像葵花》，全文作者基本上是以写实的笔法、平稳的节奏书写着一个又一个发生在时代峰尖浪头的故事，时间跨度 30 多年。但在叙事的过程中，作者会突然现身承认"这部长篇小说里，确实有些事情是为了需要而虚构的……"① 刁斗的《去张集》同样非常直白地写道："我是职业小说家，喜欢虚构，热衷于在笔下瞎编乱造。"② 在故事讲述的过程中也会突然停下来说："哦，我题外话好像说多了。可既然已经说到了这里，不妨就再多说几句，晚一点切入正题也算不得写作大忌。当初我虚构个张集玩弄于掌股，其实只是即兴之举……"③

第二，作者在叙事进程中给读者介绍了自己的创作构思，由此产生"停顿"。这种"停顿"同样体现出了作者介入性的间离效果。在故事的进展过程中，作者对小说进行了解构——将自己的创作思路甚至情节的发展趋势明明白白地告知读者，防止读者陷入故事并对故事进行简单的认同。

① 何顿：《我们像葵花》，湖南文艺出版社 2010 年版，第 156 页。

② 刁斗：《去张集》，载刁斗著《实际上是呼救》，文化艺术出版社 2006 年版，第 1 页。

③ 刁斗：《去张集》，载刁斗著《实际上是呼救》，文化艺术出版社 2006 年版，第 3 页。

　　然而，从另一个角度来看，这种解构同时也是一种建构——让读者带着一种无从把握的揣测自觉滑入作者的构想。同时，通过这种"停顿"产生的"间离"效果，不仅淡化了传统小说中作者居高临下的主体地位，同时提供了读者参与文本创作的可能性。它使读者改变了单纯接受者的地位，可以充分发挥主观能动性介入文本创作，这样就在一定程度上帮助读者更接近小说家的创作初衷，降低对作品误读的概率，同时也协调了作者和读者之间的审美情趣。例如，《我们像葵花》中的"我们无需再把这个故事讲述下去，再讲下去的话也就离不开那些事情了。我们现在不是要知道这些事情，我们现在是要知道另外一件事情。我只是把那天晚上一点多钟时，出现在他们两人身上的倒霉事情转述给读者……"①、"这就有了我在第七章结尾时提到的那些事情。下面我们就要回到第七章上，沿着第七章的轨迹将事态发展下去。"② 甚至以写实见长的鬼子的部分小说中也采用这类"停顿"手法，他的《烟和云的结果》中，在讲述云的过去后，写道："云的一些过去，本来可以放在后头再叙述，但我忽然觉得好像放在这里比较合适。放在这里可以有利于读者的情绪。作家有时不能不考虑他的众多的读者。"③

　　上述这两种方式造成的"停顿"在新生代小说中最受青睐、也最为常见，在新生代代表作家的小说中或多或少都出现过。例如，林白的《说吧，房间》、荆歌的《时代医生》、何顿的《跟条狗一样》、张旻的《情幻》、邱华栋的《正午的供词》、李冯的《十六世纪的卖油郎》、韩东的《去年夏天》、李洱的《花腔》、刁斗的《张集行》、朱文的《我现在就飞》、陈染的《与往事干杯》、毕飞宇的《叙事》、鬼子的《烟和云的结果》、麦家的《充满了爱情和凄楚的故事》、鲁羊的《青花小匙》等等。新生代作家有意识地使用这些"停顿"的手法，无限拉长叙事的时间，人为地在读

---

① 何顿：《我们像葵花》，湖南文艺出版社 2010 年版，第 192 页。

② 何顿：《我们像葵花》，湖南文艺出版社 2010 年版，第 284 页。

③ 鬼子：《烟和云的结果》，载鬼子著《上午打瞌睡的女孩》，北岳文艺出版社 2002 年版，第 107 页。

者和文本的各个要素之间创造一种间离性，这种间离的叙事不仅使小说的节奏得以适当的控制，给予了读者更多的阅读思考空间，更重要的是，它所产生的间离效果使得小说的所指更为丰富，读者也就较难完整地理解、把握文本，这样一来，文本的可读性和读者的研读兴趣都会被进一步增强。

　　当然，如果在叙事的过程中过度地运用这种作者介入文本导致的"停顿"手法，为了"间离"而"间离"，其间离的叙事如果与整个文本脱节，必然会导致故事支离破碎，严重的话会造成一定的障碍，使读者失去阅读小说的兴趣。因此，虽然此类的"停顿"手法在新生代小说中频繁出现，但是在单个小说文本中出现的比例却不高，并且小说家们都会在"停顿"之后尽快地回到文本叙述的故事上来，并尽量让它有利于故事情节的衔接，使得文本的节奏张弛有度而不会因为"停顿"而陷入停滞和纠结。如上文所谈及的何顿的长篇小说《我们像葵花》中，作者直接介入产生的"停顿"只有四处，不仅丝毫没有突兀感，而且于上下文的衔接也很自然。例如，在讲述刘建国带着李跃进去宾馆嫖妓的过程时，作者出现给读者介绍了自己的构思："我只是把那天晚上一点多钟时，出现在他们两人身上的倒霉事情转述给读者……"① 接下来马上就讲述了刘建国在宾馆嫖妓被抓的倒霉事情。再如，小说的第八章第一节写了由于潘冬梅的委身使得李跃进长期的自卑有所改变，也因此使他无法自拔地爱上了潘冬梅，而潘冬梅是王向阳的妻子，王向阳对妻子的出轨有所察觉。在第二节的开头作者就直接介入写道："这就有了我在第七章结尾时提到的那些事情。下面我们就要回到第七章上，沿着第七章的轨迹将事态发展下去。"② 接下来就讲述了王向阳抓奸，李跃进被杀。很显然，这些"停顿"不仅没有破坏文本的完整性，反而恰到好处地引领着读者的阅读。

　　总之，新生代小说利用时距的五种形式创造了文本疏密有致、跌宕

① 何顿：《我们像葵花》，湖南文艺出版社 2010 年版，第 192 页。

② 何顿：《我们像葵花》，湖南文艺出版社 2010 年版，第 284 页。

生姿的叙事节奏。他们对于时距的理解正如毕飞宇所说的那样"快有快的魅力，慢有慢的气度"，[①] 而且，他们对"场景""减缓"和"停顿"的偏好也体现出了与传统小说的区别，突出了新生代小说的时代感。

第四节　新生代小说中的时频调控

时频指的是"叙事与故事间的频率关系"。[②] 热奈特将时频区分为四种类型："讲述一次发生过一次的事，n 次发生过 n 次的事，n 次发生过一次的事，一次发生过 n 次的事。"[③] 第一种类型即单一叙事、第三种即重复叙事，第四种即概括叙事。第二种被看作是单一叙事的特殊种类，但学界一般将其也归入重复叙事。不同的时频所形成的叙事修辞效果显然是不同的。单一叙事在小说中最为常见，主要表现为叙述的特殊性与被叙述事件的特殊性相对应。它被认为是一种最自然的叙事频率，因此也是传统小说中最基本的时频形式。单一叙事使得每个叙事部分都能展现出和前一部分不同的内容和信息，由此推动着叙事向前行进。重复叙事借助对发生过一次的事件的多次讲述使故事展现出丰富性和多样性，以此达到特殊的叙事效果，并增加阅读的难度，调动读者参与的积极性。概括叙事则多用"每天（年、月）""总是""常常""一直"这类带有规律性的词语来表示一个时期反复发生的事件，避免了行文的拖沓，并集中地凸显文本的主要意义，以此达到强调某事件的目的。它在小说中也是普遍存在的。应该说，时频的各种形式在古今中外小说中都可以见到，尤其是在很多结构复杂的长篇小说中更是轮番上阵。新生代小说也是如此。时频的各种形式在新生代小说中也是随处可见的，但其中最能够体现新生代小说时频特点的却是

---

① 　毕飞宇：《玉米·后记》，上海锦绣文章出版社 2008 年版，第 240 页。

② 　[法] 热拉尔·热奈特：《叙事话语　新叙事话语》，王文融译，中国社会科学出版社 1990 年版，第 73 页。

③ 　[法] 热拉尔·热奈特：《叙事话语　新叙事话语》，王文融译，中国社会科学出版社 1990 年版，第 74 页。

重复叙事。

　　正如上文所言，重复叙事是指叙事者对发生过一次的事件进行多次讲述以达到特定的叙事修辞效果。它不仅是一种写作策略，而且也是一种修辞手段，可以造成一种足以强化印象的回旋式节奏感，表现出作者的审美倾向和创作意图，并在一定程度上传达出文学形象的寓意，以此影响读者的思想感情、审美体验甚至价值判断。正如美国学者希利斯·米勒所说，各种"重复现象及其纷繁复杂的活动方式能衍生出极其丰富的意义，是通向作品内核的通道。"① 因此，重复叙事也就成为新生代小说最重要的叙事时间策略之一。考察新生代小说文本可以看出，新生代小说中的重复叙事主要体现在语句重复和情节重复上。

一、强化语言意义的时频形式——语句重复

　　语句的重复就是某个句子或某段话在同一小说文本中反复多次出现。这种情况在新生代小说中是屡见不鲜的。重复使用相同的语句往往是有目的的，它不是单纯机械的复制，而是一种人为的强化，不仅强化了语言，吸引读者的注意，而且向读者传达了作者的某种情感倾向或暗示某种行为动机。试看下文的例子：

　　　　（1）每天傍晚出去走一圈，是王夏林全面权衡之后选择的锻炼方式。……开始的一个星期他只是在十四所宿舍区到紧挨着的镇江路农贸市场之间转转，有时顺便买点菜，以防止邻居知道他晃来晃去其实是在散步。……接下来的一个星期，他换了方向……走到草场门菜场，有时顺便买点菜，以防止邻居知道他晃来晃去其实是在散步。……第三个星期……他一举迈过了定淮门大桥，往西，往西……然后，往北，往北……来到这一带最大的热河路菜场，有时顺便买

---

① ［美］丁·希利斯·米勒：《〈吉姆爷〉：作为颠覆有机形式的重复》，王宏图译，《文艺理论研究》1992 年第 4 期。

点菜，以防止邻居知道他晃来晃去其实是在散步。

——朱文《人民到底需要不需要桑拿》

（2）遍地是红啊！满目是红！天安门！天安门！天安门如此伟大，那么一个伟大的天安门！

可是……呈现在眼前的，却怎么是一个建筑呢?!

怎么能是一个建筑呢?

天安门怎么能是一个建筑呢?!

天安门它怎么能是那么一个四平八稳、落地生根的建筑呢?!

天安门，天安门！……你，你……你怎么能够就是一幢建筑呢?!

……

这满目的红！天安门，你怎么却原来就是一个建筑呢?!

……

可事实上，它就是一个门。它本是一个门。它怎么能是一个门呢？它不应该是一个门啊！

——徐坤《春天的二十二个夜晚》

例（1）中的王夏林为了改变退休后在家空虚无聊的生活状况，选择了散步，然而一开始他又不太愿意被人知道他无所事事的状态，所以尽力掩饰。文中三次重复"有时顺便买点菜，以防止邻居知道他晃来晃去其实是在散步"，把王夏林被迫提前退休后无所事事的悲哀心境，以及他害怕让邻居知道他退休后无聊到只能借助散步来打发时间的心理刻画得淋漓尽致。他每次散步的终点都是某个菜市场，而且每次都以买菜为掩护。作者用不断重复的叙事语言描写故事人物单调乏味的动作，这些貌似单调简单动作的重复性描写实则充满了张力，逼真地呈现出普通人真实的生活状态和无奈而又焦灼的心境。正是如此这般的无聊，才导致了他最后跑遍全市做了关于桑拿场所的调查，呼应了小说"人民到底需要不需要桑拿"的疑问。例（2）描写的是大学生毛榛和陈米松在 1986 年的春天来到北京参观天安门时的感受。天安门一直是毛榛和陈米松们心中敬仰的地方，是少年时期魂牵梦绕的神圣之地。他们来到天安门是带着朝拜的心情，又是紧张又是兴奋。于是在看到天安门之前，他们首先感受到的是"遍地的红、满目的红"，然而真正看到天安门后，他们却发现，它其实是一个建筑，就是一个门而已。心中的预期与现实的景象反差如此之大，让毛榛们简直无法承受。作者用相同或相似的语句进行重复着"天安门怎么能是一个建筑呢?!"写出了人物心中的震惊和难以接受现实的心境，而且每一次重复都导致情感一次比一次强烈，像螺旋式地攀升。天安门实际上就是一个建筑，是它背后的象征意义赋予了它光辉的形象，而年轻的毛榛和陈米松们则将二者看作是一体的，故而才会如此纠结。作者使用的重复追问实际上也表现出了大学时代毛榛和陈米松的纯真，这与后文经历生活淬炼后的他们形成了鲜明的对比。同时，"天安门"这一神圣无比的符号化成了一个四平八稳的建筑，也预示着他们未来的奋斗和生活就好比梦想跌落进了现实。

　　类似于上文的语句重复是新生代小说极为常见的时频形式。这类语句重复强化了语言的审美效果，不仅逼真地刻画了人物形象，大大渲染了故事气氛，而且造成读者心理上强烈的感受与震撼，达到了作者所追求的某种特定的修辞目的。

二、增值小说内涵的时频形式——情节重复

　　情节的重复是指某个故事情节在同一篇小说文本中反复多次出现。在新生代小说中，这种"重复"绝对不是单纯地为了补充和说明某个故事，每一次的"重复"其实都是小说内涵意蕴不断增值的过程。作者通过情节的重复来营造了自己想要的氛围和叙事效果，以此推动叙事的顺利前行，最大限度地表达了自己的创作意图。情节重复不仅丰富了小说的叙事内容，增强了小说的真实感，而且一次又一次的"重复"带给读者的情感冲击也深化了小说所要传达的价值意义，拓展了文本的审美空间。

　　比较常见的情节重复方式是在小说中不断重复某个相同的事件。朱文的《五毛钱的旅程》讲述了小丁在去上班的车上目睹的一件小事，就是

售票员以过节为由每次都对新上车的乘客多收五毛钱，但每次都会引起乘客的不满和反对，然后产生争执，最后售票员只好把多收的五毛钱退回去。短短的一篇作品却将这个情节重复了六次（第一次发生在小丁身上、第二次是一个中年男人、第三次是一对父女、第四次是在小丁之前上车的三个乘客、第五次是在中途上车的两个人、第六次是一个学生模样的女孩）。全文就是在对这个情节的不断重复中进行着的，这些重复就构成了整个故事最主要的部分。这种日常生活中微不足道的、琐碎的小事在文本中不断重复，其实也承担着一种重要的叙事功能。一方面它表现出日常生活的单调性与重复性；另一方面，不断地重复"五毛钱"事件，也就引发了对日常生活的尖锐质疑："就剩五毛钱的路了，谁都知道，你干吗还要收一块呢？她就是要多收五毛，过节了，妈的过节了，你说她这是怎么了，五毛……"① 生活中的琐事被一而再、再而三地"重复"的过程其实也就是对生活中普遍存在的无意义的暗示。朱文正是借助情节的重复表现了普通人日常生活的基本方式和心理情绪。由于这种重复与大众日常生活中实践与思维的重复具有一致性，因此很容易得到读者的认同，并给予读者轻松的阅读快感。

艾伟的《越野赛跑》中也有这样的重复情节。小说讲述了"文革"前后到改革开放之间一个小村庄的变迁史。文中有两次重复人变成马的情节。一次是步年被守仁毒打之后，另一次是小荷花受到女儿被误杀的刺激昏迷醒来后。这两次的重复是意味深长的，作者通过对同一情节的重复，将自己的质问一次次地呈现在读者的面前，那就是：在那样纷乱不可理喻的时代中，当人面对承受力之外的暴力与打击时是否只有逃避一条路可走？此外，小说还多处重复了人和马赛跑的情节。有步年和花腔玩马时，步年跟马赛跑；有"文革"中光明村的第一次运动会中，村民们跟马赛跑，奖品是猪肉，而"四类分子"跟马赛跑则被冯小虎们戏弄；有光明

---

① 朱文：《五毛钱的旅程》，载朱文著《达马的语气》，重庆大学出版社2011年版，第291页。

村的第二次运动会中，冯小虎们被迫跟马赛跑；还有改革开放后，步年的游乐场里设置了人与马赛跑的游戏项目，游客们趋之若鹜；步青为了研究代替人马赛跑的装置，让妻子小香香与马赛跑；最后游乐场以巨额奖金组织人马赛跑等等。作者将人和马赛跑的情节一而再再而三地重复，是有着特殊的叙事修辞意图的。艾伟在小说的后记中说："我们总是在这个变动不居的世界中盲目奔跑，其中所呈现的智慧、愚蠢、欲望、激情和创造力令人惊心，所有这一切就像福克纳所说的，'是一场不知道通往何处的越野赛跑'。"① 人与马的赛跑其实是隐喻着那些特定的时代和那些年代中畸形的人性。步年玩马时跟马赛跑是人本身的好奇心引发的，乃人之天性；"文革"时期的人马赛跑除了表现被饥饿折磨得麻木的人们无法摆脱食物奖励的诱惑之外，更重要的是为了展示那个年代人与人之间疯狂而丧失理性的权利之争；改革开放后游乐场的人马赛跑不仅是人们在生活改善之后猎奇心理的表现，而且为人马赛跑所设的巨额奖金，更是表现了人们对金钱欲望赤裸裸的追逐。《越野赛跑》中的每次对人马赛跑的重复，都不是单纯意义上的重复。不同的历史时期的每一次人马赛跑，都被赋予了不同的意蕴，不断折射出了人性、本能与政治、历史等多方面的矛盾和冲突。跟随着时代变迁的人马赛跑，一次又一次地展现出了不同时代中人物的命运和人性的本质。重复相同的情节所包含的不同的内在意蕴使得小说的主题得到了进一步深化，同时也给读者造成了一次次的视觉冲击，让读者更易于找到与作者的情感共鸣。

　　此类的情节重复在新生代小说中并不少见。比如，东西的《不要问我》中卫国在丢失身份证后不断重复提到皮箱，而且皮箱里物件的内涵还随着卫国的臆想一直增加；邱华栋的《环境戏剧人》中频繁出现的那出戏——《回到爱达荷》和"我"一再申言要回到"我"的"爱达荷"；红柯的《西去的骑手》中大灰马一次次地死而复生，象征着伊斯兰战士不灭

---

① 艾伟：《障碍（代后记）》，载艾伟著《越野赛跑》，人民文学出版社 2001 年版，第 346 页。

的灵魂；他的《古尔图荒原》中将父亲娶母亲的事重复了五次等等。

　　情节重复还有一种方式是通过不同人物或从不同的角度来重复讲述同一件事情。这种情节重复是新生代小说更为典型的时频形式。例如李洱的《花腔》。《花腔》围绕着葛任生死，分别由医生白圣韬、犯人赵耀庆和法学家范继槐三人来讲述葛任此人的命运。这三个叙事者是在不同的时间（分别在 1943 年、1970 年和 2000 年）讲述着同一件事情，即葛任的生死之谜。作者通过三个不同的人物来对同一件事件进行叙述，这在小说的宏观层面上就构成了情节的重复。然而，这三个部分的情节却并非只是简单的重复着，它们之间其实是互补的。虽然都是对葛任事件的讲述，但三个不同的叙事者讲述的也仅是自己所知道的历史和自己眼中的葛任。当综合来看三人的讲述时，读者就会发现作者实际上通过这三个重复的情节尽可能地还原故事发生的最初情境，使葛任的故事更为全面，葛任的形象更加丰满。当然，对同一事件多次不同的叙述，也使得葛任的命运变得更加不可捉摸，借此也呼应了小说的题目——《花腔》，而在李洱看来，历史也许就是由一曲多声部组合而成的花腔。除此之外，《花腔》中情节重复还体现着作者的另一层意图。三个讲述者由于身份、阅历及讲述时间的不同，因此使用了不同的叙事腔调来讲述葛任的历史。以不同的腔调重复讲述同一事件也同样体现了小说题目"花腔"的寓意。白圣韬是在范继槐压迫下的讲述，时间是 1943 年，因此他在担惊受怕之中难免曲意逢迎；赵耀庆是劳改犯，讲述的时间又是在"文革"时期，因此话语中充满了"文革"时特有的荒诞和疯狂；范继槐是作为被人尊敬的法学家，在 2000 年，则"以从容戏谑的腔调来讲述过去杀害葛任的残酷历史"。① 不同的历史时期造成了如此不同的叙事腔调。对比三人的叙述，会让人禁不住对历史产生无比的感叹，"体会尘埃落定后的悲哀"。② 当三个人用不同的叙事腔

---

①　张霞：《众声喧哗中的探寻——评李洱长篇小说〈花腔〉的叙事艺术》，《常熟理工学院学报》2006 年第 1 期。

②　张霞：《众声喧哗中的探寻——评李洱长篇小说〈花腔〉的叙事艺术》，《常熟理工学院学报》2006 年第 1 期。

调重复叙述葛任之死这一相同的事件时，更令人对葛任的生死真假难辨而且心感沉重。在混乱与喧嚣中，葛任真实的历史也就此消失在了迷雾重重的叙事话语中。

荆歌的《民间故事》也采用了同样的时频形式，以面貌各异的故事版本来重复讲述关于孟姜女的故事。有色情版本的、奸邪版本的，还有小护士的浪漫琼瑶版本的。各个不同的版本在重复讲述同一故事时，不仅由于版本间相互映照、比附，丰富了孟姜女的故事，使之呈现出多姿多彩的景象，而且更重要的是以不同的方式重复讲述同一个故事，就使得这个本来没有多少弹性空间的、单纯的爱情故事，演变成了一个复杂的、难以评说的故事。作者也以此解构了爱情，质疑了民间故事。类似的文本还有邱华栋的《正午的供词》、李洱的《石榴树上结樱桃》、红柯的《野啤酒花开了以后》《林则徐之死》等等。

语句重复和情节重复是新生代小说最常见也是最重要的时距形式。这种重复是一种修辞性重复，它从不同角度、不同层面强调了同一个故事或凸显了同样的细节。重复所造成的循环效果，可以使小说的意蕴呈螺旋式上升，不仅拓展了小说的表达空间，而且给读者留下了反复玩味、思辨的空间。

小　结

正如前文所说，叙事作品中的时间因素是一个非常古老的课题。然而，它在叙事中所起的重要修辞作用却使得它具有了经久不衰的魅力，没有一部小说作品能够绕开它单独存在。而如何把握和设置好叙事时间对一部作品的成败有着巨大影响，这就要求创作者具有较强的掌控能力。从总体上来看，吸取了前辈丰富创作经验的新生代小说在"时序""时距""时频"的设置方面都有着不俗的表现。

在"时序"方面，他们大面积地采用"时间倒错"的修辞策略。其中，预叙、追叙、追叙中再追叙、追叙中再预叙的循环往复的叙事方式，是新生代小说"时间倒错"手法最重要的特征。但新生代小说对"时间倒错"手法的应用相比先锋小说来说，更为冷静和本色。他们注重故事的完整性，因此在"时间倒错"的叙事中，事件之间仍然有着较为明晰的因果关系。"顺序"在新生代小说中多体现在长篇小说和描写"生活流"的小说之中，但在这些小说中，追叙或预叙等时序变形也仍然时有出现。

在"时距"方面，新生代作家们充分地利用了时距的各种形式，使得小说的叙事节奏起伏不定，很多文本都能同时看到五种时距形式。但是，他们更偏爱使用"场景""减缓"和"停顿"这三种时距形式，因此，这三种时距形式出现的频率相当高。其中，朱文、韩东等人的偏好用"场景"还原日常生活；"减缓"在以陈染为代表的一些女性作家的小说文本中体现得特别明显；最能代表新生代小说"停顿"手法使用特点的则是作者在讲述故事的同时自我暴露或向读者说明自己的创作策略甚至透露故事情节等等。

在"时频"方面，新生代小说擅长以重复叙事来强调和凸显小说的意蕴，这主要体现在语句重复和情节重复上。

无论是时间的行进还是停止，是交错还是重复，都表现出了新生代作家们对文本时间因素恰到好处的把握。这就是新生代小说张弛有序，充满节奏感和张力的原因所在。综上所述，叙事时间对新生代小说叙事明显有着重大的修辞意义。

第四章　新生代小说叙事空间的建构

对叙事空间的处理也是一种修辞技巧。热奈特说："人们所说的修辞格恰恰不是别的，而正是这个空间：修辞格既是空间采用的形式，又是语言所采取的形式，它是文学语言相对其涵度的空间性的象征。"[①] 小说中的空间对于小说的叙事有着无可替代的地位，正是空间构成了小说故事情节、人物活动背景以及一系列的场面，任何一部小说的叙事都不可能完全抛开空间元素。从这个意义上来说，小说也是空间的艺术。如何巧妙地运用空间进行谋篇布局，达到最佳的叙事修辞效果，往往能体现出作家的创作水平。因此，在新生代小说中，空间元素不仅作为故事发生的地点和叙事必不可少的场景，而且还是表现时间、安排小说结构甚至推动叙事进程的叙事手段，具有重要的叙事修辞功能。

第一节　叙事空间概述

叙事空间指的是小说中故事情节发生的地点或者人物活动的场所，包括其对应的整个场景环境，同时它还包括小说中具有社会属性的人文空间，是物质性和社会性的统一。空间对于小说的叙事有着极其重要的作

---

① 　[波] 罗曼·英加登：《对文学的艺术作品的认识》，转引自王义军《审美现代性的追求——论中国现代写意性小说与小说中的写意性》，暨南大学博士学位论文，2002 年，第 127 页。

用，然而学界对叙事空间的探索却不是一帆风顺的。

莱辛在《拉奥孔》中明确指出："时间上的先后承续属于诗人的领域，而空间则属于画家的领域"①，"绘画用空间中的形体和颜色而诗却用在时间中发出的声音"。② 自从他将"诗""画"分别界定为时间艺术和空间的艺术之后，从时间的角度研究小说就成为主流。一般来说，以文字为媒介的小说在形式上确实是时间的——叙述是词接着词，句子接着句子，而且故事情节的展开、场面的移换甚至人物情感也都有着明显的时间性。也正因如此，长期以来，相对叙事时间而言的叙事空间在小说中的作用几乎都被置于视而不见的状态。

19 世纪以来，一些小说家有意打破传统小说线性叙事的惯例，在作品中使用时空交叉、情节并置等手法，显示出了对空间形式的追求。进入 20 世纪后，传统的重"时间"轻"空间"的理论更是受到了越来越多的质疑。美国著名文学批评家约瑟夫·弗兰克于 1945 年在《西旺民评论》上发表的《现代文学中的空间形式》一文中首次系统地论述了小说空间形式的理论。他从小说故事的物理空间、读者阅读空间建构和语言叙述的空间形式三个方面对现代小说的空间形式进行了分析。他认为，现代主义的文学作品（包括 T.S.艾略特、庞德、乔伊斯和普鲁斯特等人的作品）是"空间的"，它们用"同在性"取代"顺序"，现代主义的作家"试图让读者在时间上的一瞬间从空间上而不是从顺序上理解他们的作品"。③弗兰克的小说空间形式理论突出了空间的主导作用，自此之后，文学作品中的空间问题得到了理论界更多、更进一步的关注。20 世纪 70 年代法国新马克思主义哲学家亨利·列斐伏尔在《空间的生产》一书中提出了空间三元论，他把空间区分为自然空间、话语建构的空间和生活的、体验的空间，即物理空间、心理空间和社会空间。在他的理论中，空间并

---

① ［德］莱辛：《拉奥孔》，朱光潜译，人民文学出版社 1979 年版，第 97 页。

② ［德］莱辛：《拉奥孔》，朱光潜译，人民文学出版社 1979 年版，第 82 页。

③ ［美］约瑟夫·弗兰克：《现代文学中的空间形式》，转引自程锡麟《叙事理论的空间转向——叙事空间理论概述》，《江西社会科学》2007 年第 11 期。

非只是物质存在的一种基本形式，而是"一种社会生活的经验事实，构成了经验现象的表征和知识系统，并浓缩和聚焦着现代社会一切重大问题的符码。"① 列斐伏尔的空间理论在西方引起强烈反响，不仅推动了学术思想界的"空间转向"，同时也促使空间问题成为叙事理论关注的焦点之一。1981 年，杰弗里·R. 斯米滕和安·达吉斯坦利合编了汇集 11 位学者文章的论文集《叙事中的空间形式》，主要讨论了空间形式与叙事语言、叙事结构、读者感知以及空间形式的理论语境等方面的问题。1984 年，加布里尔·佐伦在《走向叙事空间理论》一书中"从纵向区分了构成空间的三个层次（地志、时空体与文本）……并在横向上提出了空间度量的单位及其各种组合所表现出的不同空间结构"。② 这些理论的发展与进一步的完善都意味着学界对小说叙事空间的重大意义已渐渐达成了一种共识。

其实，文本中叙事空间的作用问题很早就受到了我国学者的关注。张竹坡在评点《金瓶梅》中说到"善用'间架'巧妙安排"③，在《杂录小引》提及："凡看一书，必看其立架之处。"④ 此处的"间架""立架"指的就是小说中空间的安排。进入新时期后，随着西方文艺思潮和理论学说的引入，国内学界对小说叙事空间也进行了进一步的研究，出现了一批相关论文。程锡麟的《叙事理论的空间转向》一文较为全面地介绍和梳理了国外叙事空间理论的主要论著。⑤ 张世君在《〈红楼梦〉的空间叙事》一书中指出，"空间在叙事中的作用不容忽视。构成小说叙事从来都要靠空间意象的展开，也即在文本的时间序列建立起来以后，就要依靠空间的叙述来展开时间序列。因此研究叙事理论，不谈或少谈空间是一种理论的疏忽

---

① 黄继刚：《空间文化理论探析》，《新疆社会科学》2008 年第 5 期。
② 程锡麟：《叙事理论的空间转向——叙事空间理论概述》，《江西社会科学》2007 年第 11 期。
③ 傅修延：《文本学——文本主义文论系统研究》，北京大学出版社 2004 年版，第 273 页。
④ 傅修延：《文本学——文本主义文论系统研究》，北京大学出版社 2004 年版，第 275 页。
⑤ 程锡麟：《叙事理论的空间转向——叙事空间理论概述》，《江西社会科学》2007 年第 11 期。

或者批评的疏忽。"① 龙迪勇也发表了包括《叙事学研究的空间转向》在内的一系列颇有影响的论文，提倡建立一种"空间叙事学"，并强调了叙事作品中的空间问题。② 此外还有金健人的《小说的空间构成》③、王萌的《张爱玲华文家族小说的叙事空间与叙事伦理》④、廖高会的《20世纪80年代诗化小说叙事空间的演变》⑤、郭金玉的《鲁迅小说叙事空间研究》⑥、尹萍的《论90年代短篇小说的空间形式》⑦、韩晓的《中国古代小说空间论》⑧、余新明的《〈呐喊〉〈彷徨〉的空间叙事》⑨ 等等，都针对具体文本的叙事空间进行了分析。这些相关论文的出现表明学界对于"叙事空间"这一长期被忽视的对象开始给予了越来越多的关注，而上述这些论著毫无疑问也大大地丰富了小说"叙事空间"的内涵。

叙事空间理论的发展和丰富也为小说的创作实践指明了发展道路，开拓了新的叙事向度。20世纪以来，在以艾略特、乔伊斯、普鲁斯特等为代表的现代主义作家的作品中，"空间"一直都积极参与到小说叙事中，并影响着小说的叙事进程。

在叙事空间理论的指导和西方现代主义小说作品的影响下，从五四以来，以鲁迅为代表的作家们，努力尝试改变中国古典小说叙事倾向于线性时间顺序而忽视空间构建的传统。进入新时期后，王蒙、高行健和李陀等作家则使用"意识流"这一现代主义空间化艺术表现手法进行创作，并以此达到破坏、分裂故事情节的目的，他们将之称为"非情节化"叙事，

---

① 张世君：《〈红楼梦〉的空间叙事》，中国社会科学出版社1999年版，第263—264页。
② 龙迪勇：《叙事学研究的空间转向》，《江西社会科学》2006年第10期。
③ 金健人：《小说的空间构成》，《杭州大学学报》（哲学社会科学版）1987年第2期。
④ 王萌：《张爱玲华文家族小说的叙事空间与叙事伦理》，《玉溪师范学院学报》2014年第3期。
⑤ 廖高会、吴德利：《20世纪80年代诗化小说叙事空间的演变》，《北方论丛》2014年第2期。
⑥ 郭金玉：《鲁迅小说叙事空间研究》，硕士学位论文，东北师范大学，2010年。
⑦ 尹萍：《论90年代短篇小说的空间形式》，硕士学位论文，青岛大学，2005年。
⑧ 韩晓：《中国古代小说空间论》，博士学位论文，复旦大学，2006年。
⑨ 余新明：《〈呐喊〉〈彷徨〉的空间叙事》，博士学位论文，华中师范大学，2008年。

但在他们的作品中仍然可以分辨得出时间性的序列和逻辑。接着，刘索拉、徐星等作家则进行了更进一步的尝试。随着寻根文学的兴起，文化开始介入小说的创作，韩少功、郑万龙等人的小说明显呈现出空间化的趋势，因为文化本身就能够被建构成一个空间的概念，一个空间化的象征符号。但是，寻根文学对时间的拒绝并不像之后的先锋派作家那样达到一个全然否定的程度。在孙甘露、余华等人的小说中，为了摆脱时间的支配而精心使用了多种叙事方式，使其文本凸显出了"空间形式"小说的种种特征，表现为"去故事化""淡化情节""反因果关系"等等。先锋小说家比前辈们更加重视叙事空间的作用，他们"不仅仅把空间看作故事发生的地点和叙事必不可少的场景，而是利用空间来表现时间，利用空间来安排小说的结构，甚至利用空间来推动整个叙事进程。"① 先锋小说以空间形式为主要特征的叙事结构，将叙事空间推上了小说舞台的重要位置。然而，由于部分先锋作家们对"空间形式"的过分追求和对文本和语言游戏的过度沉迷，使得故事呈现出太多的不确定性、零散性和断裂性，而且先锋小说设置的叙事空间给读者留下需要自己去填补的"空白"实在太多，这在鼓励读者参与文本建构的同时，也给读者带来了沉重的负担。他们反故事、反情节、反结构，抛弃了读者也最终被读者抛弃。前辈作家，尤其是先锋作家的创作经验，加上叙事空间理论和西方现代小说在 20 世纪 90 年代的大量涌入以及转型期社会的变化，都对之后的新生代小说的空间叙事产生了巨大的影响，使得新生代小说中的空间存现及其结构空间的类型都呈现出特有的美学特征。

下文将以新生代小说为对象，运用叙事空间理论，分析新生代小说文本的叙事空间的呈现，并总结和归纳其结构空间的类型，以此探索和发掘小说空间叙事的拓展为新生代小说所带来的新的美学特征和思想蕴涵。

① 龙迪勇：《空间叙事学：叙事学研究的新领域（续）》，《天津师范大学学报》（社会科学版）2009 年第 1 期。

第二节　新生代小说中的空间呈现

根据新生代小说文本中空间呈现的基本情况，可以将其分为自然空间、社会空间和心理空间三类。下文将结合具体文本从这三个方面来阐释新生代小说的多重空间叙事修辞艺术及其建构的意义。

一、新生代小说中的自然空间

自然空间，指的是小说的自然景观部分。一般表现为自然界的风景和人工建筑物等等。它既可以作为小说故事的背景，也可以为故事的发展提供铺垫，甚至还可以成为小说中的重要隐喻系统，因此也具备了叙事的功能。但是在新生代小说中，对于自然空间的描写不仅出现的频率低而且多数篇幅较短，典型的如红柯等对于西北大漠、毕飞宇等对江南水乡和东西等对于西南边陲自然环境风貌的描写。尽管如此，他们小说中对极具地域特色的自然空间的叙述真实可信，不仅烘托了故事的氛围，而且非常到位地传达出了作者想要表达的情感要素。

以红柯为例，他小说中的自然环境风貌多是描绘西部大省新疆的。新疆独特的地理环境呈现出的野性而又神奇的美景，能带给人们无尽的想象，是一种理想的小说自然空间。20 世纪 80 年代杨争光的西部传奇里的自然空间氤氲着阴森的杀气，90 年代张承志的西部故事里的自然空间则激愤着艰难和血泪，而到了红柯小说的自然空间则充满了美丽、温情和英雄气概。红柯说："新疆的风土又是这样的独特，湖泊与戈壁、玫瑰与戈壁、葡萄园与戈壁、家园与戈壁、青草绿树与戈壁近在咫尺，地狱与天堂相连，没有任何过渡，上帝就这样把它们硬接在一起。在这样的环境产生着人间罕见的浪漫情怀。"① 因此，新疆的大漠群山，戈壁大阪、山川草原

---

① 马季：《原始生命力量的诗意表达——红柯访谈录》，2006 年 10 月，见 http：//blog.sina.com.cn/s/blog_56411b7d0100064m.html。

都成为他笔下故事发生的自然空间，充满神奇的意蕴。以《野啤酒花》为例，小说中随处可见大段的自然风光描写，营造出了一个生机勃勃的自然空间。这些自然空间对小说情节的发展起到了推波助澜的作用，并隐喻着人与自然的完美融合。故事一开始作者就写道："阿拉套山没有森林没有大片的草原也没有冰川和积雪……一条一条的石沟里长着灌木和牧草，都是一片一片的草滩……再往里边走，就会看到野啤酒花，淡绿的藤蔓披挂在溪水边的灌木上，把溪水和灌木罩得严严实实，像一条地下河，更像一头野兽，长着茂密的鬃毛，跑出山外……两岸的野啤酒花结出清脆的铃铛丁零零响上好几个月，就干掉了，它们有小小的翅膀，要在空中飞翔一阵子，一直飞到山坡上；风大的话，它们就顺风出山，沿着山脚纷纷扬扬跟鸟群一样。"① 阿拉套山的野啤酒花充满了生命力，它不似普通的野花那般脆弱，它们开放时将河流装扮地像雄壮的野兽，干了也要在空中飞翔甚至飞向远方，顽强美丽的野啤酒花其实就是生命力的象征。红柯给我们展示了一个生机盎然，奇异瑰丽的自然空间，在这样的空间下生活的人们当然也是朝气蓬勃、具有顽强的生命力。也正是这样具有蓬勃力量的自然万物才会吸引着美丽的县城丫头不顾家人的反对，跟着小伙子来到阿拉套山的公路边开了一家小小的修车铺，并在经历了一系列事件后，最终成为草原上真正坚强成熟的女人。红柯笔下生意盎然、欣欣向荣的自然空间让读者感受到了健康的人性和酣畅自在的生命形态。红柯在他的小说中还非常喜欢营造太阳、山川、河流等构成的壮美的自然空间，并以此衬托故事人物淳朴坚韧、勇敢正直的性格，也给故事添抹了一层浓浓的西部色彩。试看下文的三个例子：

（1）清晨，曙光初开，从昆仑山上可以看到世所罕见的瑰丽风光，冰峰，峡谷，奔腾的群山，陡崖和巨石……那是多么平坦多么辽阔的石面呀，跟半个山坡连在一起的倾斜的一个大广场，太阳带

① 红柯：《野啤酒花》，载红柯著《太阳发芽》，山东文艺出版社2004年版，第151页。

着啸音滚滚而来……太阳正突破一道险峻的山口，达坂就是山口，是千年万年以前就形成的两座大山之间的凹地……仿佛刚刚被太阳的伟力冲开。

——红柯《昆仑山上一棵草》

（2）这条河没有流到大海，流到瀚海里去了，巴尔喀什湖像丢在沙漠里的一个酒瓶子，伊犁河很清澈地在瓶子里闪闪发光，只要拔开塞子就能感受到大河的力量。大地上不会有第二条这样的河。

——红柯《军酒》

（3）额尔齐斯河两岸的密林全都消失了，天空和大地也消失了，额尔齐斯河无比壮丽地流进太阳的洞里，太阳很快就被灌满了……那么大一条河都流进去了，太阳的肚子咕嘟嘟响一阵就没声音了。

——红柯《额尔齐斯河波浪》

例（1）描绘了昆仑山上太阳初升的雄伟景象，正是熏陶在这广阔壮丽的西部天地之中，才练就了三位军人的韧劲、正直和彼此间真挚的情感，而这些都为后文叙述他们复员后的生活经历埋下了伏笔。例（2）中正是伊犁河所呈现出的生命的涌动和力量让西部汉子斜眼有了追求幸福的勇气，当天半夜他就去了自己中意的女子家并虏获了女子的欢心。例（3）是来自城里的毛头小伙子初见额尔齐斯河落日的奇异景象，这个景象震撼了他。也正是在这样的自然空间下，他遇见了他的意中人——一个敢在额尔齐斯河中游泳的姑娘，从此魂牵梦萦，并为她搬到了额尔齐斯河一带，故事由此展开。类似这样的描写在红柯的小说中很多。红柯就在这"绝域产生大美"的自然空间中为我们讲述了一个又一个发生在戈壁草原沙漠群山之间的故事，描绘了一个万物共生、物我合一的和谐世界，试图给生活在世俗浮躁中的人们提供一处灵魂的居所。

与红柯蓬勃大气的自然空间相比，毕飞宇笔下由河流、码头、桥、船等构成的自然空间则充满了江南水乡风情。"段桥镇只有两条路，一条是三米多宽的石巷，一条是四米多宽的夹河。三排民居就是沿着石巷和夹河次第铺排开来的，都是统一的二层阁楼，楼与楼之间几乎没有间隙……段桥镇的石巷很安静，从头到尾洋溢着石头的光芒，又干净又安详。夹河里头也是水面如镜，那些石桥的拱形倒影就那么静卧在水里头，千百年了，身姿都龙钟了，有小舢板过来它们就颤颤悠悠地让开去，小舢板一过去它们便驼了背脊再回到原来的地方去。"[①] 他这段充满原生态的自然空间景象为后文的故事发展提供了非常合情合理的背景。就是因为段桥镇的古老与狭小，使得镇上的年轻人都外出打工，缺乏父母关爱的留守儿童旺旺才会对惠嫂作出出格的举动（咬了惠嫂的乳房一口），而段桥镇的封闭也使得镇上的人们误解了旺旺渴求母爱的心。在遭受众人的耻笑和爷爷的打之后，旺旺只能偷看惠嫂哺乳了，文中写道："旺旺在偷看，这个无声的秘密只有旺旺和惠嫂两个人明白……许多中午的阳光下面狭长的石巷两边悄然存放了这样的秘密。瘦长的阳光带横在青石路面上，这边是阴凉，那边也是阴凉。阳光显得有些过分了，把傍山依水的断桥镇十分锐利地劈成了两半，一边傍山，一边依水。一边忧伤，另一边还是忧伤。"[②] 旺旺的偷看不单是对母亲奶水的渴求，实际上还是对母爱的呼唤，这是人的天性。这段景物描写充满了感伤，将年幼的旺旺无力用言语表达的内心世界以自然空间的形式展现了出来。段桥镇淳朴的自然风光也孕育了淳朴的人性，惠嫂明知旺旺在偷看却在无形中默许着这个秘密，并在被旺旺咬了一口之后，置之不理镇上人们对旺旺的诟病。她理解孩子渴望母爱的心，反而更加疼爱和怜悯他。毕飞宇以感伤唯美的自然空间作为背景，不仅渲染了小说故事的氛围，还衬托了空间中人物的内心世界，强化了人物形象。毕飞宇的《地球上的王家庄》《怀念妹妹小青》《枸杞子》等小说都有类似的自然空间描写。

　　东西很多小说的自然空间则弥漫着浓郁的桂西北山区气息。林海、

---

①　毕飞宇：《哺乳期的女人》，上海文艺出版总社、上海锦绣文章出版社 2009 年版，第 204 页。

②　毕飞宇：《哺乳期的女人》，上海文艺出版总社、上海锦绣文章出版社 2009 年版，第 210 页。

河流、荒草和浓雾等桂西北山区特有的景象在文中时常出现。如"枫树河弯在午时静静地释放蝉鸣，蝉声贴在两岸的树枝上，随风势的高涨而放大。到处都充斥着蝉的狂闹，热气一阵阵扑来。"① "范建国听到河水轻微的流淌声，几团雾从河谷飘上来，缠绕在桃村的屋檐上，远处的荒草和玉米一片青色。荒草和玉米在努力地生长，空气中浮动着它们青涩的气味。"② 东西笔下的很多故事就是发生在这样一个有着茂密的树林、古老的河流，浓雾缭绕的自然空间中，这里民风淳朴但也闭塞落后。东西以这样的自然空间给故事涂上了一层悲剧色彩，衬托出了处于边缘状态的红水河流域底层小人物困顿的生活和苦难，同时也起着推动故事情节发展的作用。此种情况在《没有语言的生活》《祖先》《雨天的粮食》《断崖》等小说中都体现得非常明显。

新生代作家们不是为了自然空间而写自然空间，他们小说自然空间的发生，不但符合自然空间景物以及环境的实际，更是为了以此衬托故事的氛围，并在叙事的进行中起到一定的推动作用，同时表达出作者自己的真情实感。所以，新生代小说的自然空间描写虽然数量不多，但是它的修辞表现力却很强，在文本中的作用也是不可小觑的。

二、新生代小说中的社会空间

"列斐伏尔认为空间本身是一种强大的社会生产模式和知识行为。……空间是实践者同社会环境之间活生生的社会关系。"③ 因此社会空间是一种客观存在，在小说中，它是故事发生的人文环境。作为小说空间的重要组成部分，它以人物的生存、活动和交互作用为主要内容，展现了小说中的各种社会关系，对于小说的叙事有着重要的修辞意义。在小说叙事中，宏观的社会空间"为人物提供了社会时代背景，规定了人物行动

---

① 东西：《祖先》，载东西著《没有语言的生活》，江苏文艺出版社 2011 年版，第 228 页。

② 东西：《雨天的粮食》，载东西著《送我到仇人身边》，时代文艺出版社 2001 年版，第 313 页。

③ 吴庆军：《当代空间批评评析》，《世界文学评论》2007 年第 2 期。

的方向和命运的必然，为评价人物提供了基本前提"；而微观社会空间则"展示了人物活动的场所，制约了人物的具体行动和社会关系，为评价人物提供了具体依据"。① 因此，小说中的社会空间直观地呈现了生活在其中的各色人物的行为、意志、抗衡以及情节脉络的逻辑走向。

相对于自然空间的描写，新生代小说赋予了社会空间更多的叙事笔墨。从宏观的角度来看，新生代小说的社会空间形式主要包括都市空间和乡村空间。从微观的角度来看，在新生代小说中最具代表性的微观社会空间是以家宅庭院为代表的私人空间和以街道为代表的公共空间。新生代小说中的这些具体的空间形式不仅体现了新生代小说社会空间的丰富多彩性，而且有着非常明显的现实性和个体言说的特点，在小说叙事修辞建构中具有重要的意义。

（一）宏观空间

新生代小说宏观的空间形式主要包括都市空间和乡村空间两种。这也是当下人类最主要的生存空间，它以一种无形的力量制约和支配着人的生活。小说中所建构的具有时代特色的都市空间和乡村空间有着丰富的叙事修辞意义，它不仅为小说的叙事提供了多姿多彩的背景，而且深刻地反映了当前社会的现实状况以及永恒的人性问题。因此，新生代作家笔下的都市空间和乡村空间是小说叙事的基石，有时甚至是推动叙事的动力，也成为读者可以用来观望整个现代社会的镜头。

1. 都市空间

都市不仅仅是人类的居住场所与生活空间，它也是承载各种现代精神形式及意识形态的生产与播散、进而形塑各种不同人格的成长空间，具有物质精神化的作用。但从五四以农民为启蒙对象的叙事开始到新中国成立后很长一段时间内，农村叙事一直都是中国现代文学的主流题材，因此，小说中的都市空间描写一直处于边缘化的状态。虽然在 20 世纪三四十年代以新感觉派作家为代表，曾兴起了对十里洋场喧嚣浮华的都市

---

① 江守义：《叙事空间的主体意识》，《河北学刊》2010 年第 6 期。

空间的言说，但是这种言说由于没有强大的都市底蕴做后盾，很快就随着政权频繁更迭而偃旗息鼓了。改革开放后，随着时代的进步和社会经济的发展，城乡二元结构开始解体，城市随之迅速膨胀。尤其在 20 世纪 90 年代市场经济体制下，城市这个空间，进一步取代乡村成为代表中国社会现实的中心舞台。日新月异的都市生活也就成为了作家们取之不尽的创作素材，于是作家们的视线纷纷从农村转向了都市。在这一背景下，小说中的都市空间当然成为作家们浓墨重彩的对象。这在 90 年代新生代小说中表现得尤为明显。新生代小说以丰富的都市空间形态展现了 90 年代社会转型所带来的都市价值观和社会评判标准的改变，以及都市人在如此强大的冲击下的真实生存状态和心灵感受。特别是在邱华栋、何顿、韩东、朱文、徐坤等人以都市生活为背景的作品中所呈现出的都市空间新景观，传达出新一代都市人的精神脉动。

　　邱华栋和朱文笔下都市空间代表着新生代小说中最常见的两种都市空间形态。邱华栋小说中都市空间是以北京为代表的，然而他所描述的并非老舍、邓友梅等人那京味十足的老北京城，也不是王朔笔下被政治话语包围的北京，而是自己个体经验中的当代北京——一个国际化的大都市："有时候我们驱车从长安街向建国门外方向飞驰，那一座座雄伟的大厦……——一闪过眼帘，汽车旋即又拐入东三环快速公路，随即，那幢类似于一个巨大的幽蓝色三面体多棱镜的京城最高的大厦京广中心以及长城饭店、昆仑饭店……等再次一一在身边掠过，你会疑心自己在这一刻置身于美国底特律、休斯敦或纽约的某个局部地区，从而在一阵惊叹中暂时忘却了自己。"[①] 这是一座充满欲望的城市，邱华栋称之为"欲望之都"："灯光缤纷闪烁之处，那一座座大厦、购物中心、超级商场、大饭店，到处都有人们在交换梦想、买卖机会、实现欲望。这是一座欲望之都，尤其是当你几乎每天都惊叹于这座城市崛起的楼厦的时候。"[②] 在这样的一个都市空间

---

① 邱华栋：《闯入者》，湖南文艺出版社 2011 年版，第 1—2 页。
② 邱华栋：《闯入者》，湖南文艺出版社 2011 年版，第 2 页。

里，高楼大厦、美食音乐无一不是物质欲望的代名词。北京城奢华的外表不断地诱惑着各式各样的人们，刺激着人们，使人们的内心欲望极大地膨胀。因此，邱华栋小说中构建的都市空间不仅是各种欲望的容器，同时也是欲望的"助推器"。它吸引人们奋不顾身地投身其中，在这些人中不乏极具现代商业头脑的、思想新锐的优秀人才，他们都是邱华栋笔下的充满欲望的都市空间的"闯入者""都市新人类"，他们为了适应大都市的生活付出了身心俱损的代价却乐此不疲。大都市给了他们通过竞争改变身份地位的机会，但物质的诱惑和畸形挤压使得他们的欲望无限扩张，最终剩下的只有空虚迷茫的灵魂。例如，《哭泣游戏》中的黄红梅原来只是"我"这个行为艺术家的模特，一开始被"我"介绍到夜总会做按摩女时，她对出卖色相是非常排斥的，但在周边的人和环境的熏陶下，她逐渐学会了利用自己的色相赚取利益。之后她开了餐厅，发展得越来越好，也变得越来越虚伪狡诈，很快就成为出名的富商。黄红梅的发迹正是大都市给予的机会，但是这个染缸一样的都市也使得一个纯洁的女子变成了一个善于玩弄各种手段并将人际关系处理得得心应手的都市猎人。她的欲望大到必须要一整座城市才能买得下，然而最后她却被杀死在自己梦寐以求的别墅里。《一公里长的餐厅》中的王元朗带着800万元资金来到北京，准备实现自己把餐厅开到美国去的愿望。他一步步地进行着自己的计划——要挑战吉尼斯纪录，要把自己50米长的餐厅扩到100米、150米、200米。可是最后他却破产了。接下来，他用原本预留给儿子的教育基金，打造了汽车影院，但同样也只红火了一阵就以失败告终了，儿子的教育基金也打了水漂。人的欲望是永远无法完全满足的，他在追求自己无边无际的欲望的过程中反被欲望吞噬，迷失在了欲望之中，成为自己口中的"这座城市最失败的人"。邱华栋的小说深刻地描画了一个充斥着欲望的热闹繁杂的都市空间，并将小说的故事和人物安置在这样的一个都市空间中，展现出了处于当下社会中，人们被各种各样的现代物质所淹没的生活情景。他以这样的都市空间作为小说背景，意义的深刻是显而易见的。在这个空间中人追求本能价值的欲望得到了解放，但过度的欲望追求也导致了人性的扭曲。

同时，这样的纷繁的生活景象也使身处其间的人们感到迷茫，陷入精神漂泊的困境无法自拔。

邱华栋笔下的都市空间奢华张扬、气势蓬勃，而朱文则呈现了另外一种都市空间，它简陋庸常，充斥着最普通的、最常见的市井景观。如，上下班的车流——"每到上下班时分大卸坡上黑压压的全是自行车，就像蝗虫一样。行人也有一些，但是不多，混杂在车流中看不出来，只有当一阵蝗虫嗡嗡嗡地飞走以后，寥寥几个行人才会像幸存的几棵庄稼一样显露出来。"①朱文非常客观地呈现了都市寻常甚至阴暗的一面。在这样的都市空间中，进进出出的多是一些以"小丁"为代表的普通人，上演的也都是这些普通人沉闷而又无聊的生活场景。"小丁"们不像邱华栋笔下的那些充满激情的"闯入者"，他们本来就是眼前这个都市空间的一员，因此他们熟悉自己所在的城市熟悉到了完全没有激情，只有冷漠和厌倦的程度。朱文设置这些被日常生活场景充斥的都市空间的用意就在于：揭示当下的生活环境对普通生命欲望的压制，致使他们对生活产生了一种厌倦感和虚无感。"小丁"们被锁在了现代都市的边缘，他们似乎远离了热火朝天的现代都市生活，他们是都市繁华表面下生活着的最平凡的一群人，他们为了自己的基本生存操心忙碌。他们不是没有欲望，但是他们没有经济基础，因此他们只能压抑自己的欲望，或者只能满足低层次的欲望需求，故而他们赤裸裸地谈论金钱、性欲，所谓崇高的人生理想、自我价值对于他们来说是如此的遥远，而他们自己也因生活的琐碎与无聊而常常处于厌烦状态中。朱文小说中构建的都市空间其实也隐喻着空间人物那平庸琐细、无法翻越的、如樊篱般的生活和压抑着的欲望。

都市空间既是一种生产，反过来又对人的生活产生深刻的影响，因而它不仅仅是一种物理性的空间，在被赋予意义的同时，它也在塑造着人的主体，因此新生代小说中呈现出来的都市空间，并非只是人物活动的场景和背景。他们笔下那些极具质感的城市空间景观，都参与了小说意义的

---

① 朱文：《把穷人统统打昏》，载朱文著《看女人》，重庆大学出版社 2011 年版，第 95 页。

构建，本身也承担文本的某种叙事功能。新生代作家以都市空间作为小说背景，更多的是为了展现当下人们的日常生活现实与精神心理图景。不管是邱华栋物质性的都市空间还是朱文世俗性的都市空间，实际上都是都市人生存空间的展现，其间暗含了我们生活中人们最常见的两种生活状态：一种是追求刺激，欲望高涨，被物异化；另一种则是庸常无聊，压抑欲望，精神虚无。新生代小说中不同的都市空间描述，不仅表现了多样化的都市图景，而且展现了当代都市人的"欲望人生"以及这种"欲望人生"的生存困境和心灵困境。

2. 乡村空间

城乡二元对立是中国传统的社会结构。自鲁迅开创现代"乡土文学"以来，以农村为题材的小说在中国现当代文学史上无疑一直处于主流的地位，因此小说中的乡镇空间理所当然地成为最重要的宏观空间存现形态之一。在以鲁迅为代表的乡土叙事中，"乡村"这一叙事空间象征着封建中国。鲁迅笔下这一空间展现了国民的劣根性，达到了启蒙的目的。以废名、沈从文、汪曾祺等为代表的乡土叙事则构建了温暖而忧伤的乡村空间，用以逃避工业文明的侵袭。赵树理等人开创的与主流政治话语同构的乡村空间形态一直延续至"十七年"文学乃至其后很长一段时间。20世纪80年代，改革文学、寻根文学等构建乡村空间的目的大多在于溯源乡村的传统和肯定其自身的价值。到了90年代，随着改革开放的深入，被卷入市场经济体系的乡村社会的一切都发生了天翻地覆的变化。传统落后、封闭自足的乡村体系被打破，城乡之间的联系越来越密切，农村处于从农业文明向城市文明艰难过渡的阶段，呈现出凋敝与繁荣、保守与喧嚣并存的复杂态势。两种文明在转换过程中难免会发生冲撞与交融，这就必然会体现在小说文本的创作中。因此，处于这一时期的新生代小说中的乡村空间表现出了市场经济转型期的广大农村错综复杂的社会矛盾和发展态势以及农民在城市化进程中的困惑和挣扎。如，李洱的《石榴树上结樱桃》、林白的《万物花开》《妇女闲聊录》、鬼子的《瓦城上空的麦田》《被雨淋湿的河》、东西的《目光愈拉愈长》《没有语言的生活》、毕飞宇的《玉米》《平原》、韩东的《扎根》等等。这些小说的叙事也都是借助其所描绘的乡村空间及处于此空间中的人、事得以展开，同时也达到从不同侧面展示世纪之交现实的乡土生活以及农民精神状态的叙事修辞目的。更为难得的是，新生代作家超越了传统的"城乡二元对立"的思维模式，显示出更现代的创作理性，他们所营造的乡村空间常常是个体经验中的乡村空间。下文将以李洱在《石榴树上结樱桃》和林白的《万物花开》《妇女闲聊录》为例对此进行分析。

李洱在《石榴树上结樱桃》中以原生态的书写，近距离描绘了一个转型过程中的乡村——官庄村。李洱在小说中所构建的这个乡村空间既不神圣也没有什么苦难与哀愁，它有的只是处于世俗进程中的现实。"展现在你面前的官庄村，是一个完全'光裸'的村庄，没有地理性与文化性，原乡神话式的情感及隐喻不再存在。"① 当然，在这个乡村空间中同样存在着贫穷落后的一面，仍然有泥泞的道路、肮脏的猪圈，人们也无法完全摆脱封建迷信思想。然而，它也不可避免地受到了现代文明的侵袭，因此充斥着现代文明入侵后的景观：家家户户都用上了现代化的电器，还有人开上了小轿车；日常的话题里时不时出现主权、选举、环境恶化、可持续发展、美国总统大选等字眼，甚至还有 GDP、WTO 等英文词汇；农民的生活明显呈现出新旧混合、中外杂糅的状态，村民孔庆刚给母亲办丧事，既有和尚念经，又有耶稣教的人念经，而孔祥民修建的耶稣教堂的门匾上却又有"克己复礼"字样。现代文明带来的林林总总进入了乡村世界，就在这样的空间中上演了一出村长选举的闹剧。女村长孔繁花精明能干，在很多人都觊觎村长"宝座"的情况下，她不仅要做好本职工作，还不得不想方设法地为连任拉选票：请客慰问、打击对手、做各种亲民表演……无所不用其极。而她的竞争对手也个个使出浑身解数，可最后从孔繁花手中夺取村长"宝座"的却是她最为信任的人——团支部书记孟小红。"在小说中，孔繁花成为'石榴树'的象征，空有满树的繁花，却结不了正果，寄

---

① 梁鸿：《"灵光"消逝后的乡村叙事——从〈石榴树上结樱桃〉看当代乡土文学的美学裂变》，《当代作家评论》2008 年第 5 期。

生在她身上的、已经成熟的是隐喻着孟小红的'樱桃'。"①选举本是现代民主的政治生活方式，而官庄村的选举却成了利益、人情与权术等传统因素的综合较量。李洱笔下农业文明与现代文明、本土化与全球化共时杂存的乡村空间呈现出滑稽可笑的景观，其显示出的戏谑效果将这一场乡村政治闹剧衬托得更加惊心动魄、热气腾腾。李洱通过对这样一个处于转型期的乡村空间及其发生在其间的闹剧似的选举事件的描述，给读者展现了一个现代文明影响下的乡村的现实版本。形形色色的现代生活在慢慢地侵蚀着它、渗透着它，它有世俗和丑陋的一面，但却又是无比真实的。乡村人的各种欲望——食欲、贪欲、情欲，甚至饱满的政治情结都在这乡村空间中一一展现。

　　林白在《万物花开》和《妇女闲聊录》中所描绘的"王榨"则呈现出了另一种类型的乡村空间。它既不同于一般小说中压抑沉重的乡村空间，也不似沈从文笔下弥漫着牧歌情调的乡村空间。它虽然一样受到现代文明的冲击，然而却依然充满野性、生机勃勃，甚至还带有几分神秘原始的味道。在"王榨"这个乡村空间里，田野里竞相开放着各色各样的花儿，甚至各种农作物都散发出阵阵香气。动物似乎也有着人的思想感情——猪特别聪明，不仅会认人，会上树，还会哭会笑，分得清敌友；狗群毫无顾忌地欢爱、狂叫，蚂蚁则像人一样辛勤劳作……林白笔下的"王榨"是一个生命力张扬的乡村空间，生活在这样空间中的人们就像动植物一样自由狂野、朴实自然。他们不惧死亡，《万物花开》中的大头脑袋里长了五六个瘤子，可能活不过一年，但他几乎是怀着热情的期待来迎接死亡的。"王榨"村民喜爱打架，把打架当成充满喜庆的事情。他们热衷性爱，无论是在《万物花开》还是《妇女闲聊录》中，在"王榨"这个乡村空间里的男男女女都是大胆而勇于追求"性"的，而众人也并不将性事置于传统道德的约束之下。"王榨"不仅表现了林白自己对自然的向往，对

---

① 赵艳花：《李洱小说〈石榴树上结樱桃〉的反讽叙事》，《平顶山学院学报》2009 年第 4 期。

民间的贴近，而且她通过对"王榨"这个乡村空间的描述，试图给生活在困境中的现代人提供一个带有原始意味的理想的生存家园。当然，林白在构建"王榨"这个乡村空间时，并没有刻意去掩饰王榨人的愚昧和落后。小说同样叙述了乡村空间中古老的宗教仪式、流行的乡村谶语、轮回报应、超生、虐童以及冷酷血腥的暴力行为等等。而且，市场经济同样冲击着这个貌似远离文明的异地。在物欲横流的当下，王榨村的村民同样也在城市的诱惑下出外打工，女孩子们经不起引诱而堕落，村中流行着新潮的词汇，如"安南""娃哈哈""万梓良""王军霞"等等，这一切都拉近他们与现代社会的距离。林白通过"王榨"这个乡村空间不仅表现了现代人对充满野性的原始生命欲望的憧憬，也凸显了当代农民的生存现状和他们的文化状态。

李洱的"官庄村"和林白的"王榨"是新生代小说中最具特色的乡村空间形态。他们正是在这典型乡村空间中，塑造了一个个鲜活的人物形象，将当下乡村现实生活中的社会关系赤裸裸地展现出来，同时入木三分地刻画了20世纪末市场经济和现代文明冲击下的中国农村的社会状态。而且，他们以自己独特的精神感悟来言说属于"个体"经验的乡村空间，表达着自己的价值判断，在更为广阔的层面上叙写着我国20世纪末的乡村现状和农民的精神状态。

（二）微观空间

微观空间是相对都市、乡村等宏观空间而言的，它是小说中情节发生的具体场所。新生代小说中通过细节描写了诸多日常生活空间，最为典型的是以家宅庭院为代表的私人空间和以街道为代表的公共空间。这些具体的微观空间极具特色，不仅成为新生代小说叙事展开的要素，而且作者借助这些微观空间达到了突出小说主题思想的叙事修辞目的。

1. 私人空间——家宅庭院

家宅庭院是一个人生活居住的空间，具有一定私密性、封闭性和排他性，因此属于私人空间的范畴。有了家宅、庭院等私密性空间的存在，

"我们的很多回忆都安顿下来……我们终生都在梦想中回到那些地方。"①
故而家宅庭院是承载着作家认知、情感和价值观的客观空间形式。新生代
小说中最有特色的微观空间形式之一就是以陈染、林白为代表的部分新生
代女性作家在其小说中构建的家宅庭院等私密性的微观空间。在她们的小
说中，家宅庭院成为象征女性生存境遇和带有作家主观情感经验的意象化
空间。她们借助这一微观空间展现了当下女性的生存状态，表达了对生命
的感悟，并以此寻求女性自身生存和自我保护的精神圣地。

　　在陈染的小说中多次出现"尼姑庵"这个闭塞的微观空间。《与往事
干杯》中的"肖濛"、《站在无人的风口》中的"我"、《巫女与她的梦中
之门》中的"巫女九月"等均生活在"一所废弃的尼姑庵"里。"这静静
的荒荒的院落是当时母亲单位的仓库。……院子里阴湿幽静，一株株参
天古树遮云蔽日，在这不大的庭院的上空撑起一把绿伞，遮挡住了灼热
的铁水一般流泻下来的阳光。偶尔，那高高密密的树冠被小风拂开一些
缝隙，灿白的光线就会像漆黑舞台上的一束光圈，投射在潮湿阴暗的院
子里。"②"这里除了一股窒息凝滞的薰衣草气味和满眼苦痛而奇怪的浓绿，
以及带着久远年代古人们口音的老树的婆娑声，还有四个硕大而空旷、老
朽而破败的庵堂，余下什么全没有。"有的只是"衰草、残垣、锈铁、断
桩、水凹及和风、夕阳"。③"那浓郁古怪的老树们半掩的庵庙庭院，总是
细雨纷纷，水珠在屋檐滴滴垂挂。"④"尼姑庵"是一个人迹较为罕见的地
方，因此它不管是从地理上还是心理上来说都处于边缘地带。然而，陈染
却将其笔下孤独、忧郁的女主人公们与幽寂、阴森"尼姑庵"融为一体。
"尼姑庵"这个微观空间形式显然不只是作为故事背景而存在，而是个体
生存境遇中的一种孤独、凄凉的悲剧宿命感的象征。处在这个空间中的女

---

① ［法］加斯东·巴什拉：《空间的诗学》，张逸婧译，上海译文出版社 2009 年版，第
　　6—7 页。
② 陈染：《与往事干杯》，载陈染著《无处告别》，作家出版社 2009 年版，第 14 页。
③ 陈染：《站在无人的风口》，载陈染著《离异的人》，作家出版社 2009 年版，第 56 页。
④ 陈染：《巫女和她的梦中之门》，载陈染著《离异的人》，作家出版社 2009 年版，第
　　141 页。

主人公们是一个离群索居者，她们主动远离主流社会，并自觉地认同自己的边缘性存在价值。在现代社会五彩缤纷的各式空间中，陈染却为她小说中的女主人公们构建了一个废弃的、破旧的"尼姑庵"空间，这当然与作家本人的生活经历有关。陈染少女时期，曾有过一段"父母婚变后……随母亲在北京一个胡同尽头的一所尼姑庵遗址居住了四年半"的痛苦经历①，这种封闭的边缘性生活空间和家庭温暖缺失的经历深刻影响了陈染的一生乃至她的创作。因此，内心的这一空间经验就成了陈染创作的重要精神资源，"尼姑庵"这个她早年真实生活过的空间就直接出现在了她的小说中。"尼姑庵"场景"深埋于陈染的意识中，它弥散开来成了一个不灭的象征或拟记忆，她的许多意绪或气氛都来自于尼姑庵，这个掩藏着许多悲戚故事的不祥之地，成了陈染小说场景谱系的发祥地或源头……"②当然，陈染选取构建这样一个空间形式，也表现了那些主动远离主流社会的边缘人的无奈选择，她们无法融入集体的社会生活，因此她们只能寻找一个可以让心灵得到暂时抚慰的地方，最终实现女性从"他救"走向"自救"的目的。陈染的小说中还有很多封闭幽暗的微观空间，例如《与假想心爱者在禁中守望》中的寂旖居住的小阁楼、《小镇的一段传说》中的罗莉居住的记忆收藏店等等，都跟构建"尼姑庵"空间的目的殊途同归。

陈染和林白还热衷于构建属于女性独立的、私密的微观空间——"房间"这一形式来诉说女性真实的生命体验和欲望，并向传统的男性世界宣告自我的价值。女性在这样的空间里可以"真正开始了最与我本性合拍的生命节奏和状态——我几乎整日整日地仰卧在沙发里"；这个"房间里暖暖的，我的身体全部都伸展在温情的阳光中。"而"窗外，枯树们在冷风里摇荡，像一只只饥肠辘辘瘦骨嶙峋的乞丐伸展着枝杈朝向天空，仿佛向上天乞求一些温暖。看着它们，我多么感激把我包裹在温暖中的房间，在

① 郑崇选：《孤独的生存体验　执着的精神追求——陈染创作论》，《广西师范大学学报》2000 年第 1 期。

② 孟繁华：《忧郁的荒原：女性漂泊的心路秘史——陈染小说的一种解读》，《当代作家评论》1996 年第 3 期。

温暖中我可以自由呼吸、喝茶、写字、思想……"① 这样的空间"永远垂下的窗帘使室内光线暗淡宜人"，可以抛开外界的一切窥视、释放身心、开展身体写作："我脱掉外衣，半裸着身子在房间里走来走去，这是我打算进入写作状态时的惯用伎俩……我的身体必须暴露在空气中，每一个毛孔都是一只眼睛、一只耳朵，它们裸露在空气中，倾听来自记忆的深处、沉睡的梦中那被层层的岁月所埋葬所阻隔的细微的声音。"② 在陈染和林白的笔下，"房间"是当代社会女性最重要、最真实，也是最后的栖息地。虽然狭小但是安全温暖，可以抚慰她们敏感的心，带给她们归属感。所以，她们多将小说中的女主人公置于私密的房间内，描写她们私人化的生理和心理活动，包括自恋、自慰、同性恋、性爱等等身体经验与潜藏的情感冲动。这些描写看似乖戾实则是贴近本真的。她们躲在自己的"房间"中揽镜自照，在这个空间里探寻真实的自我，感受自己内心的欲望。"有时候当她一个人的时候她会把内衣全部脱去，在落地穿衣镜里反复欣赏自己的裸体。她完全被自己半遮半露的身体迷惑住了……"③ 她们在房间的浴室中找到安全感："白中泛青的光线在安静简约的不大的浴室中，什么时候走进去，比如是阳光高照、沸腾喧哗的中午，都会使我觉得已经到了万物沉寂的夜晚，所有的人都已安睡，世界已经安息了。我感到格外的安全。"④ 在浴室的浴缸中自慰："对自己干了一件事。一件可以通过想象就完成的事。……审美的体验和欲望的达成，完美地结合了。"⑤ 在房间里，她们甚至从同性那儿获得了有别于异性爱的特殊情感体验。当然，在生活中陷入困境的"老黑"和"南红"们（《说吧，房间》），也在"房间"这个安全的角落，舔舐着在挣脱男权藩篱的斗争中余下的伤痛。"房间"这个微型空间形式不仅是小说故事的承载者和参与者，而且是记录者和见证

---

① 陈染：《与往事干怀》，载陈染著《无处告别》，作家出版社 2009 年版，第 2 页。
② 林白：《一个人的战争》，作家出版社 2009 年版，第 32 页。
③ 林白：《致命的飞翔》，载林白著《红艳见闻录》，重庆出版社 2013 年版，第 14 页。
④ 陈染：《私人生活》，作家出版社 2010 年版，第 213 页。
⑤ 陈染：《私人生活》，作家出版社 2010 年版，第 208 页。

者。它展现了女性真实的生命体验、情感欲望，同时它还再现了当下都市女性的生存境遇。借助于"房间"这样微观空间，陈染、林白们书写了男性无法介入的女性意识，突出了女性深刻而复杂的内心世界，建立了属于女性自己的话语权，挑战了传统的男权文化。

2. 公共空间——街道

新生代小说中另一个极具特色的微观空间呈现形式就是以朱文为代表的作家们在小说中构建的公共的微观空间——街道。任何人都可以在街道上行走，也有可能在街道上相遇，因此街道是最为开放的公共空间之一。它是人流的聚集之地，在这个空间中可以上演人与人、人与外部世界接触的各种场景。街道的开放性使之成为小说展开故事情节或展现人物形象的便利的空间形态。朱文、韩东等人的很多小说都是把空间设置在街道上。街道上到处都是人群，而他们则把笔墨集中在了人群中的一些"游荡者"身上。这些"游荡者"们似乎与20世纪90年代飞速发展的中国都市化进程格格不入，但他们却是90年代市场化经济体制下产生的现实的一面。街道正是他们最常置身的空间，也就成了小说叙事展开的最主要的空间形式之一。他们在街道上"游荡"的经历成为朱文、韩东等人的小说思考当下现实的入口。

朱文笔下在街道上游荡的是以"小丁"为代表的一些人，这些人物大多非常平凡而且比较懒散，干着普通的工作，有的甚至还没有职业。他们经常在街道上闲逛，干些无聊甚至荒唐的事情。朱文为"小丁"们所设置的街道空间里到处是摩肩接踵的人流、面排档、天桥、悬铃木、牛肉拉面……一派热火朝天的景象。这似乎是个使人快乐的地方。"一个人走在大街上，就应该高高兴兴的，因为街上从来就只有快乐的人。"[1] 在这里，街道和人群一起构成现代社会的景观，它本身成为人快乐的源泉。快乐的价值取向使得街道已经不再是纯粹的物理空间，而是承载着现代社会

---

[1]　朱文：《街上的人们》，载朱文著《达马的语气》，重庆大学出版社2011年版，第250页。

价值标准的社会活动空间。然而，就是在这样的空间氛围中，"小丁"们感受到的却是无聊、不对劲甚至痛楚。在朱文的《街上的人们》中，"我"来到大街上，"看到街上摩肩接踵的人群心定了许多。……我应该感到高兴。……并且尝试着去哼一首老歌。"但是，"身体和内心的伤悲让我透不过气来。"① 然而街道上的人群，不管是刚下车的孩子，还是打闹着的年轻人，还有情侣和挎着包衣服端庄的少妇，看起来全都那么快乐，可是对于"我"来讲，街道不仅不能够提供逃离的庇护，而且还让我产生了无比的困惑："这街上的人们怎么一个个都能这么高兴呢？"② 很明显，街道这个空间里快乐的人群无法化解他的痛苦，却让他置身于了人群之外。于是，"过马路的时候，小丁被夹在方向相反的两股车流的中间。他笔直地站在那道白线上，他觉得他的理想和热情也分成两个方向呼啸着离他而去。现在，站在那道白线上的就只是随时都会漂走的一具空荡荡的植物一般的身体。"③ "小丁"们似乎怎么也跟不上时代的节奏，迷失在了街道上。但实际上他们始终保持着对这个世界的一份清醒的洞察，只不过这份清醒并不能帮助他超越束缚，得到的反而只是更多的痛苦。朱文设置的"街道"这个微观空间，不仅为人物提供了一个行为表现的场所，以众人眼中街道快乐的价值取向与"小丁"们"不对劲"的感受之间的反差暴露出了现代都市发展所带来巨大的病症，而且朱文笔下的"街道"这个空间虽然只是琐碎的生活图景的一面，但它同样承载着城市的无边欲望，这欲望席卷着街道上的每一个人，唯有无法融入其中的"小丁"们游荡着、清醒地看着欲望的洪流是如何淹没和覆盖置身于其中的世人们。

　　总之，社会空间在新生代小说的空间形式中所占的比重较大。他们小说中的社会空间既是故事情节展开和人物性格展示的背景，也是叙事的

---

① 朱文：《街上的人们》，载朱文著《达马的语气》，重庆大学出版社 2011 年版，第 247 页。

② 朱文：《街上的人们》，载朱文著《达马的语气》，重庆大学出版社 2011 年版，第 248 页。

③ 朱文：《大厂到底有多远》，载朱文著《达马的语气》，重庆大学出版社 2011 年版，第 81 页。

基础和动力。更为难得的是，这些空间形式不仅都极具现实性，而且采用了"个体言说"的方式来展示，因此他们笔下的社会空间准确而又精到地展现了当代社会的表层生活，并凸显了 20 世纪 90 年代转型时期人们真实的生存感受，进而构成了这个物化时代社会文化景观最具特色也极具现实性的一面。

三、新生代小说中的心理空间

小说常常以人物的精神生活为描述对象，并通过语言文字来展现人物的心理活动，因此人物的心理活动也就被物化成了一个艺术空间，这个艺术的空间就是心理空间。它"是在空间的观念中构思而成，缘起精神或认知形式中的人类空间空间性深思熟虑的再表征。"[1] 即爱德华·W.索雅所谓的第二空间。它是外在的自然空间和社会空间在人的内心世界的映射，对于人物形象的塑造和表达作家的价值判断有着重要的作用。而且，如果作家笔下的人物随着叙事穿梭于不同的自然空间或社会空间时，心理空间也将随之产生变化。心理空间的变化同时也会推动着叙事的发展。因此，物质化的心理空间往往是小说叙事空间中最生动、最精彩的组成部分之一。随着现代小说的发展，人们越来越感觉到传统的景物描写、行动描写、人物对话等等限制了小说拓展的空间，于是就开始转向对人物心理结构的探究。新时期从王蒙开始到先锋小说，小说空间的形态开始走出社会空间和自然空间的狭小视野，转向更为广阔的人的心理空间从而获得了独立品格。新生代作家正是在他们的基础上，不再羁绊于外部现实的规约而转向内心感觉的深入发掘，构建了新生代小说具有自身特色的心理空间。

新生代作家很少给自己的作品赋予宏大的社会时代背景，而更倾向于叙述个体经验中人生经历或生命感受，因此小说人物的思想感情，如内

[1] [美] 爱德华·W.索雅：《第三空间——去往洛杉矶和其他真实和想象地方的旅程》，陆扬等译，上海教育出版社 2005 年版，第 12—13 页。

心冲突、情感变化以及意识流动等等组成的心理空间就成了小说必不可少的部分。这在新生代小说中表现得较为明显。如东西《后悔录》整部小说都处于主人公曾广贤自怨自艾的心理空间之中；麦家的《解密》《风语》等都构建了紧张而又神秘的心理空间；还有徐坤笔下知识分子和邱华栋笔下"新人类"那充满欲望化的心理空间；陈染、林白、海男笔下极具私密性、女性化的心理空间等等，它们都是小说叙事不可或缺的组成部分。

以陈染的一系列女性题材小说为例，如《无处告别》《私人生活》《嘴唇里的阳光》《时光与牢笼》等，小说中的空间给人的感觉都是相对狭小封闭的，这是因为作者在文中构建的直观的心理空间将读者的感受引入了人物的内心世界而不是外部空间。在她的小说里，女主人公们常常内心恍惚，带着感伤、孤独甚至躁动的情绪。这种情绪弥漫在小说的字里行间，构成了一个落寞茫然、虚无感伤的心理空间，她借助这样的心理空间的展现表达了女性的人生困境和被扭曲的生活激情。

陈染特别擅长通过想象来营造心理空间。例如，《私人生活》里倪拗拗幼年时给自己的胳臂取名"不小姐"，腿叫"是小姐"，凭借自己的想象，让"不是小姐"在自己的身体内部"不停地交流思想，诉说着随时随刻遇到的问题。"① 而她在受到性骚扰时，只能带着"一种混杂着愤怒、激奋与反抗的矛盾情绪"，想象"举起我的手，在他身体的相应部位也重复一遍，说：'私部，就是这儿。私部就是那儿。'"② 陈染用想象构建的心理空间表现了倪拗拗的孤独感和叛逆的性格，而她那些看上去有些怪异的言行举止，其实都是她的本真状态和人性意识的真正表现。在《嘴唇里的阳光》里，作者以黛二小姐的想象营建了一个朦胧甚至带有几分诡秘气氛的心理空间，以此表达女性对男性阴影的超越和艰难地接纳男性权威的曲折的心理过程。叙事就是在这样的心理空间进行着。童年住院的可怕经历和裸露癖的建筑师给黛二小姐留下了深深的心理阴影，这

---

① 陈染：《私人生活》，作家出版社 2010 年版，第 7 页。

② 陈染：《私人生活》，作家出版社 2010 年版，第 26 页。

些潜意识伤害被转换为她对针头的恐惧的外在表现，针头唤醒了记忆所带来的焦虑使得她游走于现实与想象之间，呈现出幽闭敏感的心理状态与迷离恍惚的现实姿态的交替展现，心理空间随之不断发生变化，"细细碎碎的雾状液体便从针头孔零零星星喷射出来。这雾状的液体……沿着楼梯向下滑行，它……穿越了十几年的岁月，走向西医内科病房。"① 当医生拿着针头靠近她时，"模模糊糊中黛二触目惊心地看到一根长在男人身上的巨大的针头朝向她的脸孔……"② 以至无法完成治疗而"怅然若失地离开"③，直至最后与医生相爱，摆脱了过往不快的生活经历带来的精神重负，于是，"阳光进入她的嘴里，穿透她的上颚，渗入她的舌头，那光在她的嘴里翩翩起舞，曼声而歌。"④ 小说借助心理空间的变换推动着叙事的发展。

除了想象之外，陈染还善于用幻觉和梦境来构建心理空间。在《无处告别》中，由于母亲充满占有欲的爱使得黛二小姐透不过气，于是她常常出现幻觉："她听到空气在流动，在她的头顶、脸颊上咝咝蔓延，黑暗中无数只舌头在叹息，无数缕长长的黑发在空中舞荡翻飞，无数只苍白的手臂像冰凉的水伸向她的额头，无数双女人的乳房悬挂空中燃起彩灯，无数只阳具在黑土地上长成参天大树，无数只小鸟像高大的骏马在云霄漂游翱翔……"，惊恐的她"恍然感到一个披着头发的女人阴森森又悄然无声地扑向她，那双冰凉僵硬的手就要扼在她的脖子上了。"⑤ 或者推开母亲的房间，看到"她唯一的亲人自杀了，头发和鲜血一起向下垂……"⑥ 黛二小姐是个理想主义者，然而在现实世界中，不管是友情、爱情乃至亲情都无法给她慰藉反而令她深深失望。陈染用幻觉营造出的心理空间解构了传统的母亲形象，母亲因为爱情失败而将情感全部倾注到女儿身上，渐渐地

① 陈染：《嘴唇里的阳光》，载陈染著《离异的人》，作家出版社 2009 年版，第 20 页。
② 陈染：《嘴唇里的阳光》，载陈染著《离异的人》，作家出版社 2009 年版，第 27 页。
③ 陈染：《嘴唇里的阳光》，载陈染著《离异的人》，作家出版社 2009 年版，第 28 页。
④ 陈染：《嘴唇里的阳光》，载陈染著《离异的人》，作家出版社 2009 年版，第 35 页。
⑤ 陈染：《无处告别》，作家出版社 2009 年版，第 105 页。
⑥ 陈染：《无处告别》，作家出版社 2009 年版，第 106 页。

对女儿强烈的爱转变成了一种控制欲。无论是母亲还是女儿都无法从对方身上获得救赎，反而陷入更深的困境中。陈染用幻觉构建的心理空间表现了现代知识女性灵与肉分离的人生困境，她们在这个困境挣扎却又无法解脱，最终只能在幻觉中逃向死亡："在雨雾中，黛二小姐仿佛远远地看到多少年以后的一个凄凉的清晨的场景：上早班的路人围在街角隐蔽处的一株高大苍老、绽满粉红色花朵的榕树旁，人们看到黛二小姐把自己安详地吊挂在树枝上……"①

　　而《时光与牢笼》中，陈染则用梦境构建了女主人公水水的心理空间，表达了女性对现实社会中所面临的种种尴尬的生存困境的不满甚至愤怒。水水在工作中受到了很多不公平的待遇，她"发的稿子最多，跑的点最勤，小对钩却最少"②，于是，她梦见自己把考勤表撕了，扔进马桶里冲掉。然而，干完这一切，她仍然"觉得有什么东西还堵在胸口，没有表达尽致"，③ 所以，她拿出粗粗的碳水笔在厕所的墙壁上写道："我不是一个小对钩而是一个人 / 我不是一只小摁钉，被 / 摁在哪儿就乖乖地钉住"，④写完后意犹未尽，又接着写道："为什么总是我们去看官人的脸色 / 为什么不让官人也看看我们的脸色"，⑤ 然后，她轻快镇定地走出了大门，"心中有了些许安慰"。⑥ 可是，当清晨到来时，她"坐在床上想起午夜时分报社里厕所的墙壁，那儿，什么也不会有，一切都是虚构的。"⑦ 勇敢的反抗行为原来只是她的一个梦，一个与现实有着巨大落差的梦。这个梦境所营造的心理空间和现实空间之间造成的巨大反差在表现身处男权社会女性生存困境的同时也推动着叙事的发展——在现实中她根本不敢这么做，她照样谦卑如故，所有的不满和发泄只能在梦中进行。陈染以梦境营造的心

---

① 陈染：《无处告别》，作家出版社 2009 年版，第 120 页。
② 陈染：《时光与牢笼》，载陈染著《离异的人》，作家出版社 2009 年版，第 52 页。
③ 陈染：《时光与牢笼》，载陈染著《离异的人》，作家出版社 2009 年版，第 52 页。
④ 陈染：《时光与牢笼》，载陈染著《离异的人》，作家出版社 2009 年版，第 53 页。
⑤ 陈染：《时光与牢笼》，载陈染著《离异的人》，作家出版社 2009 年版，第 53 页。
⑥ 陈染：《时光与牢笼》，载陈染著《离异的人》，作家出版社 2009 年版，第 53 页。
⑦ 陈染：《时光与牢笼》，载陈染著《离异的人》，作家出版社 2009 年版，第 53 页。

理空间其实就是女主人公心理意识的呈现，反映了女主人公对现实不公的不满和潜意识中的反抗精神，同时也真实地再现了现实中以男性为中心的社会对女性的压抑及其所造成的生存困境。

新生代小说中借助心理空间的构建折射出了人物心灵感受和作者自身的价值判断，小说中的心理空间不仅呈现了人物的复杂情感，表现了人物的个性特征，而且推动了叙事情节的发展。因此，作家对于心理空间的构建拓展了作品的叙事空间艺术，表现了作家高超的叙事修辞技巧。

第三节　新生代小说结构空间的类型

在叙事中努力超越或打破单一时间顺序的限制，追求空间形式是新生代很多小说文本的特色。这类文本以空间代替时间成为控制叙事的手段和推动叙事的动力，文本的结构表现为若干个小空间遵循一定的次序与原则而构成整部小说的叙事大空间，以此改变了传统线性时间叙事的单一性，叙事也因此表现多维性和无序性的面貌。因为有了前辈作家的经验，新生代小说结构空间的类型呈现出了丰富多彩的一面。其中桔瓣式的空间形式使用的范围较广，表现得特别突出。当然，他们对于"中国套盒"式、圆圈式等空间形式也做了乐此不疲的尝试。这些"有意味"的空间形式造成的文本结构上的"空间"效果，使得新生代的很多小说作品包容了更多的矛盾和冲突，也使作品蕴含了更加深刻和丰富的意义。下文将结合具体文本对新生代小说中具有代表性的结构空间的类型加以介绍。

一、桔瓣式的结构空间（并置）

约瑟夫·弗兰克在他《现代小说中的空间形式》一书中提出了一个重要的概念——"并置"，指的就是"在文本中并列地放置那些游离于叙事过程之外的各种意象和暗示、象征和联系，使它们在文本中取得连续的参照与前后的参照，从而形成一个整体；换言之，并置就是'词的组合'，就是'对意象和短语的空间编织'。"① 这一概念是小说空间形式理论中最重要的概念之一。"并置"的使用打破了叙事的时间流，使文本中各个意义单元失去了时间意义上的因果逻辑，表现出强烈的空间意味上的相关性。当然，在文本中，"并置"不仅仅指"词的组合"，它还表现为意象与意象、情节与情节、场景与场景、主题与主题等的并置，然而这些部分并非是杂乱无章地并置在一起，而是具有向心力的，就像一个"桔瓣"——"它们都相互紧挨着（毗邻——莱辛的术语），具有同等的价值……但是它们并不向外趋向于空间，而是趋向于中间，趋向于白色坚韧的茎……这个坚韧的茎是表型，是存在——除此之外，别无他物；各部分之间是没有任何别的关系的。"② 同理，小说中各个部分貌似零乱的并置其实是集中指向一个中心，比如相同的主题、人物或情感等，达到一种叙事的共鸣。这种桔瓣式的结构使得整个文本呈现出共时性的空间化特征。

新生代的很多小说都运用了"桔瓣式"的空间形式进行叙事。这些小说叙事的目的不在于讲述一个惊心动魄的故事，而是着重在表现整部小说各个意义单元的并置所产生的效果，并以此让文本产生出了故事之外的特殊意义。新生代小说文本桔瓣式的结构空间主要表现在：

（一）词语并置构成桔瓣式结构空间

小说中词语与词语之间的空间并置常常暗示着故事的中心意义，引发读者各种各样的想象，成为叙事的动力。词语的并置与照应会形成一个开放的蕴蓄着多重可能的空间，因此，新生代的很多小说常常将某些足以唤起人们关于空间记忆的词或词组并置，它们间的相互交叉形成了本部小说的空间形式结构。例如邱华栋的《环境戏剧人》中的"我"一再申言"要找到我青春的最后寄存地。我的'爱达荷'。"③ 然而"爱达荷"其

---

① ［美］约瑟夫·弗兰克等：《现代小说的空间形式》，秦林芝编译，北京大学出版社1991年版，译序第3页。

② ［美］约瑟夫·弗兰克等：《现代小说的空间形式》，秦林芝编译，北京大学出版社1991年版，第144页。

③ 邱华栋：《闯入者》，湖南文艺出版社2011年版，第36页。

实是一个虚构的地方，它并不存在，这是一个虚构的空间，它在文中多次出现，彼此应和，相互参照，也给读者构筑了一个心理空间——对故土家园的向往。"爱达荷"表现了现代人"无家可归"的生存焦虑和强烈的返乡意愿，它也是身处高速发展的现代化社会中的人们精神迷茫的一种喻示。

新生代小说通过词语的并置来表现"桔瓣式"的结构空间形式，最明显的方式体现在各个章节"小标题"的设置上。这些由人物名称、景物描写、状态写实、行动聚焦等等不同名词或动词构成的、具有概括性质的"小标题"将小说切割成了一个个相对独立的空间。以红柯的《扎刀令》为例。书中每一节都有一个小标题，依次为："刀子""花儿""马三保""杀手""哭媳妇""一把手"。这些标题毫无疑问是展示了各个章节故事的主要内容，标题的并置也暗示了事件的片断性和多面性。小说以打刀能手波日季的个性、爱情、遭遇为故事主体，平行展现了他传奇的人生经历。在标题的串联下，波日季人生的各个画面彼此交织又互为对比，共同构筑了小说故事的运行轨迹。

林白的《妇女闲聊录》更明显地以标题的并置体现出小说"桔瓣式"的空间结构。全书分为五卷，每卷都有一个标题："回家过年""从小到大记得的事""王榨（人与事）""王榨（风俗与事物）""现在"。每卷的下面还分段，每段也都有自己的标题，共218段，即218个标题。如，"坐火车""小王做俏想要钱""今年的年货"等等。还有一个另卷："在湖北各地遇见的妇女"，也分了三段："洪湖老湾乡，2004年5月""红安齐里坪天台山，2004年5月""乡村修女，2004年8月，利川"。在书中，作家记录着农村妇女木珍讲述的她所熟知的一切——家长里短、生老病死、婚丧嫁娶等等真切的生活场景。木珍的叙述非常本色而且没有什么目的性，作者则忠实地记录着，并以这些标题统领着每个段落空间的主体内容，标题要么由动作、要么由事件、要么由地名等等不同的名词或动词构成，因此整个叙事呈现出一个一个空间的并置，就像"桔瓣"一样。从这一角度来说，小标题的设置可以间接地表明小说并非是以一种纯粹线性的结构方式发展，而是通过标题所涵盖的意义核心构成叙事的时空网络，以此达到小说空间化叙事的目的。同时，小标题之间内在地形成了无法分割的张力，铺垫出一组组词语间相互缠绵环绕的网络。这种由"小标题"词义间的运作所展开的散点空间结构，多侧面多角度地呈现出了主人公的复杂人生，并在叙事的多方位阐释中完成这种表现，因此小标题的并置与照应成为展示新生代小说桔瓣式的空间效果的最基本的形式。

上述这种情况在新生代小说中比比皆是。如荆歌的《天生那个一对》中设置了23个小标题："姓甚名谁""假作真时""光辉的与受委屈的""芳龄""尺牍""初吻""晚风""来电""健身房""初欢""历史遗留问题""骨头汤馄饨""泪流满面""事故""战争""开花结果""一封没寄出的信""死于非命""死心塌地""失踪""想要亲自生一个""请到天涯海角来""亲眼目睹的结局"；朱文的《去赵国的邯郸》则设置了17个小标题："我们说好了的，地滚球才算进""至少有三个月没洗过脚了""耳边是水声，只有水声""他们在流更多的汗，感到了快乐""太阳在他身后，和他一起奔跑过来""他们从来没有吃过如此鲜美的葡萄""一天两顿，就像服药那样""他的脸上有一块大红色""这样下去，永远没有一个赢家""道口烧鸡和邯郸酥鱼""我还是每天来吃一只最好""什么也没做，我只是望天收""那颗头像一颗新头""手指上还有一丝淡淡的风油精的气味""那是一件相当可怕的事情""往这一站就知道这肯定是真的""一群鱼，一群鸡，和一头驴"；陈染的《嘴唇里的阳光》里有8个小标题："另一种规则""对针头的恐惧""一次奇遇""重现的阴影""冬天的恋情""一次临床访谈""诞生或死亡的开端""飞翔的仪式"等等。它们都以并置的形式展现着小说桔瓣式的结构空间。

（二）意象并置构成桔瓣式结构空间

"意象"是个古老的概念，"圣人立象以尽意"就是指当抽象的语言无法表达思想感情时，可以通过形象性的语言来表达。它是中国文学特有的审美形态之一，尤其是在诗歌中。"中国诗歌长于意象抒情，它所创造的闪光的意象，随时从这种处于文学正宗地位的文体向其他文体渗透。"① 意象进入小说的文本空间，无疑会增强小说叙事的诗化程度和审美程度。英国批评家辛·刘易斯也认为："同诗人一样，小说家也运用意象来达到不同程度的效果。"② 而意象的并置在中国古诗中也是非常常见的，典型的如"枯藤老树昏鸦，小桥流水人家，古道西风瘦马。"这里枯藤、老树、昏鸦、小桥、流水、人家、古道、西风、瘦马等意象前后参照切断了时间的流程，突出了空间的形式，也就是说并置的意象构成了空间形式。小说也一样，文中并置的各种意象互相参照、对应，共同指向一个中心，叙事时间在这里停滞，并置的意象通过读者的脑海建构起一个世界，小说桔瓣式的空间形式随着这种建构呈现在读者面前。

在 20 世纪 90 年代的新生代小说中，以意象并置来展现小说桔瓣式结构，借此达到空间化叙事目的已然成为一种趋势。大量的新生代小说淡化了情节而强化了意象的作用，文本构建了很多的意象单元，而且这些意象没有特别的主次之分，它们之间的关系也是和谐多于冲突。当这些意象单元并置组合在一起的时候，一个拥有情节主调又富有张力的空间就呈现在了读者面前。红柯在小说中就常常使用一组有着共同指向的意象来建构文本的空间，使得文本呈现画面感极强的桔瓣式空间形式。如《哈纳斯湖》几乎谈不上什么故事情节，而是由一组意象群结构而成，像铃声、红果、木房子、三岁的小马、大红鱼、银鹿、玻璃湖等等，其中大红鱼是小说的主题意象。这些意象并置，共同指向小说的主题意蕴。小说中，在图瓦人的传说里，像船儿一样大的红鱼是年轻人的媒人，看见它结为夫妻的都能过上幸福生活。哈纳斯湖畔的那个男人，就娶了个"大红鱼"一样的好女子。红柯以大红鱼的意象暗示了女性丰盈的生命力，小说中的红果也是如此。不管是红鱼、红果还是小说中的其他意象都和生命力相联系，和人的性灵相关，灌注了红柯对生命的理解，表现出红柯对自然丰盈生命的

---

① 杨义：《中国叙事学》，人民出版社 1997 年版，第 268 页。
② ［英］辛·刘易斯：《意象的定式》，载汪耀进编《意象批评》，四川文艺出版社 1989 年版，第 108 页。

赞美和对原始生命力的呼唤。同样，《麦子》中也是由麦子、太阳、种子、老头、老妇人、云、树、风等等五彩缤纷的一组意象群组成，其中麦子和太阳又是作品的主题意象。"麦种的大网捕获了土地，肥大的土地跟鱼群一样跳起来，向四周奔窜。太阳落下去，麦子升起来。"① "太阳是从地窝子里长出来的。还有麦子，长满谷地的麦子，大片大片的麦子……"② 老头用大簸箕播撒的不光是一粒粒的麦种，而是太阳一样壮硕的生命，而他们的爱情也像发芽、生长、成熟的麦子，他爱她是因为他从女人那里感受到了生命的强壮，他们的生命就像西部原野夏天里的太阳。这些并置的意象都是作者对生命的礼赞。在这两篇小说中，大量的意象并置使整个小说呈现出立体化的形态，叙事时间在这里似乎凝滞不动了，由意象所建构的一个个空间把读者带入了虚实相生的意境。同时，这些看似零散但有着同一意指的每一个意象单元不仅表现自身，它还靠与其他部分的联系使自身的意义增强，或者由此获得新的意义，并共同构成了一个艺术整体。

新生代小说中的意象并置的情况非常多。如徐坤《厨房》中的厨房内外的两个空间；毕飞宇《祖宗》中太祖母和她住的小阁楼；陈染《站在无人的风口》中的尼姑庵、镜子、画着两把高背扶手椅的魔画和两件长衣；艾伟《越野赛跑》中的神话世界"天柱"以及飞翔在其间的各式昆虫；鬼子《瓦城上空的麦田》中的"瓦城"与"麦田"等等。这些并置的意象不仅构建了小说桔瓣式的空间形式，而且预示了小说整体的发展线索，同时也为读者全面了解小说的结构铺垫了心理根基，并在意象的空间化形式中暗示了时间的进程。

（三）故事情节并置构成桔瓣式结构空间

故事情节的并置是指小说中将几个故事情节并置在一起，各情节之间的关系松散，甚至模糊不清，但这些并置着的情节都指向了一个主题或

---

① 红柯：《麦子》，载红柯著《太阳发芽》，山东文艺出版社 2004 年版，第 129 页。

② 红柯：《麦子》，载红柯著《太阳发芽》，山东文艺出版社 2004 年版，第 133 页。

中心思想，共同构成桔瓣式的空间形式。这样的组合抛弃了传统小说中的因果联系的线性发展方式，使得整部作品在时间上趋向于静止，从而导致了叙事形式的空间化。

新生代小说中也有不少故事情节并置的桔瓣式空间形式。邱华栋的《闯入者》就是非常典型的"桔瓣式"的长篇小说。小说全文九章，叙述了九个不同的故事："手上的星光""环境戏剧人""行为艺术家""生活之恶""闯入者""所有的骏马""乐队""天使的洁白""午夜的狂欢"。单从标题来看，所有的这些故事之间并没有什么明显的逻辑关系，而且在这篇小说里，没有一个贯穿小说的中心人物，各个章节的故事、人物之间都不存在谁映衬谁，谁烘托谁的问题，全部是一个个独立的、偶然的事件的并置，然而这些并置的故事却又共同指向一个主题：闯入者的故事。表现了 20 世纪 90 年代以来，闯入北京打拼的年轻人，在物质时代挣扎求生的生活状态以及无处不在的内心焦虑和对现代文明的迷惑。小说没有以传统的线性因果逻辑关系来构建，而是以共同的主题为支点构建起小说叙事结构，并置着的故事打破事件嬗进时本来的序列和叙事流程，从而形成了整部小说"桔瓣式"的空间叙事形态。另外，小说中的每一个故事都有自己的发生空间，随着章节的推进，文本也呈现出了不同的空间景象，空间场景的转移切换同样也构成空间叙事的核心和动力。

毕飞宇的《火车里的天堂》里，并置了火车上三组人物的故事："我"要去跟前妻复婚；我对面的单身女人要去离婚；新婚夫妇去蜜月旅行。这三个故事表面上看来彼此之间并没有什么实质性的联系，只是形成了几个并置的情节，然而故事之间实际上是彼此应和的，表现了现代人对于婚姻的儿戏态度，同时也暗示了生活总是在不断地自我重复。作者将关于婚姻的故事并置在一起，故事的时间被明显忽视，文本结构具有了明显的桔瓣式的空间形式。陈染的《空的窗》中，并置了老人的故事和"我"的故事，而"我"的故事又和老人的故事穿插在一起；麦家的《暗算》并置了五个有关特别单位 701 的故事，麦家自己认为"每一部分都是独立的，完整的，可以单独成立，合在一起又是一个整体。"① 林白的《说吧，房间》将"我"和"南红"的故事交叉并置着；东西的《嫖村》（又名《城外》）分"A""B"两部分并置等等。所有这些并置的故事或情节之间都没有特定的因果关联，也没有明确的时间顺序，甚至它们中的任何一个都可以独立成篇，然而所有的这些故事却共同指向着同一个中心思想，它们并置在一起，使得"传统小说中应该有的时间序列变成了一种围绕故事主题为中心的空间结构的形式"，② 即桔瓣式的空间形式。

二、"中国套盒"式的结构空间

"中国套盒"也称"俄国玩偶"或"嵌套结构"，是一种故事里套着另一个故事的小说结构方式。这种手法根据叙事文本之间空间层次的不同，将某一个或某几个文本镶嵌进另一个文本之中，形成包含和被包含的套叠关系。关于这种小说结构，秘鲁小说家巴尔加斯·略萨认为，它"指的是按照这两个民间工艺品那样结构故事：大套盒里容纳形状相似但体积较小的一系列套盒，大玩偶里套着小玩偶，这个系列可以延长到无限小。"③ "中国套盒"是一种古老的小说空间形式，玛格丽特·阿特伍德的长篇小说《盲刺客》、博尔赫斯的《曲径分岔的花园》等都是运用"中国套盒"式结构的佳作。这种空间形式有利于作家最大限度地表现他们的小说创作技巧，他们可以借此在一个文本中同时展开几个故事，可以自由地穿插于叙事与故事之间，文本的时间维度因此遭到破坏，取而代之的是一个理想化了的空间统一体。然而，这种空间形式在挑战传统线性时间的同时，如果过度地追求其极端的形式结构，也会败坏自身的美学趣味，甚至使读者陷入阅读的迷宫。因此，自先锋小说之后，在追求形式和内容的统

① 麦家：《暗算》，作家出版社 2011 年版，第 272 页。

② 李丹、魏晓鹃、李蓉：《"并置"的艺术——现代主义小说的空间形式解读》，《齐齐哈尔大学学报》（哲学社会科学版）2008 年第 2 期。

③ ［秘鲁］巴·略萨：《中国套盒——致一位青年小说家》，赵德明译，百花文艺出版社 2000 年版，第 86 页。

一、讲究故事可读性和艺术性平衡的新生代小说中，采用"中国套盒"来构建小说空间结构的文本并不多，而且结构相对比较简单。小说文本若想展现较为复杂的"中国套盒"式的空间形式，一般都有几个明显的叙述层和几个叙述者。"高叙述层次的任务是为低一个层次提供叙述者，也就是说，高叙述层次中的人物是低叙述层次的叙述者。"① 而新生代小说中的此类文本一般都只有两个明显的叙述层，读者在阅读时能够较为清晰地感受到故事与故事之间的套叠关系。当然，这两个叙述层并非机械地组装在一起的，而是两个相互补充、相互延伸的故事有机地统一于一个叙事的整体中，这无疑是对传统文本线性秩序的一种反叛，表现出了明显的空间结构。

以鬼子的小说《苏通之死》为例。文中的两个叙述层是非常清晰的：第一层是作为苏通好友的"我"讲述的苏通的故事；第二层是苏通所写的那篇小说，内容是他自己亲身经历的故事。这两个故事有着明显的重叠关系，互补互证，构成了"中国套盒"式结构。在第一层的叙述中，"我"作为叙事者给读者展现了作家苏通的一生。苏通本是一个热爱文学，充满正义感的人，他创作了一部小说。第二个叙述层就是这部苏通根据亲身经历所写的反映现实的小说。小说的主人公农民李后山由于一棵树与村长发生了冲突，最后他不仅失去了那棵本来就属于他的树，还被村长强行买走了他家山上所有的树木，而他却被关进了监狱。这是一部现实主义小说，由于不愿违背自己的理想，苏通在拒绝了某文学杂志副主编修改结尾再发表的建议之后，陷入了苦闷之中。他放弃了小说创作，进了出版社，与书商合作，成功地赚了大钱，使自己的金钱欲望得到了极大的满足。之后他辞去公职，结束婚姻，沉沦在物欲横流的蝴蝶宾馆里。但他其实并没有忘记他那部无法发表的作品，于是就在一个个妓女肚皮上一次又一次地重写。然而，这一切都无法使他得到精神的解脱，最终他还是死在纵欲之

① 赵毅衡：《当说者被说的时候——比较叙述学导论》，中国人民大学出版社 1998 年版，第 58 页。

中。小说的第一叙述层和第二个叙述层的重叠很明显。第一叙述层的主人公苏通创作了第二叙述层的那部小说，而且他的命运与他所写的小说的命运也是密切相关的。苏通如果接受大家的建议修改小说的结尾，那么小说就能发表，他也就有可能成名，不会辞职，不会离婚，更不会死在妓女的身上。然而，由于在现实世界中的李后山跟小说中的李后山一样还被羁押着，因此苏通就是不愿意违背现实给结尾加上一个像秋菊打官司式的"亮色"，小说因而就被束之高阁了。这一切使得他的成名之梦破灭，最终走上了不归路。文本中的两个故事在主题意蕴上的相互关联，使得两个故事套在一起，相互影响，层层叠加，形成了"中国套盒"式的空间结构，切断了线性的时间流，其文本结构的空间化使文本的意义呈现出一种巨大的张力，其强烈的艺术效果是显而易见的。

　　鬼子有好多部小说都是采用这样的空间结构。例如，《遭遇深夜》中也有两个叙述层，第一叙述层是"我"在读三毛的一篇叫作《老兄，我醒着》的作品时遇到了一个小偷，而文本的第二叙述层就是三毛的这篇名为《老兄，我醒着》的文章，故事讲述的是三毛独居时，有一次晚上遭遇小偷的可怕经历。在这个故事中，三毛最后以镇静的姿态化解了危机。但是叙事者"我"会怎样对待小偷留下的三万元意外之财呢？作者没有回答这个问题，而是将问题留给了读者，让读者在两个叙述层之间自己去设想结局。同样，在《卖火柴的小女孩》中，作家吴三得的故事是第一层，而吴三得对小说《卖女孩的小火柴》的构思是第二层。《〈猴子继续捞月亮〉的审稿意见》中，叙事者叙述的杂志编辑的审稿意见为第一层，而叙事者对《猴子继续捞月亮》的故事的叙述为第二层。

　　当然，鬼子并不是新生代作家中唯一擅长构建"中国套盒"式的结构空间的人。红柯的《胡杨泪》也是在讲述父亲、老大、老二的故事中套入了老二王根写的一篇小说，构成了"中国套盒"式的空间结构。父亲代表着那些身处生产第一线，但却只是干些装潢门面而没有实际工作效率的一类人，老大则是有技术、有实力、有成果但却完全不懂人情世故因而无法融入现实社会的一类人，老二将这些编成了《阿Q新传》。全文的两个故事套叠，而且老二写的那篇小说处处影射着父亲、老大以及身边的各式人物的现实生活，形成了两层故事之间的互相呼应，构成错综复杂的对应关系，共同指向了相同的主题。

"中国套盒"式的空间结构在邱华栋的《热风》《闯入者》、红柯的《好人难做》、陈染的《站在无人的风口》等作品中都出现过。这些小说中构成"中国套盒"的两个叙述层之间常常没有非常明显的而且必然的因果逻辑关系，他们呈现出的多是纯主题的关系，即都蕴含着某种隐喻性的主题意义，"当一个这样的结构在作品中把一个始终如一的意义——神秘，模糊，复杂——引进到故事内容并且作为必要的部分出现，不是单纯的并置，而是共生或者具有迷人和互相影响效果的联合体的时候，这个手段就有了创造性的效果。"① 这个创造性的效果就是切断了线性的时间流，模糊了故事的因果逻辑关系，使得整个文本呈现出空间化的叙事结构。

三、圆圈式的结构空间形式

博尔赫斯曾借笔下人物之口说道："我曾自问：在什么情况下一部书才能成为无限。我认为只有一种情况，那就是循环不已，周而复始。书的最后一页要和第一页雷同，才有可能没完没了地连续下去。"② "书的最后一页和第一页雷同"，也就是小说的起点和终点的重合，这种重合使得整个文本首尾相连成环，时间在这里似乎是静止了，呈现出了"圆圈式"的空间结构，打破了传统的单向性的叙事时间和叙事逻辑，给读者一种循环往复的感觉，也加深了读者对那些表达永恒的或者时间轮回的主题的理解。圆圈式的结构空间形式在新生代小说中并不多见，但也体现出了新生代作家对这一结构空间形式的尝试。

以毕飞宇的《雨天的棉花糖》为例。小说就是以叙事的头尾重叠使

---

① [秘鲁] 巴尔加斯·略萨：《中国套盒——致一位青年小说家》，赵德明译，百花文艺出版社 2000 年版，第 86 页。

② [阿根廷] 博尔赫斯：《小径分岔的花园》，王永年译，上海译文出版社 2015 年版，第 93 页。

得整个事件从起点到终点，从终点又回到了起点，凸显了圆圈式的空间形式。小说的一开头就写道："七月三日，那个狗舌头一样炎热的午后，红豆咽下了最后一口气。红豆死在家里的木床上。……红豆平静地睁开眼睛，红豆的目光在房间里所有地方转了一圈，而后安然地闭好。"① 到小说的尾声部分，作者又将这段描写几乎原封不动地重复了一遍。这首尾相衔的两段话，给人的感觉是叙事绕了一圈，又回到原处。时间在这里似乎是凝滞不动了。俊美少年红豆在军人父亲英雄情结的迫使下走上了战场，牺牲了，成为人人敬仰的"烈士"，可若干年后，却以被释放的俘虏身份回到了家中，因此变成了父母的耻辱，被众人漠弃，最后在极度悲观失望中结束了自己的生命。毕飞宇借助圆圈式的空间形式，阻止了时间外延，淡化了时间因素，以空间形式更为立体地展现了红豆的悲剧性命运，批判了社会价值定位对自然人性的压制。而圆圈式的结构也象征着一种周而复始的遭遇——如若不改变消极落后的传统文化和社会模式对人性的摧残和压抑，红豆的悲剧是不可避免的。在《怀念妹妹小青》中，作者也同样在文章的开篇和结尾反复地诉说："如果还活着，妹妹小青应当在二月十日这一天过她的四十岁生日。……怀念我的妹妹。我的妹妹小青。"② "如果妹妹还活着，明天就是她四十岁的生日。"③ 以圆圈式的空间形式展现了小青的经历，凸显了那个历史时期特有的残酷、血腥。

海男的《一个离婚男人的尴尬》是新生代小说采用圆圈式结构的另一个范例。小说的开始部分写道："当妻子将准备好的离婚协议书递给他请他签字时，他正站在窗口看着对面一个人缓慢地下楼梯。那道楼梯仿佛

① 毕飞宇：《雨天的棉花糖》，上海文艺出版总社、上海锦绣文章出版社 2009 年版，第 94 页。
② 毕飞宇：《怀念妹妹小青》，载毕飞宇著《相爱的日子》，重庆大学出版社 2011 年版，第 79 页。
③ 毕飞宇：《怀念妹妹小青》，载毕飞宇著《相爱的日子》，重庆大学出版社 2011 年版，第 90 页。

面向一个黝黑的地方，他突然觉得那个地方有些像地狱。"① 接着小说讲述了这个离婚男人在签好了离婚协议书后那种迷茫和嫉妒的感觉。他似乎仍旧关心着他的前妻，他寻找到了前妻的住处，看到了前妻与另外一个男人正在构筑新的爱巢。刺激之下，他记起了以前跟他有过某种关系的一个女孩，他希望能通过重拾与女孩的关系来摆脱离婚的阴影，开始新的生活。然而，最后他却得知女孩已经结婚了，于是他成了真正的单身汉。小说的最后他又重新来到了露台，回想起前妻提出离婚的那一天，"他看到对面一个人正在下楼梯，他曾觉得楼梯的深处不可知，也许是地狱。他现在又看到了那道楼梯……"② 故事开头和结尾使用了两段类似的话，暗示着在男人眼里，女人若离婚，未来的生活就有可能进入地狱。这虽然表现了一个离婚男人对前妻所拥有的新生活的嫉妒，然而叙事头尾重叠，淡化了时间在故事中的作用，形成了圆圈式的空间结构，这种圆圈式的空间结构则隐喻了传统男性社会对离婚女人命运的看法是根深蒂固的。

陈染的《孤独的旅程》《凡墙都是门》、邱华栋的《翻谱小姐》等一些小说也都借助圆圈式的结构空间形式强化了主题的表达。借助张玫珊对马尔克斯小说的评价，这些小说中的故事情节就像"走马灯上的一幕幕灯景，轮番地展现在我们眼前。时间像是流逝的，又像是停滞的，凝定在那儿，没有动：原来，转动的只是走马灯的轴。如果不站在走马灯的外边，看——旋转过去的图景，而是像作者一样已经知道……蜷藏在走马灯的轴心里，就会感到时间在这里是静止的，因为真正的轴心只是一个点，任何的过去、现在、将来都重合、集中在这个点上了，都已经存在了；从外边看，它们衔接成一个圈，无论从哪一个点上开始，都可以滚动起来。"③ 新生代这些小说中的圆圈式的结构以淡化时间的方式凸显了空间，因此产生

---

① 海男：《一个离婚男人的尴尬》，载《海男短篇小说自选集》，新世界出版社 2012 年版，第 83 页。

② 海男：《一个离婚男人的尴尬》，载《海男短篇小说自选集》，新世界出版社 2012 年版，第 89 页。

③ [阿根廷] 张玫珊：《加西亚·马尔克斯小说中的时间》，载柳鸣九主编《未来主义　超现代主义　魔幻现实主义》，中国社会科学出版社 1987 年版，第 460 页。

的周而复始的感觉，确实是一种很好的表达某些难以改变或者轮回、永恒等主题的结构空间形式。

新生代小说文本以多样化的空间形式展现"空间叙事"的艺术魅力，让读者可以在不同的结构空间内体会共时的故事演变，或者在相同的时间瞬间，体味着不同线索的故事变化。这些多样化的空间形式还赋予作者极大的自由，叙事者完全可以根据自己的艺术意图来选择甚至创造不同的叙事方式，极力展现小说在空间领域内的不同结构形式，以此呈现自由、宽容、开放的艺术表现力。然而值得注意的是，新生代作家们不管使用哪一种结构空间类型来创作，都非常注重与文本内容的结合，在强调文本可读性的同时也改变了我们对文本中经验世界存在方式的认知。

小　结

如上文所说，小说也是空间的艺术。因此，合理地运用空间进行谋篇布局，也是达到最佳叙事修辞效果的重要途径之一。新生代作家们深谙此道。在新生代小说中，空间元素不仅作为叙事必不可少的场景，而且甚至还是推动叙事进程的叙事手段之一，具有重要的叙事修辞功能。就整体而言，新生代小说的自然空间描写数量不多，主要是为了衬托故事的氛围。而采用"个体言说"的方式来展示的社会空间则是新生代小说浓墨重彩之处。新生代小说展现了时代感极强的宏观都市空间以及市场经济转型期的乡村空间，而新生代小说中最具代表性的微观社会空间则是以家宅庭院为代表的私人空间和以街道为代表的公共空间。他们笔下的社会空间，都不只是叙事的背景，而是参与了小说意义的构建，展现了当下人们的日常生活现实与精神心理图景。倾向于叙述个体经验中人生经历或生命感受的心理空间也是新生代小说必不可少的部分。它不仅呈现了人物的复杂情感，而且推动了叙事情节的发展，表现了新生代作家高超的叙事修辞技巧。

在叙事中努力超越或打破单一时间顺序的限制，追求空间形式是新生代很多小说文本的特色。新生代小说中叙事结构的空间形式类型丰富多彩，其中桔瓣式的空间形式的使用特别突出。也有一部分小说家采用了"中国套盒"式或圆圈式的空间形式。这些"有意味"的空间形式带来的"空间"叙事修辞效果，在一定程度上加深了新生代小说蕴意。然而值得注意的是，新生代小说一向注重读者的感受，因此不管使用哪一种结构空间形式都注重与文本内容的结合，强调了文本可读性和艺术性的统一。

　　在上文中，为了行文的方便，笔者将新生代小说叙事时间与叙事空间分为两章进行论述，然而在实际的小说文本中二者都不可能绝对的分开。因为任何一部小说都可以最终描述为一定时间、一定空间内发生的特定事情。因此，小说既是空间结构也是时间结构，不管我们如何强调小说的空间形式，"时间顺序是不能废除的，否则就会把应该发生的一切事情搞得一团糟。"① 过分地强调小说的空间形式，必然会导致小说因毫无秩序和意义可循而成了一堆文字的散乱堆积物。先锋小说有些文本就采用了这种极端的方式，典型的如孙甘露的《信使之函》，与时间的决裂也造成了读者阅读接受的困难，使得文本成为文字的游戏。有鉴于此，新生代小说尽量做到通过时间和空间两大维度来展现小说的叙事框架。在上文所举的例子中，那些凸显的空间形式都无法将时间逻辑完全排斥在外，读者弄清了小说的时间线索，才能将整部小说的空间结构完整地在意识中呈现出来。例如，桔瓣式的空间形式，并置的常常是几条时间线索，"中国套盒"式的空间形式中的几个叙述层都有着自己的叙事时间序列等等。新生代小说利用"时间性"与"空间性"的结合建立起了完整清晰的叙事秩序，达到形式与内容统一的叙事修辞目的。

---

① ［英］爱·福斯特：《小说面面观》，载《小说美学经典三种》，方土人、罗婉华译，上海文艺出版社 1990 年版，第 234 页。

第五章　新生代小说的叙事修辞技巧

　　叙事技巧是小说中必不可少的修辞要素，使用它的目的是为了"控制读者的反应，'说服'读者接受小说中的人物和主要的价值观念，并最终形成作者和读者间的心照神交的契合性交流关系……"① 新生代小说为了拉近与读者的距离，不仅关注"写什么"，同样也关注"怎么写"。新生代小说相对之前的先锋小说和新写实小说明显更具可读性，这与他们选用合适的叙事修辞技巧是分不开的。在新生代之前的先锋小说将注意力集中在了对叙事技巧和语言实验的探索上，他们将西方现代主义和后现代主义文学常用的叙事技巧都拿来在自己的文本中操演了一遍。但很多先锋小说将这些叙事技巧作为一种技术来操作而忽视了汉语的思维和表达方式，最终陷入了"文字游戏"的怪圈。而新写实小说则反其道而行之，不仅将各种小说技巧搁置一旁，而且种种语言修辞也纷纷退场，这也必然导致文本变成平铺直叙的生活流水账。先锋和新写实的局限和困境无疑给新生代作家带来了警示，使得新生代小说在创作时非常注重叙事修辞技巧与文本内容的结合。

　　应该说，新生代小说的叙事修辞技巧是多样化的。在新生代小说中，可以看到各种现代／后现代的、中国／西方的、传统／现代的叙事修辞技巧。这是由于新生代小说之前的各个小说流派，尤其是先锋小说，都早已

---

① 李建军：《小说修辞研究》，中国人民大学出版社 2003 年版，第 11—12 页。

将它们演练过了。正因如此，新生代作家们也就可以清楚地看到各种技巧的可能性和局限，故而他们在自己的创作中就能更加灵活自如地选用合适的叙事技巧以达到最佳的修辞效果。虽然，新生代作家缺乏西方后现代离散的、多元的哲学基础，对西方哲学语言学转向的接受也准备不足，因此在使用这些叙事技巧时，一样会产生各种弊端，但他们在尊重传统现实主义的基础上，尽可能适当地采用了各种叙事修辞技巧，建构了一种既不同于先锋又有别于传统的、内容与形式统一的、完全属于他们自己的叙事文本，并以此获得了更为广泛的读者群。下文将选择新生代小说中最常见、最重要的四种叙事修辞技巧并结合具体文本进行分析。

第一节　元小说叙事手法——"露迹"

元小说又称为"超小说""后设小说"或"自我意识小说"。这一概念首先出现在美国小说家兼批评家威廉·加斯的《小说与生活中的人物》一书中，指的是"关于小说的小说"。英国小说家戴维·洛奇给它下了个简明扼要的定义："有关小说的小说：是关注小说的虚构身份及其创作过程的小说"，并指出其特点是"采用叙述者和想象的读者间对话的形式"。①

西方的元小说创作大规模兴起于 20 世纪六七十年代，出现了一大批经典文本，如博尔赫斯的《小径交叉的花园》、约翰·福尔斯的《法国中尉的女人》、多丽丝·莱辛的《金色笔记》等等。元小说从出现之初，最吸引小说家们的就是其独特的表现手法和叙事策略。华莱士·马丁曾对元小说叙事手法的艺术魅力作出过说明："如果我谈论陈述本身或它的框架，我就在语言游戏中升了一级，从而把这个陈述的正常意义悬置起来了（通常是通过将其放入引号而做到这种悬置）。同样，当作家在一篇叙事之内谈论这篇叙事时，他（她）就可以说是已经将它放入引号之中，从而越出了这篇叙事的边界。于是这位作者就立刻成了一位理论家，正常情况下处

① ［英］戴维·洛奇：《小说的艺术》，王峻岩等译，作家出版社 1998 年版，第 230 页。

于叙事之外的一切就在它之内复制出来。"① 正因为元小说的叙事手法有着如此的艺术魅力，使得一大批不愿走传统小说套路的作家们趋之若鹜。

元小说的叙事手法是多种多样的，帕特丽夏·沃就列举了作者介入（也称露迹）、矛盾开放、任意时空、文类合并、文本中的文本、过度、排列等等近 20 种。多种的元小说叙事手法有可能在一个文本中同时出现，但其中最主要的、最广泛使用的元小说叙事手法是露迹（或称为作者介入、作者闯入、打破框架等），也就是作者讲故事的同时自我暴露虚构的痕迹，不仅声称小说就是虚构，而且在文本中公然讨论自己使用各种叙事技巧。这种叙事人故意暴露叙事虚拟性的行为，被认为是元小说最显著的外部特征和最鲜明的旗帜。故而，本节集中论述这种暴露创作痕迹的元小说叙事手法——"露迹"。"露迹"包括：作者直接指出故事是虚构的；在创作中挑明构思的过程；讨论叙事的技巧；在文本中对话读者；自己以小说的某个角色出现在文本中等等。

虽然在中国古典小说中也保留了很多"露迹"手法的痕迹，比如，在古典传统小说中常常可以看到类似"闲言少述""且说""欲知后事如何，且听下回分解"等表述方式，这些语言都在提醒着读者：你正在看的故事是由一个作者在讲述着的。这其实就等于暴露了作者的身份。但是，中国真正自觉的"元小说"创作应是在 20 世纪 80 年代中期。随着博尔赫斯一系列作品的引进，其炉火纯青的元小说创作技巧得到了小说创作者们的重视和追捧，成为他们在创作中使用"露迹"手法的范本。以马原的"马原式的叙述"为始，出现了一大批追随者，如洪峰、格非、苏童、孙甘露、北村、叶兆言等等，并在先锋作家群中形成了一股创作高潮。西方元小说叙事手法深刻影响了先锋作家的创作。马原等人在自己的小说几乎将"露迹"的各种情形都操练了一遍，因此，在大部分先锋小说的代表作中都能看到特征明显的"露迹"手法。进入 20 世纪 90 年代，"长篇元小说"也

---

① ［美］华莱士·马丁：《当代叙事学》，伍晓明译，北京大学出版社 1990 年版，第 228—229 页。

已颇具规模，例如，王安忆的《纪实与虚构》、王小波的《万寿寺》、王蒙的《失态的季节》、刘震云的《故乡相处流传》等等。90 年代中期登上中国文坛的新生代作家们当然也不会放弃这种能够借以达到解构传统叙事、消解中心意义目的的、带有鲜明后现代特征的元小说叙事策略，于是出现了一大批使用"露迹"手法进行创作的新生代文本，如林白的《守望空心岁月》《说吧，房间》、荆歌的《时代医生》《鸟巢》、何顿的《跟条狗一样》、张旻的《爱情与堕落》《情幻》、邱华栋的《正午的供词》、李冯的《中国故事》《十六世纪的卖油郎》、韩东的《西天上》《扎根》、鬼子的《遭遇深夜》等等。这些新生代小说在先锋小说的基础上大胆地借鉴了博尔赫斯等人独特鲜明的"露迹"手法，大大突破了传统小说的创作方法，其作品也因此呈现出了后现代的痕迹。

应该说，先锋作家和新生代作家对"露迹"手法的运用确实代表着小说观念和叙事手法的重大变革。它不仅改变了小说作为政治传声筒、道德价值观载体的传统文学观念，而且对现实主义影响下的"小说反映真实"这一观念提出了质疑。传统小说重"事"轻"叙"，追求贴近现实，贴近生活，使"诗"等同于"史"，"文"无别于"事"。然而，对元小说作家们来说，小说能够再现的最多是关于现实世界的诸多话语而非它的本身，真实只是语言达到的效果。"露迹"手法的运用不仅摆脱了传统叙事成规的束缚，颠覆了过去建立在"现实主义"观之上的"真实"观，而且小说以刻意暴露它所描述的对象世界的虚幻性来质疑我们现存世界的真实性，提醒人们思考"虚构"和"真实"、艺术和现实之间的关系。因此，元小说作家们认为：文学艺术对我们所处的现实世界的混沌和不确定性的反映才应该是作家们追求的"真实"。

一、"露迹"手法在新生代小说中的主要表现

"露迹"是新生代作家在行文中极常用的一种手法，在很多作品中都可以看到叙事过程中作者的故意暴露。他们公然在叙述故事的间隙突然插入自己的设想、对故事情节的发展、创作手法的介绍等等，或解释说明、

或评论总结，目的就在于提醒读者注意故事的虚构性，呈现出一种鲜明的超现实色彩。主要表现在：

（一）作者直指故事的虚构性

新生代作家在文中直接指出故事的虚构性，很明白地告诉读者小说中的故事、故事发生的地点、时间、人物等等都是虚构的。这种暴露虚构的策略，大大地颠覆了传统文学追求似真效果的叙事方式。这些对虚构内容审视性的自我意识话语使得文本呈现出真实和虚构混淆的情景，不仅显现了作者叙事水平和处理语言的能力，更重要的是作者通过这样的表达方式传达了自己对"真实"这一哲学命题的理解。例如，刁斗的《去张集》一开篇作者就大张旗鼓地说明了小说中的各种虚构："我是职业小说家，喜欢虚构，热衷于在笔下瞎编乱造。据不完全统计，多年里，我编造的故事有几十个，虚构的人物也接近三位数了……"[1]、"我的小说在地名使用上也并非一味地实打实凿，在我的一部分小说里，还有个出场次数不算太低的张集市属于空穴来风。"[2] 林白在《瓶中之水》的开头也是直接说明了小说人物的虚构性："二帕是我虚构的一个女人，多年来我常常期待着与她不期而遇。"[3]

（二）暴露作者的创作痕迹

新生代小说作者还会在叙事的过程中插入自己的构思、告知读者小说的叙事技巧或作家主体直接站出来对故事进行解释评论等等。这些侵犯性的叙述打破了传统的文本结构，将读者的注意力引向了小说创作本身。这样一来，小说情节本身就不是读者在阅读时所要试图理解的唯一内容。因为，除此之外，读者还要努力去体悟小说文本构成的机理及其作者的创作过程等。

例如，李洱在《花腔》中就是将自己的写作方法、文本结构、各种技巧明明白白地展现给读者，并且告诉读者可以按照自己的想法来理解文

[1]　刁斗：《去张集》，载刁斗著《实际上是呼救》，文化艺术出版社 2006 年版，第 1 页。
[2]　刁斗：《去张集》，载刁斗著《实际上是呼救》，文化艺术出版社 2006 年版，第 2 页。
[3]　林白：《瓶中之水》，载林白著《红艳见闻录》，重庆出版社 2013 年版，第 85 页。

本，甚至可以按自己的理解来编排顺序。这不仅告知读者故事的虚构性，也给了读者介入文本的途径。小说从一开头就暴露了作者的创作痕迹：

> 它是由众多引文组成的。我首先要感谢……他们……讲述了这段历史……他们的讲述构成了本书的正文部分。其次我也要感谢……等人。作为本书的副本部分，他们的文章和言谈，是对白圣韬等人所述内容的补充和说明。

> 读者可以按本书的排列顺序阅读，也可以不按这个顺序……正文和副本两个部分，我用"@"和"&"两个符号做了区分。之所以用它们来做分节符号，而不是采用通常的一、二、这样的顺序来划分次序，就是想提醒您，您可以按照自己对故事的理解，重新给本书划分次序。

何顿的《跟条狗一样》也同样在行文中不时地中断叙述，向读者直接展示了小说叙事过程中作者的感受、发生的问题、解决问题的构思的过程，明明白白地让读者看到小说的人物是如何被人为地"设计"出来的：

> 我写不下去了，我感到枯燥，觉得这样写下去太奔主题了，而且线条也单薄。我想忘记刘眼镜提供的这个素材。我决定换一个角度，从章伢子入手写这个故事，我决定把章伢子设计成这篇小说中一个见义勇为的英雄。

而韩东的长篇小说《障碍》中的"哦，朝霞"一节作家主体则直接打断小说的叙事站出来发表议论，而且在小说的结尾写道："接着我想起来了，韩东的一篇叫《利用》的小说是这样结尾：'哦，朝霞，他们被它明确的无意义和平庸的渲染浸润了。'"① 在这里，"韩东"的指称构成了对

---

① 韩东：《障碍》，载韩东著《美元胜过人民币》，上海人民出版社 2006 年版，第 291 页。

作品创作痕迹的明显暴露。

（三）作者在文本中对话读者

新生代小说的作者为了减弱由于叙事过程中突然插入的对叙事策略的介绍或评论引起的读者反感，常常在暴露自己的同时，直接对话读者，同读者进行交流，让读者参与到文本当中来，使得阅读的过程同时也成为读者参与的过程，以此引发读者的兴趣，让读者对故事产生一种亲切感，从而也打破了传统小说作者居高临下地俯视读者的常态。例如：

（1）当然，你也可以认为，是我妻子的潜意识里感到了袁苹的威胁，那是你的事，你有权这么想，你至少可以认为，这是一个暗喻。

——荆歌《口罩遮颜》

（2）谷小渡为什么决定自杀，我不想细说……如果你是个爱寻根究底的人，我建议你不妨由此及彼地想想生活中的其他事情……

——刁斗《谁肯与我击掌》

（3）我必须给你描述一下我生活的这座城市……

——邱华栋《钟表人》

上述三个例子明显可以看出，新生代作家们在与读者交流的同时，实际上也都在刻意地暴露和强调着小说的虚构性。

总之，新生代小说使用"露迹"手法打破了传统的叙事框架，违反了情节发展的逻辑性，将纪实与虚构融合在了一起，意义的不确定性也由此产生了。文本给读者留下了一种博尔赫斯式的亦真亦幻的印象。但是，作者暴露文本虚构性的过程却也是让读者好奇心得到满足的过程，使读者更能体会到阅读的快乐。这种以暴露叙事，将故事的虚构性坦诚地告知读者的手法，何尝不是一种对文学求真的回归呢？

二、新生代小说中"露迹"手法的特点

元小说的暴露虚构，戳穿了统治小说理论几百年的"再现真实"神话，引发人们对于"真实"的思考，以此引导"真实观"的更新。因此，"露迹"手法的出发点和终极目的都是意义非凡的。20 世纪 80 年代的先锋作家们也为此作出了巨大的努力，在小说的手法和语言形式上都进行了革命性的尝试。然而随着创作实践的深入，"露迹"手法不仅陷入了泛滥的境地而且面临着重重的危机。先锋作家们在元小说的创作进程中，越来越重形式轻内容，将形式看成小说的最终目的，普遍倾向于单纯地移植与借用西方元小说独特的叙事技巧和不确定的形式，我们可以普遍感受到某些小说中这些叙事手法的生搬硬套和刻意为之。在他们那里，虚构导致了现实世界一文不值，小说创作也就不可避免地陷入暴露虚构的狂欢。文本中充斥着大量的评论性话语甚至不着边际的批评，破坏了小说叙事的流畅性和完整性。他们甚至将小说当成是一种纯粹的、个性化的、炫耀叙事技巧的语言游戏，那些匪夷所思、佶屈聱牙、前后矛盾的语言使得小说文本完全成为形式技巧的展示。这就给多数读者的阅读造成了一定的接受障碍。如果说"露迹"使用之初，给读者带来了新鲜的阅读感受，吸引了一批有着一定的阅读积累和鉴赏能力的读者，但到了此时，过分形式化的复杂文本导致了审美的疲劳，使读者困惑并且无所适从，当然也就无法引起共鸣，最后的结果一定是敬而远之的。当然，这种"曲高和寡"的元小说创作的边缘化，跟现代社会商业化大潮和影像文化的冲击也是密切相关的。

新生代作家采用的"露迹"手法，无疑是对先锋作家多元化创作的一种继承。但新生代作家采用元小说的叙事手法时，也并非一味地模仿和抄袭先锋作家，而是有着属于自己的特点。相对于先锋作家们"天马行空"的元小说创作，新生代的作家们对"露迹"手法的运用则回归到了更为合理的范畴。新生代的作家们很显然看到了滥用"露迹"手法所导致的重重危机，其中包括读者群的丧失。因此在他们的创作中，既适当合理地保留了"露迹"独特的叙事修辞手法，也保持了传统小说对情节和内容的

重视。一方面，作者在文本中不时传达出"故事是虚构的，叙事是不可靠的"这一信息，让读者意识到叙事成规对文本理解的限制，提醒他们拒绝认同任何一种意义上的真实性和权威性。另一方面，新生代作家使用"露迹"手法不是为了强调叙事修辞技巧的重要性，更不是为了进行单纯的语言游戏。"露迹"手法在他们那里是构建文本的元素之一，是表现情节和内容的手段之一，它可以反映出作者丰富的想象力和扎实的写作功底。更重要的是，"露迹"手法的应用在新生代作家那里还是吸引读者的方法之一。"自我暴露"消解了传统小说作者居高临下的主体地位，淡化了作家、读者、故事人物的角色。作者不仅将读者视为文本创作过程的同路人和参与者，而且还把故事中的人物也上升到可以与作者进行平等交流的地位。这一手法不仅可以打破作者专断的叙述，而且在叙事过程中，作者把自己的想法直接传达出来，也可以在一定程度上帮助读者对文本意义的理解，使读者更接近小说家的创作初衷，降低对作品误读的概率，同时也协调了作者和读者之间的审美情趣。而对读者而言，人类天生的好奇心和逆反心理也使得"露迹"这一新鲜的元小说叙事手法必然冲击着陈旧的阅读思维模式，与此同时，小说中作者、读者与人物之间"近距离感"更提高了读者参与其中、探究其文本的兴趣，小说家也就此引导读者反思自己的阅读程式和惯常的叙事规范以及小说与现实世界的关系，反思人类对世界认识的表达方式等等，因此，"露迹"具有很强的叙事修辞性。阅读新生代小说文本可以看出，新生代小说使用"露迹"手法的特点在以下两个方面表现得尤为突出：

（一）对话读者成为最重要的"露迹"形式

新生代作家比先锋作家更重视读者的阅读接受，作品较先锋小说而言，更具可读性。他们对"露迹"手法的应用摆脱了传统小说的俗套，在表达对传统"真实观"质疑的同时，更多的是为了创造陌生化的语境吸引读者，而不像先锋作家有时所做的那样玩弄语言游戏，为了形式而形式。因此，在"露迹"的各种形式中，他们特别看重的是作者与读者之间的交流。例如，叙事者常在叙事过程中暴露自己的同时，采用和读者商量的语气来引发读者的兴趣，让读者参与到文本当中并感受到自己的重要性。"停一停，透透气吧。这一段写苏林医生与黄鳝，也许写得太紧密了，令你生厌了吧？我们说点别的吧，比方说女人。"① 有时，他还提示读者故事的发展进程："这一切看起来和林黛无关。事实也正是如此。……上面的接口是：在日渐透明的秋季里，我差不多不再想起林黛了。现在我接着往下说。"② 在这样的叙事状态下，读者对叙事者这种平等的相互磋商的姿态会产生一种亲切感，阅读的过程也成了读者参与的过程，让读者在不知不觉中到达故事尾声，产生一种回味无穷的感觉。有时，作者甚至会让读者直接出场，在韩东的《去年夏天》这篇小说中，作家写道："也许读者朋友会对我说：'喂，老兄，你不能就这么把这篇小说结束了！我们花了钱（买杂志）和时间（阅读）。'在此，我得对占用了他们的宝贵时间表示抱歉。对他们的认真阅读的精神我也充满了敬意。他们大度地说：'我们做了什么倒无所谓。但你至少得告诉我们常义的生死呀？那可是人命关天的大事，马虎不得的。'……既然如此我就让常义那小子活着。"③ 此处读者直接出场与作者对话，小说中人物的命运也因此产生了新的变化。作者、读者、故事人物混为一体，真实与虚构的交融使得文本的空间变得更为丰富。

（二）"露迹"与故事融为一体

先锋小说在使用"露迹"时，叙事者常常只关注小说创作本身，抛开了小说艺术内容而强调形式的创新。他们有时会任性地玩弄着语言形式的游戏，要么频频进行侵犯性的插入评论，要么大段大段地讨论叙事策略，卖弄自己的叙事技巧，显现了文本创作的人为操作性。叙事行为本身明显重于叙事的内容，甚至在有些文本中，叙事内容似乎成了叙事行为的工具。文本的主题被消解，情节被淡化，人物面目模糊不清。此类文本破

① 荆歌：《口罩遮颜》，载荆歌著《牙齿的尊严》，中国文联出版社 2003 年版，第 167 页。

② 荆歌：《手指上的漩涡》，载荆歌著《牙齿的尊严》，中国文联出版社 2003 年版，第 202 页。

③ 韩东：《我们的身体》，载韩东著《去年夏天》，中国华侨出版社 1996 年版，第 223 页。

坏了传统小说内容的完整性，打断了情节的连续性，消解了故事的逻辑性，留给读者的很可能只是无主题、无情节、无人物的技巧游戏。小说本该是内容和形式的统一。没有形式的小说，其内容的深度很可能被掩盖，但离开了叙事内容的形式技巧就失去了灵魂所在，其文本的晦涩难懂必然使读者退避三舍。部分先锋小说在运用"露迹"的叙事手法时，正是陷入了这样极端的形式主义的误区。而新生代的小说在运用"露迹"这一元小说的传统叙事手法时，对之进行了一定的改进。他们改变了典型"露迹"手法那种为了让读者关注小说创作本身而频频引入叙事者使得小说文本支离破碎的状况，将一系列针对叙事的叙事添加到小说的发展逻辑中去，让它们与小说的故事情节融为一体。"露迹"在此只是小说的一个元素，而不是目的。因此，读者在阅读时，面对着作者的介入不会觉得突兀和生硬，更不会影响读者对小说情节的理解。例如荆歌的《鸟巢》："这些，其实已经是这个故事外的事情了。又是发生在很久以后，我把它提到前面来，语无伦次地说了一通，实在是对不起。不过，这本书的写作，事实上始终都处在颠三倒四的状态中。在这一段有关柳键和纯思结婚的文字之前，我所说的大河马被无罪释放，其实也是一段后话了。要是按部就班顺流而下地记叙，还轮不到说大河马呢。不是吗，真正的凶手还没有抓到呢，他又怎么能获得释放呢？"[1]此处，作者直接出面暴露了写作的状态、小说的构思、情节发展的线索等等，似乎偏离了故事情节的正常轨道，但接下来，作者没有继续就叙事而叙事，而是马上回到情节发展的正轨："刚才说到我们在车站送大河马回家休养，我们有的替他提行李，有的搀扶着他，好像他真是一个弱不禁风的病人了……"[2]这样一来，读者在不中断阅读的情况下，不仅很容易理解小说的故事情节本身，还可以体悟作者对叙事这一概念的理解，对小说创作自身的理解，还有当前这个文本构成的机理以及创作的过程。"露迹"手法的使用与小说故事发展融为

---

[1]　荆歌：《鸟巢》，作家出版社2003年版，第141页。
[2]　荆歌：《鸟巢》，作家出版社2003年版，第141页。

一体，小说中叙事和评论的混合，不仅阐明了故事情节发展的脉络，还使读者看到了一个活生生的作者的存在，增加了小说的趣味，调动了读者阅读的兴趣。

在新生代小说中，"露迹"手法有时不但不是小说内容的破坏者，反而有利于故事情节的衔接。林白就是个非常好的例证。她在故事的进程中，很自然地插入了一些"暴露"性的叙述，这些"暴露"性的叙述在提醒读者不要过分地沉入阅读的同时，还起到了便于小说的转合承接的作用。如《一个人的战争》的第一章中，作者在前文写了关于北诺的情况，但是作者又说"我"不知道北诺是不是梦，于是写道："也许正是因为这场大火导致了我的这部小说，我打算回忆我的前半生，把模糊的文字放在安全的纸上。但那场大火把回忆跟想象搞混了，我确实不知道是否真有一个北诺，除非她本人看到我的小说，亲自向我证实这一点。"① 作者在文中说明了这部小说的创作原因和动机，并用此与上文关于北诺的叙述联系起来。暴露虚构的同时呼应了上文，达到了文本流畅性的目的。同样在第三章中，写到自己失学的经历时，林白写道："我知道，在这部小说中，我往失学的岔路上走得太远了，据说这是典型的女性写法，视点散漫、随遇而安。让我回到母亲和故乡的话题上。"② 接着就进入了母亲和故乡的话题。上下文之间加入对叙事技巧的评论，篇幅短小，衔接自然，完全不影响下文对母亲和故乡的讲述。再如，"让我接着本章的开头，叙述我的路途。"③ 下文写了"我"的"漫游"，并且对之进行了评价："这个词我一直觉得用得不太准确，漫，这个字令人联想到神仙般的轻松从容，想起一蹬脚就能腾云驾雾的形式。"④ 这些明显有着作者介入痕迹的"露迹"手法的运用，都提醒着下文情节的发展，预示着"我"之后不幸的旅程——不仅没有"神仙般的轻松从容"，而且有的还充满了耻辱和悲愤。

---

① 林白：《一个人的战争》，作家出版社 2011 年版，第 10 页。
② 林白：《一个人的战争》，作家出版社 2011 年版，第 114 页。
③ 林白：《一个人的战争》，作家出版社 2011 年版，第 117 页。
④ 林白：《一个人的战争》，作家出版社 2011 年版，第 117 页。

此类情节衔接中"露迹"手法的运用，在新生代很多作家的文本中都大量存在。虽然它们仍然在强调文本的虚构性和故事性，但是它们也以一种打破传统的"陌生化"的方式，联系着上下文，促进着情节的发展，表达了作者的创作态度。它们不仅没有破坏文本的完整性，反而引领着读者的阅读。

总之，新生代作家们将"露迹"手法纳入了更为合理的使用范畴。他们将"露迹"手法与文本相结合，使之融入故事情节并注重与读者的对话，这一手法的运用不仅丰富了叙事文本的艺术手法和内容，而且使得文本在达到"陌生化"的同时也缩小了作者与读者之间的距离，并保证了小说叙事的完整性，这更符合一般读者的审美情趣和阅读期待。但"露迹"手法的运用依然打破了读者们固有的、传统的阅读习惯，使得读者在阅读的同时也关注到了文本的叙事行为。新生代作家对"露迹"手法的合理应用，摆脱了先锋元小说创作中"形式大于内容"的怪圈，然而文本中"露迹"所揭示的"虚拟性"依然可以传达出"小说的主题意义不全然是对现实中客观存在着的某些本质规律的揭示，在相当大的程度上它是经由叙述生产出来的"[1] 这一事实，文本因此达到娱乐与审美的双重修辞效果。

第二节　打破常规的荒诞

荒诞（absurd）一词最初源自拉丁文"Surdus"，原意是指音乐中的不和谐。美国文学批评家阿诺德·欣奇利夫在其《论荒诞派》一书引用的《简编牛津词典》对"荒诞"的定义包括"（音乐）不和谐"和"不合乎理性或不恰当；现代用法中指明显地悖于情理，因而可笑、愚蠢。"[2] 丹麦哲学家索伦·基尔凯廓尔是第一个从现代意义上使用"荒诞"这个术语的人，但他指的是基督教存在的荒诞。法国存在主义哲学大师让·保尔·萨

---

[1]　韩彦斌：《论王小波创作的元小说特征》，《内蒙古师范大学学报》（哲学社会科学版）2005 年第 3 期。

[2]　[英] 阿诺德·P.欣奇利夫：《论荒诞派》，李永辉译，昆仑出版社 1992 年版，第 1 页。

特将它用在"生命与存在"方面。1943 年，法国哲学家阿尔贝·加缪《西西弗的神话》的出版使荒诞成为一个重要的哲学范畴。萨特与加缪对荒诞的阐释以及他们的文学创作实践，对 20 世纪 50 年代法国荒诞派戏剧产生了深刻影响，从而架设了"荒诞"这一哲学术语通向文学创作批评的桥梁，并使之最终成为西方现代主义文学最显著的特征之一。

中国古典文学其实也有着荒诞叙事的因子，例如《山海经》《搜神记》《西游记》《封神演义》《聊斋志异》《镜花缘》等等都蕴涵荒诞的性质。20世纪 20 年代，随着西方现代哲学思想和文学在中国的广泛传播，出现了像鲁迅的《故事新编》、老舍的《猫城记》、张天翼的《鬼土日记》等对荒诞叙事进行探索和运用的一类作品，但是由于时代的限制，没有使"荒诞"这一艺术手法得到进一步发展。新中国成立后，一直到 80 年代伴随着改革开放和思想解放，西方各种文学思潮，包括西方荒诞派文学涌入中国，给"荒诞"这一叙事技巧的使用带来了勃勃生机，出现了一大批以荒诞手法创作的小说。例如，早期的《我是谁》《泥沼中的头颅》（宗蹼）、《减去十年》（谌容）、《找帽子》（蒋子龙）、《脸皮招领启事》（吴若增）、《火宅》（韩少功）等等，这些小说都在荒诞的表层下表达了严肃的社会主题。80 年代中期，刘索拉的《你别无选择》、徐星的《无主题变奏》、莫言的《透明的红萝卜》、韩少功的《爸爸爸》等小说以不拘一格的语言尝试了从内容到形式的荒诞。残雪被认为是当代文学史上首次把荒诞的存在作为生活原生态进行表现的一位作家，在《苍老的浮云》《黄泥街》《公牛》《山上的小屋》《天堂里的对话》《突围表演》中，残雪神经质、梦呓式的语言，以反逻辑的方式描画出一幅幅荒诞、错乱、丑恶的世界景观，呈现出潜意识中的孤独、恐惧、焦虑等情绪，极富西方荒诞叙事的意味。以马原为代表的先锋作家，"形式"至上的叙事方式和语言试验使得他们的很多小说文本，例如《虚构》《叠纸鹤的三种方法》《冈底斯的诱惑》（马原）、《褐色鸟群》（格非）、《我是少年酒坛子》《信使之函》（孙甘露）、《西北风呼啸的中午》和《河边的错误》（余华）等等，则以一种"反小说"的形式来表达了荒诞，呈现出后现代倾向。但是，走上了形式主义道路的"荒诞"，由于主体精神的缺失而渐渐地只剩下一个令人眼花缭乱的外在。"新写实"之后，小说家们开始重新认识和使用传统的创作手法，昔日风光无限的荒诞小说，慢慢地退出了文坛，但是，"荒诞"这一叙事修辞手法却并没有销声匿迹，而是成为 90 年代日趋多元化的创作风格之一。除了王小波的《革命时期的爱情》、王蒙的《来劲》、王朔的《顽主》、余华的《许三观卖血记》、刘震云的《新兵连》等小说之外，90 年代的新生代小说中也出现了一大批优秀的、以荒诞手法创作的作品。"荒诞"仍旧是新生代小说非常重要的叙事修辞手法之一。

文学作品中的"荒诞"手法的使用，主要表现在小说内容层面和小说形式层面。前者主要表现在以夸张变形的人物形象、非理性的情节等等来展示荒诞，这在 20 世纪 80 年代的荒诞小说中体现得比较明显；后者是采取新的小说形式，例如语言的反常规使用和无序结构等去阐述荒诞，先锋小说则倾向于这个方面。而新生代作家们一直努力在对传统的继承中借鉴西方文学中现代主义、后现代主义的各种艺术手法和文学观念，以丰富自己的创作，力图使自己的作品兼顾可读性与艺术性。因此，相对于新时期初、中期重内容的"荒诞"和先锋小说重"形式"的荒诞，他们的小说中对"荒诞"手法的使用，较好地做到了内容与形式的统一。新生代作家们不仅注重在小说内容层面上借助"荒诞"这一叙事修辞手法来呈现深刻的哲理性，而且注重在形式层面上通过"荒诞"技法的使用来还原世界荒诞的本质面貌。同时，新生代作家在使用形式层面的"荒诞"技法时，注意到了读者的感受，因此少有先锋小说那种纯粹追求形式荒诞的文本，而是尽量兼顾了小说的艺术性与可读性的统一。下文就从这两个方面对"荒诞"这一叙事修辞手法在新生代小说中的应用做一个分析。

一、新生代小说内容层面的"荒诞"

小说的内容是小说构成的主要要素之一，它包括情节、人物、环境等等。小说内容要素的荒诞是新生代小说荒诞意识的呈现方式之一。它主要表现为以下四个方面：

(一) 荒诞离奇的故事情节

情节本是小说最重要的组成部分之一，使用"荒诞"这一手法创作的小说最大的特点之一就是有意忽视情节内部的因果逻辑关系，使得故事情节的发展缺乏理性，呈现出一种整体的荒诞离奇的效果。

新生代作家当中，东西是最善于使用"荒诞"手法进行创作的作家之一，他的很多作品的情节都充满了荒诞的意味。比如，在《我们的父亲》中，东西以一连串在现实生活中几乎不可能的、荒诞的巧合事件组成了"父亲"的离奇死亡过程："我"为了陪领导娱乐不在家而冷落了从农村到城市里投靠我们的父亲，怀孕的妻子找借口赶走了父亲；去了姐姐家的父亲因为受不了吃饭时姐姐将他与家人区别对待（用酒精棉球给除了父亲之外的其他所有人的筷子消毒）而回了老家；在路上摔倒，被人送到医院时已经断了气并停在了医院的太平间，而他的女儿就是这家医院的护士，女婿就是医院院长，女婿是有机会抢救他的，但是没有，太平间就在他们的眼皮底下，而他们却一点儿也不知道；"我"，作为公安局长的大哥，忽略了父亲的军用挎包而失去了发现父亲的机会，亲手签发了报案记录；埋葬父亲的远房侄子，发觉死人脚上的布鞋很像叔公平时穿的布鞋却没有进一步辨认一下；最终父亲的尸体在众目睽睽下不翼而飞。东西用一幕幕虚构的荒谬事件表现了传统的孝道和亲情在现代文明中是如何被漠视。这些事件单独来看都有可能是真实的，而它们之所以显得荒诞无稽，是因为东西将它们组合在了一起，巧合到了极点的情节也使得小说荒诞到了极点，但这种荒诞其实却是最逼真的真实，体现了作家对当下人类真实的生存状况的深刻认识。

东西的《痛苦比赛》中讲述了一个更为荒诞的故事。一群无聊得发慌的年轻人参加了一个以"痛苦比赛"为主题的征婚，其间甚至作为女性的肖丽都想参加。最后为了加大获胜的把握，"我"与肖丽联合起来，经过苦思冥想，帮助已经有女朋友的仇饼编造了各种各样、无端离奇的苦难故事，包括跟野狗抢老鼠、母亲被坍塌的墙压断大腿等，在比赛现场引起了轰动。可是就在仇饼认为胜券在握、自鸣得意的时候，应领导的要求参加比赛的、人生顺利、吃得饱、穿得暖、不缺钱的马哈哈却以"没有痛苦"的"痛苦"获得了胜利。东西以"荒诞"的艺术手法描绘了一场滑稽的闹剧。然而，充满荒诞感的故事情节之下，却体现了现代人生活的空虚与对生存意义的迷茫。"制造"痛苦成为缺乏信仰、没有追求但衣食无忧者的游戏，"没有痛苦"才是"最大的痛苦"，这一出集体性的荒唐表演彻底地解构了"痛苦"本源上的价值意义。

除此之外，东西还有很多小说都体现了故事情节的荒诞。例如，《耳光响亮》中，荒诞的情节更是随手拈来：母亲何碧雪竟然在父亲失踪后，要求全家人举手表决父亲是否死了；电视台和记者按照一系列计划将金大印塑造成英雄；杨春光为了离婚，设计了一场导致妻子流产的羽毛球比赛，还荒唐地为流产掉的"儿子"开追悼会等等。《商品》中的"我"上火车之前还是单身，下车的时候就跟在车上认识的一个女子结婚而且有了孩子。《不要问我》中的卫国因丢失身份证而找不到生存下去的方式最终死在求职的酒桌上。《目光愈拉愈长》中的刘井与马南方拉长的目光可望见常人不可能看得到的景象。还有《后悔录》中的曾广贤荒诞的压抑"性欲望"的一生、《把嘴角挂在耳边》中"不会笑"的时代、《肚子的记忆》中怎么也填不饱的肚子等等。

当然除了东西以外，新生代的鬼子、毕飞宇、李洱、刁斗、林白等人的小说中都经常出现荒诞的故事情节。以鬼子《谁开的门》为例。小说描述的是一个非常荒诞偶然的事件：一个寻找背叛女友的年轻人敲门闯入了一个寻常的陌生人家，失去理智的失恋者强奸了妻子；而作为丈夫的胡子由于怯弱不敢反抗，看着妻子被强奸；妻子报案后，接受报案的女警员向自己的丈夫透露了这个案件，她的丈夫在没有征得胡子同意的情况下就将这件事发表在了瓦城日报上，挣了稿费；对妻子被强奸而自己无所作为心怀愧疚的胡子，为了寻求精神上的安慰——希望听女警员的丈夫说一句道歉的话，多次去找他，却始终没有听到这句话，最后在精神分裂的状态下将他杀了。人物的命运随着情节的发展在不知不觉中一步一步地陷入了"荒诞"，鬼子以荒诞的故事情节为读者展示了现实世界中人性的弱点和人与人之间冷漠的关系。如果胡子不怯弱，他的妻子就不会被强奸；如果女警员的丈夫不贪利，他就不会以别人的痛苦来牟利；如果人们能够宽容对待这件事，胡子就有可能不会出现精神异化的状态；如果女警员的丈夫能够体恤一下胡子的心情，也许就不会成为胡子为了维持最后尊严的牺牲品。一系列荒诞的情节引发了读者对当下现实社会种种真相的思考。

正如东西所说，"极度的荒诞也是极度的真实。"[①] 新生代作家们正是以这种有悖于现实逻辑的荒诞性情节更逼真形象地描述了真实的人性与社会。

（二）夸张变形的人物形象

人物形象长期以来一直是传统小说创作的一个重要因素，新时期之前的主流文学惟妙惟肖地塑造了很多标准的人物形象。进入 20 世纪 80 年代以后，随着"荒诞"手法的使用，小说中出现了很多变形的人物形象。所谓"变形的人物形象"，其实是相对于常规和标准而言的。作者根据创作的需求，以夸张变形的手法，改造正常的人物形象，使人物在行为或者外貌上超出一般的常态，来达到"荒诞"的效果。新生代作家在面对前辈塑造的众多经典人物形象时，想要突破或创新，"荒诞"手法是个不错的选择。因此，很多荒诞的人物形象就出现在了新生代小说文本中。

东西《后悔录》中的曾广贤是他塑造的众多荒诞人物中最成功的一个。儿童时代，母亲吴生以身作则进行"禁欲"教育，校长赵万年政治化的性启蒙，父亲因无法忍受母亲的长期拒绝而与人通奸被整得身败名裂，最终母亲自杀，妹妹失踪，这一切都给曾广贤一生的情感经历罩上了抹不去的阴影。他恐惧甚至厌恶正常的性行为，拒绝了小池的大胆献身，却由于控制不住本能欲望的冲动，荒唐地蒙面潜入了他仰慕的张闹的房间，也因此被诬告成强奸犯坐了十年牢。出狱后，他虽然意识到了自己的问题所在，但仍然无法完全摆脱对身体欲望错误的认识，因而错过了唾手可得的性事和婚事，最后他只能向他花钱雇来的一个坐台小姐倾诉自己一生绵绵

---

① 　东西：《滑翔与飞翔》，《广西文学》1996 年第 1 期。

不断的后悔。东西用夸张的手法塑造了一个畸形社会下荒诞的人物形象，他懦弱、缺乏理性，面对生活不知所措，他荒唐的一生就是在这一次又一次的"后悔"中重复着悲剧。这个畸形的人物形象是整个文本荒诞无稽的色调的基础。东西借荒诞不经的人物形象使小说充满了不可调和的悖论，显现出一种很强的张力，也借此控诉了那个荒谬的年代对人性的迫害。

林白的《万物花开》则是夸张地塑造了一个脑子里居然长了五个瘤子的乡村少年大头，大头的瘤子诡异非常，在发作的时候可以带着他的眼睛飞上天空，看见王榨的猪狗牛羊，家家户户的隐私和村民们的生活百态。林白以荒诞的手法描绘出了这个人物形象，并借助他的奇特怪异的想象进行叙事，为读者展现了"王榨"人脱序却又狂热的乡村生活，这是一副"原生态"的生活图景，虽然荒诞无稽，却是最自然的生活真相。外在的荒诞实际上体现出作者追求本真、原生态的艺术旨趣。

新生代小说塑造的夸张变形的人物形象很多，除了上述的那些之外，还有东西的《耳光响亮》中那个经常别着五四手枪一心想成为英雄的金大印、邱华栋的《环形树》中可以看到代表着自由与希望的神秘"蓝鸟"和蓝色"环形树"组成的奇异世界的 12 岁孩子乌斯曼、徐坤的《先锋》中一大群装腔作势的伪先锋们；李洱《饶舌的哑巴》中始终处于"饶舌"状态之中的费定；陈染笔下自恋又自闭的黛二等等。

先锋小说中有一种所谓的"符号"化的荒诞人物形象，即那种不仅没有具体特征的阐释，甚至连具体名字都没有的人物，也就是如马原的《拉萨河女神》中那些以阿拉伯数字 1—13 来命名的人物，而这样极端的荒诞人物形象在新生代小说中几乎没有。

新生代作家们夸张变形的人物形象塑造是为了使荒诞通过人的外壳得以形象地展现，因此，人物也就成为作家荒诞观念的形象代言人。

（三）异常的背景环境

小说的背景环境对小说情节展开和人物性格塑造有着重大意义，因此，创造一个打破常规的环境背景更有利于荒诞主题的表达。

新生代小说中常利用梦境、幻觉、神秘怪异的气氛等非常规的环境背景来体现荒诞的意味。例如，陈染将《与假想心爱者在禁中守望》的背景置于一种梦魇的状态，女主人公寂旖的脑海中总是流动着陈旧的钢琴声，照片中的"那人"常从"半旧的栗色镜框里翩然走出"①——"他的声音与形体渐渐清晰起来，他的轮廓从长廊拐角处轻飘飘折过来，然后他便在地毯上来来回回走动。"②"他"跟寂旖交谈，抚慰她；他不是男人，不是女人，而是她的"魂"，她的"假想心爱者"。全文前半部分就笼罩在这样的一种冥想之中。小说的后半部分则出现了一个长长的梦境，梦在"那个人"的出现、离开、四周的野兽、太平间等场景之间跳跃，充满了荒诞神秘的色彩。陈染利用这些虚幻的镜像，传达了女性特有的细腻感受与生命体验，荒诞的冥想与梦境使全文游离于真实与虚幻之间，传达出了生命的孤独感，以及在这种孤独和绝望中寻找出口的精神努力。陈染的很多作品都是通过梦境、幻觉与现实的混淆来造成荒诞感，以表达女性生命世界的真实和对现代人生存困境的思考。其中包括《巫女与她的梦中之门》《另一只耳朵的敲击声》《麦穗女与守寡人》《饥饿的口袋》《秃头女走不出来的九月》等等。

　　毕飞宇的《充满瓷器的时代》全文也充斥着神秘怪异的气氛。蓝田的瓷器店、玻璃店都开在了豆腐店的原址上（据说美丽的豆腐店老板娘展玉容就吊死在里面），而蓝田女人对小镇人传扬的展玉蓉的风流韵事（这是小镇历史的主要部分）如此地感兴趣，她固执地将自己的命运和展玉蓉联系起来，她幻想着展玉蓉在秣陵镇的生活细节并在这种幻想的引导下用身体重复了展玉蓉的历史，最终成为秣陵镇历史故事的另一个主角。文中豆腐、瓷器和玻璃都充满诡异的色彩，致使整个小说展现出了一种支离破碎的怪诞。故事就在这神秘怪异的气氛中显现了历史模仿者的荒诞，同时也证明了历史是不可还原的。

---

① 陈染：《与假想心爱者在禁中守望》，载陈染著《离异的人》，作家出版社 2009 年版，第 179 页。

② 陈染：《与假想心爱者在禁中守望》，载陈染著《离异的人》，作家出版社 2009 年版，第 180 页。

特殊的社会历史环境也可以成为小说文本中的一种表现荒诞的背景环境。"文革"就是新生代小说中极为常见的异常背景环境。将文本置于"文革"这样一个荒诞的年代，所有荒诞的人物、荒诞的事件随之凸显出来，使得文本极具批判与讽刺意味。例如荆歌的《画皮》以"文革"背景描写了一个变态的父亲，他在自己儿子的身上刺了一副毛主席画，并在旁边刺上"向毛主席请罪，我出卖了自己的父亲"，造成了儿子终生的心理阴影。而艾伟的《去上海》中也有一个将孩子的头打得像石头一样坚硬的父亲。正是荒诞的"文革"才会使得原本应该充满温情的父子关系变得如此扭曲和荒谬。同样，毕飞宇的"王家庄系列"小说也是以"文革"为背景，展示了权力对普通人的精神伤害；韩东的《掘地三尺》《田园》等讲述了"文革"中的种种荒唐事件，将崇高伟大消解在了滑稽荒谬之中；东西的《耳光响亮》《后悔录》则表现了"文革"荒诞的社会氛围对人性的扭曲……正是"文革"这种异常的背景环境的设置，使新生代小说"荒诞"的主题有了很好的表现手段，虽然没有感伤的控诉，没有高深的文化反思和沉重的历史意义，但我们仍然可以清晰地感受到"文革"世界的荒谬性以及对人性的扭曲。

新生代作家们通过梦境、幻觉、神秘氛围以及特殊的社会历史环境等异常的背景环境的设置为小说文本营造一种异质的氛围，突出了文本的荒诞意识，达到了表现作家自身理性思考现实荒诞性的目的。

(四) 非逻辑的细节描写

传统小说非常重视细节描写而且强调细节描写的真实性，因为细节描写是塑造人物形象，展开故事情节和描绘典型环境的重要手段。但缺乏逻辑关系的细节描写可以把人物或事物荒诞的本质更加逼真地呈现出来，从而使得作品的艺术感染力进一步加强。因此，它也是新生代作家比较喜欢采用的一种表现"荒诞"的手法。

例如，东西的《不要问我》中，被酒后失态的卫国拥抱了一下的冯尘给妈妈红歌打了电话之后，红歌来到了学校"讨公道"。接下的一大段细节描写明显有违正常的逻辑关系：红歌见到女儿不是首先给予安慰，而是只关心女儿哭过了没有（似乎哭过了贞洁就保住了），在与女儿争论了一番以后，她不顾女儿的面子，坚持去找卫国算账，她的理由是："我们把你养大容易吗？我跟单位请假容易吗？好不容易进来一趟，怎么能算了？"① 来到单身楼前，红歌"走一步骂一句，每一声骂都顶得上一颗炮仗。"② 当她问清卫国的住处时，"甩下冯尘，朝着四楼飞奔而去。"③ 原来爬楼梯时"沿着楼梯逶迤而上"④ 的喘息声马上消失了，她"身轻如燕，跑得比卡尔·刘易斯还快。"⑤ 接着就听到了她在卫国的门口叫骂，"执着地拍打着门板，每一次都把肥大的手掌拍到门板的一个手印上。"⑥ 红歌的表现就像一场荒谬的作秀，作为一个母亲，她不是第一时间给予女儿需要的关怀和安慰，更不顾及女儿的心理感受，而是装腔作势地上演了一场闹剧，唯恐别人不知她有多么重视女儿的贞洁（其实，只是让卫国抱了一下而已）。东西不仅活灵活现地刻画了一个自私粗俗的母亲，而且也增强了小说的荒诞感。而小说中卫国在遭受一连串打击后开始无法决定自己的前途，居然给学生发问卷，要以学生答卷的答案决定自己的去留。这样的细节虽然是荒诞无稽的，但体现了卫国对生活的困惑和无奈，而学生们和同事们的冷漠也是导致卫国出走的重要原因之一。

　　这种非逻辑的细节描写在新生代小说中还是比较常见的。东西的《没语言的生活》中，耳聋的王家宽每天将收音机挂在胸前，而且将声音开得大大的。情节是可笑滑稽的，现实却是如此的残酷无情，但荒谬的细节却表现出了王家宽乐观的一面以及与命运抗争的顽强精神。蔡玉珍在被人强奸时，根本不可能说话的哑巴竟然能在挣扎中吐出几个字"我要杀死你"。到底是什么样的痛苦才会逼得哑巴说话？脱离正常逻辑关系的细节使得蔡玉珍的苦难得到了更好的言说。在《肚子的记忆》中，死了41年

① 东西：《不要问我》，载东西著《救命》，江苏文艺出版社 2011 年版，第 61 页。
② 东西：《不要问我》，载东西著《救命》，江苏文艺出版社 2011 年版，第 61 页。
③ 东西：《不要问我》，载东西著《救命》，江苏文艺出版社 2011 年版，第 62 页。
④ 东西：《不要问我》，载东西著《救命》，江苏文艺出版社 2011 年版，第 61 页。
⑤ 东西：《不要问我》，载东西著《救命》，江苏文艺出版社 2011 年版，第 62 页。
⑥ 东西：《不要问我》，载东西著《救命》，江苏文艺出版社 2011 年版，第 62 页。

的杨金萍在听到王川提到她的名字时，居然马上开始接下去讲述发生在自己身上的故事，毫无逻辑的细节却更直接地将回忆带回了那个"饥饿、毒蘑菇、粪水"构成的痛苦年代。邱华栋的《街上的血》对少年们荒诞地炫耀所谓的"绝活"和莫名其妙的打斗行为的细节描写，展现了特殊时期个体的成长经历，传达了生命存在的真实体验……这些细节描写表面上缺乏逻辑性，显得荒谬不可信，但其有着更为深层的意义，或是揭露人性的弱点，或是凸显生存的困境。表层和深层冲突构成了叙事的张力，更易于加深读者的印象，强化文本的荒诞意味，并引导读者去体味非逻辑的细节描述背后所蕴含的深刻含义。

二、新生代小说形式层面的荒诞

进入新时期以后，荒诞意识已经成为很多小说家的共识，当小说家在"一个把荒诞作为基本的前提、普遍的事实给予承认的世界里着力地去描写荒诞，他们就必须求得一种新的方式去表现他们的观念。"[①] 因此，新时期以来，尤其是先锋小说和新生代小说，"荒诞"这一创作手法已经不再局限于内容层面上了，他们摆脱了传统小说形式的束缚，"不再忠诚所描绘事物的形态"，[②] 而是将荒诞的手法扩展到了小说形式上，以小说形式的荒诞更加"自由地接近了真实"。[③] 小说形式的荒诞主要体现在语言和结构上。

（一）反常规的语言形式

语言是小说文本的绝对中心，是作家思想的重要载体。荒诞无稽的语言可以在表现故事荒诞性的基础上，更加直观地传达出人类生存世界的荒诞性，而这种"荒诞性"正是新生代很多小说家在面对现实世界时感同身受的。因此，打破语言常规，创造性运用语言，成为新生代作家

---

① ［美］查尔斯·B.哈里斯：《文学传统的背叛者——美国当代荒诞派小说家》，朱乃长译，陕西人民出版社1987年版，第5页。

② 余华：《虚伪的作品》，《上海文论》1989年第5期。

③ 余华：《虚伪的作品》，《上海文论》1989年第5期。

"荒诞"手法的重要表现形式之一。它主要包括词句的重复和词语的变异组合。

　　1. 词句的滑稽重复

　　新生代作家在文本创作中常常会根据故事的情景故意多次重复一些简单的语句，给读者一种滑稽的感觉。然而，正是这种类似语言游戏的滑稽重复使得语言的内涵不断地增值，事物的荒诞性也更加暴露无遗。

　　例如刁斗《代号 SBS》中 SBS 之歌，全部的歌词就是重复一句话："我们的 SBS 哟，我们的 SBS 哎，我们的 SBS 噢，我们的 SBS 啊……"[1] 电视节目的开头则是不断地重复："这就是我的 SBS，这就是我的 SBS，这就是我们的 SBS……"[2] 这些简单到无以复加的词语暴露了神秘的 "SBS"（所谓的"高级人才学习班"）荒谬而空洞的内核。小说中还展示了"我"妻子的文章《迎春启示录》。其中摘录的学生作文居然是："今天，老师带我们去棋盘山玩，一路上我听到鸟一直吱吱……"[3] 接下去一共 440 个"吱"字，还有，"今天，老师带我们去棋盘山玩，在山上，老师说大声喊山里会有回声，我和哥哥就一起喊'你好吗'"，[4] 接下去一共 37 个"你好吗"。两篇智障儿童的作文，杨迎春居然从中分析出了"身残爱心在"[5] 的感情色彩和"充满美感、旋律感和音乐性"[6] 的写作技巧，甚至因此将两个孩子与"学者综合征"类型的人挂上钩。作者对当下社会某些荒诞畸形现象的深刻讽刺就在这滑稽可笑的重复性语言中一览无遗。

　　林白在《万物花开》中也以不断重复的句子描绘了一个王榨人打架的场面。这些重复的语言不仅让读者产生滑稽的感觉，感受到了阅读的轻松，更重要的是赋予了整个场景荒诞的狂欢性质，但就在这荒诞之间展现了王榨人本能的暴力欲望，也体现了在质朴蛮愚的生存方式中生命的自足

① 刁斗：《代号 SBS》，花城出版社 2007 年版，第 78 页。
② 刁斗：《代号 SBS》，花城出版社 2007 年版，第 52 页。
③ 刁斗：《代号 SBS》，花城出版社 2007 年版，第 36 页。
④ 刁斗：《代号 SBS》，花城出版社 2007 年版，第 37 页。
⑤ 刁斗：《代号 SBS》，花城出版社 2007 年版，第 38 页。
⑥ 刁斗：《代号 SBS》，花城出版社 2007 年版，第 38 页。

与洒脱。试看：

> 要打架了！一个喜讯从村头传到村尾。
>
> 传到树上，树上的喜鹊说：要打架了！喳喳喳。
>
> 传到地上，地上的石头说：要打架了！
>
> 传到蚂蚁窝，蚂蚁说：要打架了！吱吱吱。
>
> 兰细娘说：要打架了！
>
> 安男爷说：要打架了！
>
> 线儿说：要打架了！
>
> 我奶奶说：要打架了！
>
> 火车说：要打架了！
>
> 大头说：要打架了！
>
> ……全是人。

这短短的一段文字将一句"要打架了"重复了10次，使得整个场景充满了狂欢的感觉，体现出了王榨人自由快乐的天性。然而王榨人以打架为乐，将打架看成跟过节一样快乐，这又是一种荒诞的狂欢。小说也以此叙写了王榨人生活的"本真状态"，还原了生命的本相。

2. 词语的变异组合

打破常规的语言组合规律，进行词语的超常搭配，或利用词语组合中的错位所产生的张力，都能使文本呈现出荒谬和超理性的色彩，故而词语变异组合也是新生代小说常用的表现"荒诞"的手法之一。然而，类似先锋小说中孙甘露《信使之函》和《访问梦境》中那种能指与所指几乎完全断裂的荒诞、毫无逻辑的词语组合只在少数的一些新生代小说中出现过。例如，海男和鲁羊的一些小说中有这样的句子：

（1）男人是她们嘴唇的颜色中一个融合着一片巨大光芒之后的篱笆。

——海男《女人传》

（2）纸箱里冒出一朵朵白云，一只只尿桶，蟋蟀的鸣唱，一股股泉水，一排排药铺，一位位公主及其随从，一名名情绪阴沉的哑巴，一种又一种古老的农具，一株又一株奇怪的草木，一条又一条肥黑的水蛭。一朵朵白云，一朵白云朵，白云一朵朵。

——鲁羊《弦歌》

在上述的两个例子中，词与词之间、句与句之间的逻辑关系都显得模糊不清。例（1）中的主语"男人"与后面的宾语"篱笆"的搭配显然不太合逻辑，这两个相比较的事物之间的关系十分模糊，而"她们嘴唇的颜色中一个融合着一片巨大光芒之后的篱笆"这样的定语修饰不仅不合情理，而且各个词之间的逻辑关系更是令人费解。例（2）则是各种不相干的词语的并置，画线词语的能指与所指几乎完全脱节，甚至还有"一朵朵白云，一朵白云朵，白云一朵朵"这样的文字游戏式的句子，而且这些并列的句子之间的逻辑关系同样也是令人费解的。作者彻底放逐了语言的"所指"，无限扩大了"能指"，词语的指涉在文本中变得无足轻重。小说就在这些华丽铺张却又空洞无物的语句中透露出了荒诞的意味，而小说家们也正借着这荒诞的语言组合，传达了自己对生活本真的体会。

然而，这样的手法难免会让许多读者感到无比的困惑。因此，大多数的新生代作家在使用词语变异组合这一"荒诞"手法时顾及到了读者的感受，故而相对于鲁羊和海男则温和得多。例如：

（1）苟泉低着头，虚心地、幸福地、谨慎地、快乐地、巴结地、警惕地、鞠躬尽瘁地恋爱了。

——毕飞宇《家里乱了》

（2）可俺就是把那个钱多得撑得慌的烧包打了……还打得晴空霹雳，幻影游动，激情豪迈，热血贲张。

——徐坤《一醉方休》

这两个例子中，画线部分的词语组合都打破常规，进行了超常搭配，但句子的逻辑关系还是清晰的，不影响读者的阅读和理解。例（1）用了七个彼此之间几乎没有逻辑关系的词语搭配在了一个句子之中，表现了苟泉对爱情复杂矛盾的心理状态，将一个希望通过婚姻变成"城里人"的小人物荒诞的心理和行为描绘得活灵活现。例（2）中四个看似随意的成语组合，不仅体现了老张的正义感，而且也使老张荒谬可笑的醉态跃然纸上，语言的荒诞组合使得文本的荒诞意味更加浓厚。

新生代小说还利用词语的错位来体现出荒诞的意味。例如徐坤的《竞选州长》中，约翰张是一个美籍华人，他们家已是三代以上的移民了，所以不会说汉语，基本上不认识汉字，但是他的语言中却频频闪现"中国词汇"：

> 他们（美国人）永远高高在上做皇帝似地。说了归齐，还不就是因为他们的朝廷里没有咱们的人吗？朝中没人就要受人欺，地球走到哪儿都是这么个理。
>
> ——徐坤《竞选州长》

将美国人说成"皇帝"，美国政府说成是"朝廷"，这种中西词汇错位不仅使得小说的内容，甚至约翰张这个人物都充满了荒诞的意味，荒诞的语言表达了作者对选举事件毫不留情的讽刺。

《梵歌》中武则天斥责韩愈的一段话则是将词语进行了古今时空错位：

> 好你个韩愈！身为朝中元老，竟然带头看起黄色录像……朕劝你，安心离休当顾问……朕也不忍心重罚于你，只给你个象征性处分……
>
> ——徐坤《梵歌》

从武则天的口中冒出的现代词语"黄色录像""离休当顾问""象征性处分",使得文本充满了荒诞不经的感觉,历史成了一出闹剧,但是作者就是利用这荒诞至极的语言消解了历史的神圣和庄严。

(二) 无序的结构

"结构既内在地统摄着叙事的程序,又外在地指向作者体验到的人间经验和人间哲学……"① 因此,结构在小说叙事中的意义和价值是不言而喻的。传统小说的结构一般分为"开端－发展－高潮－结局"四个部分。新生代小说则以非逻辑、无序的荒诞叙事结构打破了故事的逻辑因果关系,使得文本中各个场景之间处于一种游离状态。而当小说结构的荒诞和人之存在本体意义上的荒诞联系在一起时,小说整体的荒诞感更是跃然纸上。

例如,荆歌《口供》的开头讲述的是毛男、老奎和杏皮三个人去东鹤荡看录像,路上看见一位妇女从芦苇丛里走出来,紧接着作者却分别叙述了公安局对他们三人的审讯和审讯中三人回忆轮奸这名妇女的过程,这些回忆充满了梦魇,三人的回忆矛盾百出,可是态度却如痴如醉,接下来就是三人在秋天的刑场上再次相遇时,听说那个妇女还是个处女,最后小说在处决死刑犯的枪声中结束了。小说的整个结构没有明显的高潮,甚至前后颠倒,故事扑朔迷离。非逻辑的无序结构把故事叙述得光怪陆离,现实生活中荒诞和未知的一面被描摹得淋漓尽致。

同样,李洱在《花腔》中宣称可以按照自己对故事的理解,给小说划分次序;海男的《从亲密到诱惑》虽然文本的标题是按时间来排序的,但八章故事之间根本没有必然的联系,文本结构处于无序游离的状态,读者可以从其中的任意一章甚至一节读起;鲁羊的《九三年的后半夜》也是这种情况;他的《黄金夜色》中,列举了九种可能会发生的事件,但却没有说清现实到底是怎样的;刁斗的《我哥刁北年表》对刁北的"生活"的叙述也是在当下和过往之间交相错杂,显得"颠三倒四",就像一个被剪

---

① 杨义:《中国叙事学》,人民出版社 1997 年版,第 41 页。

辑错了的故事；邱华栋的《正午的供词》，犯人的供词相互引证却又互相矛盾，以至于根本无法分辨出真相。新生代作家用非逻辑的无序结构反映了生活本身纷繁多变的面貌，其故事的非理性，逻辑的模糊性，也正是世界荒诞状态的映射。

　　总之，新生代作家们在使用"荒诞"这一叙事修辞技巧时，不仅注重在小说内容层面上呈现小说深刻的哲理内核，而且注重在形式层面上还原世界荒诞的本质面貌，因此具有明显的叙事修辞意义。他们借助"荒诞"这一手法，揭示出隐藏在荒诞背后的真实，表现了他们对于人类生存困境和存在本质的洞察和关注。当然，新生代此类小说的创作也存在着一定的局限性。比如，对西方"荒诞"手法借鉴模仿的痕迹还是比较明显，主题内容的重复率比较高，多集中在叙写"文革"的荒诞、当下欲望社会的荒诞、死亡、隔膜等等；"荒诞"在形式上的表现虽然不像先锋小说那么绝对，但类似于鲁羊和海男某些作品中的那种语言游戏确实存在着曲高和寡的情形；无序的结构虽然有着一定的深沉意蕴，能诱使读者进入另一层空间，但频繁的阅读受挫也会使得读者产生抵触心理。因此，新生代作家们对"荒诞"叙事手法的使用应该是有利有弊的。

第三节　百科全书式的拼贴

　　拼贴（collage），最初起源于绘画，原指以布拉克和毕加索为代表的画家们把一些彼此不相干的材料，如报纸、布块、木头、塑料物件等拼接黏贴在画板或画布上的技法。由于"拼贴"艺术给了人们一种从来没有过的新奇的感受，产生了特别引人瞩目的效果，于是逐渐普及到了包括现代主义文学和后现代主义文学在内的其他文化艺术领域。爱尔兰作家詹姆斯·乔伊斯的《尤利西斯》和美国作家多斯·帕索斯的《北纬四十二度》中最早出现了"文学拼贴"手法的使用。

　　"文学拼贴"，指的就是在文学作品中粘贴入一些不同类型的文体、风格相异的话语形式、各类故事素材甚至图案等等。作家们正是通过这些文本的杂糅拼接，将一些看起来并不相干的片段构成相互关联的统一体，以此打破小说惯常的凝固的形式结构，颠覆了读者传统的阅读及审美习惯，达到了常规叙事无法企及的效果。在现代主义作家那里，各种拼贴的"碎片"看似无关，但事实上都是整体的有机成分之一，所以，它是构建整体的手段，是小说文本后面的支撑。而到了后现代主义作家那里则宣称"碎片是我信任的唯一形式"，① 它是真正的存在，也是唯一的存在。世界的本质只是一个碎片性的、非连续性的随意拼贴。由此，拼贴成为唐纳德·巴赛尔姆所说的："拼贴原则是二十世纪所有传播媒介中的所有艺术的中心原则。"② 在后现代语境下，拼贴指的是"一种关于观念或意识的自由流动的、由碎片构成的、互不相干的大杂烩似的拼凑物。它包容了诸如新与旧之类的对应环节。它否认整齐性、条理性或对称性；它以矛盾和混乱而沾沾自喜。"③ 它迎合了后现代文学艺术家们试图解构逻各斯中心论，批判和颠覆传统宏大叙事，倡导文本非中心的多义性和不确定性的理念，而且文本中"拼贴"手法运用，"常常因两种文本错位对话中产生的矛盾对立引发读者的遐思而收到意想不到的审美效果。"④ 于是，这个从绘画领域转借而来的技法发展到了后现代，就成为后现代主义文学创作中的一种重要的叙事手法。更重要的是，后现代主义"拼贴"手法的应用在玩弄能指游戏的同时，凸显了世界的碎片性、不确定性，跨越真实与虚构的界限、消弭历史与现实的鸿沟。因此，"拼贴"技巧的叙事修辞效果是显而易见的。

作为文学创作中的一种重要的叙事修辞手法，西方很多后现代主义小说作品中都使用了"拼贴"手法，并以此蜚声后现代文坛，如库弗的

---

① ［美］唐纳德·巴塞尔姆：《望月》，转引自程锡麟《"碎片是我信任的唯一形式"——谈唐纳德·巴塞尔姆的创作》，《外国文学》2001 年第 3 期。

② ［美］唐纳德·巴塞尔姆：《白雪公主》，周荣胜、王柏华译，哈尔滨出版社 1994 年版，第 331 页。

③ ［美］波林·罗斯诺：《后现代主义与社会科学》，张国清译，上海译文出版社 1998 年版，"后现代术语词汇表"第 4 页。

④ 董希文：《文学文本互文类型分析》，《文艺评论》2006 年第 1 期。

《保姆》、冯内古特的《冠军早餐》、巴塞尔姆的《印第安人反叛》《白雪公主》等。在中国国内，得益于西方现代、后现代主义理论与小说的引入，"拼贴"技巧的运用在 20 世纪 80 年代的先锋小说中盛行一时，一直到了90 年代新生代的作品中都大量使用。当然，新生代小说中"拼贴"手法的使用不完全是对先锋小说家的一种模仿，它也有着区别于先锋小说的特点和作用。文学拼贴大致可分为两类：一类是图画式的，另一类是文字式的。这两类在新生代小说文本中都能看到，但值得注意的是，它们也具有新生代小说自身的特点。

一、"图画式"的拼贴技巧

"图画式"的拼贴指的是在文本中加入图画或照片，如冯内古特的《冠军早餐》中一共插入了 121 幅插图。先锋作家马原的《死亡的诗意》第 7 节中，出现了女主人公最后葬身的房屋的"鸟瞰示意图"。

在充满文字的文本中突然出现图片，不仅带给读者新鲜感，还会给读者的视觉造成较为强烈的冲击，加上图片给人的直观的感受，也便于读者理解一些抽象的叙述。在新生代小说很多文本中，作者都会在觉得必要时插入一些图片来增强表现力。例如：荆歌的《鸟巢》。除了扉页之外，作者还在文本中插入了五幅漫画，而且还让这五幅漫画独立成页。这些漫画常把人画作鸟的形象，因为题目"鸟巢"就隐喻着"我"曾学习过的师专，"我"和"我"的同学们就是那"鸟巢"中小鸟们，那里有着我们对感情的迷茫和对未来的好奇。每幅漫画都与故事的主题相呼应着。漫画和故事的结合，使得叙事变得新奇，同时也加深了对小说主题的强调（图一）。海男的《从亲密到诱惑》也同样采用了独立成页的插图，全文共八章，共插入了 32 张图（不包括重复的），每幅图都与小说正在叙述的故事是吻合的。例如，第一章是"火柴的故事"，讲述的是"我"少年时期与火柴有关的一些事情：废铁工厂里幽会的男女、一个揣着火柴盒的疯女人、16 岁的"我"与一个少年的出游等等。在开章的第一页，作者就配了一幅画（图二）。图中是个似乎身处洞穴之中的小姑娘，身后是纷飞的火柴，前方是光明，隐喻着这些与火柴有关的故事给"我"少年生活带来的迷茫和在迷茫中的成长。

　　还有很多文本中插入的图画并没有单独成页，而是文中串图，然而，它们也一样呼应着文本叙述的故事。如何顿的《喜马拉雅山》在文本中就不时地出现图画（共19处）。如，作者写道："控制这突然升上来的情欲，我脑海里闪现了这两样东西：(图三)"①接着，作者还对图画作出了解释："箭代表情欲上升了，帆船示意我妻子，箭正飞速向帆船飞去。"②图画再配上文字的解释不仅使得一些抽象的叙事变得直观，易于理解，而且也加深了读者对小说的印象。

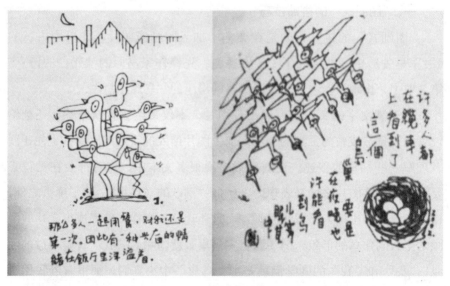

（图一）

　　这类图画式的拼贴在新生代的很多小说中都有，例如荆歌的《十夜谈》《我们的爱情》、毕飞宇的《雨天的棉花糖》、李洱的《石榴树上结樱桃》、陈染的《私人生活》等。新生代作家们在叙事过程中用一些插图来代替语言叙事，并不是在强调当代语言功能的退化，而是试图让文本更加

①　何顿：《喜马拉雅山》，江苏文艺出版社1998年版，第273页。
②　何顿：《喜马拉雅山》，江苏文艺出版社1998年版，第273页。

 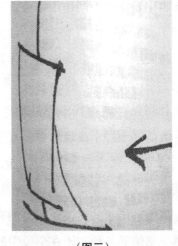

（图二）　　　　　　　　　　（图三）

具有冲击性，他们将"后现代的插图融入到语言文本结构中是作为另外一种话语。它们着重突出了这些文本的多音部结构，它们使得话语世界、视觉世界和文字世界相互碰撞。"①

二、"文字式"的拼贴技巧

新生代小说中的"文字式"的拼贴主要包括各种文体拼贴、故事情节拼贴和叙事语言拼贴。

（一）各种文体拼贴

江腊生说："当我们将话语放大来看，拼贴就体现在小说内部的文体杂糅。"② 文体拼贴就是指将几种不同形式的文体，如新闻报道、书信、日记、诗歌等拼凑在同一个文本中。这些不同文体的文本拼贴在小说中，彼此之间形成"互涉文本"，他们之间处于彼此对立又相互支撑的状态，打破了传统小说所具有的统一性和完整性相结合的叙事模式。而且，各类文

① 许文茹：《〈冠军早餐〉中的后现代主义元小说式的拼贴》，《现代语文》（文学研究版）2007 年第 12 期。
② 江腊生：《解构与建构：后现代主义与中国 20 世纪 90 年代小说研究》，中国社会科学出版社 2010 年版，第 242 页。

体在文本中发挥的不同作用也可以有效地避免平面化、空洞化的叙事，同时拓展了文本表达的艺术空间。如，柯恩在《大大方方的输家》中将电台节目、减肥广告、诗歌等融为一体；马原的《倾述》一文则在叙事中插入了日记、书信等文体。

文体拼贴是新生代小说最常见的拼贴类型之一。徐坤在她的长篇小说《春天的二十二个夜晚》中加入了毛榛在热恋时给在异地的恋人陈米松写的三首诗歌：《告别》《生日随想》和《也许》、婚后毛榛根据生活中的小插曲写的文章《亲戚们》、陈米松离开毛榛时，二人之间的往来信件和传真、离婚时出示的离婚介绍信和离婚协议书等等。这一连串的诗歌、评论文章、书信等各种文体在小说中的拼贴，细致地展现毛榛和陈米松之间从热恋到走入婚姻生活，最后却无奈分手的整个过程，不仅使小说的主题凸显，而且对小说的叙事节奏起了调节和装饰的作用，避免了小说平铺直叙的叙事套路，让读者的思路在阅读时随着故事起起伏伏，为他们的爱情感动，也为他们的分手感叹。类似徐坤这样在小说中杂糅使用各种文体以达到更大的审美阅读效果的新生代作家不在少数。比如，荆歌在《手指上的旋涡》中插入七段诗歌，而且常常是在叙事的过程中出其不意地插入；在《鸟巢》中他则拼贴入了几首民歌；韩东在《我的柏拉图》里插入了完整的诗歌三首：《郊区的一所大学》《孩子们的合唱》《成长的错误》；陈染的《私人生活》有倪拗拗信手涂鸦的文字、她的病例报告以及她写给医院的一封完整的长信；红柯的《好人难做》分别在第二章和第五章插入了完整的小说《诊所》和《好人难寻》；刁斗的《代号SBS》插入小说人物杨迎春的作品《迎春启示录》六章、三份不同时间段的SBS学员的指导手册、SBS学员测验的卷子、访问节目的语言文本、SBS学员们的总结、"我"的八份SBS情报等等。

徐坤、荆歌们的这类文体杂糅更倾向于是作者们对西方后现代主义小说的拼贴叙事策略的一种效仿。他们打破了具有严格范式的传统文体观，粉碎了文体界限，当然也可视为对权威中心的反抗，但文本中的各类文体拼贴基本上都不干扰故事情节的发展，也不阻碍读者的阅读，它更像是作者为了打破沉闷的叙事，吸引读者的注意力而进行的文体相互装饰的形式游戏，它给了读者一种视觉上的张力，以便达到更好的阅读效果。

上述的徐坤们的文体杂糅是在正文的基础上插入其他文体，插入的文体基本不影响小说的主体。然而，新生代还有很多作品的文体拼贴手法的使用更迎合后现代的反中心反权威的特点，拼贴的文本的互文性更强。它们使用了各种各样名目繁多的文体进行拼贴，有的甚至整篇作品就是由各种文体拼贴而成。这一点也是新生代作家与先锋作家的不同之处。先锋小说中以文体拼贴为主的文本是比较少见的，他们更注重的是故事情节和场景等的拼贴，而新生代作家在文本中则大面积使用各种文体拼贴，手法比先锋小说更为纯熟。比如，邱华栋的《正午的供词》中插入犯人的供词、电影和戏剧的剧本、有关电影的评论、电影拍摄的花絮、新闻报道、采访记录等等，被认为是"一部大百科全书式的后现代文本"；① 李洱的《花腔》全书更是一个由谈话实录、口述笔录、媒体的报道、剪辑的史料、摘抄的文章等拼贴而成的文体大杂烩，而且插入了符号"@"和"&"，几种不同的文体还用了不同的字体以示区别，让读者真有眼花缭乱的感觉；何顿的《抵抗者》也采取了类似手法，在文中多处穿插了记载于《湖南省志》的真实材料，并用黑体字标示；李冯的《中国故事》不断插入学术论文式的"注释"和"再注释"，占了小说文本的三分之一；荆歌的《鼠药》全书就是由邹峰、邹善、他们的母亲和邹峰的妻子苏惠的书信拼贴而成，其间夹杂了众多的"荆歌按""荆歌评注""荆歌注"和"附录"等等评论性的文体。相形之下，这类的文体拼贴使得文体的界限在此更是荡然无存，将后现代藐视权威中心的特点表现得淋漓尽致。它们呈现给读者的是一个支离破碎的文本，使小说在形式上都失去了完整性，是后现代"世界是碎片性随意拼贴"的观念和 20 世纪末中国社会特有的杂糅性拼贴的文化景观的反映。同时，它还模糊了虚构与真实的界限，作者们通过拼

---

① 韩彦斌：《20 世纪 90 年代中国小说的后现代主义审美特征》，《内蒙古师范大学学报》（哲学社会科学版）2008 年第 6 期。

贴各种材料为的是让叙事在字面上看起来真实可靠，给读者一种"故事是真实"的幻觉，但是文中拼贴的各种文体所形成的"文本互涉"，又使得各文本间互相引证，互相矛盾，这种情况不但不能给读者提供一个清晰的真相，反而让他们越来越陷入模糊的虚无，作者也以此达到了通过拼贴所谓的"考据性"的资料制造"似真"的假象，来拆解既定的、常规的叙事模式的目的。正如巴塞尔姆所说的那样："拼贴的要点在于不相似的事物被粘在一起，在最佳状况下，创造出一个新的现实。这一新现实在其最佳状况下可能是或者暗示出对它源于其中的另一现实的评论，或者，还不只这些。"①

(二) 故事情节拼贴

传统小说的结构是封闭的，讲究故事线索的贯通，注重情节的完整性。但在后现代的语境中，作家们认同任何事物的发展都极具偶然性和随机性这一观点。于是，他们抛弃了事件按流线型趋势发展的叙事模式，故事的讲述不再有清晰的线索和完整的结构，而是由碎片化的情节组合拼贴而成。这些碎片化的情节在文本中以独立叙事模块的形式出现，它们呈现出了故事发展的各种偶然性和可能性，从而消解了传统小说提倡的所谓"真实"和书写连续性的观念。如，巴塞尔姆的《白雪公主》虽然采用的仍然是格林童话里《白雪公主》的故事框架，但全书却是由106个片断松散地拼贴而成的。先锋作家和新生代作家们都很偏爱拼贴故事情节的叙事手法，马原的《拉萨河女神》《冈底斯的诱惑》、洪峰的《瀚海》、荆歌的《十夜谈》《口供》、朱文的《傍晚光线下的一百二十个人物》、红柯的《美丽奴羊》、鲁羊的《九三年的后半夜》等小说都使用了这一手法。

然而相对新生代小说而言，马原等先锋作家在文本中拼贴故事情节的目的比较倾向于营造基本没有因果逻辑的"叙事圈套"，不仅让读者早已习惯的那种在文中寻求答案和解释的阅读期待落空，而且蓄意把读者带

① [美] 唐纳德·巴塞尔姆：《白雪公主》，周荣胜、王柏华译，哈尔滨出版社1994年版，第331—332页。

进一个充满了不确定性、让人困惑、扑朔迷离的迷宫之中。这种手法颠覆了传统小说叙事模式，体现了后现代创作的虚构性和世界的随机性、神秘性以及当下社会人们焦虑和迷失的精神状态。例如马原的《冈底斯的诱惑》，小说由姚亮和陆高的故事、穷布的故事以及顿珠顿月与尼姆之间的故事拼贴而成，但是这三个故事之间没有先后顺序，也没有明显的线索表明它们之间的逻辑关系，甚至每一个故事都有没头没尾、无因无果之嫌。读者看到的是三个互相掺杂又相对独立故事松散地拼贴在了同一文本之内。普通读者面对这样因果关系悖逆的、充满了断裂感和跳跃性的、甚至矛盾迭生的叙事，岂能不陷入"迷宫"之中？

而大部分的新生代小说在使用故事情节拼贴这一叙事手法时，则更多倾向于以拼贴故事情节的模式，来消解小说的确定性主题和典型性意义，最终还原生活本来的"碎片"状态，以此表达新生代作家自己对现实世界的认知，而不是为了形成晦涩难懂的"叙事迷宫"。然而，他们以拼贴打破了传统小说完整、封闭的故事情节，使叙事呈现出一种开放性的、共时性的状态，没有明显的高潮情节，也没有真正意义上的结尾。不仅能让读者在阅读时感受到后现代所谓的"生活飘忽零碎的真面目"，而且由故事画面的拼贴构成的小说文本还瓦解了传统小说所追求的"文学性"和"深层意义"，拓展了小说的叙事内容和表达空间。例如，荆歌的《十夜谈》是典型的以故事拼贴而成的碎片式文本。小说从"引子"开始，先是说明了书中的十个故事是朋友为拯救"我"的灵感枯竭而讲的，接下来开始以"第一夜""第二夜""第三夜"……一直到"第十夜"作为小标题，记录了朋友们讲述的故事。故事与故事之间没有明显的联系，"我"和我的朋友们每天的聚会是贯穿十个故事的线索，但是这个线索却与十个故事的内部情节毫无关系，而且由于"讲述者"的不同，故事就明显带上了不同风格和不同的节奏，但又充满了随意性和偶然性，整部小说就是由这一个个风格各异的"碎片式"的故事松散零乱地拼贴而成。朱文的《傍晚光线下的一百二十个人物》由"楼下小烟酒店"的一个普通的傍晚里的七个场景故事拼贴而成，作者以"场景一""场景二""场景三"……直到"场景七"做小标题，明显告诉读者小说是由故事拼贴而成的。所有的故事并没有像传统小说那样以一个焦点性的意义内涵来贯穿，也没有传统故事情节的矛盾冲突，更像是作者漫不经心的片断叙写。红柯的《美丽奴羊》由三个人物不同的小故事缀合而成。第一个标题是"屠天"，写屠夫杀羊时被美丽奴羊所感动；第二个标题是"牧人"，写牧人放羊却让羊放了一回；第三个标题是"紫泥泉"，写科学家跋山涉水造羊。这三个故事相互间并无因果关系，基本上没有统一的中心。

新生代作家以拼贴故事情节的方式构建小说，是对现实的一种映射，对杂糅性拼贴消费语境下的叙事规则的遵循，并以此来还原普通人本真性平凡生活的状态。他们认为现实生活看起来也许有一些相连属的经脉，但这种彼此连属的关系至少存在人为认定的可能。而生活本来的面目是"碎片状"，他们要做的就是在小说中还原现实的真相。因此，他们剪裁生活场景，并将之自由编织，正如荆歌说的那样："我们所醉心的工作，是将生活的碎片加工成我们所自以为是的艺术品。"[①] 故事情节之间不再彼此互相关联，甚至它们被叙述、被用文字的方式印刷在一些有页码的页面中也都可能是纯属偶然的，整个文本结构处于一种发散性状态。

然而，大多数的新生代小说在进行故事情节拼贴时，还是有着一定的内在尺度。他们以非逻辑性、断裂性、反因果性的方式排列各种不同质的内容，虽然对读者惯常的阅读接受造成了一定的刺激，但它不像先锋小说的"叙事迷宫"那样使读者陷入迷茫，阻碍了阅读者对文本的接受。它淋漓尽致地描述了现实生活的零碎性和未知的一面，旨在拒绝读者轻易的、固化的审美参与和跟随，将读者的注意力吸引到了对杂糅拼贴的故事情节的接受和理解中，让读者在感受世界只是"碎片性、非连续性的拼贴"的本质中放弃进行深度思考的主观努力。

当然，新生代小说中也能看见非常类似于先锋小说的故事情节拼贴手法，虽然为数不多，如鲁羊的《九三年的后半夜》《黄金夜色》等。在

---

① 荆歌：《受着想象和梦的导引》，《作家》1997 年第 6 期。

《九三年的后半夜》中，鲁羊以白痴苏轼的视角，拼贴了内容不同的21个小节，这21个小节分别以"招风耳""雨中灯""红点黑点大裙摆""舟中客""阶梯教室""安徒生"等命名。各小节之间关系混乱，近乎癫狂，根本无法形成一个故事整体。21个小节的每一个情节的片断都会有一个叙事的可能性，这些可能性的拼贴将小说连贯性和真实性的传统打得粉碎，故事发展远离了清晰，被引向一个模糊暧昧、虚无飘缈的叙事空间。读者的阅读因此进入了一个纠结的状态，读者的注意力也只能停留在这些情节的碎片本身。虽然杂乱的、毫无理性的故事画面拼贴构成了迷雾弥漫的小说文本给读者留下了更大的自由参与空间，但对读者来说，这样的文本不能不说是一种对阅读能力与接受力的挑战。

（三）叙事语言拼贴

叙事语言拼贴花样繁多。其一，是直接或间接引用名人语录、标语、广告词、宗教经文等等，形成各种类型的语言在同一文本中的杂糅。如，约翰·福尔斯《法国中尉的女人》的每一章前都有一段有具体出处和作者的引言。这是一种在新生代作家群中，比较普通的语言拼贴手法，例如，艾伟的《越野赛跑》的篇首引用了威廉·福克纳的名言"到处都同样是一场不知道通往何处的越野赛跑"；在《爱人同志》的篇首摘抄了波德莱尔的诗歌《一日终了》中的几句："我的心已为噩梦缠绕，我要仰面朝天躺下，让黑暗成为我的睡房……"；韩东的《我和你》节录了朱文的《献诗》和西蒙娜·薇依的"爱是我们贫贱的一种标志"；海男的《妖娆罪》的扉页上则引了尤瑟纳尔《哈德良回忆录》中的一小段；她的《短篇小说自选集》其中的14篇就直接大段引用了法国著名"新小说派"代表作家阿兰·罗伯·格里耶小说中的语句24处。此类引文有些和小说有关，比如，韩东的《西安故事》引用了丁当的诗歌："那一年你流落异乡／一头长发满脸凄凉／普通话说得又酸又咸／怕洗衣服穿上了人造皮革／有时上大街逛逛／两只眼睛饿得滴溜溜乱转"。这段诗歌的引用很明显和小说的故事内容形成互文，诗歌更加精炼地描摹了小说中几个单身汉生活的情景——如何的落寞和邋遢。但是，有些则很可能和小说本身的故事没有什么深刻的联系，它与主体文本的关系若即若离，读者需要通过阅读才能找出它们之间的联系。因此，读者可以在阅读文本的同时在某种程度上参与文本的写作。当然这样的引用拼贴也能帮助读者了解作者本身的文化素养，为小说的阅读和更好地理解作者的创作意图提供一些便利。

其二，是在文本中拼贴一些毫无逻辑关系甚至相互抵触的句子，造成意义理解上的障碍。在中国，这种叙事语言的拼贴手法早在20世纪80年代就大量出现在了先锋小说中。因为在80年代的先锋小说中，叙事本身就是审美对象，语言的重要性远远大于故事本身，语言是压倒一切的存在，因此他们更注重语言形式的创新与变异。然而，一旦破坏了能指与所指之间的联系，读者就很难捕捉到故事背后所隐藏的意义。试看下面一段话：

> 这些冬季的街道因此在信使的想象中悠久地如此神秘而又神圣。世俗的无限世纪在信使路经它们的时候已经成为可能。
>
> ——孙甘露《信使之函》

这段文字句子之间的关系都含糊不清，词语背后的所指关系被切断了，仅剩下一些能指在滑动。孙甘露的《访问梦境》中也有类似的毫无逻辑的句子拼贴。这种句子拼贴可以说它们根本无法理解，也可以说它们有无数种理解方式。虽说这种无逻辑性的语言拼贴达到了破坏连续性和意义中心的目的，但是它基本上阻塞了普通作者对文本的理解，因此它到底还是一种极端化的实验，在先锋作家的作品中也不太常见，而在新生代的小说中则更少见。但是，我们还是可以从某些新生代作家的小说作品中看到些端倪，例如海男的《女人传》和《男人传》中有如下的句子：

> （1）你的脊背上靠着一个女人，这是世界上最轻的羽毛，一个朦胧的早晨你知道当她的手放在脊背上时，你已经到了一座凉亭，看见了成群的候鸟。
>
> ——海男《男人传》

(2) 她的 30 岁正在暗渡着黑夜和白昼的零散的语言，暗渡着她生命之中的一种无声的观念，她 30 岁的观念已经在蜘蛛的网上游移，她 30 岁的观念正在变成雨中的颗粒……

——海男《女人传》

这两部小说都几乎没有故事情节，有的只是语言的自我呈现和自我表演。在上述的两个例子中，句与句之间、甚至词与词之间的逻辑关系都显得模糊。例（1）中"女人"与"凉亭"之间的关系何在？此处为何要强调"成群的候鸟"？例（2）的句与句之间暂且可以看作是并列的关系，但是句中的动词"暗渡着"与后面"黑夜和白昼的零散的语言"以及"她生命之中的一种无声的观念"的搭配不合逻辑，即便是"黑夜和白昼的零散的语言"这样的定语修饰也是不合情理的。海男彻底放逐了语言的"所指"，无限扩大了"能指"。在打破了传统语法规则，摧毁了话语的内在秩序之后，语言所具有的传统和世俗的意义已无法追寻。这种诡异、铺张的词句组合确实让读者的传统阅读无法顺利地进行，但是它扩大了词语的想象边界，使语义从某种程度上获得了出其不意的审美效果。

总之，缺乏逻辑关系的句子拼贴，反映出了作者语言重于故事的创作观念，打破传统对连续性和中心意义的重视，也许在一定程度上引导了读者接受一种新的审美趣味，但作者过分任意地遣词造句而使语句陷入了完全的"能指"游戏之中，将读者的阅读心理承受力置之不顾，这不能不说是对读者的一种忽视甚至嘲弄。新生代小说从整体上来说，比较重视读者群，因此这也是他们极少使用此种手法的原因之一。

其三，是将各种话语体系，如政治话语、民间话语、流行语以及个人通俗话语等融入文本，使文本处于一种众声喧哗、中心模糊，但充满反讽意味的状态。这是新生代小说中使用最多，也最擅长的拼贴手法。这点与 20 世纪 80 年代先锋小说的文学拼贴有着较为明显的不同。80 年代先锋小说看重时空、故事、场景等的拼贴，在叙事语言上则较偏爱破坏所指关系的句子并置，但新生代小说的文学拼贴更倾向以各种话语体系的拼贴构成话语组合的反讽性。很多新生代作家的作品都涉及这种拼贴手法的使用，在毕飞宇、东西、徐坤、李洱等人的小说中体现得尤其突出。例如，毕飞宇在《平原》中用政治话语"拼贴"出了一个女人的吃相："在吃饭这个问题上，吴蔓玲已经练就了一身过硬的本领，可以用多、快、好、省进行理论上的概括。……吴蔓玲一手捧着大海碗，一手拿着筷子，在大海碗里进行地道战、麻雀战、运动战、歼灭战，四处出击，四面开花，一边吃，一边转。满满尖尖的大海碗，三下五除二，一转眼就被吴蔓玲消灭了。"①此处"多、快、好、省""地道战、麻雀战、运动战、歼灭战"等都是带有时代烙印的政治话语，却用来描述一个女人的吃相，可见那个时代的政治对人们的影响之深，连女人吃饭都吃得像打仗一样而且没有任何异样的感觉。书中女主人公其实是一个时代政治化的符号，她的人生当然难逃悲剧的命运。毕飞宇在文中拼贴入这些"言意背反"极具反讽意义的政治话语，不仅揭示出政治权力崇拜是如何扭曲了人们的灵魂，而且表达了对沦为政治权力追随者的女性悲剧命运的惋惜与伤痛之情。类似这种政治话语的拼贴在毕飞宇的文中是很常见的，如，在《男人还剩下什么》中，妻子离婚时，在争夺女儿时对"我"说："第一，宣传；第二，统战。第三，你完了。"②"我"单独一人住在办公室，面对主任担心"我"的作风问题时，郑重地向主任保证说："两个文明我会两手一起抓的。"③《家里乱了》里，夜总会的经理说："所有的客人都在建设精神文明"；④苟泉和乐果吵架的结果是"农村包围了城市，农民也只能靠拢市民。"⑤李洱

---

① 毕飞宇：《平原》，人民文学出版社 2011 年版，第 79 页。

② 毕飞宇：《男人还剩下什么》，载毕飞宇著《相爱的日子》，重庆大学出版社 2011 年版，第 129 页。

③ 毕飞宇：《男人还剩下什么》，载毕飞宇著《相爱的日子》，重庆大学出版社 2011 年版，第 121 页。

④ 毕飞宇：《家里乱了》，载毕飞宇著《青衣》，上海文艺出版总社、上海锦绣文章出版社 2008 年版，第 1 页。

⑤ 毕飞宇：《家里乱了》，载毕飞宇著《青衣》，上海文艺出版总社、上海锦绣文章出版社 2008 年版，第 3 页。

的《花腔》中充斥着不同时期的政治话语："我们既要反左，又要反右，但主要是反左。"①"经过灵魂深处爆发革命，狠批私字一闪念……"② 徐坤在《先锋》中给先锋下的定义："先锋者，积极要求进步，积极靠近组织，刻苦攻读马列毛主席著作，又红又专，热爱劳动，积极主动和同志们打成一片之分子是也。"③ 这些本来严肃的、枯燥乏味的、特定时代的政治话语在文中拼贴使用，语言的形式与内质表现出来的巨大反差，使文本充满了讽刺与调侃的意味，表现了时代具有戏剧化的一面，同时引导人们用新的眼光去看待这些政治话语，幽默风趣的语言风格也使得小说的可读性增强了。

新生代作家们还将一些方言词、坊间俗语、外语词等拼贴进了文本，使得小说更加贴近生活。比如，何顿的《我们像葵花》中充斥着长沙的方言土语，试举几例：

（1）我看你应该枪毙，你个脑膜炎！

（2）何斌……深感这个医生的脑壳……是那种思想不开窍的芋头脑壳。

（3）强硬措施是一句吓白菜的屁话。

（4）你是要我打得你做猪叫？

————何顿《我们像葵花》

上例中的"脑膜炎""芋头脑壳""吓白菜""做猪叫"都是带着浓厚乡土气息的长沙话，何顿通过在文本中拼贴这些形象的方言土语生动地给读者展现了他笔下的小市民们躁动不安的存在。毕飞宇的《平原》一文也大面积使用了苏北的方言词汇，他的"玉米三部曲"中，还常拼贴一些民

---

① 李洱：《花腔》，人民文学出版社 2002 年版，第 59 页。

② 李洱：《花腔》，人民文学出版社 2002 年版，第 103 页。

③ 徐坤：《先锋》，载徐坤著《午夜广场最后的探戈》，作家出版社 2010 年版，第 61 页。

间俗语，比如，"过门前的奶子是金奶子，过门的奶子是银奶子，喂过奶的奶子是狗奶子"；[①] "母狗不下腰，公狗不上腔"[②] 等等。作家们将这些朴素却又鲜活的方言俗语拼贴入文本，使文本具有了浓浓的生活气息，让读者读起来倍感亲切。另一方面，文学语言与这些民间语言的杂糅也使得小说呈现出一种荒诞幽默的氛围，同时也达到了作者针砭时弊的目的。以徐坤为例，她的《斯人》，共有 22 处拼贴入外语词，其中直接拼贴入的英文句子就有 6 个；她的《呓语》中有一处非常经典的拼贴："学生课堂上昏昏欲睡……这时我就知道他们的那藏在眼睛后面的大脑此刻一定处于休眠状态，于是大喝一声：'to be，or not to be？'"[③] 老师的这句莎士比亚《哈姆雷特》中的名言（生存还是毁灭），并没有让那些颓废的学生们清醒，反而引来了无比的疑惑。徐坤将英文原句直接拼贴入文本，英文原句的深刻意义与学生毫无触动的行为形成鲜明对比，读者看到的是学生的空虚颓废、老师的无奈以及师道尊严的丧失与价值的边缘化。在《梵歌》中，徐坤则拼贴了方言词。当佛学博士发现小和尚不知"玄奘"为谁时，问道："看过《西游记》没有？没听过唐僧取经吗？"哪料"小和尚不耐烦了，脖子一梗说：'鹅干哈非知道唐僧不可？鹅只要记住，释迦牟尼是鹅祖宗，法海大师是鹅师爹，鹅就能成佛。'"[④] 这段方言谐音与书面语的夹杂诙谐幽默，使读者看后忍俊不禁，但字里行间却透露出了对当前包括佛教活动在内的各行各业鱼目混珠现象的讽刺与挖苦。徐坤还擅长将各行各业的术语拼贴使用，如《先锋》一文中，她杜撰了《中华大百科全书·文艺卷·F 类》对废墟画派的解释："F：废；废都；废墟；废墟画派：崛起于二十世纪八十年代中期。代表人物：撒旦、鸡皮、鸭皮、屁特。代表作：《存在》、《我的红卫兵时代》、《人或者牛》、《行走》。影响或贡献：唱念做打俱佳，呈前卫状，做先锋科。在纯洁绘画语言方面开创了中国后现代艺

---

① 毕飞宇：《玉米》，上海文艺出版总社、上海锦绣文章出版社 2008 年版，第 21 页。
② 毕飞宇：《玉米》，上海文艺出版总社、上海锦绣文章出版社 2008 年版，第 29 页。
③ 徐坤：《呓语》，载《徐坤精选集》，北京燕山出版社 2014 年版，第 270 页。
④ 徐坤：《梵歌》，载《徐坤精选集》，北京燕山出版社 2014 年版，第 352 页。

术的先河。"①其中混合了戏剧用语、体育用语、艺术用语。这种几个不同行业术语的拼贴，幽默而又深刻地讽刺了所谓的先锋派只是根本触及不到先锋本质的表面上的先锋。再如，"小说家一手拿着泥抹子，一手拎着水泥桶，把12345678个阿拉伯数目字儿一层层地往起码。码完了，还剩下一个9，9自手。一条龙上停，推倒，和了。自己连喝几声彩，用帽子转圈向围观者收了那么十几张票子，点了点，还略有个小赚，不由得心满意足。"②此处，文学语言与建筑用语、麻将语、江湖用语、商贩用语诙谐地拼贴在一起，让读者看到了所谓的知识精英们尴尬的处境和可悲的虚伪，以深刻的讽刺把他们从"神坛"上拉了下来，同时将知识分子传统的精英意识消解殆尽。

新生代小说中各种话语的肆意拼贴造成了语言的狂欢，文本词语的"所指"在这样的状态下远远超越了"能指"。正如陶东风所说，"话语与语境分离。说话者与话语分离，从而造成了意义的变形，打破了指义的单向性。"③因此产生的语义扩展变异，大大丰富了语义的内涵，增加了小说语言意想不到的审美效果。同时，话语拼贴还影射了当前的社会现实，以风趣幽默衬托出了欲哭无泪的效果。当然，这种叙事语言拼贴还有一个作用，那就是从某种程度上表达了作者的想法：希望读者改变固化的审美倾向，接受不断变换的话语体系，尽量放弃试图进行的深度思考。

当然，在实际的新生代小说文本中，上述的各种拼贴手法很少单独使用，往往是结合在一起使用的。如，荆歌在小说《十夜谈》中就同时使用了图画式的拼贴和故事情节拼贴；徐坤的《先锋》则使用了文体拼贴和叙事语言的拼贴等等。

综上所述，新生代小说将价值相异、性质不同的材料拼贴在一起，一方面是20世纪90年代的社会各个方面的错位、拼贴情境在文学上的反

① 徐坤：《先锋》，载徐坤著《午夜广场最后的探戈》，作家出版社2010年版，第59页。
② 徐坤：《先锋》，载徐坤著《午夜广场最后的探戈》，作家出版社2010年版，第66页。
③ 陶东风：《旷野上的碎片：关于知识分子的报告——读徐坤的知识分子题材小说》，《当代作家评论》1996年第4期。

映，体现了小说家们对现实、历史和自身的思考与理解；另一方面不仅突破了小说传统的叙事模式，而且使得小说在文体和语言形式上都得到了极大的丰富，拓展了文学艺术的审美空间。

新生代作家们对拼贴手法的应用相比先锋作家们显得纯熟和精到，刻意为之的痕迹减弱，与文本的相容性增强。由于新生代作家更重视读者群的接受与反应，因此，他们弃置了一些较为激进的拼贴手法，例如，"缺乏逻辑关系的句子并置"就非常少见，而能够吸引读者轻松阅读并思考的"文体拼贴"和"各类话语拼贴"则大量使用。拼贴故事情节的目的也做了相应的调整，从先锋让读者迷惑而又痛苦的"叙事圈套"转到了还原"碎片化"的现实生活。这一切都使得新生代的小说既具有"陌生化"的审美效果，更具有通俗的可读性，也就更贴近读者群。

由于受中国传统文化一元论的影响，20世纪八九十年代的中国文学缺乏西方后现代离散的、多元的哲学基础，对西方哲学语言学转向的接受也准备不足，所以，无论是先锋作家还是新生代作家都还无法将拼贴上升到形而上的哲理层面，也很难将其与中国文学融为一体。他们的拼贴技法停留在了对西方后现代小说表象上追随和模仿，比较倾向于对形式的追新求异。但无论如何，他们确实从某种程度上以碎片拼合的方式打破了传统小说所推崇的整体性，并且直指传统叙事方法论所具有的封闭性、统一性的弊病，从本质上提升了叙事在小说文本创作和阅读中的本体性地位。

第四节　从言到意的反讽

作为西方文论最古老的概念之一，"反讽"的内涵和外延随着时代历史的变迁不断地发展和更新。英语的"Irony"（反讽）一词出现的时间是1502年，它源自于希腊文"eironia"（佯装无知）。亚里士多德将"反讽"定义为"指演说者试图说某件事，却又装出不想说的样子，或使用同事实相反的名称来称述事实。"① 古罗马著名修辞学者昆体良则将反讽扩展为一种修辞格，视之为一种论辩术以及论辩中的语言技巧。自此之后一直到18世纪，反讽意义没再有多大进展。到了18世纪末19世纪初，随着德国浪漫主义文论的兴起，反讽的概念有了新的拓展。它摆脱了单一的修辞学意义，不再是微观的修辞技巧，而走上了形而上的层面，开始成为一种文学创作原则，具有了哲学美学的意义，被称为"哲学反讽"或"浪漫反讽"。在吸取德国浪漫主义反讽理论的基础上，20世纪初的欧美新批评派更进一步拓宽了反讽的内涵。其代表人物T.S.艾略特、瑞恰慈、布鲁克斯等将反讽视为诗歌语言的基本原则。随着20世纪语言论的转向，反讽带上了鲜明的现代与后现代的特征，它甚至被视为"是文学现代性的决定性标志"。② 后现代理论家伊哈布·哈桑就将反讽当作后现代文化众多重要特性中的一个。在充斥着荒诞性、多重性、偶然性和不可知性的后现代主义那里，反讽更多表达的是对世界的疏离感和陌生感的观照态度。

反讽就是这样的一个历史性概念，从以修辞学为基础的传统反讽到具有现代性和后现代性的反讽，几千年来，它的内涵和外延一直在演变并在演变的过程中不断地丰富和发展，甚至直到今天还在衍变、丰富中。由此，我们可以看到反讽历久不衰的艺术生命力。

中国的古代文论中并没有出现"反讽"这一术语，直至2002年版的《现代汉语词典》中才首次收入了"反讽"一词。因此，中国的现代反讽概念是一个舶来品。然而古代文论缺乏系统明确的"反讽"概念，并不意味着中国古代不存在反讽叙事。中国古代文论中不仅有着不少与反讽相近的理论表述，如"怨而不怒、哀而不伤""悲欢含蓄而不伤，美刺婉曲而不露"等等，而且在中国古代的文学作品中反讽现象更是比比皆是。

现代文学时期，出现了一大批反讽叙事的名篇，其中最有代表意义

---

① 〔古希腊〕亚里士多德：《亚里士多德全集》第九卷，颜一、崔延强等译，中国人民大学出版社1997年版，第596页。

② 〔德〕厄内斯特·伯勒：《反讽和现代性》，转引自黄发有《90年代小说的反讽修辞》，《文艺评论》2000年第6期。

的当属鲁迅的小说集《故事新编》、老舍的《老张的哲学》、钱钟书的《围城》等。这些文学作品明确地将反讽的箭头指向了根深蒂固的封建宗教礼法、愚陋的国民性等等。虽然现代文学中的反讽有了一定的发展，但总的来说，它仍未能进入叙事文学的主流。在新中国成立后的"十七年文学"中，特别是十年"文革"期间，文学中的反讽叙事基本上销声匿迹了。

新时期初，伴随文学中"人"的个体意识的觉醒，叙事主体的反讽意识也开始从十年"文革"带来的精神荒芜中觉醒，伤痕小说和反思小说中出现了一些有一定思想深度的反讽式作品，如冯骥才的《啊》、王蒙的《布礼》等，但他们的反讽基本上都是以局部话语反讽的形式出现，并且多限于政治反讽。20 世纪 80 年代末，由于西方现代艺术的引进，反讽成为西方现代观念影响下产生的现代派小说的叙事基调，例如刘索拉的《你别无选择》和徐星的《无主题变奏》等等。小说以"反讽"精神作为最基本的叙事立场。文本以揶揄调侃的反讽话语，反抗束缚，传达叛逆，解构传统权威。此时的反讽已经抛弃了功利性目的，而侧重于从形而上的哲学精神层面去考量中国当下的现实。

随着文学的"宏大叙事"越来越走向"个人叙事"，以叙事为本体的先锋小说，将前期小说对反讽的精神实质的追求转变为对"如何反讽"的叙述追求。马原等追求的是形式本体意义上的反讽而不是思想意义上的反讽，当然他们也并没有完全忽视形而上内涵的反讽。反讽在此期间逐步走向深化和成熟。先锋以降，随着多元化的价值观的推广，叙事话语自由度的进一步增加，反讽在吸取了前期丰富的经验之后逐渐成为作家书写文本的一种策略和总体结构。"新写实"的日常反讽以冷漠超然的叙事姿态描画了庸常人物的生存悲哀和近乎无事的生活悲剧；王朔以无所不在的话语反讽"躲避崇高"，① 消解信仰；刘震云、莫言、王小波等人的"新历史"书写以反讽在解构传统的历史观、解构权威的同时指涉着鲜活的现实世界以及鲜活现实世界中的一类文化人的精神。

––––––––––

① 王蒙：《躲避崇高》，《读书》1991 年第 1 期。

20 世纪 80 年代末到 90 年代，反讽在小说中的运用蔚然成风。在这蔚然大观的反讽叙事大军中，新生代小说无疑占据了一席之地。中国古代反讽叙事的传统、当代的悖论语境、对西方后现代反讽主义理论的研究，这些无一不对新生代小说的反讽叙事产生重大影响。加上在此之前诸多前辈的反讽叙事实践更为新生代小说的创作提供了绝佳的经验。由于之前的小说家们几乎已经将反讽的各种技巧、各种方式都演练了一遍，各种技巧的可能性和局限都已经清晰地呈现了出来。有了这样的基础，新生代作家自然在应用起"反讽"这一叙事修辞技巧来更加灵活自如，技术化倾向也更加明显。于是，出现了一大批叙事主体反讽意识自觉性较强、技巧娴熟、特点鲜明的反讽小说，使反讽成为新生代小说的重要景象之一。新生代作家荆歌甚至认为反讽就是他写小说的秘密——"……我倒是对韦勒克有关反讽的一段话十分感兴趣。……他说的真好，他把我写小说的秘密用短短的一句话就给揭穿了。"① 很明显，此时的反讽绝对不仅是一种单纯的修辞手段或语言技巧，而是从言到意，成为一种重要的叙事修辞方式，它表达了作者的人生观和价值观。

从前文的简要分析，可以看出反讽的内涵是一直处于不断地丰富和发展之中的，反讽本身存在的复杂性、多样性和反讽使用者的个体差异，都导致了明确地定义"反讽"这一概念的困难性。但可以确定的是反讽与文学有着密切的关系，文学作品中大量存在着反讽现象。而且，无论是哪种形式的反讽都需要通过叙事来实现。现代小说早已将反讽从作为一种语言的修辞手段扩展到了文本的结构上，因此，反讽既是一种修辞格式，也是一种艺术的叙事策略和叙事结构，还可以作为一种文学创作原则，同时也表现为一种认知世界和构造艺术世界的方式。分析新生代小说文本，可以看出，新生代小说中的反讽不再局限于是一种单纯的修辞手段运用或局部的语言技巧，而是从言到意，成为小说作者表达思维方式、生活态度或否定和质疑特定价值观的重要叙事修辞方式，形成了一种具有"形而上"

---

① 荆歌：《慌乱·后记》，贵州人民出版社 2004 年版，第 220 页。

性质的创作观。为了能够对新生代小说的反讽特征作出一个比较清晰而且全面的考察，本节结合新生代小说的反讽实践，从言语反讽、叙事结构的反讽、情景反讽和总体反讽四个方面来考察新生代小说反讽的叙事修辞特征。

一、言语反讽

言语反讽是传统修辞层面上的反讽，它既是一种古老的修辞方式，也是一种最为常见和普通的反讽形式。它指的是叙事者在文本中采用非常规的谐谑性的语言，通过特定的语境，达到语言表层意思与真实意指之间的偏离甚至悖立，以此来传达叙事者自身真实的价值取向。相对于其他的反讽形态，言语反讽由于最易为读者识破，因此它也是最易达到叙事者召唤读者去体悟言语背后的真实所指目的的一种反讽类型。它的功能直接而明晰，具有很强的视觉冲击力和显而易见的批判指向。如果能将言语反讽运用得圆熟得当，它往往能成为更深层次反讽的基石，它所带来的绝妙的反讽效果可以使小说的结构和立意大大地提升。新生代作家很多都是应用这一技巧的高手，例如毕飞宇、荆歌、徐坤、东西、李洱等等。

言语反讽的形式很多，本节参考赵毅衡在《新批评———一种独特的形式主义文论》一书中对言语反讽的划分，并略作补充，从克制陈述、夸大陈述、反语、戏仿意识形态语言、语调等角度对新生代小说言语反讽手法的应用进行分析。

（一）克制陈述

克制陈述是指作者将严重的事件进行轻描淡写的叙述，然而借助语境的压力，读者又能感受到它的严重性，并体会到作者隐含在字面之下的深意，也就是赵毅衡所谓的"故意把话说轻，但使听者知其重"。① 例如，

---

① 赵毅衡：《新批评———一种独特的形式主义文论》，中国社会科学出版社 1986 年版，第187 页。

毕飞宇《怀念妹妹小青》中有一段这样的描述："根据我们在墙头上观察，后来主要是凳子倒了，如果凳子不倒，这个女人完全可以在长凳子上持续一个星期。凳子倒了，女人只能从长凳子上栽下来。不过问题不大，她只是掉了几颗门牙，流了一些血，第三天的上午她又精神抖擞地站到长凳子上去了，直到这个女人莫名其妙地大笑起来。她笑得真是古怪，浑身都一抽一抽的，满头花白的头发一甩一甩的，只有声音，没有内容。我从来都没有听过这种无中生有的欣喜若狂。"① 这段话描述的"女人"显然是一个在"文革"期间受迫害的政治犯，小说的这段场景是发生在这个"女人"投河自尽，被妹妹小青所救后反而受到了更无人性的惩罚的场景。很明显，这个女人自杀是因为无法忍受非人性的折磨，然而自杀未成，还受到了在大众面前"站凳子"的惩罚，这种惩罚不仅是一种肉体的伤害，更是一种精神的侮辱。毕飞宇在描述这样的一个悲惨事件时，用了克制陈述的方法，通过少不经事的、对政治斗争没有半点理解力的儿童的眼睛，看到的那个"女人"摔下凳子是因为凳子倒了（而不是体力不支），摔下来后"只是掉了几颗门牙，流了一些血"（没有过大的身体伤害），回到凳子上时"精神抖擞"，"莫名其妙地大笑"，在孩子看来是"欣喜若狂"（而不是被折磨得精神错乱）。毕飞宇就是这样以克制陈述的方法将"文革"残酷的政治斗争对人身心的折磨以轻描淡写的方式表现出来，平淡的语调、克制的话语，将孩子的单纯无知与政治的冷酷无情形成了鲜明的对比，造成了强烈的反讽效果，体现了作者的不满和批判的立场。东西的《没有语言的生活》也运用了很多克制陈述式的言语反讽，例如王家宽割耳："他开始憎恨自己，特别憎恨自己的耳朵。别人的耳朵是耳朵，我的耳朵不是耳朵，王家宽这么想着的时候，一把锋利的剃头刀已被他的左手高高举起，手起刀落，他割下了他的右耳。他想我的耳朵是一种摆设，现在我把它割下来喂狗。"② 这段话东西以非常平静的语气叙述了王家宽割下耳朵的过

① 毕飞宇：《怀念妹妹小青》，载毕飞宇著《相爱的日子》，重庆大学出版社 2011 年版，第 85 页。

② 东西：《没有语言的生活》，江苏文艺出版社 2011 年版，第 16 页。

程，表面上看起来整个叙述简单而且近乎冷漠，但其实文本深处潜伏着巨大的反表达。王家宽是个聋子，他听不到任何声音，也因此造成了生活上很多的悲惨的事件，然而这些悲惨事件的根源是人与人之间的冷漠，而并不是他的耳朵的错。可是，对于王家宽来说，除了痛恨自己的耳朵之外，别无他法。作者克制的陈述与王家宽痛苦的生活之间形成了鲜明的反讽效果，其间实际上隐含了作者深深的同情。

（二）夸大陈述

夸大陈述在《新批评——一种独特的形式主义文论》中，赵毅衡下的定义是"假情假意地夸张，暗指相反性质"。①与夸张不同的是，夸张虽然是用堂皇铺饰的话语，通过丰富的想象对事物进行夸大描述，但是它没有暗含与真实意图相反的意义。而夸大陈述强调的是话语言义之间潜在的悖反指向。例如，徐坤的《轮回》中有这样一段话：

> 单为这一点，我也是要全力去救你啊！救你，可就是救孩子的母亲，就是救我聂家的根啊！哪怕是丢官鬻爵，哪怕遭到世人的耻笑，我也是要坚持救到底。不孝有三，无后为大。聂赫留朵夫留学日本，没有正经上过国学课，但这一点还是认识得很清楚的。人什么都可以没有，就是不能绝了后，否则，不就是断了传统，割了五千年文明的脉了吗？

《轮回》是《复活》的戏仿文本，徐坤将男女主人公搬到了中国的文化背景之中，这段话体现了传统的男权文化的根深蒂固，救母亲的目的其实是救孩子，男孩子是"聂家的根"，重要到可以"丢官鬻爵"，不惧"世人耻笑"，而女人则是顺带"救"的，这其实是聂赫留朵夫的私心，也是传统男权思想的深刻影响，可是他却说得冠冕堂皇，将没有男孩夸大成是

---

① 赵毅衡：《新批评——一种独特的形式主义文论》，中国社会科学出版社 1986 年版，第187 页。

"断了传统，割了五千年文明的脉"。徐坤用夸大陈述的手法极尽反讽之能，表面上强调了救人（男孩子和妈妈）的重要性（延续了传统和五千年文明的脉），而实际则狠狠地嘲讽了男权文化下人们的愚昧与虚伪，强烈批判了传统男权文化"重男轻女""不孝有三，无后为大"等迂腐的思想顽疾。作为一个女性作家，徐坤选择夸大陈述这种言语反讽方式，对以男性话语为中心的社会进行话语突围，还是很成功的。

荆歌在小说《太平》中多处运用了夸大陈述的反讽手法，例如，文章的开头写道：

> 那是一个阳光明媚的日子，我们信步走进立德医院的太平间去，要将祖母的遗体取出来，送往殡仪馆进行火化。……阳光把医院的金字招牌照耀得不可逼视，让人联想起乐队中小号的独奏。……叔父对医院的环境十分欣赏，他像到公园春游一样左顾右瞻，诗意荡漾在他的脸上。我也因此环视起医院花园般的假山草木来……我因为对美好景色的观赏过于专心致志，不小心把叔父的脚后跟踩了。

去医院的太平间和即将火化祖母本是一件令人悲伤的事情，但是在荆歌的夸大陈述之下，医院美景胜似公园，一行人"信步"走进医院，专心致志地欣赏风景，愉悦的心情恰似度假，完全没有一丝该有的悲痛，亲人之间尚且如此冷漠，那世间人与人的关系又该会怎样的呢？荆歌以幽默荒谬的叙述呈现了生活的荒诞本质，夸大陈述产生的强烈的反讽意味也使作品平中见奇，情趣横生。

（三）反语

反语是指叙事者为了达到某种修辞目的，将自己本意用相反的词语来表达。它包括反话正说和正话反说，即正面的话语表达的是相反的意思，而正面的意思则用相反的话语来表达。在表现方式上，反话正说和正话反说看似不同，但它们的表达效果却是殊途同归。叙事者话语真实的意义与表面意义相反，导致了"言"与"意"之间悖离，反讽的效果就此产生。新生代很多作家都擅长使用这一手法来达到嘲讽的目的。例如，毕飞宇在小说《平原》中有这样一段："用'敌敌畏'杀死自己，是企图寻死的乡村女人或乡下姑娘们最新的创造。比起投河来，比起上吊、跳井、撞墙、剪气管、抹脖子来，喝农药利索多了，也科学多了，一句话，省事多了。是时代的一个进步。"① 这段描写的背景是三丫被逼婚而企图用"敌敌畏"自杀。"最新的创造""利索多了""科学多了""省事多了"等都是带有褒义感情色彩的词。单从字面意思上理解的话，作者对用"敌敌畏"自杀的方式是持肯定的态度，甚至认为这是一个"时代的进步"。然而，这些词背后所隐藏的相反的意义和否定的态度才是作者真正的意图。毕飞宇这种"反话正说"手法的使用，在看似轻松幽默中传达了对乡村"轻生"陋习的批判，也饱含着他对乡村女人只能用自杀来反抗命运不公的同情，以及对传统观念陋习的愤怒，使文本具有了很强的反讽意味。而东西的短篇小说《反义词大楼》则把"正话反说"式言语反讽发挥到了淋漓尽致的地步。在反义词大楼，培训老师教给求职者的唯一技能就是正话反说，例如，把不爱说爱，把高兴说高什么兴，把死亡说有的人死了他还活着，把文盲说成知识分子等等。老师强制性教导大家用"正话反说"后的谎言来混淆是非，敢于实话实说的人（如麦艳民）则被折磨到认同反话为止。东西在此鞭辟入里地反讽了大众对假话流行心照不宣的社会现象，以及现代人廉价的虚荣心，同时也深刻地揭露了个体在强权政治与大众盲从相结合的文化下往往难逃被操纵的命运。

（四）戏仿各种典型话语

戏仿又被译为戏拟、仿讽或滑稽模仿等等。早在古希腊亚里士多德所著的《诗学》一书中就已经提到过这种古老的文学表现技法。它指作家为了达到一种强烈的调侃嘲讽甚至解构颠覆的目的，在自己的作品中有意戏谑性地模仿经典范式、传统文本的内容、语言及美学表现形式的一种创作手法。戏仿文本是对传统的经典文本的挑战，它虽然是借鉴了源文本的

① 毕飞宇：《平原》，人民文学出版社 2011 年版，第 191 页。

故事、语句、意象等，但却是在新的维度上展开叙事，并在原空白处添加大量的想象，从而从整体上再造了一个新文本。这个拟文本的表面是模仿、依从源文本的话语方式，然而其潜在的语码却与此相逆忤，反讽意义就在这表里话语的对照、冲突、悖逆中不言自明。戏仿以嘲讽的方式拆解了语言，颠覆了那些已有的源文本在历史中的尊贵地位，消解了传统价值观和文化成规，从而解构了所有人为设置的某种既成的"偏见"累积而成的人文价值和意义，因而它也就成了当代小说最典型的反讽手段和叙事修辞策略之一。

戏仿的对象各式各样，它可以戏仿语言，戏仿文本模式、故事主题、情节、人物等等。前者属于语言层面反讽，后者属于叙事结构的反讽，为了方便论述，我们此节论述关于语言的戏仿，而将后者放在下一节"叙事结构中的反讽"中论述。

进入 20 世纪 90 年代以后，随着中国经济的发展和社会结构的变化带来了文化嬗变，多元化的文化环境更加促进了后现代主义在中国大陆的风行。在后现代主义语境下，戏仿摒除了严肃的反抗姿态，以充满调侃和嬉笑怒骂的语言进行"反常规"的叙事，以彰显对语言形式和传统话语的普遍质疑。语言戏仿正如巴赫金所说，"每一种语言都是一个置身于具体语境的存在，并且与这一语境保持着特定的逻辑关系和指物述事的语义关系。但是，当把一种语言从一种语境转移到另一种语境时，不仅语言形式而且语言背后的'客体'和'意义'都可能发生变异。"① 作者通过戏仿使语言的形式与内质产生巨大反差，不仅表达了讽刺的意图，而且将原来读者熟悉的语言"陌生化"，最大限度地释放了语言的快感和张力，给读者带来了意想不到的感官冲击。

对语言的戏仿可以是多方面的。20 世纪 90 年代以来社会物质形态和精神结构都在悄然改变，文学的"宏大叙事"在消解，反映在新生代小说

---

① ［苏］巴赫金：《巴赫金全集》第五卷，白春仁、顾亚铃译，河北教育出版社 1998 年版，第 242 页。

中，一切都是肆意的，没有任何节制。新生代小说中对各种典型语言，比如意识形态语言、名人名言、流行歌曲、古典诗词等的戏仿，不仅给作者带来了一种叛逆式的快感，而且成了他们瓦解崇高，吸引读者的有效突破口之一。

新生代的许多小说都应用了对意识形态语言的戏仿，尤其是对公众性的政治话语符号的戏仿。例如，毕飞宇的《家里乱了》里的乐果到歌厅卖唱赚外快是"幼儿教师乐果的歌声当天晚上就和市场经济接轨了"；①《青衣》中的乔炳璋为了剧团的发展，无奈地讨好愿意资助剧团的老板时，他"作为一个剧团的当家人，一手挠领导的痒，一手挠老板的痒，这才称得上两手都要抓。"② 李洱的《石榴树上结樱桃》中繁花出于私心考虑先给本村的母狗配种并打折费用，这样的小事，她却企图让妹妹在报纸上置换成"在村干部的领导下，全村一盘棋，资源共享，优化组合，取长补短，共同发展。"③ 这些例子中画线部分的词语都是公众耳熟能详的政治话语符号，作家通过对这些大众谙熟于心的政治性语言的陌生化应用，使得宏大、严肃的政治性词汇与琐碎、世俗的日常生活语境之间形成了巨大的落差，二者之间极大的不协调性使词语本身在读者心中僵化的概念意义得到了消解，在幽默调侃之中还达到了强烈的戏谑反讽的修辞效果。

在新生代小说中，戏仿流行歌曲、名人语录、古典诗词等定型话语并将之穿插使用于文本之中，不仅使文本的语言呈现出"狂欢化"的特征，还常常能为文本营造出意味深长的特殊的反讽语境。因此，大部分新生代作家都在自己的小说文本中使用过这一手法。限于篇幅，此处略举几例。（见下表）

---

① 毕飞宇：《家里乱了》，载毕飞宇著《青衣》，上海文艺出版总社、上海锦绣文章出版社2008年版，第4页。

② 毕飞宇：《青衣》，上海文艺出版总社、上海锦绣文章出版社2008年版，第204页。

③ 李洱：《石榴树上结樱桃》，新星出版社2011年版，第28页。

戏仿	原文
离婚不要紧，只要有决心，离了她一个，还有后来人。 ——东西的《耳光响亮》	砍头不要紧，只要主义真。杀了夏明翰，还有后来人。 ——夏明翰《就义诗》
两风戈壁瘦马，窟藤老树昏鸦，断肠人在天涯。 ——徐坤《屁主》	枯藤老树昏鸦，小桥流水人家，古道西风瘦马，夕阳西下，断肠人在天涯。 ——马致远《天净沙秋思》
你问我爱你有多深，我爱你有几分，你把窗户打开，抬头看一看，月亮代表我的心。 ——荆歌《民间故事》	你问我爱你有多深，我爱你有几分，你去想一想，你去看一看，月亮代表我的心。 ——歌曲《月亮代表我的心》
同其尘不改其心志……天将降大任于斯人，好劳其心志，苦其筋骨，伤其血肉。 ——红柯《好人难做》	和其光，同其尘。　　——《老子》 天将降大任于斯人也，必先苦其心志，劳其筋骨，饿其体肤。 ——《孟子》

　　总之，戏仿语言这种狂欢式的反讽叙事，赋予了新生代小说文本极具张力的语言表达，消解了传统所界定的一切庄重、严肃、高尚，具有极浓的反讽意味。它不仅带给作者和读者一种类似于恶作剧般搞笑的快意，也让读者在这种互文性中领悟戏仿语言背后的深层意蕴，而新生代作家在语言的戏仿方面表现也是非常突出的。

（五）谐谑调侃的语调

　　叶世祥曾指出，言语反讽不仅仅是指人物语言、叙述者语言与上下文语境的悖反，它还可以是叙事语调的反讽。[①] 也就是说通过叙事主体的叙事腔调、态度与叙事对象、思想意旨相背离而产生反讽的语调，并以此进一步突出作者的真实意图，彰显文本的深度题旨。语调反讽强调的是悖反或错位而不是稍微的偏离。新时期以前，小说的叙事语调大多代表着作者真实的态度与价值取向，它或高亢激昂或愤怒悲壮，与叙事对象基本上保持着一致。而之后，尤其是 20 世纪 90 年代以来，叙事者出现了无动于

---

① 　孙贝莎：《论余华小说的反讽艺术》，硕士学位论文，福建师范大学文学院，2009 年，第 15 页。

衰或犹疑不定的态度，叙事语调和叙事对象之间随之也出现了分裂和违悖的状况。

以谐谑调侃的方式来讲述沉重话题的语调反讽是新生代小说中最常见的一种语调反讽。徐坤的《白话》《先锋》《斯人》《梵歌》《呓语》等一系列小说都是以戏谑调侃的语调反讽解构了知识分子所负载的人文传统和精神向度，颠覆了传统知识分子的形象。在《白话》中，徐坤描述了一群"很难同当地人民在同一基准上对话，无法沟通思想"① 的博士和硕士们到农村下放锻炼，为了能够同人民群众打成一片，他们决心放弃自己的语言，改用白话，然而事先还需要复习："就凭我们的智商，那么多次考试都挺过来了，再高的学位也敢拿到手，白话嘛，小事一桩。给我们几天时间复习复习，突击一下。"② 可是，这些精英们"下来后不但没给地方人民做什么实事，还净给人民添麻烦了。"③ 比如博士站柜台，"需要一边一个人打下手，一个收钱，一个付货，增加了人力损耗，结果销售额又直线下跌。"④ 这些硕博士们因为无法干实事，所以"为自己工作量统计表上填的模糊数字和模糊语义而忐忑不安"，⑤ 听说可以每季度交三千字的书面成绩后，都长出了一口气："三千字太容易了，别的干不了，我们就是不怕写字儿。"⑥ 于是，教孩子吹泡泡、斗嘴、聚在一起看录像、喝酒、抱着破吉他扯着嗓子唱、捉知了成了他们唯一能够胜任的工作，博士还落了一场"抓奸"的闹剧，最后他们只得逃回北京或者去美国学习汉语言专业。徐坤以幽默的语言展示着一个个可笑滑稽的场面，并以此解构着知识分子精英的形象。诙谐幽默的语调与知识精英们被边缘化的处境、萎靡的灵魂形成了强烈的反讽。早已失去"精英"身份的知识分子在走下神坛之后，却发现自己无法融入社会，他们内心空虚，自甘堕落。徐坤小说以谐谑调侃

---

① 徐坤：《白话》，载《徐坤精选集》，北京燕山出版社 2014 年版，第 78 页。
② 徐坤：《白话》，载《徐坤精选集》，北京燕山出版社 2014 年版，第 81 页。
③ 徐坤：《白话》，载《徐坤精选集》，北京燕山出版社 2014 年版，第 98 页。
④ 徐坤：《白话》，载《徐坤精选集》，北京燕山出版社 2014 年版，第 98 页。
⑤ 徐坤：《白话》，载《徐坤精选集》，北京燕山出版社 2014 年版，第 100 页。
⑥ 徐坤：《白话》，载《徐坤精选集》，北京燕山出版社 2014 年版，第 100 页。

的语调反讽毫不留情地展现知识分子的文化堕落和话语堕落。

李洱的《遗忘》讲述的是历史学家侯后毅要求弟子对神话传说"嫦娥下凡"进行重新考证，以证明自己是"后羿转世"。弟子冯蒙为了这个命题的毕业论文能够完成，不惜放弃原则，千方百计地引经据典证明导师后毅就是"后羿转世"。在文中，侯后毅不仅以博士文凭为要挟让弟子证明自己就是"后羿转世"，而且连他投稿 Mythos 杂志的论文都扣了下来，因为他违反了研究生"首先密切联系导师，其次再密切联系美国"①的传统；冯蒙则打自己研究生曲平的主意，作者写道："我拉她去跳舞，趁机用手背碰了碰她的乳房。还没碰几次呢，她就拉下脸警告我：'别惹我，我这会儿正是性冷淡。'隔了几天，我掐指算算她怎么也应该热起来了，就又请她去跳舞。她用食指戳了戳我的脑门，说：'……我这会儿还是性冷淡。'她一直性冷淡，我不能不担心，我就语重心长地说：'快点告诉我，究竟什么时候能热起来？'她说，她已经想通了，准备就这样冷下去，等上了博士以后再热。我告诉她：'上了博士，如果还热不起来，那你一定找我，对付性冷淡，我是有一手的。'"②而侯后毅的夫人罗宓则与冯蒙偷情，"她说，她喜欢的就是那种偷偷摸摸的乐趣。她用抒情的语调对我说：'多么刺激啊，何乐而不为呢？'"③李洱一面以嬉笑怒骂、玩世不恭的方式叙述了知识分子蝇营狗苟的糜烂生活，另一面却一本正经查找各类经典，认真求证，显示出严谨、神圣的学术研究态度。他引用《文选》《说文》来说明"恒娥"就是"嫦娥"，以此论证侯后毅一见到嫦娥就能叫出"恒娥"，因此他就是后羿的转世；还按照侯后毅的要求，引用《山海经》《淮南子》来证明"侯后毅即夷羿的转世，虽然是个英雄，但并没有射过日。"④文中还引用了《史记》《韩非子》《张宪》《孟子》《左传》《补笔谈》《考工记》《太平御览》《三国志》《资治通鉴》《拾遗记》《礼记》等一系列

---

① 李洱：《遗忘》，人民教育出版社 2012 年版，第 12 页。
② 李洱：《遗忘》，人民教育出版社 2012 年版，第 15 页。
③ 李洱：《遗忘》，人民教育出版社 2012 年版，第 55 页。
④ 李洱：《遗忘》，人民教育出版社 2012 年版，第 84 页。

重要的文献，却只是为了证明"侯后毅，当是夷羿的第三次转世。"① 作为历史学者（后毅和冯蒙）为了满足自己的私欲（一个为了证明自己的神性，一个为了自己的学位）而花费大量的时间、精力去考证一个虚无的英雄身份，这是件多么荒诞的事情。文中那种玩世不恭、嬉笑怒骂的语调和一本正经、严谨求实的研究态度穿插在了一起，二者构成了明显的语调反讽，知识分子头顶的精神光环，所谓的崇高感、使命感、责任感、道德心乃至学术研究的庄严性在李洱的戏谑调侃的语调中全部消失殆尽。

何顿的《无所谓》则是以一种漫不经心的语调讲述了参加同学追悼会的过程。追悼会本是严肃而沉重的事情，但是，何顿的叙事腔调却充满了调侃的意味：死者李建国是同学们的笑柄，因为他卖鱼却时常怀有卧薪尝胆的想法；罗平、王志强等对知识根本不感兴趣，他们在一起谈论的主要内容就是赚钱；追悼会上女同学们打情骂俏，男同学们钩心斗角……叙事者用谐谑调侃的语调嘲讽着金钱至上的现代社会中人与人之间亲情、友情的沦失。

新生代作家们用谐谑调侃的叙事语调叙述着人世间的荒唐与丑恶，这种谐谑调侃的叙事语调与小说中人物的各种生存状态构成悖反与错位，由此形成了叙事反讽。作者谐谑调侃的语调实际上包含着对客观现实的批判，读者也因此能对叙事表层下的深层批评意味体味得更深。

二、叙事结构中的反讽

叙事结构涉及文本的叙事者、叙事视角、文体、情节设置、材料组织等多个方面。相对于叙事语言层面的反讽，叙事结构中的反讽更能凸显复杂深邃的反讽意蕴。20 世纪末，随着社会的进一步开放，在消费文化和多元化价值观的影响下，文学的叙事观念和叙事方式都产生了深刻的嬗变，尤其是先锋小说的叙事革命彻底打破了传统的内容与形式二元对立的思维结构，形式超越内容成为本体，叙事成为小说的核心。前辈们对形式

---

① 李洱：《遗忘》，人民教育出版社 2012 年版，第 27 页。

的操练为新生代小说对形式本体的认识和对形式意识的自觉提供了丰富的经验，加上现代叙事理论对叙事已有的深入系统的研究，使得叙事结构的反讽在新生代小说中不断走向成熟和深入。在新生代小说中，叙事结构的反讽突出地表现为视角反讽和文体反讽这两个方面。

（一）视角反讽

视角是叙事学中的一个非常重要的概念，它是评判叙事作品的一个重要标准，华莱士·马丁认为，"在绝大多数现代叙事作品中，正是叙事视点创造了兴趣、冲突、悬念乃至情节本身。"[①]（关于叙事视角，本文在第二章已做过详细的论述，此处不再赘言）叙事视角不同，叙事的效果就有分别，小说文本所呈现的价值倾向也就不同，带给读者的心理感受当然也不一样。因此，作者如果在文本中设置一个异常叙事者，比如儿童、白痴、死者甚至动物，他们的视角异于常人，能够勘察到普通视角无法感受到的特殊景观，这样视角下的叙事必然会偏离人们惯常的思维甚至与常规思维发生冲突，反讽的意义就产生于其间。

采用儿童视角对"文革"那个特殊的年代进行反讽叙事是新生代小说最有特色的视角反讽。（有关儿童视角的具体情况在第二章已经论述过，因此此处只论述其作为反讽手段的表现）新生代作家大多出生在"文革"的初期，在"文革"中度过了他们的童年，因此，对于"文革"的记忆只能是模糊的，而对"文革"模糊的童年记忆使得他们不可能与前辈作家们感同身受，更无法进行悲痛的控诉。选择儿童视角从自己的记忆出发来书写"文革"，不仅可以通过孩子的眼睛还原一段真实的、荒诞的历史，而且，通过偏离成人惯常思维的非正常叙事，否定了那个异化的年代，体现出对"文革"的疯狂、荒谬以及对人性丑恶的强烈反讽，同时深刻批判了"文革"对人性的扭曲和对美好事物的压抑。这类小说还有毕飞宇的《地球上的王家庄》《白夜》《写字》《那个男孩就是我》、韩东的《扎根》

---

① ［美］华莱士·马丁：《当代叙事学》，伍晓明译，北京大学出版社 1990 年版，第159 页。

《描红练习》《田园》《掘地三尺》《小东的画书》《反标》等等。以毕飞宇的《地球上的王家庄》为例。小说的主人公"我"是个8岁的孩子，本来"应当坐在教室里……可是我不能。"① 因为公社规定孩子们10岁上学，15岁毕业，毕业后就参加劳动——所谓的"学制'缩短'了，教育'革命'了。"② 因此"我"每天做的事情就是放鸭子。然而，我却自得其乐。身为孩子的"我"无法理解父亲作为一个下放知识分子的精神困境，因此在"我"看来，父亲是个沉默寡言的人。可是父亲从县城带回来的《世界地图》却在王家庄"闹起了相当大的动静"。③ 在众人讨论无果，而且父亲无法明确地告诉"我"地球在哪里后，我决定自己去探险。最终"我"的探险以弄丢了鸭子、挨了父亲的打、被喊成"神经病"而告终。可是我对"神经病"这个称呼却很高兴，因为觉得可以和父亲"平起平坐"了。全文以孩子天真的视角呈现出了"文革"年代的荒谬：学制随意缩短是教育革命；知识分子的困惑只能用沉默来表现；孩子的求知欲被阻碍，孩子出于好奇的探险被当作政治事件……孩子懵懂天真的感官世界与荒谬的政治现实构成了巨大的反差，产生了浓厚的反讽意味，揭示了"文革"时代的政治运动是如何将知识的启蒙与文明活生生地扼杀在襁褓之中。韩东的《掘地三尺》也是通过儿童视角来表现那个荒诞不经的年代，为了预防苏联可能发动的战争，全民皆兵挖防空洞，这对成人来说是非常严肃的，而在孩子看来却是提供了有趣的游戏场所。作者在小说的后部讲述了一场孩子的战争游戏，军事设施变成游戏场所，这本身就是一种对"文革"历史荒诞性的反讽，而儿童游戏中所表现的庄严和逼真与我们被愚弄后的荒凉感和哭笑不得的无奈又形成了一种深刻的对比，更增加了文本戏谑和反讽的意味。

① 毕飞宇：《地球上的王家庄》，载毕飞宇著《相爱的日子》，重庆大学出版社2011年版，第70页。

② 毕飞宇：《地球上的王家庄》，载毕飞宇著《相爱的日子》，重庆大学出版社2011年版，第70页。

③ 毕飞宇：《地球上的王家庄》，载毕飞宇著《相爱的日子》，重庆大学出版社2011年版，第72页。

　　徐坤的《一条名叫人剩的狗》则是采用了动物的视角对人的世界的种种丑恶进行了强烈反讽。小说从一只狗的视角展现了一个知识分子一生的风风雨雨。当"人剩""狗以人贵"还叫"罗伯特"的时候，主人西装革履"口若悬河纵横捭阖"，[①] 每日"去沙龙里做学问上的清谈"；[②] 可惜好景不长，"一场狂风暴雨后"，[③] 主人夫妇被剃成"阴阳头"，西行下放，众叛亲离，"罗伯特"改名"人剩"，然而它看到的是主人夫妇的恩爱和互相扶持；风雨过后，主人成为"高手"，崇拜者蜂拥而来，人人都想用他的名义沽名钓誉，高手的夫人每日"忙着撰写高手的年谱和传记文章"，[④] 他的儿子媳妇只关心版税收入，"高手"则"在成为高手之后就开始寂寞了"，[⑤] 并在寂寞中死去，但世间的人们根本不在意他的死，仍然盗用他的盛名谋取私利，只有忠诚的"人剩"悲伤不已，最终却被赶出家门。徐坤以"人剩"的狗眼见证了这个充满了虚伪、势利、自私、贪婪的大千世界。"狗"世界的单纯反衬出了"人"世界的罪恶，文本巨大的反讽来自于一条狗对人世变幻无常的感叹以及对人们极端的实用主义和功利心的批判。

　　这种通过异常视角展开的叙事，有力地嘲讽了人类社会荒诞的现实和人性的阴暗面。其反讽力度深，带给读者的震撼力不可小觑，因此，虽然它在新生代的反讽叙事中所占比重不大，但却不容忽视。

　　（二）文体反讽

　　文体反讽则是通过戏仿某种固定的文体模式而使它们所代表的一些

① 徐坤：《一条名叫人剩的狗》，载徐坤著《午夜广场最后的探戈》，作家出版社 2010 年版，第 102 页。

② 徐坤：《一条名叫人剩的狗》，载徐坤著《午夜广场最后的探戈》，作家出版社 2010 年版，第 102 页。

③ 徐坤：《一条名叫人剩的狗》，载徐坤著《午夜广场最后的探戈》，作家出版社 2010 年版，第 103 页。

④ 徐坤：《一条名叫人剩的狗》，载徐坤著《午夜广场最后的探戈》，作家出版社 2010 年版，第 105 页。

⑤ 徐坤：《一条名叫人剩的狗》，载徐坤著《午夜广场最后的探戈》，作家出版社 2010 年版，第 105 页。

旧有的价值体系土崩瓦解。戏仿小说是文体反讽的典范，它表现为对某个传统的经典文本或传统模式的模仿，它的反讽意味来自于戏仿文本和它所戏仿的经典文本之间的二元对立和悖逆，而不是作品内部二元的对立。戏仿文本以一种潜在的否定、嘲讽、戏谑颠覆和解构了权威与经典。

对前代经典的戏仿以达到反讽的目的是西方后现代主义写作的惯用手法。如伊塔洛·卡尔维诺对《马可·波罗游记》有关内容戏仿而成的《看不见的城市》；理查德·布劳提根戏拟了海明威《太阳照常升起》等作品而成的《在美国钓鳟鱼》；美国后现代主义作家巴塞尔姆以戏仿的手法把格林童话《白雪公主》改写成了小说，而这篇小说也正由于这种手法而声名远播。这些文本都或在形式上或在思想上嘲讽和消解了他们所戏仿的经典文本。

虽然中国古典文论里没有"戏仿"这一概念，但是很多中国古典小说都属于"重写"的范畴，如《水浒传》《三国演义》等等。鲁迅的《故事新编》无疑是中国现代文学史中典型的戏仿作品，他的语言有着鲜明的戏仿特点。此外，还有郭沫若的《柱下史入关》《漆园吏游梁》、郁达夫的《采石矶》、冯至的《仲尼之将丧》、王独清的《子畏于匡》等等。随后的一段时间，人们对崇高、革命、启蒙等一系列宏大主题的追求使得戏仿这一叙事手法走向了式微。20世纪80年代的先锋作家以戏仿的手法作为文学抵抗政治、拆毁真实、嘲讽权威的一种策略，出现了一大批戏仿反讽文本，比如，余华的《古典爱情》戏仿古典才子佳人小说；《鲜血梅花》戏仿武侠小说；格非的《追忆乌攸先生》戏仿伤痕小说；《迷舟》戏仿战争小说；苏童的《我的帝王生涯》戏仿帝王将相历史演义。此外，还有王小波的《万寿寺》《红拂夜奔》《寻找无双》，刘震云的《故乡相处流传》等等。进入90年代以后，尤其是1994年前后，中国经济的发展和社会结构的变化带来了文化嬗变，多元化的文化环境更加促进了后现代主义在中国大陆的风行。这样的文化背景以及之前的作家们频繁地使用戏仿式反讽都给新生代小说提供了丰富的经验，因此，新生代作家在应用戏仿式反讽这一叙事技巧时自然更加灵活自如。同时，新生代作家如果想彰显个人特色，摆脱前辈的影响，就不得不进行质疑与挑战，甚至扭曲、贬抑直至颠覆，因此戏仿式反讽仍然是一个标新立异的捷径，于是出现了一大批以戏仿式反讽作为叙事手段的小说文本。

戏仿式反讽文本各式各样，可以戏仿故事主题、戏仿情节、戏仿文本模式、戏仿语言等等。在叙事层面，新生代主要通过戏仿经典故事、人物形象的方式来达到质疑传统话语的目的。在戏仿文本中，新生代作家彻底打破了传统小说故事的程式及写作陈规，通过戏仿改写嘲弄原有故事的固定模式，颠覆人们心目中根深蒂固的人物形象，以此表现出对中国古典文化体系的伦理观、道德观的质疑与挑战。

新生代作家李冯是第一位自觉地把戏仿作为其小说创作的叙事策略、结构和创作原则的作家。他的很多作品都是对经典文本或传说的戏仿，例如，《另一种声音》是对《西游记》的戏仿；《十六世纪的卖油郎》是对《卖油郎独占花魁》和《杜十娘怒沉百宝箱》的戏仿；《我作为英雄武松的生活片断》是对《水浒传》的戏仿；《卡通情色故事集》是对中国远古神话的戏仿；《纪念》是对钱钟书小说《纪念》和徐志摩生平传记的戏仿等等。他的戏仿之作目的在于讽刺、怀疑或解构经典文本中一些腐朽的价值观念，因此带有强烈的反讽意味和颠覆意图。以《另一种声音》为例，在《西游记》中，孙悟空一路斩妖除魔护得唐僧历经艰辛到达西天取得真经。然而在《另一种声音》中的取经路上根本见不着妖精的影子，唐僧师徒所面临的主要问题就是肚子饿和小腿抽筋；唐僧一路上都在背书，为的是能通过如来的考察，他得了健忘症，每天早起第一件事情就是默读紧箍咒让孙行者头疼；取得真经后，白龙马缠着唐僧打听奖章是否是纯金的；沙僧决定成为诗人；猪八戒沉浸在温柔乡之中；而师傅唐僧只在乎译经的销量；孙悟空则"在历经丧失法力，'沦为'女人、娼妓、仆妇之后，经过穿越漫长岁月的流浪，以一个普通西装男子的形象步入一座现代化都市，完成了由神话英雄（甚至是民族英雄）向普通人的降落。"① 在李冯的笔下，"取

① 戴锦华：《拼图游戏——〈花城〉1996 小说概览》，《花城》1997 年第 3 期。

经"故事中历经千难万险方能拨云见日并且得到人格磨炼的蕴意早已荡然无存，世俗琐事取代了读者心目中伟大的取经故事，传统神话英雄的形象完全被欲望化。这一切都构成了对传统经典《西游记》的戏仿式反讽，李冯通过戏仿不仅消解了被文学神化了的英雄形象，同时他还消解了支撑这些神话英雄背后的传统道德评判价值和所谓的英雄主义观。

他的《十六世纪的卖油郎》则是通过对《卖油郎独占花魁》《转运汉巧遇洞庭红》和《杜十娘怒沉百宝箱》的戏仿，实现了对经典爱情故事的解构。原著中的卖油郎穷困潦倒但对花魁一往情深并最终打动了花魁。而在戏仿文本中的卖油郎秦重却是"按人们要求的那样，不得不爱上她。"① 他对爱情充满了怀疑："难道我竟然会傻到去暗恋上了一个妓女的地步吗?"② 为了积攒一夜十两银子的"嫖资"，（当然这也是"在人们的策划中"③），他斤斤计较，蝇头小利比爱情更重要。他羡慕文若虚的暴富，渴望得到杜十娘的百宝箱。而花魁则"一谈到来找她的价码问题时，她的表情立即便变得严峻了"，④ 她马上开始申明一夜十两银子是不能破例的，她对秦重的艰辛根本无所谓，她等待赎身失去了耐心，后悔选中了秦重，并威胁如果不作出改变，她就要从众多的追求者中挑一个貌美多金的来继续这个故事。故事中花魁冷漠无情，卖油郎对金钱的执着追求超过了对爱情的向往。李冯以此反讽了现代社会人们对金钱的强烈欲望，以及唯利是图的商业氛围下，只有通过金钱才能获得美好事物包括爱情这一现实，同时实现了对经典爱情故事辛辣而富有讽刺意味的解构，物欲横流的现代社会，古典浪漫的爱情只能藏在对经典的追忆和想象中。

除了李冯之外，新生代还有很多作家使用这一手法，或戏仿经典文本或戏仿民间传说或戏仿英雄人物甚至戏仿社会现象等等，创作出不少优秀的作品。比如毕飞宇的《武松打虎》戏仿了《水浒传》中武松打虎故

---

① 李冯：《十六世纪的》，载李冯著《中国故事》，南京大学出版社 2007 年版，第 68 页。
② 李冯：《十六世纪的》，载李冯著《中国故事》，南京大学出版社 2007 年版，第 69 页。
③ 李冯：《十六世纪的》，载李冯著《中国故事》，南京大学出版社 2007 年版，第 70 页。
④ 李冯：《十六世纪的》，载李冯著《中国故事》，南京大学出版社 2007 年版，第 70 页。

事。平日村里最温吞的男人阿三，由于老婆和队长睡觉的事借着酒劲闹事。阿三酒后"豪气逼人"，好像有了武松的英雄气概，这戏仿性解构了武松的英雄形象。毕飞宇还用一种戏谑的口吻描述了村里现实版的武松打虎——几个女人在打谷场打架，队长的老婆是"武松"，阿三老婆是老虎。毕飞宇对武松打虎故事的戏仿彻底悬置了武松打虎的英雄性。

李修文的《向大哥下手》是对《三国演义》中刘、关、张"桃园三结义"故事的戏仿。"桃园三结义"讲述的是一段兄弟情深的神话，而《向大哥下手》中刘、关、张三个人则各怀鬼胎，都有着自己不可告人的结义目的，小说彻底打破了英雄人物在人们心中的高大形象。

荆歌的《民间故事》是对民间流传的孟姜女故事的戏仿。孟姜女万里寻夫是中国人心中爱情和毅力的象征。荆歌的戏仿解构了民间传说，使之呈现出游移不定甚至是否定的面貌，当然它也反讽了爱情的神圣性和恒久性。

徐坤的《竞选州长》是对马克·吐温的同名小说的戏仿。原作通过州长候选人因参加竞选而被诽谤的故事来揭露美国所谓的"民主"与"自由"真面目。而徐坤笔下的州长候选人约翰为了竞选成功，远离女色，不想还是难逃对手的"美人计"，他为此懊丧不已自绝尘根。戏仿文本中的人物形象与原文本中的人物形象反差巨大，徐坤正以这种戏谑式的戏仿，来颠覆传统男性的光辉形象，瓦解以男性为中心的定向思维。

东西的小说《商品》则是对人类一种社会现象——商品生产过程的戏仿。小说的三个部分，从工具和原料的展示到拼凑成成品再到评论广告，就像商品生产的三个过程。小说讲述的故事与商品有着密切关系，处处弥漫着浓郁的商业气氛。东西以这样的戏仿方式反讽了作为商品的小说早已丧失了它本该具有的价值。

新生代小说中以戏仿式反讽创作的文本当然远不止上述的几个例子。限于篇幅，无法一一展示。但从上文的例子中，我们可以看到，新生代作家们在使用戏仿这一叙事技巧时并没有只把它当作是纯形式的游戏，而是在戏仿解构和颠覆的背后指向某种价值判断，而这也正是反讽的本意之所在。

三、情境反讽

情境反讽也叫场景反讽，是指小说中一些相对独立的情节或场景在组合链接后显示出的悖谬性和不合逻辑性。它是一种整体化的反讽。这些情节或场景如果独立于语篇之外来看，都是正常形态，但是将它们组合在一部小说中就会呈现出荒谬状态，产生整体反讽的效果。情境反讽隐蔽性较强，"需要一个观察者。他站在高处，纵览事件全局；也许事件的每一个局部都十分正常，但是，观察者的位置都能看到局部与局部相互配合所产生的荒诞结果。"① 故而，情境反讽的观察者必须具有一定的文化哲学积累和清醒的自我意识，能够以自己成熟的反讽意识对世间存在的荒诞和悖谬的真实情境进行理性的考察。情境反讽情况很复杂，以下三种是新生代小说情境反讽最常见的表现形态：

（一）现实性情境反讽

小说通过描写一连串反映现实生活常态的错位事件，让理想与现实南辕北辙，主观愿望与客观情况背道而驰，故事的结局与读者的期待截然不同，从中彰显了反讽的意味。例如，东西的《没有语言的生活》中描写了卑微的小人物日常生活中一系列阴差阳错的事情：王老炳下地干活遇上了马蜂，因为儿子王家宽是聋子听不见他的呼救声，最终被蜇瞎了眼睛；王家宽爱上了朱灵苦于无法表白，希望教师张复宝能替自己写一封情书，于是卖力帮他干活，但是张复宝却愚弄和偷窃了他的爱情，让他在不知情的状况下成了张复宝给朱灵传递情书的邮递员；王老炳、王家宽和蔡玉珍三个残疾人组成了一个家庭，他们利用自己残存的器官功能，完成日常生活中的沟通，但是面对哑巴蔡玉珍被强奸，不管他们三人如何努力配合，都无法确定歹徒；相依为命的他们得到了一个健康的后代——王胜利，王

---

① 南帆：《反讽：结构与语境——王蒙、王朔小说的反讽修辞》，《小说评论》1995 年第5 期。

胜利给他们带来了生活的希望，然而王胜利开口说话时却无法与父母进行语言的交流；王胜利第一天上学回家竟唱了一首让他们撕心裂肺的歌："蔡玉珍是哑巴，跟个聋子成一家，生个孩子聋又哑。"①在蔡玉珍极度痛苦失望以及王老柄愤怒地责罚下，王胜利变得和哑巴一样沉默寡言。小说中的人物不管怎样努力挣扎奋斗，都事与愿违，越努力离希望越远，越挣扎却越陷入难以摆脱、无法言明的困境之中。小说的结局也与读者的预想相去甚远。东西通过设置这样强烈的对照来形成现实反讽情境，反映了生活在社会底层的小人物们极度困窘的生存现实，卑微和渺小的他们，根本无力改变自己生活和精神双重贫困的命运。东西的叙事除了表达对这些在苦难中顽强挣扎的人们的深切同情，同时他也在"提醒人们直面那些被遗忘的现实"。②

朱文的《吃了一个苍蝇》中"我"的同学李自是曾经的"班长""优等生"，毕业后工作不久就熬上了一官半职，而"我"则是作为"搭配"和他分到一个单位的。工作上，"我"是单位里"多余人"；生活上，"我"是光棍，和李自比起来，一无是处。因此，他常居高临下地为"我"指点迷津，出人意料的是"我"却已与他的妻子通奸了三年。整个故事描写了现实生活中一连串错位事件，表面上风光无限的李自其实遭受着妻子的背叛，而玩世不恭的"我"却偷情成功。小说充满了反讽的意味，也暗示着生活的无常。

除上述两例外，新生代小说中，例如李洱的《石榴树上结樱桃》《导师死了》《午后的诗学》、徐坤的《白话》、朱文的《我爱美元》、东西的《我们的父亲》《猜到尽头》《我们的感情》等等都属于对现实情境的反讽。限于篇幅，不做一一分析。

（二）历史性情境反讽

"人们往往忽略语言作为符号系统所具有的随意性和虚幻性，往往把

---

① 东西：《没有语言的生活》，江苏文艺出版社 2011 年版，第 38 页。
② 陈晓明：《直接现实主义：广西三剑客的崛起》，《南方文坛》1998 年第 2 期。

历史的记载和叙述当成确定无疑的'历史真实'。语言与实在，历史叙述与真实发生的历史事件从不进行必要的区分。"① 因此，反讽叙事者将反讽视线投向了历史生活情境，通过设置一系列历史情境重新审视历史，来祛除根植于人们心中的关于历史真实性的幻觉和对历史决定论的迷信。设置历史反讽情境是新生代历史题材小说中非常重要的一种叙事手法，虽然新生代的历史题材小说从 20 世纪 90 年代后期才崭露头角，但是利用这一手法创作出了不少有分量的作品。例如，何顿的《抵抗者》、毕飞宇的《上海往事》、李冯的《孔子》、荆歌的《粉尘》《民间故事》、李洱的《花腔》、叶开的《口干舌燥》、张生的《白云千里万里》、李修文的《西门王朝》《下西洋》等等，这些作品大多善于营造历史的反讽情境来达到对社会历史的深入思考。

以何顿的《抵抗者》为例。小说以儿子带着曾参加过衡阳战役的父亲故地重游的方式，展现了当年战争的全景和作为"抗日英雄"的父亲的一生。在叙述中，何顿剥去了人为强加给"革命战争"的意识形态外衣，摒弃了所谓的"正义与邪恶""崇高与卑下"的二元对立，对战争进行重新审视。例如，在衡阳保卫战中，死于国民党的飞机扫射下的不仅有日本军人，还有国民党的俘虏与伤员。对于"抵抗者"，他也没有像以往的抗日历史小说那样进行神化。何顿笔下的抗日英雄"黄抗日"没有什么政治觉悟，他嘲讽毛领子的"舍生取义"，他认为生命比面子重要得多。他贪生怕死，靠顽强的生命本能，一次又一次地死里逃生……但他为人朴实重情义，能在紧急关头挺身而出。这一形象的塑造，没有所谓的"崇高"与"正义"，何顿将信仰的基石安置在了人们最朴素的道德情感之上。作者一方面通过一系列战争场上、场外的描述以及我对父亲回忆的转述和史料的呈现，抛开了对历史、革命、战争、命运的先验理解，质疑了历史的真实性，强调了历史的虚无性和偶然性，同时也解构了历史。另一方面，他以人的基本欲望为出发点，展现了人性的真相，在还原战争残酷性的同时解

---

① 　张颐武：《理想主义的终结》，《北京文学》1989 年第 4 期。

构英雄和反英雄，从而达到对历史真实性以及主流历史叙事情境的反讽目的。

毕飞宇的《上海往事》讲述的是旧上海黑帮争斗的故事。故事以一个 14 岁孩子"我"的视角展开，将历史进行主观性呈现，以个人对历史情境的述说构成了对主流历史叙事情境的反讽。故事中当红舞女小金宝凭借着美貌与心计自以为聪明地周旋在唐老爷和宋约翰之间，但其实她自己才是男人玩弄的对象和争斗的牺牲品，当她明白一切想要出逃时，却发现天下竟无容身之处，于是只能以自杀作为对命运的最后控诉。故事的结尾，阿娇将被唐老爷带回上海成为另一个小金宝……毕飞宇向我们展示了历史的宿命轮回，在毕飞宇看来，历史就是一个宿命的循环体。小说以"循环论的历史观"消解了"进步论的历史观"，达到了反讽的目的。

（三）虚拟性情境反讽

虚拟性情境反讽是指小说通过虚拟出荒诞的情境或事件来构成情境反讽。这些虚拟的情境往往是从一个荒唐离奇的出发点开始，然后根据文本情景的叙事逻辑发展，最终形成了一系列背离常规的荒谬情境，从而折射出现世人生中普遍存在的乖张与谬误。这也说明，存在的荒谬程度在某种意义上并不比荒诞情境来得更真实。

新生代小说对虚拟性情境反讽也青睐有加。徐坤的《鸟粪》就是其中的典型文本。小说中，罗丹的雕塑名作《思想者》经过长途跋涉最后运到中国，被安置在市中心的广场上，他本来一直以智者和预言家的面目打量这座城市，但是，鸟群聚集在他身上游戏；放荡的都市女人玩笑似的抚摩他的裸体和尘根；民工将它视为废铜烂铁企图肢解牟财；警察则以电棍来验证它的材质；当他以为流浪狗可以相互依偎时，狗儿却将尿撒在他身上；最后他成了鸟儿栖息之处，被"自由自在的鸟粪淹绿了"。① 徐坤构建的虚拟性的情景深刻地反讽了"思想"在现实中的尴尬处境——被好奇、亵渎、贩卖和蹂躏所围困直至被埋没。此外，"思想者"卓越的思考能力

---

① 徐坤：《鸟粪》，载徐坤著《午夜广场最后的探戈》，作家出版社 2010 年版，第 55 页。

与笨拙的行动能力亦形成了鲜明的对比。

东西的《把嘴角挂在耳边》一文虚构了一个物质文明高度发达，但情感缺失，不会笑，甚至排斥"笑"的社会。在这个社会中，笑是一种刺激，是一种怪诞行为，让人害怕，真心的笑也只能到博物馆去寻觅，唯一会笑的人久爷爷被视为怪物并被围攻，最后久爷爷以笑应对，竭尽全力才让杜渎学会"把嘴角挂在耳边"，领悟了笑的意义。这样的荒诞情景设置其实是对物欲横流的现代社会，人情淡薄冷漠的真实境况的寓言化写照。东西借用一系列不合逻辑的荒谬情景以幽默、诙谐的语气达到了对世俗暗疾的反讽。

其他的文本，如东西的《跟踪高动》《痛苦比赛》、毕飞宇的《遥控》、朱文的《街上的人们》《我们还是回家吧》、邱华栋的《印度河的孩子》、刁斗的《代号：SBS》、陈染的《站在无人的风口》等等，均是以荒诞离奇的故事构成反讽情境来突显小说反讽题旨。

四、总体反讽

从叙事修辞学上讲，总体反讽是叙事者在面对世界的悖谬、荒诞以及面对人类的生存困境所持的生存态度和从宏观角度进行的哲学思考。它是一种人生观与价值观，也是叙事者以文学方式来表达对存在本身的悖谬性的自我意识。南帆在《文学的维度》中说："从语言反讽到情境反讽，作家的修辞策略延伸为一种情境的基本判断，假如适应于这种基本判断的情境继续扩大，直至动摇维系日常现实的价值体系，那么，总体反讽就将出现。"[1]也就是说，情境反讽的进一步推进和深化就出现了总体反讽。"总体反讽的基础是那些明显不能解决的根本性矛盾，当人们思考诸如宇宙的起源和意向，死亡的必然性，所有生命之最终归于消亡，未来的不可探知性以及理性、情感与本能、自由意志与决定论、客观与主观、社会与个人、绝对与相对、人文与科学之间的冲突等问题时，就会遇到那些矛

---

[1] 南帆：《文学的维度》，上海三联书店1998年版，第130页。

盾。"① 这些矛盾在人类社会中无处不在而且难以避免。因此，总体反讽指涉的是人类总体存在境况的荒谬本质，关涉到反讽者对整个世界和人类社会的看法及其评价。在总体反讽小说中，这种反讽表现出"形而上"和总括的性质，整个作品文本呈现为一个反讽结构的意义存在。

　　20世纪90年代，社会进入了一个多元化、矛盾丛生的时代，社会多元化也导致了新生代作家们的文化立场与知识人格犹疑不定，彻底地走向多元。"直面当下的现实人生"是新生代小说创作的基本态度，新生代小说的总体价值观就像邱华栋《手上的星光》中所说的那样："以当下为主流精神，以欲望为核心。"② 个体对社会的现实经验和认识成为他们进行反讽创作的根基，因此新生代小说将总体反讽的矛头纷纷指向欲望、世俗、爱情、信仰、自由，公正等等，折射出当下社会作家自身乃至人类自身的精神窘境。这也是新生代小说总体反讽异于前辈们的一个重要方面。

　　新生代小说中最常见的一种情况是将总体反讽的锋芒指向人类的欲望，尤其是作为人类最普遍的生存欲望——金钱欲和情欲，以及在欲望时代中被颠覆了的传统伦理关系。朱文的《我爱美元》就是个典型的文本。在小说中，主人公完全陷入了欲望的沼泽，他爱"美元"，渴望金钱。当然，他也爱"美元"背后指涉的所有欲望，尤其是性。小说中人们完全是以对待商品的态度对待性，"性"只是为了满足一种个体的日常生理需要，与吃饭睡觉无异，与爱情无关。朱文为读者描绘了一幅金钱至上、欲望横流的时代全景图。在这幅图中，甚至还有背离了社会纲常的"父子同嫖"。在此，中国传统文化中代表权威、秩序的父亲形象在父子一起花钱买性的过程中轰然倒塌，传统的人伦关系也随着父亲形象的颠覆而被解体。在看似荒诞的《我爱美元》背后隐含着对当下这个时代人类理性缺失、情感荒芜、道德堕落的虚无的生存状态的深刻反讽和于人生困境中探寻突围之路的努力。同时，在充满了反讽意味的文字背后，还隐含着反复地自我拷

① ［英］D.C.米克：《论反讽》，周发祥译，昆仑出版社1992年版，第100页。
② 邱华栋：《手上的星光》，载《闯入者》，湖南文艺出版社2011年版，第16页。

问。正如宋明炜所说："朱文是在很真诚地刻写自己的精神画像"，① 在那些"看来微不足道的，极具琐碎的个人经验中，最真诚地映现出我们时代里很多深在的内容……朱文笔端所描画出的焦虑、空虚与绝望，即是纯粹个人化的话语，但也含纳着真正人性的声音……"② 含有类似的总体反讽题旨的新生代小说还有朱文的《五毛钱的旅程》、海男的《我的情人们》、何顿的《生活无罪》《我们像葵花》、邱华栋的《生活之恶》等等。

而韩东的《太阳妈妈，月亮妈妈》《障碍》《交叉跑动》，朱文的《像爱情那么大的鸽子》《吃了一只苍蝇》，刁斗的《身体》、张旻的《校园情结》《自己的故事》等新生代小说则是以喜剧性的反讽叙事形成对爱情神话的总体反讽。以韩东的《太阳妈妈，月亮妈妈》为例。"我"与妓女宋露露之间的关系本质上是金钱与性的交易，但每次交易时，"我们"都故意营造一种虚幻的、浪漫的、近似爱情的感觉，并为此感动着。可是，实际上，这种爱情的幻想根本改变不了"我们"之间商品交易的关系，所以，一旦触犯到各自的金钱利益时，"我们"马上就毫不犹豫地翻脸了。韩东在这里以对爱情乌托邦肆意地反讽和亵渎，解构了传统浪漫的爱情观。在他看来，处于当下物欲横流的社会中的爱情实际上也只是一种物物交易，所谓的真爱只能存在于人们的幻想之中，对生理的需求，对物质的欲望完全淹没了传统浪漫的、富含诗意的爱情。新生代小说就是有意通过关于灵与肉、性与爱分离的叙事来达到对爱情这个人类永恒命题的深刻反讽。

新生代小说中还有一种特点鲜明的总体反讽题旨体现在以陈染、林白为代表的女性"私人化"小说中，以女性的叛逆构成对高高在上的男权世界的反讽。类似的作品有《私人生活》《与往事干杯》《一个人的战争》《致命的飞翔》等等。林白在《一个人的战争》中以女主人公林多米的成长为核心呈现了一个男性无法真切感知的女性世界。林白不仅在叙述上

---

① 陈思和、王光东、宋明炜：《朱文：低姿态的精神飞翔》，《文艺争鸣》2000 年第 2 期。
② 陈思和、王光东、宋明炜：《朱文：低姿态的精神飞翔》，《文艺争鸣》2000 年第 2 期。

"虚化男性"，还原了一个女性眼光下的男性世界：好色、委琐、自私（从狼眼男人、矢村到 N 都莫过如此），她还描写了作为女性独有的身心体验以及女性之间的彼此迷恋（如南丹对多米），特别是对同性恋这一禁忌题材的描写颇具先锋意味，"同性恋是一种颠覆社会文化秩序的方式……女性则拒绝成为男人的贸易商品"，正如"商品拒绝进入市场"。① 这一切首先就冲破了男性社会传统的道德规范和文学视野对女性的限制，带有了浓厚的嘲讽意味。小说中的林多米被强暴，被诱奸，最后自以为找到了真爱却遭受堕胎的不幸，对爱情彻底绝望后，她把自己嫁给一个老头，表达了对男性世界与爱情的鄙视。林白虽然给予了林多米抗衡男性社会的勇气，但是，我们也可以看到无论多么坚强自信，多米总是无法摆脱传统的、强大的男性中心意识来支配自己的命运。林白以此解构了男性社会的崇高与正义感，实现了对控制一切的男性中心主义的反讽的意图。

　　总之，新生代小说的反讽叙事在吸取了前辈创作经验的基础上开拓了属于自己的疆土。他们汪洋恣肆的反讽语言摆脱了王蒙式的"政治反讽"姿态，走出了王朔恶作剧般的戏谑，在幽默诙谐中引导读者对当下的社会人生及自我进行哲理性反思。而且，以李冯为代表的新生代作家们并没有亦步亦趋地模仿西方反讽小说的模式，而是以戏仿式反讽手法结合中国传统文化及小说模式创作了一大批古典戏仿小说，更突出地反映了反讽文学的本土化倾向。在总体反讽的题旨呈现上，新生代小说也表现出了与前辈作家的不同之处。他们更多地将反讽的视角集中于对当下社会欲望泛滥、人文精神丧失的审视。而新生代女性作家在"私人化"写作中所表现出的对男性中心的批判与解构也展示了她们个性十足的一面。当然，新生代小说的反讽叙事也有很多问题存在，如，滥用言语反讽导致文本成为文字的游戏和语言的狂欢，造成读者的审美疲劳，失去了它的本意和价值。还有，很多新生代作家在进行世俗化的反讽叙事时，依赖的常常只是欲望滔天的世俗需求，而忽视了一种有意义的价值支撑，使"反讽"蜕变成了

---

① 　陈顺馨：《中国当代文学的叙事与性别》，北京大学出版社 1995 年版，前言第 10 页。

不加选择的"泛讽"。他们一味地以反讽暴露世间万物各种各样的缺陷，"这使他能够描写人而不必使自己直接对人表态。……作者是在用反讽保护自己，而不是在揭示他的主题。"① 这样缺乏价值支撑的反讽只会走向反讽的对立面，使自己跌入虚无主义的深渊。

本章从言语反讽、叙事结构的反讽、情景反讽和总体反讽四个方面分析了新生代小说对反讽这一叙事修辞手法在多方面的应用。在一部小说中可能有几种形式的反讽同时存在，共同构建着反讽的场域。鉴于小说反讽叙事本身的诡异性、新生代小说创作所处语境的复杂性以及新生代小说文本的丰富芜杂性，本章的论述无法面面俱到，仍然有很多有待进一步探讨和深入之处。

小　结

新生代叙事修辞技巧是丰富多样的，露迹、荒诞、拼贴以及反讽只不过是其中表现得比较突出，使用频率较高的技巧而已。新生代作家在使用这些叙事修辞技巧时，特别注意将它们纳入了更为合理的使用范畴，避免了先锋小说中"形式大于内容"的弊端，以达到文学性与艺术性的双重修辞效果。

在使用"露迹"手法时，新生代作家将之融入故事情节并注重与读者的对话，这一手法的运用使得文本在达到陌生化的同时也缩小了作者与读者之间的距离，并且保证了小说叙事的完整性，这更符合一般读者的审美情趣和阅读期待。

新生代作家在使用"荒诞"这一技巧时，不仅注重在小说内容层面上呈现小说内在的哲理性，而且注重在形式层面上还原世界荒诞的本质面貌。他们借助"荒诞"，揭示出隐藏在荒诞背后的真实。

---

① ［美］W.C. 布斯：《小说修辞学》，华明、胡晓苏、周宪译，北京大学出版社 1987 年版，第 94—95 页。

新生代作家对"拼贴"的应用相比先锋作家来说显得更为纯熟和精道，刻意为之的痕迹减弱，与文本的相容性增强。为了贴近读者群，他们减少甚至弃置了一些较为激进的拼贴手法，如"缺乏逻辑关系的句子并置"。拼贴故事情节的目的也做了相应的调整，从先锋让读者迷惑而又痛苦的"叙事圈套"转到了还原"碎片化"的现实生活。

反讽在新生代小说中占有着重要的地位。新生代作家们在吸取了前辈创作经验的基础上表现出了自己的特点。他们很多都是应用言语反讽的高手，他们狂欢式的言语反讽赋予了小说文本极具张力的语言表达，并消解了传统所谓的庄重和高尚。而以李冯为代表的新生代作家们则以戏仿式的反讽，结合中国传统文化及小说模式，创作了一大批古典戏仿小说，更突出地反映了反讽文学的本土化倾向。在总体反讽的题旨呈现上，新生代作家们更多地将反讽的视角集中于对当下社会欲望泛滥、人文精神丧失的审视上。

当然，新生代作家在使用这些叙事修辞技巧时，借鉴模仿的痕迹还是很难避免的，也存在一定的弊端。比如，像叙写"文革"的荒诞、当下欲望社会的荒诞等这些主题的重复率较高；类似于鲁羊和海男某些作品中的语言的荒诞性和结构的无序性确实也会给读者的阅读带来一定的阻碍；他们的拼贴技法比较倾向对形式的追新求异，而无法将之上升到形而上的哲理层面，也很难将其与中国文学融为一体；而有些小说滥用言语反讽，导致文本成为文字的游戏和语言的狂欢，失去了它的本意和价值；甚至有些新生代作家在进行世俗化的反讽叙事时，有将"反讽"蜕变成了不加选择的"泛讽"的危险。这些都是值得注意的问题。

结　语

　　新生代小说是 20 世纪 90 年代多元并存的文学景观中最值得关注的一元，在 90 年代以来的中国文学版图上，占据着不可或缺的一席之地。他们在吸收和消化先锋小说和传统小说艺术经验的基础上创立了属于自己的、独特的艺术风格。

　　关于新生代小说的研究虽然涉及面广、硕果累累，但在"叙事是一种修辞"的理论框架下进行的研究却是微乎其微。叙事与修辞是密不可分的。对于新生代小说来说，包括语言在内的丰富多彩的叙事修辞策略和技巧不仅是一种引导读者顺利切入文本意蕴内核的工具，而且表达了新生代作家们自己的生命感受，给读者提供了一种人生观和价值观的参考，这一切都形成了作者与叙事者、人物、读者之间的修辞关系，以此达到独特的文本阅读效果。在这个意义上，叙事就是一种修辞，这种叙事修辞具有强烈的艺术感染力，使得新生代小说作品的审美空间充满了弹性和张力。本书通过对新生代小说文本的考察与分析，发现新生代小说在叙事视角的设置、叙事声音的介入、叙事时空的建构以及叙事技巧的选择上，都显示出了独特的、鲜明的叙事修辞特色。他们在对传统的继承中大胆创新，他们的叙事修辞策略不仅达到了小说所期望达到的叙事修辞目的，而且为中国当代小说带来许多新鲜因素，丰富了中国小说的艺术面貌。

　　从叙事视角的设置来看，虽然在新生代小说中各种不同类型视角的叙事基本上都存在，共同承担着小说的修辞功能，但新生代小说对不同类型视角的选择还是有一定的倾向。例如，在陈染、林白等人的女性小说多选用第一人称内视角，以此达到言说女性经验更为真实的修辞目的；在韩东、朱文等人那些表现生活流的小说中则多选用第三人称人物有限视角，客观而逼真地展现纷繁扰攘的日常生活；而毕飞宇、韩东等则偏好借助儿童叙事者以第一人称内视角或第三人称外视角来进行不一样的、却更为客观的"文革"叙事；而日趋成熟的视角转换更是新生代小说的基本叙事策略，它使得新生代小说达到了更为有效的叙事修辞效果。

从叙事声音的介入来看，首先，新生代作家们非常注意避免过多使用公开的叙事声音，因此与传统的小说相比，他们缩短了各种评论的篇幅，同时，很多小说都以或多或少的自我意识评论来传达公开的叙事声音；其次，那些表现"生活流"和人物"意识流"的新生代小说较为青睐缺席的叙事声音，以此尽可能地使作品呈现出真实客观的面目；第三，新生代小说倾向于以自由间接引语来让叙事声音与人物的声音交织在一起，在使叙事主体隐蔽化的同时达到叙事逼真化的修辞目的。

从叙事时间的调控来看，新生代小说大面积地采用"时间倒错"的修辞策略，但他们更为注重故事的完整性，在时间倒错的叙事中，事件之间仍然有着较为明晰的因果关系，因此相比先锋小说来说，他们对"时间倒错"手法的应用更易为读者所接受。在"时距"形式的选择上，朱文、韩东等人偏好用"场景"还原日常生活；以陈染为代表的一些女性作家则喜爱以"减缓"来表现女性的真实生命体验；而作者叙事的同时大张旗鼓地说明自己创作策略的"停顿"手法则是新生代小说向先锋小说致敬的最好方式。在"时频"方面，新生代小说则以语句重复和情节重复达到了强化语言意义和增值小说内涵的叙事修辞目的。

从叙事空间的建构来看，新生代小说擅长以"个体言说"的方式来展示小说的空间，尤其是邱华栋等人笔下时代感极强的宏观都市空间以及李洱等人笔下的市场经济转型期的乡村空间，还有以陈染、林白等人所构建的家宅庭院等私密性的微观空间以及朱文等人构建的公共微观空间——街道。当然，倾向于叙述个体经验中人生经历或生命感受的心理空间也是不可忽视的。同时，新生代小说在叙事中努力超越或打破单一时间顺序的限制，追求空间形式的多样化，力图以"有意味"的空间形式带来"空间"叙事修辞效果。

从叙事修辞技巧的选择来看，应该来说新生代小说的叙事修辞技巧是丰富多样的，其中露迹、荒诞、拼贴以及反讽使用的频率较高。与先锋小说相比，新生代作家将"露迹"手法融入故事情节并注重与读者的对话，使得这一手法的运用更为合理，在文本达到陌生化的同时也满足了多数读者的审美情趣；在使用"荒诞"这一技巧时，他们追求"内容"的荒诞和"形式"的荒诞并重，达到了在小说内容层面上呈现内在哲理性和在形式层面上还原世界荒诞本质的目的；在使用"拼贴"时，他们减少甚至弃置了一些较为激进的拼贴手法，大量使用"文体拼贴"和"各类话语拼贴"，拼贴故事情节的目的也由先锋小说追求的"叙事圈套"转到了还原"碎片化"的现实生活，同时还注重增强拼贴内容与文本的相容性；新生代作家们在吸取了前辈创作经验的基础上表现出了属于自己的"反讽"特点，他们从言语反讽、叙事结构的反讽、情景反讽和总体反讽四个方面，将反讽从一种单纯的修辞手段运用扩展到小说作者表达思维方式、生活态度或否定和质疑特定价值观的重要叙事修辞方式，完成了从言到意的转化。

新生代小说通过这些叙事修辞策略，表达了自己的文学观、价值观以及人生观。他们对传统小说的叙事视角、叙事声音、叙事时空以及叙事技巧的继承与大胆创新，无一不显示出他们在努力地寻找着一种最适合展示作为"新生代"的表达方式。特别值得注意的是，新生代小说一向注重读者的感受，因此不管从上述的哪个方面来说都非常注重与文本内容的结合，尽可能地将之与文本的内容融为一体，避免了先锋小说中"形式大于内容"的弊端，以达到文学性与艺术性的双重修辞效果。也正因此，他们的叙事修辞策略为中国当代小说带来许多新鲜的因素，丰富了中国小说的艺术面貌。

当然，新生代小说所使用的叙事修辞策略也并非是十全十美的，文本中借鉴模仿的痕迹还是很难避免的，在各方面也都存在着一些较为明显的弊端。例如，某些文本的第三人称外视角"流水账"似的纯客观叙事使文本丧失了一定的深刻性；而由于叙事声音的严重缺席所产生的"意义空白"亦使得文本的意义隐晦；过于复杂的"时间倒错"使得读者迷失在杂乱无序的时间怪圈之中；语言和结构的无序性导致了文本成为文字的游戏而失去了它的本意；还有对西方"荒诞"手法较为明显的借鉴和模仿以及较高的主题内容的重复率等等。这些都说明，新生代作家对叙事修辞策略的探索还处于一个不断深化、不断成熟的过程中。正如张钧所说："这一代作家总体上看是才华横溢的，他们所受的教育、他们的写作观念包括生活态度是与以前的作家不太一样的，他们是自由的一代，他们的创新意识、创造力量是空前的，没有什么东西在他们这里不可逾越，所以在某种意义上讲他们开创了中国文学的又一个新时代，但是，他们的探索不见得都成功，当中的许多人也许会成为牺牲品、成为路标，告诉后来者不要这样写。"①

　　本书到此行将结束，然而研究过程中留下了不少的困惑和有待解决的问题。第一，新生代作家是一个写作群体，能归入这一群体的作家较多，其中较为出名的、颇具代表性的就有十多位，每位都有自己的代表作，而且新生代作家所处的时代电脑广泛使用，信息发达，因此，作家们不仅创作速度加快，而且创作量也加大了，这些作家的作品少则几十万字，多则一百多万字，有的甚至超过三百万字。这对研究者的阅读提出了较高的要求。当然，任何研究者想要对数量如此巨大的作品进行全面阅读都是非常困难的，但如果阅读量不够，得出的结论就有可能出现较大的偏差，影响研究的结论。因此，在整体的阅读量如此巨大的情况下，如何高效地、根据自己的研究目的进行选择性的阅读是任何研究者都无法忽视的问题。第二，正如绪论中所说的那样，"新生代"作为一个写作群体，他

----

① 张钧：《小说的立场——新生代作家访谈录》，广西师范大学出版社 2002 年版，第 268页。

们的创作无论是在思想内容上，还是在艺术形式上，尤其是叙事修辞策略的选择上都具有相似性，而且也表现出与其他流派不同的独特性。然而，这样一个有着十几个代表作家的创作群体，作家创作个性的差距是根本无法避免的，也是研究者绝对不能无视的。在这种情况下，如何在共性基础上把握他们的个性也是非常值得探讨的问题。第三，叙事修辞的研究范围是很广的，它是运用叙事技巧和策略，从而形成作者与叙事者、人物、读者之间的修辞关系，达到独特的文本阅读效果。因此关涉到读者与作者、叙事者与人物、隐含作者和隐含读者、互动与进程等一系列问题。本书以此为基础研究了新生代作家在视角、声音、时间、空间、技巧等方面的叙事修辞策略，但鉴于笔者的理论水平和篇幅的限制，还有很多问题尚待深入研究。例如，新生代小说文本中隐含作者和隐含读者之间的叙事修辞关系，"可靠的"叙述和"不可靠的"叙述问题，尤其是"不可靠的"叙述如何构成文本叙事所特有的张力以及读者的阅读接受等等，这些都是本书结束后仍需要进一步探讨的问题。

综上，对于新生代小说的探讨可以从许多方面进行，而本书所涉及的叙事修辞仅仅是其中颇具代表性的一个方面，笔者希望能通过本书的写作抛砖引玉，为新生代小说的研究提供一个新的角度，并以此引发更多的关注和思考。

参考文献

（按作者姓氏音序排列）

一、专著类

1.［英］阿诺德·P.欣奇利夫：《论荒诞派》，李永辉译，昆仑出版社1992年版。

2.［英］爱·福斯特等：《小说美学经典三种》，方土人、罗婉华译，上海文艺出版社1990年版。

3.［美］爱德华·W.索雅：《第三空间——去往洛杉矶和其他真实和想象地方的旅程》，陆扬等译，上海教育出版社2005年版。

4.[秘鲁]巴·略萨：《中国套盒——致一位青年小说家》，赵德明译，百花文艺出版社2000年版。

5.［俄］巴赫金：《巴赫金全集》第三卷，白春仁、晓河译，河北教育出版社1998年版。

6.［俄］巴赫金：《巴赫金全集》第五卷，白春仁、晓河译，河北教育出版社1998年版。

7.［法］保罗·利科：《虚构叙事中时间的塑形》，王文融译，生活·读书·新知三联书店2003年版。

8.[古希腊] 柏拉图：《文艺对话集》，朱光潜译，人民文学出版社1980年版。

9.［美］波林·罗斯诺：《后现代主义与社会科学》，张国清译，上海译文出版社1998年版。

10. [美] 查尔斯·B. 哈里斯：《文学传统的背叛者——美国当代荒诞派小说家》，朱乃长译，陕西人民出版社 1987 年版。

11. 陈传才：《文学理论新编》（修订本），中国人民大学出版社 1999 年版。

12. 陈平原：《中国小说叙事模式的转变》，北京大学出版社 2010 年版。

13. 陈淑梅：《声音与姿态 中国女性小说叙事形式演变》，中山大学出版社 2011 年版。

14. 陈顺馨：《中国当代文学的叙事与性别》，北京大学出版社 1995 年版。

15. 陈思和、杨扬：《90 年代批评文选》，汉语大词典出版社 2001 年版。

16. 陈思和：《逼近世纪末小说选》（卷五），上海文艺出版社 1998 年版。

17. 陈望道：《修辞学发凡》，上海教育出版社 1982 年版。

18. 陈晓明：《中国当代文学主潮》，北京大学出版社 2009 年版。

19. 程文超：《欲望的重新叙述——20 世纪中国的文学叙事和文艺精神》，广西师范大学出版社 2005 年版。

20. 程锡麟、王晓路：《当代美国小说理论》，外语教学与研究出版社 2001 年版。

21. D.C. 米克《论反讽》，周发祥译，北京昆仑出版社 1992 年版。

22. [美] 大卫·宁：《当代西方修辞学》，顾宝桐译，中国社会科学出版社 1998 年版。

23. [英] 戴维·洛奇：《小说的艺术》，王峻岩等译，作家出版社 1998 年版。

24. 傅修延：《文本学——文本主义文论系统研究》，北京大学出版社 2004 年版。

25. 高辛勇：《修辞学与文学阅读》，北京大学出版社 1993 年版。

26. 格非：《文学的邀约》，清华大学出版社 2010 年版。

27. 耿占春：《叙事美学：探索一种百科全书式的小说》，郑州大学出版社 2002 年版。

28. 韩东等：《我的自由选择：非职业写作（男作家卷）》，上海文艺出版社 2000 年版。

29. 胡亚敏：《叙事学》，华中师范大学出版社 2004 年版。

30. [美] 华莱士·马丁：《当代叙事学》，伍晓明译，北京大学出版社 1990 年版。

31. 黄发有：《准个体时代的写作——20 世纪 90 年代中国小说研究》，上海三联书店 2002 年版。

32. 黄晓华：《20 世纪中国小说修辞史略》，人民出版社 2014 年版。

33. [法] 加斯东·巴什拉：《空间的诗学》，张逸婧译，上海译文出版社 2009 年版。

34. 江腊生：《解构与建构：后现代主义与中国 20 世纪 90 年代小说研究》，中国社会科学出版社 2010 年版。

35. 江南：《汉语修辞的当代阐释》，中国矿业大学出版社 2001 年版。

36. [德] 莱辛：《拉奥孔》，朱光潜译，人民文学出版社 1979 年版。

37. 李建军：《小说修辞研究》，中国人民大学出版社 2003 年版。

38. 李炜：《中国大众文化叙事研究》，华中师范大学出版社 2010 年版。

39. 林白等：《我愿意这样生活：非职业写作（女作家卷）》，上海文艺出版社 2000 年版。

40. 林舟：《生命的摆渡——中国当代作家访谈录》，海天出版社 1998 年版。

41. 刘亚猛：《西方修辞学史》，外语教学与研究出版社 2008 年版。

42. 罗钢：《叙事学导论》，云南人民出版社 1994 年版。

43. 吕同六：《20 世纪世界小说理论经典》上卷，华夏出版社 1995 年版。

44. [荷兰] 米克·巴尔：《叙述学：叙写理论导论》，谭君强译，中国社会科学出版社 1995 年版。

45. 孟繁华：《众神狂欢——世纪之交的中国文化现象》，中央编译出版社 2003 年版。

46. 南帆：《文学的维度》，上海三联书店 1998 年版。

47. [美] 浦安迪：《中国叙事学》，北京大学出版社 1996 年版。

48. [法] 让·贝西埃：《文学与其修辞学》，史忠义译，中国社会科学出版社 2014 年版。

49. [法] 热拉尔·热奈特：《叙事话语　新叙事话语》，王文融译，中国社会科学出版社 1990 年版。

50. 申丹：《叙述学与小说文体学研究》，北京大学出版社 1998 年版。

51. 申丹、王丽亚：《西方叙事学：经典与后经典》，北京大学出版社 2010 年版。

52. 申霞艳：《消费、记忆与叙事——新世纪文学研究》，中国社会科学出版社 2011 年版。

53. [美] 苏珊·S. 兰瑟：《虚构的权威——女性作家与叙述声音》，黄必康译，北京大学出版社 2002 年版。

54. 孙瑞珍、王中忱编：《丁玲研究在国外》，湖南人民出版社 1985 年版。

55. 谭君强：《叙事学导论》，高等教育出版社 2008 年版。

56. 谭学纯、朱玲：《广义修辞学》，安徽大学出版社 2000 年版。

57. 唐伟胜：《文本　语境　读者　当代美国叙事理论研究》，世界图书上海出版公司 2013 年版。

58. 童庆炳：《文学理论教程》，高等教育出版社 2004 年版。

59. [美] W.C. 布斯：《小说修辞学》，华明、胡晓苏、周宪译，北京大学出版社 1987 年版。

60. 汪继芳：《断裂：世纪末的文学事故》，江苏文艺出版社 2000 年版。

61. 王希杰：《修辞学通论》，南京大学出版社 1996 年版。

62. 汪耀进：《意象批评》，四川文艺出版社 1989 年版。

63. 王一川：《修辞论美学：文化语境中的 20 世纪中国文艺》，中国人民大学出版社 2009 年版。

64. 吴义勤：《中国当代新潮小说论》，江苏文艺出版社 1997 年版。

65. 谢有顺：《身体修辞》，花城出版社 2003 年版。

66. 徐岱：《小说叙事学》，商务印书馆 2010 年版。

67. 许晖：《六十年代气质》，中央编译出版社 2001 年版。

68. 许志英、丁帆：《中国新时期小说主潮》，人民文学出版社 2002 年版。

69. [古希腊] 亚里士多德：《修辞学》，罗念生译，生活·读书·新知三联书店 1991 年版。

70. [古希腊] 亚里士多德：《亚里士多德全集》第九卷，颜一、崔延强等译，中国人民大学出版社 1997 年版。

71. 杨义：《中国叙事学》，人民出版社 1997 年版。

72. [美] 伊恩·P. 瓦特：《小说的兴起》，高原、董红钧译，生活·读书·新知三联书店 1992 年版。

73. 余岱宗：《小说文本审美差异研究》，人民出版社 2015 年版。

74. [美] 约瑟夫·弗兰克等：《现代小说的空间形式》，秦林芝编译，北京大学出版社 1991 年版。

75. 张鹤：《虚构的真迹：书信体小说叙事特征研究》，人民文学出版社 2006 年版。

76. 张京媛：《当代女性主义文学批评》，北京大学出版社 1992 年版。

77. 张京媛：《新历史主义与文学批评》，北京大学出版社 1993 年版。

78. 张钧：《小说的立场——新生代作家访谈录》，广西师范大学出版社 2002 年版。

79. [美] 詹姆斯·费伦：《作为修辞的叙事》，陈永国译，北京大学出版社 2002 年版。

80. 张世君：《〈红楼梦〉的空间叙事》，中国社会科学出版社 1999 年版。

81. 张寅德：《叙述学研究》，中国社会科学出版社 1989 年版。

82. 张志忠：《九十年代的文学地图》，山西教育出版社 1999 年版。

83. 赵毅衡：《当说者被说的时候——比较叙述学导论》，中国人民大学出版社 1998 年版。

84. 赵毅衡：《新批评——一种独特的形式主义文论》，中国社会科学出版社 1986 年版。

85. 郑子瑜、宗延虎：《中国修辞学通史》，吉林教育出版社 1998 年版。

86. 祝敏青：《小说辞章学》，海峡文艺出版社 2000 年版。

87. 祝敏青：《文学语言的多维空间》，福建人民出版社 2005 年版。

88. 祝敏青：《文学言语的修辞审美建构》，人民出版社 2014 年版。

89. 祖国颂：《叙事的诗学》，安徽大学出版社 2003 年版。

二、期刊论文类

1. 毕飞宇：《〈青衣〉问答》，《小说月报》2000 年第 7 期。

2. 常文昌等：《〈地球上的王家庄〉里的多重艺术世界》，《文学界·人文》2009 年第 2 期。

3. 陈思和、王光东、宋明炜：《朱文：低姿态的精神飞翔》，《文艺争鸣》2000 年第 2 期。

4. 陈晓明：《最后的仪式》，《文学评论》1991 年第 5 期。

5. 陈晓明：《先锋派之后：九十年代的文学流向及其危机》，《当代作家评论》1997 年第 3 期。

6. 陈晓明：《直接现实主义：广西三剑客的崛起》，《南方文坛》1998 年第 2 期。

7. 陈晓明：《超越与逃逸——对"60 年代出生作家群"的重新反省》，《河北学刊》2003 年第 5 期。

8. 程文超：《鬼子的"鬼"——说说鬼子三部中篇的叙事》，《当代作家评论》2004 年第 1 期。

9. 程锡麟：《"碎片是我信任的唯一形式"——谈唐纳德·巴塞尔姆的创作》，《外国文学》2001 年第 3 期。

10. 程锡麟：《叙事理论的空间转向——叙事空间理论概述》，《江西社会科学》2007 年第 11 期。

11. 戴锦华：《陈染：个人和女性的书写》，《当代作家评论》1996 年第 3 期。

12. 戴锦华：《奇遇与突围——九十年代女性写作》，《文学评论》1996 年第 9 期。

13. 戴锦华：《拼图游戏——〈花城〉1996 小说概览》，《花城》1997 年第 3 期。

14. 董文桃：《作为反抗工具的性话语和欲望消费观念——二十世纪九十年代新生代小说的叙事策略》，《山东社会科学》2009 年第 7 期。

15. 东西：《滑翔与飞翔》，《广西文学》1996 年第 1 期。

16. 董希文：《文学文本互文类型分析》，《文艺评论》2006 年第 1 期。

17. 樊星：《"新生代"与传统文化》，《当代作家评论》2004 年第 3 期。

18. 葛红兵：《非激情时代的暧昧意象——晚生代的小说的主题》，《文艺争鸣》

1998 年第 4 期。

19. 葛红兵：《世纪末中国的审美处境——晚生代写作论纲（上、中、下）》，《小说评论》1999 年第 4、5、6 期。

20. 管宁：《大众文化生态与后先锋的突围——对新生代小说生成语境的考察》，《福建论坛》（人文社会科学版）2002 年第 6 期。

21. 管宁：《错位与弥合：新生代小说的叙事策略》，《厦门大学学报》（哲学社会科学版）2003 年第 1 期。

22. 郭素平、邱华栋：《不能卸妆——邱华栋访谈录》，《小说评论》2003 年第 4 期。

23. 韩彦斌：《论王小波创作的元小说特征》，《内蒙古师范大学学报》（哲学社会科学版）2005 年第 3 期。

24. 韩彦斌：《20 世纪 90 年代中国小说的后现代主义审美特征》，《内蒙古师范大学学报》（哲学社会科学版）2008 年第 6 期。

25. 何佳伟：《詹姆斯·费伦的修辞叙事理论探讨》，《南京师范大学文学院学报》2014 年第 2 期。

26. 洪治纲：《丧失否定的代价——晚生代作家论之一》，《文艺评论》1996 年第 2 期。

27. 洪治纲：《乌托邦的背离与写实的困顿——晚生代作家论之二》，《文艺评论》1996 年第 3 期。

28. 洪治纲：《欲望的舞蹈——晚生代作家论之三》，《文艺评论》1996 年第 4 期。

29. 洪治纲：《叙事的挣扎——晚生代作家论之四》，《文艺评论》1996 年第 6 期。

30. 洪治纲：《苦难记忆的现时回访——评东西的长篇新作〈耳光响亮〉》，《当代作家评论》1998 年第 3 期。

31. 洪治纲：《读毕飞宇的小说》，《南方文坛》2004 年第 4 期。

32. 胡群慧、鬼子：《鬼子访谈》，《小说评论》2006 年第 3 期。

33. 黄发有：《90 年代小说的反讽修辞》，《文艺评论》2000 年第 6 期。

34. 黄继刚：《空间文化理论探析》，《新疆社会科学》2008 年第 5 期。

35. 荒林：《林白小说：女性欲望的叙事》，《小说评论》1997 年第 4 期。

36. 黄秋平：《陈染小说与女性视角》，《理论与创作》1997 年第 2 期。

37. 黄希云：《小说人称的叙述功能》，《外国文学评论》1996 年第 4 期。

38. [美] 丁·希利斯·米勒：《〈吉姆爷〉：作为颠覆有机形式的重复》，王宏图译，《文艺理论研究》1992 年第 4 期。

39. 江守义：《叙事空间的主体意识》，《河北学刊》2010 年第 6 期。

40. 江守义：《叙事的修辞指向：詹姆斯·费伦的叙事研究》，《江淮论坛》2013 年第 5 期。

41. 姜珍婷：《毕飞宇作品的语言艺术》，《湖南人文科技学院学报》2008 年第 1 期。

42. 金健人：《小说的空间构成》，《杭州大学学报》（哲学社会科学版）1987 年第 2 期。

43. 金文野：《林白：诗性写作的修辞效应》，《修辞学习》2000 年第 4 期。

44. 荆歌：《受着想象和梦的导引》，《作家》1997 年第 6 期。

45. 蓝爱国：《飞扬的欲望——90 年代文学的市场品格》，《文艺评论》1997 年第 6 期。

46. 李丹、魏晓鹃、李蓉：《"并置"的艺术——现代主义小说的空间形式解读》，《齐齐哈尔大学学报》（哲学社会科学版）2008 年第 2 期。

47. 李赣：《一种后现代的叙事模式——东西小说叙事策略探微》，《湛江海洋大学学报》2006 年第 2 期。

48. 李徽昭、韩乐：《从乡土小说与高晓声谈起——访谈韩东》，《当代文坛》2008 年第 1 期。

49. 李勇、韩东：《我反对的是写作的霸权——韩东访谈录》，《小说评论》2008 年第 1 期。

50. 李洁非：《新生代小说（1994—　）》，《当代作家评论》1997 年第 1 期。

51. 李洁非：《新生代小说（1994—　）（续)》，《当代作家评论》1997 年第 2 期。

52. 李义茹、肖谋良：《南方写作、感官盛宴、绘画美：东西小说的语言特色》，《神州》2013 年第 21 期。

53. 梁鸿：《"灵光"消逝后的乡村叙事——从〈石榴树上结樱桃〉看当代乡土文学的美学裂变》，《当代作家评论》2008 年第 5 期。

54. 廖高会、吴德利：《20 世纪 80 年代诗化小说叙事空间的演变》，《北方论丛》2014 年第 2 期。

55. 林白：《选择的过程与追忆——关于〈致命的飞翔〉》，《作家》1995 年第 7 期。

56. 林舟：《论韩东小说的叙事策略》，《小说评论》1996 年第 4 期。

57. 刘永春、于相风：《论新生代小说的狂欢化叙事》，《沈阳师范大学学报》（社会科学版）2008 年第 3 期。

58. 刘仲国：《论何顿的都市题材小说》，《当代文坛》1998 年第 1 期。

59. 龙迪勇：《叙事学研究的空间转向》，《江西社会科学》2006 年第 10 期。

60. 龙迪勇：《空间叙事学：叙事学研究的新领域（续）》，《天津师范大学学报》（社会科学版）2009 年第 1 期。

61. 鲁红霞：《"从形式到意义"：从小说叙事学到小说修辞学》，《吉林广播电视大学学报》2013 年第 5 期。

62. 马季：《原始生命力量的诗意表达——红柯访谈录》，2006 年 10 月，见 http://blog.sina.com.cn/s/blog_56411b7d0100064m.html。

63. 马相武：《东西："东扯西拉"的先锋》，《作家》1997 年第 6 期。

64. 孟繁华：《忧郁的荒原：女性漂泊的心路秘史——陈染小说的一种解读》，《当代作家评论》1996 年第 3 期。

65. 孟繁华：《物欲都市的迷乱与反抗——评邱华栋的都市小说创作》，《山花》1997 年第 8 期。

66. 南帆：《反讽：结构与语境——王蒙、王朔小说的反讽修辞》，《小说评论》1995 年第 5 期。

67. 区燕芳：《论麦家小说的博尔赫斯叙事特色——以〈解密〉、〈暗算〉、〈风声〉为例》，《作家》2012 年第 2 期。

68. 权绘锦：《国内修辞性叙事理论研究及应用中的偏误与辨正》，《安徽师范大学学报》（人文社会科学版）2013 年第 4 期。

69. 尚必武：《追寻叙事的动力：詹姆斯·费伦的修辞性叙事理论研究》，《英美文学研究论丛》2010 年第 2 期。

70. 申丹：《自我禁锢与突围：美国修辞性叙事研究的传承与发展》，《外国文学》2011 年第 6 期。

71. 沈杏培：《叙述之轻与生存之重：新时期"文革"小说的另类叙事——儿童视角下的"文革"叙事》，《艺术广角》2005 年第 6 期。

72. 施战军：《新活力：今日青年文学高地（代总序）》，载红柯著《太阳发芽》，山东文艺出版社 2004 年版。

73. 孙基林：《知识分子写作：作为思想方法的叙事与其修辞形态》，《中国现代文学研究丛刊》2013 年第 7 期。

74. 孙仁歌：《"中国式"叙事文本与"含蓄"修辞应用》，《文艺评论》2011 年第 5 期。

75. 陶东风：《旷野上的碎片：关于知识分子的报告——读徐坤的知识分子题材小说》，《当代作家评论》1996 年第 4 期。

76. 王春林：《自我指涉的欲望世界——评长篇小说〈一个人的战争〉》，《当代文坛》1994 年第 6 期。

77. 王干：《叙述之外的叙述——评鬼子的小说》，《南方文坛》1997 年第 6 期。

78. 王杰：《融入世俗：大众文化生态中的新生代小说》，《当代文坛》2007 年第 4 期。

79. 王蒙：《躲避崇高》，《读书》1991 年第 1 期。

80. 王萌：《张爱玲华文家族小说的叙事空间与叙事伦理》，《玉溪师范学院学报》2014 年第 3 期。

81. 吴培显：《邱华栋小说的叙事结构分析》，《中国文学研究》2007 年第 3 期。

82. 吴庆军：《当代空间批评评析》，《世界文学评论》2007 年第 2 期。

83. 吴义勤：《生存之痛的体验与书写——陈染小说论》，《小说评论》1996 年第 3 期。

84. 吴义勤：《在边缘处叙事——九十年代新生代作家论》，《钟山》1998 年第 1 期。

85. 吴义勤：《新生代长篇小说论》，《文学评论》2004 年第 5 期。

86. 吴义勤：《论新生代长篇小说的叙事风格》，《天津师范大学学报》（社会科学版）2005 年第 1 期。

87. 吴朝晖：《毕飞宇小说的叙事视角论》，《理论与创作》2007 年第 2 期。

88. 许文茹：《〈冠军早餐〉中的后现代主义元小说式的拼贴》，《现代语文》（文学研究版）2007 年第 12 期。

89. 许振强、马原：《关于〈冈底斯的诱惑〉的对话》，《当代作家评论》1985 年第 5 期。

90. 杨绪容：《周桂笙与清末侦探小说的本土化》，《文学评论》2009 年第 5 期。

91. 杨义：《中国古典小说的叙写原则》，《河南大学学报》（社会科学版）2004 年第 5 期。

92. 易文翔、徐坤：《坚持自我的写作——徐坤访谈录》，《小说评论》2005 年第 1 期。

93. 余华：《虚伪的作品》，《上海文论》1989 年第 5 期。

94. 赵艳花：《李洱小说〈石榴树上结樱桃〉的反讽叙事》，《平顶山学院学报》2009 年第 4 期。

95. 张赟、刁斗：《"边缘是小说最合适的位置"——刁斗访谈录》，《小说评论》2005 年第 6 期。

96. 张东、邱华栋：《一种严肃守望着理想——邱华栋访谈录》，《南方文坛》1997 年第 4 期。

97. [阿根廷] 张玫珊：《加西亚·马尔克斯小说中的时间》，载柳鸣九主编《未来主义 超现代主义 魔幻现实主义》，中国社会科学出版社 1987 年版。

98. 张宁：《"让一个我变成那无数个我"——关于李洱长篇小说〈花腔〉》，《郑州大学学报》2003 年第 6 期。

99. 张琴凤：《体验与彰显——论"新生代"小说的叙事策略》，《重庆社会科学》2005 年第 8 期。

100. 张琴凤：《华人新生代作家边缘意识和身份建构比较论——以中国大陆、中国台湾、马来西亚为例》，《山东师范大学学报》（人文社会科学版）2009 年第 2 期。

101. 张清华：《精神接力与叙事蜕变——论"新生代"写作的意义》，《小说评论》1998 年第 4 期。

102. 张霞：《众声喧哗中的探寻——评李洱长篇小说〈花腔〉的叙事艺术》，《常熟理工学院学报》2006 年第 1 期。

103. 张学昕：《细部修辞的力量：当代小说叙事研究之一》，《中国现代文学研究丛刊》2013 年第 7 期。

104. 张颐武：《理想主义的终结》，《北京文学》1989 年第 4 期。

105. 张颐武：《新时期小说与"现代性"》，《文学评论》1995 年第 5 期。

三、硕博学位论文

1. 陈晓辉：《红柯小说的叙事艺术》，硕士学位论文，西北大学文学院，2006 年。

1. 房芳：《杜拉斯与陈染叙事言语之比较——从〈情人〉和〈与往事干杯〉谈起》，硕士学位论文，华中科技大学人文学院，2008 年。

2. 郭金玉：《鲁迅小说叙事空间研究》，硕士学位论文，东北师范大学文学院，2010 年。

3. 黎治娥：《论何顿小说的两套话语》，硕士学位论文，福建师范大学文学院，2004 年。

4. 刘春玉：《东西小说的叙事伦理研究》，硕士学位论文，东北师范大学文学院，2010 年。

5. 刘金先：《毕飞宇小说语言论》，硕士学位论文，河北师范大学文学院，2007 年。

6. 孙贝莎：《论余华小说的反讽艺术》，硕士学位论文，福建师范大学文学院，2009 年。

7. 谭东梅：《用极端女性经验诠释爱欲的语言舞者——海男小说论》，硕士学位论文，河北师范大学文学院，2004 年。

8. 姚蕾：《毕飞宇短篇小说叙事艺术》，硕士学位论文，安徽大学文学院，2012 年。

9. 尹萍：《论 90 年代短篇小说的空间形式》，硕士学位论文，青岛大学文学院，2005 年。

10. 章露红：《论艾伟小说的叙事张力》，硕士学位论文，浙江大学人文学院，2009 年。

11. 张岩：《徐坤小说的语言研究》，硕士学位论文，新疆师范大学文学院，2012 年。

12. 常立：《"他们"作家研究：韩东·鲁羊·朱文》，博士学位论文，复旦大学人文学院，2004 年。

13. 陈振华：《中国新时期小说反讽叙事论》，博士学位论文，山东师范大学文学院，2006 年。

14. 韩晓：《中国古代小说空间论》，博士学位论文，复旦大学人文学院，2006 年。

15. 郝魁峰：《先锋之后文学的踪迹——二十世纪九十年代后"先锋小说"转型研究》，博士学位论文，河南大学文学院，2012 年。

16. 刘华：《踯躅于边缘的先锋——90 年代新生代小说研究》，博士学位论文，华东师范大学文学院，2008 年。

17. 刘永春：《在后现代性的地平线上》，博士学位论文，山东大学文学院，2005 年。

18. 令狐兆鹏：《九十年代以来"乡下人进城"小说的修辞与意识形态》，博士学位论文，苏州大学文学院，2012 年。

19. 龙迪勇：《空间叙事学》，博士学位论文，上海师范大学文学院，2008 年。

20. 罗慧玲：《"空间转向"视角下的当代文学转型研究》，博士学位论文，南京大学文学院，2007 年。

21. 苗变丽：《新世纪长篇小说叙事时间研究》，博士学位论文，河南大学文学院，2011 年。

22. 宁琳：《新生代小说创作与批评研究》，博士学位论文，哈尔滨师范大学文学院，2011 年。

23. 苏晓芳：《论新世纪小说的大众文化取向》，博士学位论文，华中师范大学文学院，2007 年。

24. 王素霞：《多语合弦：90 年代长篇小说的文体革命》，博士学位论文，山东师范大学文学院，2002 年。

25. 王艳荣：《1993：文学的转型与突变》，博士学位论文，吉林大学文学院，2012 年。

26. 王义军：《审美现代性的追求——论中国现代写意性小说与小说中的写意性》，博士学位论文，暨南大学文学院，2002 年。

27. 杨秀芝：《欲望书写时代女性身体修辞——20 世纪 80、90 年代小说研究》，博士学位论文，华中科技大学人文学院，2008 年。

28. 余新明：《〈呐喊〉的空间叙事》，博士学位论文，华中师范大学文学院，2008 年。

29. 翟文铖：《生活世界的喧嚣——日常生活诗学视野中的新生代小说》，博士学位论文，山东师范大学文学院，2007 年。

30. 赵晓芳：《视觉文化冲击与浸润下的文学图景——论世纪之交中国文学的图像化走势》，博士学位论文，华中师范大学文学院，2008 年。

31. 邹波：《叙事·时间·空间——叙事作为修辞行为》，博士学位论文，四川大学文学与新闻学院，2010 年。

四、小说作品类

1. 艾伟：《越野赛跑》，人民文学出版社 2001 年版。

2. 艾伟：《爱人有罪》，春风文艺出版社 2006 版。

3. 艾伟：《爱人同志》，浙江文艺出版社 2011 年版。

4. 毕飞宇：《玉米》，上海文艺出版总社、上海锦绣文章出版社 2008 年版。

5. 毕飞宇：《青衣》，上海文艺出版总社、上海锦绣文章出版社 2008 年版。

6. 毕飞宇：《哺乳期的女人》，上海文艺出版总社、上海锦绣文章出版社 2009

年版。

　　7. 毕飞宇：《雨天的棉花糖》，上海文艺出版总社、上海锦绣文章出版社 2009 年版。

　　8. 毕飞宇：《相爱的日子》，重庆大学出版社 2011 年版。

　　9. 毕飞宇：《平原》，人民文学出版社 2011 年版。

　　10.［阿根廷］博尔赫斯：《小径分岔的花园》，王永年译，上海译文出版社 2015 年版。

　　11. 陈染：《无处告别》，作家出版社 2009 年版。

　　12. 陈染：《离异的人》，作家出版社 2009 年版。

　　13. 陈染：《私人生活》，作家出版社 2010 年版。

　　14. 陈晓明：《中国先锋小说精选》，甘肃教育出版社 1993 版。

　　15. 陈晓明：《中国新写实小说精选》，江苏教育出版社 1996 版。

　　16. 刁斗：《实际上是呼救》，文化艺芳出版社 2006 年版。

　　17. 刁斗：《代号 SBS》，花城出版社 2007 年版。

　　18. 东西：《没有语言的生活》，华艺出版社 1996 年版。

　　19. 东西：《送我到仇人身边》，时代文艺出版社 2001 年版。

　　20. 东西：《耳光响亮》，江苏文艺出版社 2011 年版。

　　21. 东西：《不要问我》，江苏文艺出版社 2011 年版。

　　22. 东西：《后悔录》，江苏文艺出版社 2011 年版。

　　23. 东西：《救命》，江苏文艺出版社 2011 年版。

　　24. 鬼子：《谁开的门》，广西民族出版社 1999 年版。

　　25. 鬼子：《苏通之死》，北岳文艺出版社 2000 年版。

　　26. 鬼子：《遭遇深夜》，四川文艺出版社 2001 年版。

　　27. 鬼子：《上午打瞌睡的女孩》，北岳文艺出版社 2002 年版。

　　28. 鬼子：《一根水做的绳子》，人民文学出版社 2007 年版。

　　29. 海男：《女人传》，安徽文艺出版社 1999 年版。

　　30. 海男：《男人传》，云南人民出版社 2000 年版。

　　31. 海男：《从亲密到诱惑》，中国广播电视出版社 2006 年版。

32. 海男：《女逃犯》，中国广播电视出版社 2006 年版。

33. 海男：《妖娆罪》，上海人民出版社 2006 年版。

34. 海男：《海男短篇小说自选集》，新世界出版社 2012 年版。

35. 韩东：《去年夏天》，中国华侨出版社 1996 年版。

36. 韩东：《扎根》，人民文学出版社 2003 年版。

37. 韩东：《美元硬过人民币》，上海人民出版社 2006 年版。

38. 韩东：《西天上》，上海人民出版社 2007 年版。

39. 韩东：《我和你》，花城出版社 2010 年版。

40. 何顿：《喜马拉雅山》，江苏文艺出版社 1998 年版。

41. 何顿：《我们像葵花》，湖南文艺出版社 2010 年版。

42. 红柯：《大河》，云南人民出版社 2004 版。

43. 红柯：《莫合烟》，春风文艺出版社 2004 年版。

44. 红柯：《太阳发芽》，山东文艺出版社 2004 年版。

45. 红柯：《西去的骑手》，江苏文艺出版社 2009 年版。

46. 红柯：《额尔齐斯河波浪》，上海文艺出版社 2011 年版。

47. 红柯：《好人难做》，人民文学出版社 2012 年版。

48. 荆歌：《枪毙》，时代文艺出版社 2001 年版。

49. 荆歌：《牙齿的尊严》，中国文联出版社 2003 年版。

50. 荆歌：《鸟巢》，作家出版社 2003 年版。

51. 荆歌：《慌乱》，贵州人民出版社 2004 年版。

52. 荆歌：《口供》，山东文艺出版社 2004 年版。

53. 荆歌：《鼠药》，上海人民出版社 2008 年版。

54. 李洱：《花腔》，人民文学出版社 2002 年版。

55. 李洱：《石榴树上结樱桃》，新星出版社 2011 年版。

56. 李洱：《遗忘》，人民教育出版社 2012 年版。

57. 李冯：《中国故事》，南京大学出版社 2007 年版。

58. [哥伦比亚] 加西亚·马尔克斯：《百年孤独》，范晔译，南海出版公司 2011 年版。

59. 林白：《妇女闲聊录》，新星出版社 2008 年版。

60. 林白：《一个人的战争》，作家出版社 2009 年版。

61. 林白：《说吧，房间》，中国青年出版社 2011 年版。

62. 林白：《万物花开》，中国工人出版社 2011 年版。

63. 林白：《红艳见闻录》，重庆出版社 2013 年版。

64. 鲁羊：《亲切的游戏》，南京大学出版社 2009 年版。

65. 麦家：《充满了爱情和凄楚的故事》，群众出版社 2005 年版。

66. 麦家：《解密》，浙江文艺出版社 2009 年版。

67. 麦家：《风语》，金城出版社 2010 年版。

68. 麦家：《暗算》，作家出版社 2011 年版。

69. 邱华栋：《城市的面具：新人类的部族与肖像》，敦煌文艺出版社 1997 年版。

70. 邱华栋：《正午的供词》，中国青年出版社 2000 年版。

71. 邱华栋：《教授》，中国工人出版社 2010 年版。

72. 邱华栋：《闯入者》，湖南文艺出版社 2011 年版。

73. 邱华栋：《新美人》，重庆大学出版社 2012 年版。

74. 邱华栋：《邱华栋短篇小说自选集》，新世界出版社 2013 年版。

75. [美] 唐纳德·巴塞尔姆：《白雪公主》，周荣胜、王柏华译，哈尔滨出版社 1994 年版。

76. 卫慧：《卫慧全集》，东方文艺出版社 2000 年版。

77. 徐坤：《午夜广场最后的探戈》，作家出版社 2010 年版。

78. 徐坤：《徐坤文集：热狗》，安徽文艺出版社 2015 年版。

79. 徐坤：《徐坤精选集》，北京燕山出版社 2014 年版。

80. 张旻：《求爱者》，重庆大学出版社 2011 年版。

81. 朱文：《弟弟的演奏》，上海人民出版社 2007 年版。

82. 朱文：《达马的语气》，重庆大学出版社 2011 年版。

83. 朱文：《看女人》，重庆大学出版社 2011 年版。

责任编辑:宫　共

封面设计:源　源

图书在版编目(CIP)数据

新生代小说叙事修辞研究/赵映环 著. —北京:人民出版社,2020.9(2022.1
重印)

ISBN 978-7-01-022412-1

Ⅰ.①新…　Ⅱ.①赵…　Ⅲ.①小说研究-中国-当代　Ⅳ.①I207.42

中国版本图书馆 CIP 数据核字(2020)第 151694 号

新生代小说叙事修辞研究

XINSHENGDAI XIAOSHUO XUSHI XIUCI YANJIU

赵映环　著

人民出版社 出版发行

(100706 北京市东城区隆福寺街 99 号)

北京兴星伟业印刷有限公司印刷　新华书店经销

2020 年 9 月第 1 版　2022 年 1 月第 2 次印刷
开本:710 毫米×1000 毫米 1/16　印张:17.5　字数:257 千字

ISBN 978-7-01-022412-1　定价:47.00 圆

邮购地址 100706　北京市东城区隆福寺街 99 号
人民东方图书销售中心　电话 (010)65250042　65289539